KNAUR

Anica Plaßmann

SEX FREI

Weil es okay ist, keine Lust zu haben

KNAUR

Besuchen Sie uns im Internet:
www.knaur.de

Aus Verantwortung für die Umwelt hat sich die Verlagsgruppe Droemer Knaur zu einer nachhaltigen Buchproduktion verpflichtet. Der bewusste Umgang mit unseren Ressourcen, der Schutz unseres Klimas und der Natur gehören zu unseren obersten Unternehmenszielen. Gemeinsam mit unseren Partnern und Lieferanten setzen wir uns für eine klimaneutrale Buchproduktion ein, die den Erwerb von Klimazertifikaten zur Kompensation des CO_2-Ausstoßes einschließt. Weitere Informationen finden Sie unter: www.klimaneutralerverlag.de

FSC
www.fsc.org
MIX
Papier aus verantwortungsvollen Quellen
FSC® C083411

Originalausgabe April 2021

Ein Imprint der Verlagsgruppe
Droemer Knaur GmbH & Co. KG, München

Redaktion: Caroline Draeger
Covergestaltung: Favoritbüro
Satz: Adobe InDesign im Verlag
Druck und Bindung: CPI books GmbH, Leck
ISBN 978-3-426-21489-3

2 4 5 3 1

INHALT

Vorwort
– 7 –

Das große Schweigen
– 13 –

Zur Verbreitung
sexueller Abstinenz
– 27 –
In meiner Praxis – 36
In meinem privaten Umfeld – 53

Was uns
Sex bedeutet
– 63 –
Welche Bedeutungen kann Sex für
uns haben? – 68
Was der Sex für
unsere Partnerschaft bedeutet – 83

Konstellationen
sexfreier Partnerschaft
– 89 –
Ursachen und Motive für Sexfreiheit – 89
Sexuelle Abstinenz und
die Folgen in der Partnerschaft – 100

Die Ursachen für ein Nein
– 109 –
Woher kommt das Nichtwollen? – 109
Organische Ursachen – 112
Psychische Gründe – 124
Strukturelle Ursachen – 129
Die anderen Gründe – 142
Ängste und persönliche Grenzen – 168
Es liegt am Partner – 182
Gesellschaftliche Ursachen – 200
Der entscheidende Tipp und meine Forderung – 230

Lösungsansätze für Abstinenzkonflikte
– 233 –
Achtsamkeit und Bewertung – 244
Selbstwertarbeit – 258
Gesprächskultur – 269
Outsourcing als mögliche Lösung – 285
Trennung als Lösung – 286
Notausgang und Nein – 288
Von Ausdauer, Geduld und Zeit – 293
Versuch's mal mit Humor – 302
Es ist Ihr Ding – 307

Sexfrei! Weil wir es wollen
– 311 –

Anmerkungen
– 317 –

VORWORT

Liebe Leserin, lieber Leser, liebe andere Lesenden,

ich möchte unser aller Leben erleichtern. Uns den Weg freiräumen für schöne Gefühle und Eindrücke. Sexfrei oder mit Sex – wir alle verdienen es, so zu leben, dass es uns erfüllt. Große Hoffnungen verbinde ich mit diesem Buch, nicht nur, weil ich so lange Jahre mit Menschen im Gespräch bin über ihren Weg zu einem erfüllten Leben. Denn ich gönne Ihnen und uns allen viel Freude an unserer jeweiligen Art, Sex zu haben oder auch keinen zu praktizieren. Dass Letzteres gerade auf längere Distanz Schwierigkeiten bereitet – ich wünsche mir sehr, dass es irgendwann anders sein wird. Bis dahin gibt es noch viel zu tun.

Wir kennen uns noch nicht, das wird sich im Laufe des Buches ändern. Nur so viel vorweg: Wir sind Frauen oder Männer, die sich um ihr Sexleben Gedanken machen. Vermutlich habe ich mich damit länger auseinandergesetzt als Sie, denn als Sexualtherapeutin bin ich seit meiner Ausbildung und somit lange vor Eröffnen meiner ersten eigenen Praxis damit beschäftigt, unser aller Weg zu ebnen – hin zu einem Leben mit Sex, aber gerne auch ohne.

Ich stelle Sie mir oft vor, was Sie denken und welche Fragen Sie gerne von mir beantwortet bekämen. Mit Sicherheit liege ich damit an der einen oder anderen Stelle des Buches falsch. Aber mich treibt die Hoffnung an, dass Sie in weiten Teilen zustimmend nicken und erleichtert erkennen, dass Sie nicht allein sind mit Ihren Gedanken. Daher stelle ich mir diesen Austausch zwischen Ihnen und mir gerne wie ein Zwiegespräch vor. Ob wir uns je begegnen werden? Vielleicht bei einer zukünftigen Lesung. Doch auch, wenn wir uns nie persönlich kennenlernen werden: Ich wünsche mir, dass es Ihnen gut geht. Hoffentlich künftig noch besser.

Ich mache es mir beim Schreiben auf meiner Couch mit den Fransenkissen gemütlich, habe meine Liebste(n) um mich herum versammelt. Zu Beginn des Schreibprozesses bereicherte noch mein kleiner Kater Finn die Runde. Ihm nachfolgend Milo. Während diese Zeit des Schreibens ihrem Ende zugeht, ist mir nur noch Finns Schwester Lumi geblieben, die sich meine Aufmerksamkeit mit Ihnen als meinem gedachten Gegenüber teilt. Hier und da linst sie über meine Schulter, schmiegt sich an oder legt sich schlichtweg auf die Tastatur meines Notebooks. In die Zeit der Pandemie startete ich allein. Das war richtig und wichtig, aber auch nicht immer leicht. Gerade während der beiden Trauerzeiten um meine Kater.

Was genau ich Ihnen mit auf den Weg geben möchte? Viele Infos, Erfahrungen, Beispiele aus dem realen Leben, wie meine Patienten sie mir anvertraut haben – und meine Schlussfolgerungen. Denn, das nehme ich ganz vertrauensvoll an: Sie werden für sich das Beste aus diesem Buch herausziehen. Ich freue mich, dass Sie diese Offenheit mitbringen. Sie werden sicher viel für sich mitnehmen können. Ganz sicher sogar. Dass auch Informationen dabei sind, die für Sie nicht sonderlich entscheidend sind, kann ich leider nicht ganz ausschließen. Dann springen Sie bitte weiter, überblättern ein paar Seiten, und greifen dort den Faden auf, wo meine Aussagen für Sie wieder mehr Relevanz besitzen. Wo es zu viel ist oder wird, haken Sie den Text ab. Ich verstehe das, wenn Sie denken: »Da hat sie sich zu viele Gedanken gemacht.« Lieber zu viel als zu wenig, denke ich mir wiederum, denn es geht um unser Wohlbefinden. Hauptsache, ich versorge Sie so gut es mir irgend möglich ist mit neuen Gedanken und mit Ideen für Ihr Leben – mit und gerne auch ohne Sex. Damit mir das gelingt, bekommen Sie anonymisierte Ausschnitte aus Therapiegesprächen mit meinen Patienten, Überlegungen und Interpretationen von mir und dazu das ein oder andere Anekdötchen aus meiner privaten Biografie an die Hand.

Es gibt keinen Grund zur Beunruhigung, wenn Sie ohne Sex leben wollen. Ja, diese Haltung kann Probleme auslösen. Aber Sie sind ein Mensch unter vielen anderen ganz verschiedenen Menschen. Wir alle haben mehr oder weniger Lust auf Sex, haben mehr oder weniger vom Sex. Meist führt ein sexfreies Leben noch immer zu großem Staunen. Und zu Irritationen. Sie erregen Anstoß? Falls Sie zur Gruppe der Menschen gehören, die Probleme haben, weil sie sexfrei leben möchten, dann schon hier ein erster, mir sehr wichtiger Hinweis: Bloß nicht aufgeben!

Sexfrei leben – ein Thema, das so alt ist wie die Menschheit. Doch zu Beginn meiner Arbeit als Sexualtherapeutin kam es mir oft vor, als sei es trotzdem Neuland, sich kritisch damit zu beschäftigen. Jetzt aber ist die Zeit gekommen für eine offene Diskussion, so meine ich. Wir kämpfen nicht erst seit #MeToo um unser Recht auf Selbstbestimmung. Schon die Frauenbewegung der Achtundsechziger hat vehement eingefordert, dass jede Frau über ihr Glück selbst bestimmen kann. Die Frage der Sexabstinenz aber wurde kaum gestellt. Warum eigentlich? Bereits vor über zehn Jahren bemühte ich mich, die Redaktionen diverser Printmagazine und TV-Formate auf mein Herzensthema aufmerksam zu machen. Jeweils mit der Bitte, Sexfreiheit in die öffentliche Diskussion einzubringen. Kürzlich habe ich meine Liste noch einmal in die Hand genommen, die Aufreihung mit all den Namen, die ich damals angeschrieben habe – ohne je eine Antwort zu erhalten. Zunächst war ich sprachlos, aber dann ging mir auf, dass es um dieses Thema herum sehr viel Sprachlosigkeit gibt. Und ich kam zu dem Schluss: Es ist ein so großes Tabu, dass sich niemand herantraut. Heute aber nehme ich mir das Tabu vor, die Zeit ist reif.

Das hat mir schon vor zwei Jahren ein Artikel gezeigt, den ich für die ZEIT verfasst habe. Dort habe ich Gehör gefunden, und Sie, liebe Leser*in[1], haben nun das Buch zum Thema in der Hand. Einen Schluss habe ich gezogen: Sexuelle Abstinenz wird völlig zu Unrecht stigmatisiert. Holen wir das Thema also aus der dunklen Schmuddelecke ans Tageslicht. Und was erkennen wir?

Abstinenz ist weitverbreitet. Und normal. Das ist unser aller Realität. Und nicht nur ich mit meiner langjährigen Erfahrung aus der Sexualtherapie-Praxis bin zu dieser Erkenntnis gekommen. Warum nur ist es für etliche Menschen trotzdem eine schockierende Neuigkeit?

Der Mainstream ist pro Sex. Damit wir uns in diesem Punkt recht verstehen: Nicht jedes Anderssein und nicht jede Abweichung vom Mainstream muss meiner Meinung nach neu beurteilt oder von Vorbehalten befreit werden. In der Frage der Sexfreiheit aber ist es dringend an der Zeit, weil sie eine Ausdrucksmöglichkeit von Normalität ist. Zahlenmäßig. Qualitativ. Unverzichtbar. Diese Variante muss zulässig sein, wenn wir eine frei gewählte Sexualität wollen. Dafür sollten wir eigentlich gar nicht erst streiten müssen. Und doch tut es not.

Wir brauchen allerdings viel mehr als das Lippenbekenntnis, diese freie Entscheidung für richtig zu halten. Wir müssen sie auch unserem Partner zugestehen. Das ist unbequem. Und doch zwingend notwendig. Bei Ihrer Lektüre finden Sie über den Aufruf zur Toleranz gegenüber den Abstinenten auch wichtige Hintergründe und Tipps für die Partner von Abstinenten. Diese haben es oft genug furchtbar schwer zu entscheiden, ob sie bei dem Abstinenten bleiben können oder nicht. Ob und wie lange sie es aushalten können, den sexuellen Teil ihres Wesens zu vernachlässigen, unerfüllte Bedürfnisse in Schach zu halten oder sie – oft heimlich – andernorts zu befriedigen. Von Abstinenz sind stets beide Partner betroffen. Im besten Fall finden diese zwei die Sexlosigkeit in Ordnung. Nur ist dem vielfach nicht so.

Ja, auch darum geht es mir in diesem Buch: Ich möchte alle Seiten des Themas beleuchten, damit auch die Partner all jener zu ihrem Recht kommen, die an der Seite eines bekennend sexfreien Gefährten leben. Ihr Anliegen wird hier auch mitgedacht.

Die abstinente Lebensart ist oft eine Frage des Selbstbewusstseins, des Standings, des Zu-sich-Stehens. Zuweilen hilft es da zu wissen, dass Sie nicht allein dastehen mit Ihren Gedanken. Auch da bin ich mit meinem Buch unterstützend zur Stelle. Wie weit es in der Realität damit her ist, zeigt sich uns allen in einem Punkt: Es ist auch heute noch häufig schwierig, zu sich zu stehen. Zu den eigenen Entscheidungen. Geht es um sexuelle Vorlieben, toleriert unsere Gesellschaft inzwischen eine große Bandbreite. Sexfreiheit gehört seltsamerweise bisher nicht dazu. Wenn jedoch das Gros der Gesellschaft nicht mit Verständnis reagiert, was tun? Und wenn sich der eigene Liebesgefährte dagegen aufbäumt, was dann?

Ein paar Antworten habe ich hier für Sie versammelt, damit es nicht mehr eine Frage von Charakterstärke und Rückgrat ist, gegen den Strom zu schwimmen und sein Anderssein zu leben. Ohne sich zu verstecken. Es ist an der Zeit, offen zu uns zu stehen. Deshalb sage ich mit einem entsprechend mulmigen Gefühl: Ich lebe momentan sexfrei, also ohne Sex mit einem Partner. Das ist nicht allein Corona geschuldet, weil die Ansteckungsgefahr eine Annäherung durch gesundheitliche Risiken verkompliziert. Meine Entscheidung, jetzt sexfrei zu leben, passt gerade gut zu mir und zu meinem Schreibprozess. Auch wenn es Momente gibt, wo ich ihn mir wünsche, Paarsex aber nicht verfügbar ist. In meinem Leben gab es lange Zeiten mit Sex wie ohne ihn. Selbstbefriedigung gibt es unabhängig davon, ob ich in einer Partnerschaft war oder bin. Sinnlichkeit ist eine wichtige Qualität in meinem Leben. Ich mache sie nicht nur an Sex fest. Ich möchte über mein Sexleben flexibel entscheiden und es gestalten. Habe ich Angst, dafür Herabsetzung zu ernten? Aber ja! Das ist es mir allerdings wert. Und ich fühle mich meistens wohl damit.

Leben Sie so, dass es stimmig ist. Dass es ist, was Sie wollen. Damit Sie sich wohlfühlen.

Ich bin bereits auf dem Weg. Mögen Sie mich ein Stück begleiten?

DAS GROSSE SCHWEIGEN

Ohne Sex zu leben ist normal. Es ist eine der zig Möglichkeiten, mit unserem sexuellen Potenzial umzugehen. Denn bloß weil wir könnten, müssen wir nicht. Wir haben in dieser vergleichsweise liberalen Epoche das Privileg, uns irgendwo zwischen den Polen »Sex x-mal täglich« und »gar keinen Sex« zu bewegen.

Wir müssen dabei nicht einmal endgültig festgelegt bleiben, sondern dürfen wechseln. Neu entscheiden, wann immer wir wollen.

Ich, Anica Plaßmann, habe keinen Sex mit jemandem. Nicht in diesem Augenblick. Nicht heute Abend. Vermutlich ein Weilchen nicht. Wann meine Abstinenz aufhören wird, werde ich sehen. Ich allein. Denn ich behalte mir vor, das spontan zu entscheiden. Ich bin okay. Und normal. Keinen Sex zu haben ist normal. Das gilt heute, morgen und so lange ich es wünsche. Für Sie gilt es auch. Und für alle anderen ebenso. Schließlich sind wir uns darin einig, dass Sex frei wählbar ist.

Das sind wir doch, oder?

Fragt man es so, stimmt doch jeder zu. Zumindest in diesem Kulturkreis: Zu Sex muss man sich frei entscheiden können. Das ist ein alter Hut. Warum ich trotzdem darüber schreibe? Weil diese Medaille über keine Kehrseite verfügt, die Thema in der Öffentlichkeit ist. Wo ist die Option des selbstbewusst gelebten »Nein. Ich will nicht«?

Weil es ein totgeschwiegenes Thema ist, wenn jemand nicht willig ist. Nicht mitmachen will. Und schon gar nicht jemals die Initiative ergreift.

Die Gegenseite, also Anregungen für Sex, durchdringt gefühlt fast alle Alltagsbereiche. Ich mache es fest an den »Heißmachern«, Helferlein in der Werbung, wo das subtile Vorspiel am Strand bei der Parfumwerbung zum Kauf animieren soll, während ich zu Abend esse. Für mich ist das wie ein Knoten im Taschentuch: Denk dran, dass Sex normal ist. Dass Sex dazugehört. Später folgt eine Sendung über telefonisches Sexcoaching durch eine Journalistin. Bei mir kommt die Message an, dass die Allgemeinheit fit zum Vögeln gemacht werden will oder soll. Mein Spam-Ordner ist prall gefüllt mit Angeboten für Potenzmittel und Penisprothesen. Wieder denke ich: Sex zu praktizieren – das Thema wird so aufgeblasen. Es gibt Beckenbodentrainingsgewichte für besseren Sex in der Drogerie. Kurz vor der Kasse, damit ich die Allgegenwärtigkeit des Sex nicht aus den Augen verliere. Ohne Ende Bücher zum Thema liegen im Handel, Magazine, dazu die Clips und Sendungen über Sex überall in den Medien. Auch die angrenzenden Themenfelder werden ausgiebig bedacht, z. B. wie ich durch mein Aussehen und Verhalten zum Sex animieren kann. Und praktizierter Sex in Erotikstreifen, Sexszenen in Nicht-Sexfilmen, in Ratgebersendungen und Pornos. Lösungen für Probleme beim Sex. Es gibt Themenabende zu Erektionsproblemen, vorzeitigem Erguss, Minipenissen. In letzter Zeit auch immer mehr Informationen über Vaginas. Sogar im als konservativ verschrienen öffentlich-rechtlichen Fernsehen finden wir die Beiträge. Das ist wirklich eine Menge Sex-Content. Manchmal denke ich, ich bin dermaßen oversexed, dass ich »drüber« bin. Dass es nervt. Auf alle Fälle zeigt die Welt um mich herum ein falsches Bild. Denn ich denke privat gar nicht so oft an Sex. An manchen Tagen gar nicht. Das sind nicht zwingend schlechte Tage.

Gegenwärtig geht die Gesellschaft vergleichsweise offen damit um, dass Menschen wegen sexueller Schwierigkeiten auf Hilfe angewiesen sind. Jetzt kommt der Clou: Niemand spricht über Sexlosigkeit. Lustlosigkeit. Bocklosigkeit. Ungeil-Sein. Es wird darüber geschwiegen, wenn man selbst es so handhabt. Den Satz mit »Ich«, den ich anfangs geschrieben habe, werden Sie noch nicht oft gehört haben: Ich habe keinen Sex. Generell wird schon darüber gesprochen, wenn jemand nicht will. Aber das geschieht dann abfällig. Beleidigend ... Soeben läuft eine Berichterstattung über die schlechte Behandlung von Frauen in der Spitzengastronomie im TV. Die interviewte Köchin schildert, dass ihr Männer, wenn sie selbstbewusst auftritt, entgegenschleuderten, sie habe wohl keinen Sex. Bingo! Genau DAS meine ich. Im öffentlichen Raum taugt das Thema nur als Unterwerfungsmanöver.

Obwohl Ungeil-Sein in jeder Partnerschaft auftreten kann. Obwohl Sexlosigkeit eine Schneise der Verwüstung durch so manches Beziehungsleben zieht. Begleitet von Auseinandersetzungen: »Ich kann das so nicht mehr«, oder gar: »Lass mich. Ich mag nicht mehr. Das gibt mir nichts mehr.« Oder von dem ins Nichts begehrenden Partner, dem die sexuelle Resonanz fehlt: »Schatz, ich muss dir was sagen. Da ist was passiert. Es war bloß Sex. Es hatte wirklich nichts zu bedeuten.« Vermutlich haben Sie sogar persönliche Erfahrungen damit gemacht, wie das ankommt, wenn man mal nicht will. Oder grad gar nicht mehr. Und das sind bestimmt keine angenehmen Erlebnisse gewesen.

Wir müssen reden.

Ich habe viel mit Ihnen zu besprechen.

Wussten Sie, dass das häufigste sexuelle Problem bei Frauen das mangelnde Interesse an Sex darstellt? Der Fachbegriff dafür lautet »Störung der sexuellen Appetenz«.[2] Sie kommt bei Frauen und auch Männern vor. Kennen Sie bestimmt auch. So wie ich. So wie sehr, sehr viele Erwachsene. Fast jeder kennt es aus eigenem Erleben. Das ist nichts Besonderes, dass es zwischenzeitlich ein Weilchen nicht läuft. Dass Sie offiziell deshalb vielleicht als gestört gelten, ist Ihnen neu? Willkommen im Klub der Überraschten.

Ich kann Sie jedoch beruhigen: Sie sind damit nicht allein. Ganz im Gegenteil. Die Masse der Frauen und Männer ist oder war betroffen oder wird es erst noch sein. Fast jeder ist es fast immer mal wieder: unlustig. Und jetzt, da Sie wissen, dass es diese Masse an gleichermaßen Abstinenten gibt: Fragen Sie sich auch, wo all diese anderen sind und weshalb Sie niemanden davon kennen? Ganz genau DAS ist der springende Punkt. Abstinente leben in der Deckung. Im Schutz des Schweigens.

Wir befinden uns in einer Zeit, in der die Performance zählt und in der das Image in der Sexualität zur eigenständigen Einflussgröße herangewachsen ist. Während ich in den 1980ern und 1990ern noch glimpflich davongekommen wäre, wenn ich keinen Sex gehabt hätte, ist es heute deutlich blamabler, bekennend nicht-aktiv zu sein. Sex war damals schon ein Thema. Nur waren die sexuell Abstinenten besser geschützt, da es noch nicht die Selbstdarstellung in den sozialen Netzwerken gab. Den daraus resultierenden Gruppendruck. Der sich als Leidensdruck Bahn bricht. Wer damals mit Sex prahlte, wurde komisch angeschaut und als Anlass zum Fremdschämen betrachtet. Das ist schon länger vorbei. In den Medien werden heutzutage breitflächig Sexmythen als Realitäten platziert. Was und wie oft Sex angeblich hinter verschlossenen Türen stattfindet. Der Wert vieler Menschen wird durch einen sexy Body und das Sammeln sexueller Erfahrungen oder sogar von Trophäen generiert. Beweis es uns, dass du aktiv warst. Sonst gehen wir davon aus, dass du lügst. Bitte gleich mit Foto. Puh, ich finde das sooo übel.

Die schützenden Grenzen der Intimsphäre werden übergangen, was ich sehr bedauere. Auch meine Patienten sagen mir, wie sehr sie Qualitäten wie Genuss, zwischenmenschliche Nähe, Gefühle von Verbundenheit und Zugehörigkeit als altmodisch verlacht sehen – und vermissen diese Ausdrucksmöglichkeiten von Zuneigung. Sie sehen Sexualität in der Masse mehr zum Leistungssport und Entertainment degradiert, als dass es dort ums Schwelgen in Wohlgefühl durch und mit dem Partner geht. Zielorientiert wird auf den Orgasmus hingearbeitet, während ein angenehmer Weg dorthin vernachlässigt wird.

Da, wo auf der einen Seite die Veröffentlichung der Sexualität vorangetrieben wird und wo Schülerinnen auf dem eigenen YouTube-Kanal gewagt Falschinformationen an ihre Abonnenten verteilen, wird auf der anderen Seite maximal verschleiert, was all diese Transparenz an Leistungsdruck bewirkt. Und der befördert wiederum die ganze Palette sogenannter sexueller Funktionsstörungen. Die Pharmaindustrie verzeichnet beim Verkauf von potenzfördernden Präparaten Rekordumsätze. Selbst die Camouflage vermeintlicher körperlicher Mängel ist hochgradig professionalisiert. Man fragt sich, ob da nicht Moden wie der Schlankheitswahn und andere Definitionen von Schönheit eine zu große Rolle spielen. Der Gruppendruck wächst. Nur die Psyche und der Selbstwert hinken deutlich hinterher. Und viele flüchten sich in eine Selbstdarstellung, die nicht repräsentiert, was man ist, sondern ein kreiertes Image.

Eine sechsundzwanzigjährige Patientin, eine junge Mutter, schafft es nur sehr selten, zu mir zur Therapie zu kommen. Sie brauchte zwei Stunden im Bad, um sich anschließend »vorzeigbar« vor die Tür zu trauen. Sie hat keine Deformationen, ist nicht verunstaltet. Da ist nichts an ihr, was überschminkt werden müsste. Noch nicht einmal so etwas wie ein Feuermal, eine Warze im Gesicht oder etwas anderes, das sie von der Masse unterscheiden würde. Oder was unsere Gesellschaft einem sonst negativ vorwerfen könnte. Die Patientin ist eine normale, hübsche junge Frau. Und nicht nur sie fühlt sich zu hässlich. Die Störung Dysmorphophobie, die eine anhaltende Beschäftigung mit einer angenommenen – also faktisch nicht vorhandenen – Missbildung oder Entstellung beinhaltet, ist auf dem Vormarsch.[3] Die junge Frau, die ich meine, ist ein Mensch mit Schwächen, Fehlern – und einem grandiosen Lachen, das sie mich sogar manchmal sehen lässt.

Ich finde es schade, wie sehr der Faktor Mensch übersehen wird. Bei all dieser medialen Sexprotzerei schwindet die Toleranz gegenüber jenen, die nicht können. Die nicht mithalten. Oder denen, die nicht wollen. Und dazu zähle ich nicht nur überlastete Mütter, hart arbeitende Menschen, gestresste Ehrenamtler, Frauen in den Wechseljahren, Großeltern im Stress, die sich um Kinder und Enkel kümmern. Auch Menschen mit psychischen Belastungen rechne ich dazu, Patienten mit Krankheiten und nach Eingriffen. Frisch vom Partner Betrogene. Sich selbst unansehnlich Findende – ich könnte die Aufzählung endlos fortsetzen. Wenn wir all jene, die es angeblich nicht gibt, von unserer Gesellschaft trennen würden: Es wäre die Mehrheit. Wie kann das sein?

Der Anlass, weshalb ich mich für Menschen, die ohne Sex leben, starkmache? Weil wir bis heute keine Interessenvertretung haben. Keine Lobby. Dabei sind wir zahlenmäßig wirklich viele. Und diese Tatsache ist für diese vielen und auch für die betroffenen Partner z. T. existenziell bedrohlich. Denn die Konsequenzen der Sexlosigkeit reichen von der selbstverleugnenden Haltung eines »Augen zu und durch«, die einer Selbstvergewaltigung gleichkommen kann, über Vorhaltungen und endlosen Ehestreit bis hin zu Scheidungen und zur Auflösung ganzer Familien. Infolge von Unverständnis, Streitigkeiten und Anfeindungen werden in Kindern und Eltern große emotionale Löcher aufgerissen, die manche auch über Jahrzehnte in Psychotherapie nicht aufgefüllt bekommen.

Ich habe Ihnen ein paar Krisenherde aus meiner Praxis mitgebracht. Nicht alle münden in eine Trennung oder Scheidung, denn wer lernt, zur eigenen Sexfreiheit zu stehen, lernt auch, sich selbst wertzuschätzen und umgekehrt. Und das tut vielen Partnerschaften gut. Dazu verhelfe ich in meiner Praxis gerne – und vielleicht hilft Ihnen die Lektüre meines Buches. Was aber ist zu tun, wenn Probleme wie die Folgenden vorliegen?

Als ich die Eheleute D. (34/35) kennenlerne, sind sie seit sieben Jahren zusammen. Frau D. blieb für die Kinder, inzwischen knapp ein und fünf Jahre alt, seit der Geburt des ersten Kindes zu Hause. Sie kümmerte sich um den Haushalt wie sie mir beschreibt: »Ich machte alles, was anfiel, nur Geld bekam ich dafür nicht.« Ihr Mann bewerkstelligte derweil, dass es in der Kasse stimmte. Auch ein paar Extras wie ein Urlaub im Ausland pro Jahr waren möglich. Abends waren beide Eltern entsprechend erledigt. Nachts fanden sie nachwuchsbedingt keine Ruhe, die Kleinen zahnten, hatten Albträume. Irgendwas war immer. Frau D. bekam ihren Mann generell selten zu Gesicht. Morgens ging er früh aus dem Haus, abends kam er spät zurück. Familienleben fand eher am Wochenende statt. Deshalb fiel es Frau D. auch nicht auf. Irgendwann erzählte ihr eine Nachbarin, sie habe Herrn D. mit einer unbekannten Frau gesehen. Frau D. hatte gerade andere Sorgen: Mittelohrentzündung bei der Kleinen, Schulreifetest des Großen. Sie dachte sich nichts dabei. Mit Zeitverzögerung kamen die Zweifel. Die Frau stellte ihren Mann zur Rede. Doch der druckste rum. Er spielte die Sache herunter. Ließ sich abfällig über die »klatschsüchtige« Nachbarin aus. Von da an häuften sich Irritationen. Es kam zum Eklat, als Herr D. die Rechnung für die Blumen, die Frau D. nie bekommen hatte, und vieles weitere nicht mehr erklären konnte. Er gestand seiner Frau, eine Affäre zu haben. Er verwendete dabei die Salamitaktik. Gab die Informationen nur scheibchenweise preis. Stets gerade so viel, wie unbedingt erforderlich war. Seine Frau traute ihm da längst nicht mehr über den Weg. Spionierte ihm hinterher. Drohte mit Trennung, wenn der Mann seine Affäre nicht sofort beende. Das Familiengefüge geriet ins Wanken. Keiner im Freundeskreis hatte eine Ahnung, wie so etwas passieren konnte, die zwei waren doch so ein vorbildliches Paar. Was war der eigentliche Grund?

Es war einmal Corona ... Meine Patientinnen Svenja (28) und Christin (36) lernten sich vor zwei Jahren bei der Arbeit kennen. Sie verliebten sich ineinander. Gründeten einen gemeinsamen Hausstand. Die wirtschaftliche Situation des Unternehmens, in dem beide arbeiten, verschlechterte sich durch die Pandemie. Kurzarbeit wurde angesagt. Für Christin brach eine Welt zusammen, war der Job doch bisher ihr Leben. Der Erfolg, die Anerkennung durch Kollegen und nicht zuletzt ihr Gehalt hatten immer einen hohen Stellenwert für sie. Hobbys hatte Christin bislang nicht. Zumindest keine, die für sie als sinnvolle Tätigkeiten durchgingen. Sie fühlte sich weniger wert. Entwickelte Existenzängste. Svenja freute sich anfänglich: »Endlich haben wir mehr Zeit füreinander. Können das Leben viel mehr genießen.« Sie hatte immer schon Ideen, was sie tun wollte. Aber wegen der Arbeit hatte die Zeit nie gereicht. Die ersten Monate waren für Christin schwer zu ertragen. Sie fühlte sich schlecht, mochte sich nicht aufraffen. Ihr Leben erschien ihr unsagbar trist. Svenja reagierte mit Zuspruch: »Das wird schon werden. Komm, raff dich auf. Wir machen was Schönes.« Aber Christin raffte sich nicht auf. Blieb zu Hause auf der Couch. Alles war ihr zu viel. »Geh du alleine.« Svenja bemühte sich. Redete ihrer Partnerin gut zu. Aber sie hatte keine Chance. Irgendwann waren fünf Monate vergangen. Christin saß inzwischen meistens daheim auf der Couch. In Jogginglamotten. Sie war krankgeschrieben. Selbst die wenigen Stunden Arbeit überforderten sie am Ende. Sie schlief tagsüber, weshalb sie nachts kaum einschlafen konnte und sich Serien ansah. Auf dem Handy spielte. Währenddessen ging Svenja arbeiten. Traf sich mit den gemeinsamen Freunden. Zu Hause kam es immer wieder zu Streit. Beide liebten sich. Aber die unterschiedliche Lebensgestaltung trieb sie auseinander. Die Bindung wurde schwächer, was beide beunruhigte. Weder wussten die Freunde noch die Familien des Paares, was sich hinter verschlossenen Türen abspielte. Die eine der beiden Frauen, die ein normales Leben führte, schien unverändert. Und die andere war depressiv. Sie war krank. Dass auch die Gesunde sehr litt, vermutete niemand. Was war los?

Frau L. (49) und Herr A. (58) lebten zusammen. Beide waren geschieden. Sie hatten sich von den ersten Ehepartnern getrennt und die Kinder behalten, weil die ersten Partner ihr neues Glück ohne Ballast leben wollten. Die zurückbleibende Frau L. und der zurückbleibende Herr A. lernten sich daher in einer Erziehungsberatungsstelle kennen. Die Nachzügler der beiden, es sind Jungen, hatten in der Schule Probleme. Die durchlebte Trennung ging an den Kindern nicht spurlos vorbei. Beide Erwachsenen mochten und verstanden sich auf Anhieb. Respektierten einander. Liebten sich. Sie arbeiteten gerne nebeneinander im Garten. Kümmerten sich um ihre Kinder. Manches taten sie gemeinsam. Anderes getrennt. So hatte jeder seinen Platz in der neuen Beziehung. Dann bekam Herr A. auf einmal Probleme mit der Potenz. Frau L. fand das nicht so schlimm. Er glaubte ihr nicht, sagte ihr aber auch nicht, wie schlimm das für sein Ego war. Er fühlte sich als halber Mann. Sie wusste nichts darüber. Mit der Zeit veränderte sich ihr Miteinander. Die Atmosphäre kühlte sich ab.

Am Weihnachtsabend saß Frau L. weinend in der Küche, nachdem die Gäste gegangen waren, und schluchzte: »Ich halte das nicht mehr aus.« Trotzdem äußerten beide bei unserem ersten Termin: »Unsere Freunde halten uns für ein Traumpaar.« Wie passt das zusammen?

Ein Patientenpaar Ende sechzig hat gemeinsame Kinder und Enkel. Beide sind Pensionäre. Sie führen ein gut situiertes Leben. Manche Nachbarn in dem gepflegten Stadtteil beneiden sie. Ich sehe die beiden manchmal beim Einkaufen. Der Mann schaut andere Menschen an. Lächelt. Hat oft einen netten Spruch parat. Schäkert mit der Kassiererin. Seine Frau schaut grimmig drein. Eine tiefe Falte zwischen den Augenbrauen. Verkniffene Furchen um den Mund zeugen von Unzufriedenheit. Oft nörgelt sie an ihm herum. Er soll dies nicht und das nicht. Nichts scheint er ihr recht machen zu können. Die Frau ist sehr gepflegt. Teure Kleidung. Markenware. Stets trägt sie ein dezentes Make-up. Die Lippen rosé. Stilvoll. Perfekt manikürte Nägel. Und immer ist sie ansteckend schlecht gelaunt. Es ist sichtbar, dass etwas nicht stimmt. Dass es ihr nicht gut geht. Und ich weiß, warum.

Was ist das Geheimnis dieser vier Krisenherde? Es ist in allen drei Fällen dieselbe Problematik: sexuelle Abstinenz. Wie, seit wann und warum der Sex fehlt, ist von Fall zu Fall unterschiedlich.

Abstinenz ist manchmal die Folge von Lustlosigkeit, und dann wieder findet sich ein anderer Grund. Zumeist aber sind die Beteiligten hilflos, es ist ihnen peinlich, und sprachlos stehen sie vor den Trümmern ihrer Beziehung. Deshalb wissen die wenigsten Betroffenen von anderen Abstinenten. Dadurch aber wird das Problem konserviert, es bleibt unverändert und wird zur Gewohnheit. Zumindest so lange, bis es einer der Beteiligten nicht mehr ertragen kann.

Das ist doch nicht immer so, wenn es um eine Scheidung

geht, werden Sie vielleicht einwenden. Oder Sie sagen: Da kann doch auch vieles andere passiert sein. Sicher, das kann es. Und dann sagen Sie: Aber zeigen Sie mir ein Scheidungspaar, das noch glücklichen Sex hat. Und ich werde Ihnen sagen: Nein, in diese Falle tappe ich nicht. Ich zeige Ihnen gerne ein Paar, das glücklich beisammen ist, weil sich die Partner damit auseinandergesetzt haben, dass es auch (phasenweise) sexfrei leben darf.

Wir können doch heute über alles reden. Wieso können dann die Konsequenzen rund um fehlenden Sex so heftig werden? So furchtbar verunsichern? Entwerten? Und warum ist manchem Paar selbst angesichts einer final erfolgten Trennung oft nicht bewusst, wie viel das mit der unausgesprochenen und leidvollen Abstinenz zu tun hat? Weil sie sich nicht verständigen konnten über die selbstverständlichste Sache der Welt: sexfrei zu leben ...

Was stimmt mit uns und in unserer Gesellschaft nicht? Was ist geschehen in unserer Welt, in der wir schlussendlich frei wählen können und sollen, aber am Ende nicht mit den Ergebnissen umgehen können? Und woher kommt diese Bigotterie rund um Sex: Warum sagen wir emanzipierten Menschen weiterhin unseren Töchtern, Söhnen, Enkelinnen, Neffen, wenn wir ihnen einen guten Start in ihr eigenes Sexleben ermöglichen wollen: »Tu nichts, was du nicht willst! Du musst keinen Sex haben, wenn du nicht willst«, obwohl viele von uns es selbst nicht beherzigen? Das gilt übrigens für Frauen ebenso wie für Männer. Wie viel Sex hatten wir schon, obwohl wir nicht wollten? Wie oft haben wir ausgehalten, durchgehalten, mitgemacht – dem Partner zuliebe oder damit jemand anders mit einem allzu hoffnungsvollen Angebot nicht das Gesicht verliert, wenn wir ablehnen? Wie viel »Gnadensex« – wie ich Sex nenne, den wir nur dem anderen zum Gefallen haben – gibt es in der Welt? Wozu sind wir bereit, um den anderen nicht zu kränken? Damit es keinen Streit gibt? Wie sieht es da erst aus bei »Versöhnungssex«, motiviert allein durch Verlustangst? (Ein Wort, in dem Lust zwar vorkommt, aber keinerlei Rolle spielt ...) Vielleicht lassen wir uns manchmal auf Sex nur ein, weil schon wieder die x Wochen oder Monate rum sind, die wir uns phasenweise selbst zugestehen – unausgesprochen natürlich.

In der Welt wird so viel schlechter Sex praktiziert. »Das tut ja keinem weh« oder »Es hört ja gleich auf« sind die Antworten, die mir Patientinnen geben, und sie erklären sich damit Sex schön, den sie nicht wollten. Den sie über sich ergehen ließen – und wodurch sie sich vielleicht sogar selbst die Freude am Sex genommen haben. Es ist schon ungeheuer optimistisch anzunehmen, x-mal schlechter Sex oder nicht verhinderter, ungewollter Sex werde ohne Nachwirkung an uns vorbeiziehen, als seien wir währenddessen in Narkose gewesen. Wir bemerken sogar heimliche Werbebotschaften im Kino, die nur für x-tel Sekunden gezeigt wurden, sodass wir sie nicht bewusst wahrnehmen. Wie kommen wir dann darauf, dermaßen dickfellig auf unangenehme Erfahrungen beim Sex zu reagieren?! Wir sind doch nicht aus Holz!

Es ist an der Zeit, einen bewussten Sex-Purismus zu kultivieren: Tun wir nur das, wonach es uns verlangt.

Um den Angstgegner beim Namen zu nennen: Ich rede nicht von Enthaltsamkeit oder Askese und schon gar nicht von Übergriffigkeit, sondern von einem mutigen, selbstbewussten Ja oder Nein zu jeder einzelnen Option. Wir sind keine Bonobos, die ihr soziales Miteinander ausschließlich über Sex regeln können und müssen. Wir können uns entscheiden.

Was würde geschehen, wenn wir alle nur noch Sex hätten, den wir auch wirklich wollen? Freiwillig, bereitwillig, wirklich willig? Ich würde das nur zu gerne ausgelebt sehen ...

Und ich glaube fest, dass es unsere Beziehungen tragfähiger machen würde.

Die doppelbödige Message: »Hab nur Sex, wenn du wirklich willst«, hinter der eigentlich etwas anderes steckt, nämlich ein: »Wenn du als normal gelten willst, wirst du Sex haben müssen«, halte ich für brandgefährlich. Denn dieses althergebrachte und eigentlich (spätestens seit dem Gesetz zur Strafbarkeit der Vergewaltigung in der Ehe) obsolete Dogma liefert hinter Tausenden von Schlafzimmertüren noch immer die Argumente, sein Gegenüber zu ungewolltem Sex zu nötigen. Aufzuzwingen, was offenkundig nur einer möchte. Das ist Gewaltanwendung. Auch in einer Partnerschaft. Und es ist mit dem sexuellen Liberalismus unserer Zeit, unserem »anything goes« absolut nicht vereinbar. Genauso wenig mit ernst zu nehmender Partnerschaftlichkeit. Denn wenn alles okay ist, dann muss es auch die Abstinenz sein.

Also was wollen wir denn nun: Ist Sex Pflicht – oder darf ich ihn auch bleiben lassen? Offenbar gilt beides. Was für ein Wirrwarr. Und schließlich füttert die Abneigung gegen die – gesellschaftlich akzeptierte – Gesamtsituation nur den eigenen Widerwillen. Am Ende stinkt einem die Situation dermaßen, dass man verärgert verweigert.

Wie leicht kann es da sein, dass man einen gesundheitlichen oder sonstigen Grund vorschiebt, warum Sex nicht möglich ist, nur um nicht erklären zu müssen, warum man nicht will. Dabei sollte man doch wohl nicht-wollen dürfen ...

Bei vielen meiner Patientinnen und Patienten kommen irgendwann so viele Negativerfahrungen vor und mit Sex zusammen – und diese eindringlichen Standpauken, Sex hätte doch schon längst wieder mal stattfinden müssen, dass dem in den seltensten Fällen mit geringfügigen Modifikationen der sexuellen Routinen beizukommen ist. So ein Eingehen auf Probleme beim Sex hilft, solange es tatsächlich bloß darum geht, etwas anders zu machen. Verstehen Sie mich nicht falsch. Nur ist auch da der Zeitpunkt entscheidend. Wo nur auf das Anrecht auf Sex gepocht wird, bleibt häufig Unverständnis, egal, wie bereit wir sind, die Sache auszudiskutieren. Und letztlich haben beide Partner unnötig Zeit mit schlechtem Sex und unnützen Gesprächen verbracht.

Ich habe ja oben einige Patientenprobleme geschildert. Jetzt darf ich Sie noch bekannt machen mit ein paar O-Tönen, die ich in der Praxis hören durfte, wenn ich bei der Paartherapie die Frage gestellt habe: »Wie wollen Sie damit in Zukunft umgehen. Wie denken Sie über sexfreie Phasen.«

Da wurde unsicher geantwortet: »Was denn jetzt: Darf ich den Sex auch ablehnen? Ich soll also frei entscheiden und sexfreimachen? Oder muss ich nicht doch Sex haben?« Und dann, Achtung, jetzt kommt's: »Wenn es nach meiner Frau/meinem Mann geht, muss ich ja doch Sex haben.« Worauf besagter Partner feststellte: »Du verdrehst das jetzt, so habe ich das nie gemeint.«

Manchmal höre ich dann: »Was soll das denn wieder?«, oder: »Was soll denn der Unfug?« Gerne wird auch der Partner mundtot gemacht mit Formulierungen wie: »Aber da habe ich doch gar nichts dagegen.«

Wir alle sollten für uns überprüfen, wie wir es wirklich mit der Sexfreiheit halten. Ist es okay für mich, wenn ich selbst mal/gerade/für eine Weile oder auch dauerhaft nicht will? Und gestehen wir diese Wahlmöglichkeit auch unserem Partner zu?

Ich jedenfalls votiere dafür, in jeder Partnerschaft die Sexpflicht auf den Prüfstand zu stellen. Denn sie bringt nicht viel Gutes mit sich.

ZUR VERBREITUNG SEXUELLER ABSTINENZ

Wie gerne würde ich ankündigen: Es folgen die Zahlen, die beweisen, dass die von sexueller Abstinenz Betroffenen nicht allein auf der Welt sind. Ich möchte gerne Statistiken vorweisen, die besagen: Es gibt noch viele weitere, die sich auch mit diesem ominösen Zuwenig an Sex herumschlagen. Die sich ein Herz gefasst haben, aus dem Schatten getreten sind und gesagt haben: »Hier bin ich. Hier stehe ich. In der Öffentlichkeit. Ich bin eine von euch. Ich lebe abstinent.« Und noch etwas weitergedacht: Anstelle eines abstinent lebenden Menschen in der Deckung der Anonymität – eben nicht ich, die sich schon aufgrund ihres Status als Sexualtherapeutin abhebt – wäre ich sehr erleichtert, wenn ich von einem möglichst großen Anteil weiterer Abstinenter in der Gesellschaft lesen würde.

So gerne ich Ihnen einen maximal geschmeidigen Weg zur Akzeptanz der Sexlosigkeit eröffnen möchte, so wenig gesichert ist er. Über Erwachsene, die ohne Sex leben, gibt es fast keine zuverlässigen Daten. Natürlich existieren einzelne Gruppen, deren Sexlosigkeit bekannt ist. Katholische Priester beispielsweise – ein deutlich exklusiverer, kleinerer Kreis als der Kreis der Personen, die sexlos leben, ohne dass sie religiöse Gründe dafür haben. Und eine Umfrage unter katholischen Geistlichen durchzuführen, wer von ihnen Sex hat, obwohl sie diesem abgeschworen haben – vergessen Sie es.

Ich könnte Ihnen jetzt die Umfrageergebnisse nennen, die ich gefunden habe. Aber bei jeder dieser Zahlen müsste ich

Einwände erheben: Weil es nur darum ging, wer keinen Sex hat – es wurde nicht hinterfragt, wie motiviert das war. Oder weil nur nach Geschlechtsverkehr gefragt wurde – aber was ist mit Stimulation von Hand, Mund oder mithilfe von Gegenständen wie Federn, Massageutensilien oder Sexspielzeug? Oder weil nur heterosexuelle Frauen gefragt wurden – und was ist mit allen anderen? Ich könnte so noch eine Weile weitermachen. Unterm Strich wären wir dadurch kein bisschen klüger. Es tut mir leid.

Um wen es mir geht, ist die Mehrheit der Bevölkerung, die abstinenzerfahren ist. Das sind viel mehr als die üblichen Verdächtigen wie in die Jahre gekommene Jungfrauen, Asexuelle, katholische Priester oder ältere Herrschaften, denen man Sexlosigkeit sowieso gern unterstellt.

Sexuelle Abstinenz heißt für mich so viel wie: fern von Sexualität zu sein. Ich verorte sie bei zwei verschiedenen Gruppen. Zum einen bei Menschen, die keinen Sex mit Partner(n) praktizieren, weil sie nicht wollen. Zum anderen bei denen, die schon wollen, aber keinen Sex praktizieren.

Für mich sind erregende Stimulationen bereits in Sex inkludiert. Soll heißen: Wo sexuelle Erregung mit und durch den Partner ist, gilt dies für mich als Sex. Mir ist es wurscht, ob irgendwo irgendwas in Körperöffnungen eingeführt wird oder nicht. Auch erotisches Streicheln, Necking und Petting ist nach meinem Verständnis Sex.

Gar nicht so selten geraten Paare mit einem Abstinenzkonflikt in Streit darüber, ob jenes Streicheln nun erotisch gemeint war, aber beim Partner gefühlsmäßig anders umgesetzt wurde, oder ob es »harmlos gemeint«, aber vom Gegenüber wiederum erotisch motiviert erlebt wurde. Es ist ein klassisches Szenario, dass der Begehrende äußert, er habe sich zurückgehalten und seine Versuche zu kuscheln und sein Streicheln seien absolut unschuldig gedacht gewesen, was ihm der abstinente Partner nicht abnimmt. Wurde dem Unwilligen nachgestellt, oder war alles ganz harmlos? Das ist nicht so einfach feststellbar.

Ich bin immer wieder überrascht, welche Körperbereiche am anderen für neutral und als deutlich nicht sexuell belegt erachtet werden. Da werden von Begehrenden Brüste, die Oberschenkel- und Leistengegend und der Po genannt. Das sei unschuldiges Kuscheln gewesen, meint der eine – der andere aber sieht das ganz anders, und ich kann verstehen, wenn dem Abstinenten der Kragen platzt, weil er diese Zonen als erotisch bewertet. Dazu ist zu sagen: Es kann schon sein, dass solches Streicheln unschuldig gemeint war und ein wenig gedankenlos und ohne Hintergedanken erfolgte. Es entlastet den Streichelnden aber nicht von der Verantwortung, wenn er darum weiß, dass der Gestreichelte das nicht möchte. Wenn ich meine Hand in den Schritt meines Partners lege, obwohl er das nicht will – Achtung, jetzt formuliere ich sehr hart –, ist diese Handlung genau genommen sexuelle Nötigung. Dasselbe Urteil gilt, würde ein Mann gegen den Willen der Frau die Hand auf ihre Brust oder den Po legen.

Das mag Sie schockieren. Genau dieses Schockiertsein zeigt umso mehr, dass in unseren Köpfen erstaunlich viel Anspruchsdenken in Bezug auf den Körper und die Sexualität eines Partners vorherrscht. Woher aber kommt dieses Anspruchsdenken? Um Grenzen setzen zu können, müssen die Grenzbereiche klar definiert sein.

Deshalb zurück zur Definition: Ab wann ist etwas Sex? Es wird Sie vielleicht erstaunen, aber: Wir alle sollten darüber mit unseren Partnern Klarheit schaffen. Denn unsere Sprache im Alltagsgebrauch ist nicht immer eindeutig.

Wenn also Malte und Katrin kommen und sagen, sie hätten noch nie Sex gehabt, sondern nur »rumgemacht«. Und wenn sie für sich einschränken: »Nur den Penis und die

Scheide streicheln, sich gegenseitig zum Orgasmus bringen geht«, dann haben die beiden nach meinem Verständnis Sex gehabt. Falls Malte und Katrin Veränderungswünsche haben sollten, weil das Miteinanderschlafen im Sinne von Penetrieren für beide erstrebenswert und wichtig ist, dann ist das schlichtweg ein anderes Thema. Sexuelle Stimulation und Erregung sind auch ohne Penetration, also Einführen des Penis, nach meiner Definition Sex. Telefonsex heißt ja nicht ohne Grund so.

Ich möchte auch noch deutlich darauf hinweisen, dass es – und hier befinden wir uns in einem Grenzbereich, also in allernächster Nähe zur Abstinenz – reichlich Personen gibt, die »eigentlich« keinen Sex wollen, aber de facto Sex praktizieren. Diese leben ihrem Tun nach nicht abstinent. Abstinenz wäre die ihnen gemäße, die eigentlich gewünschte Lebensform, die sie allerdings nicht leben. Ich meine nicht Überlebende von übergriffigem Sex. Sondern diejenigen, die denken: »Fummelt er schon wieder ... Na okay, dann bringen wir es halt hinter uns.« Es sind oft die feinen Zwischentöne, an denen ich beim Gespräch mit Patienten festmache, dass der Sex nicht wirklich gewollt ist.

Ein Kennzeichen für mich ist dieses eingestreute Wörtchen »eigentlich«. Wer es viel verwendet, gehört für mich zu den potenziell Abstinenten, die eventuell noch vor dem erklärten Ausstieg aus sexuellen Aktivitäten mit dem Partner stehen. Ich bezeichne diese Menschen als »Schläfer« unter den sexuell Aktiven. Es ist durchaus vorstellbar, dass sie unbemerkt ihr Leben lang Sex mit dem Partner haben, weil sie denken, es müsse so sein. Oder sie tun es, weil sie sich sorgen, sonst käme es zur Trennung. Oder aus einem der zig anderen möglichen Gründe, zu denen ich im Verlauf des Buches auch noch komme. Es ist genauso vorstellbar, dass z.B. die Frau irgendwann sagt: »Spatzl, das gibt mir schon lange nichts mehr. Aber ich hab es gern für dich getan. Ab heute ist allerdings Ende im Gelände.« Oder der Mann sagt: »Von den Pillen krieg ich bloß Kopfweh. Nö, lass mal. Im Grunde ist es mir gar nicht so wichtig.« Übersetzt heißt das so viel wie: »Ich will nicht mehr, dass wir miteinander vögeln.« Eine Aussage wie diese ist für an Sex interessierte Partner in etwa so leicht zu schlucken wie ein Ytong-Block.

Mit solchen Äußerungen im Kopf kommen häufig Paare zu mir, weil sie damit emotional nicht fertigwerden. Sagt einer der Partner Nein, ist die altbewährte Balance dahin. Dies alte Gleichgewicht möchten beide ja schon gern zurückhaben. Das Einverständnis, oft auch unausgesprochen, das am Anfang der Beziehung gegeben war. Dann aber kommt ein Zeitpunkt, an dem einer gern weiterhin Sex hätte, und der andere sagt: Nein. Ein klassischer Paarkonflikt, für den es übrigens keine Standardlösung gibt, wenn man sich als Therapeut neutral dazu verhält.

Zurück zu meiner Definition von Abstinenz. Die Frage der erlaubten Körperareale haben wir ja geklärt: Sie muss mitgeteilt werden. Damit klar ist: bis hierhin und nicht weiter. Manchmal empfinden es Patienten bei Streichelübungen als hilfreich, mit Körperfarbe kenntlich zu machen: Bis dorthin darf angefasst werden. Und jenseits der Linie nicht.

Körperteile haben wir definiert in der Partnerschaft? Dann wäre es nun auch hilfreich, eine präzise Zeitspanne zu benennen, wann Abstinenz als solche beginnt, also ab welcher Dauer man sexfreies Leben als Abstinenz bezeichnet. Nur finde ich das denkbar schwierig. Ich würde alles unterhalb von zwei Wochen ohne Sex mit Partner nicht als Abstinenz bezeichnen. Natürlich wäre ich auch bereit, darüber zu diskutieren. Ob es Ausnahmen gibt, denn die gibt es sicherlich. Diese Zeitspanne ist einfach mal so aus dem Bauch heraus gesagt. Das hier ist ja schließlich kein psychotherapeutisches

Lexikon oder Diagnostikwerk. Aber ich kann verstehen, dass Sie möglichst konkrete Definitionen an die Hand gegeben haben möchten. Denn: Abstinenz ist Verhandlungssache.

Was mit Sex zu tun hat, ist oft Geheimnis, Tabu, was auch immer. Wir haben weniger Übung, darüber zu sprechen. Ich komme darauf, weil es bei abstinenten Patienten im Regelfall heißt: »Ich habe noch nie mit jemandem darüber geredet. Nicht einmal mit meiner besten Freundin.«

Abstinenz ist wirklich ein großes Tabu. Ich kann Ihnen versichern, dass es sich in unserer Gesellschaft hingegen mit Themenfeldern wie Fetischen, Swingen, Erektionsproblemen etc. ganz anders verhält. Letztere werden gern in wohlmeinenden Männergesprächen thematisiert oder unter Geschwistern und Freundinnen. Das sind manchmal regelrecht stolz hervorgebrachte Erfahrungsberichte, für die die mutigen Erzähler Anerkennung und interessierte Nachfragen ernten. »Wow, ihr habt echt so eine Party wie in dem Film ›Eyes Wide Shut‹ besucht? Wie ist das dort? Das würd ich mich gar nicht trauen. Alle Achtung!« Schulterklopfer folgen. Es werden die Top-Urologen-Visitenkarten weitergereicht. Potenzfördernde Präparate empfohlen. Und man tauscht sich aus, wie doch noch »was geht«.

Aber wenn Paare vielleicht seit Jahren keinen Sex mehr haben, ist das Ansprechen der Tatsachen schwierig. Fast fühlt es sich an wie eine Behinderung, als sei etwas nicht in Ordnung mit einem, als sei man »nicht normal«, wenn man überhaupt darüber spricht. Wir können das Schweigen folglich nicht damit erklären, dass alle Aspekte rund um das Thema Sex über alle Maßen diskret behandelt werden.

Warum ist das so, dass sexfreies Leben für uns so ein Tabu darstellt? Ich nenne Ihnen hier gerne einige mögliche Gründe – ob ich sie für zutreffend halte, ist schon wieder eine andere Frage:

a) Es gibt kaum Betroffene.
b) Die Betroffenen geben es nicht oder nur selten zu.
c) Selbst Wissenschaftler und Meinungsforschungsinstitute haben noch keinen Weg gefunden, wie man nach diesem Thema fragen kann, ohne dass etliche der Befragten innerlich dichtmachen.
d) Einige wenige, die sich in Befragungen als Betroffene outen, leben gar nicht abstinent, sondern sind bloß an der Aufmerksamkeit von Fragestellern interessiert. Diese Personen bewegen sich meist im Grenzbereich zu einer psychischen Erkrankung. Dennoch möchte ich hier darauf hinweisen. Sie sind wie diese Schaulustigen, die sich bei der Berichterstattung von Katastrophen hinter dem Reporter ins Bild drängeln.

Antwort a) ist meiner Meinung nach so falsch, wie es eine Antwort nur sein kann. Sie scheidet schon deswegen aus, weil ich persönlich viel zu viele Betroffene kenne. Antwort d) verzerrt generell die Ergebnisse von Befragungen. Diese Menschen interessieren uns hier ohnehin nicht. Sie sind in ganz, ganz anderen Büchern richtig aufgehoben. Bleiben b) und c) – aber um diese beiden Punkte zu ändern, lohnt es sich, hier weiterzulesen. Denn ich strebe an, dass wir alle zu unseren Gestaltungswünschen in Bezug auf unser Sexualleben stehen.

Wer ein sexfreies Sexualleben praktizieren möchte, sollte nicht mehr Für und Wider begegnen als jeder andere bei der Umsetzung seiner Vorlieben.

Ich kann Ihnen trotzdem Antworten auf die Frage geben, warum wir nichts Genaues wissen. Das werden keine Statistiken sein, die Sie von mir bekommen.

Ich habe etwas viel Besseres für Sie, nämlich Antworten und Aussagen von Menschen mit eigenen Erfahrungen rund um das Thema »Ich will nicht Sex mit jemandem haben«, und ich meine, dass diese persönlichen Antworten aussagekräftiger sind als Statistiken und Zahlen. Das wird deutlich, wenn ich mir mal eine Zahl ausdenke: Dreiundsiebzig Prozent aller Deutschen kennen das Phänomen. Das sag ich so dahin. Das hilft nicht, denn eine solche Zahl erklärt nicht, tröstet nicht.

Anstelle von Zahlen möchte ich Ihnen hier konkrete Situationen an die Hand geben. Sie können schwarz auf weiß lesen, was Menschen schon passiert ist. Wie sie vorgegangen sind. Wie sie sich dabei gefühlt haben. Was das für Konsequenzen für ihre Partnerschaft und ihr weiteres Leben hatte. Das ist besser als eine Zahl. Sehr viel besser. Im sozialen Kontext lernen wir am besten durch das Beispiel anderer. Und Beispiele finde ich in meinem Praxisalltag zuhauf.

Manches in Ihrem Sexleben, was Sie nicht mögen, können Sie angehen, vielleicht sogar ändern. Sich verständigen und verstanden werden. Zu einem Sex gelangen, der Ihren Vorstellungen entspricht. Ich kann zwar keine Ferndiagnosen erstellen. Aber von anderen zu lernen bietet generell Möglichkeiten. Es macht gefühlsmäßig einen Unterschied, ob ich eine anonyme Prozentzahl habe, die meine wunde Psyche trösten soll (was dadurch eben meist nicht bewerkstelligt wird). Oder ob das echte Paar Anja und Hans-Peter, denen der Stress immer wieder für längere Strecken den Sex austreibt, weil sie so viel arbeiten, dass jede Minute ihrer Freizeit für actionarme Erholung draufgeht, fast dasselbe Problem hat, wie Ihr Partner und Sie es vor sich sehen. Oder Sie finden Ähnlichkeiten zu Lisa und Norbert, die kürzlich ihr zweites Kind bekommen haben und mit übermüdeten, rot geränderten Augen kaum wissen, wo oben oder unten ist. Die mitten im Satz vergessen, worüber sie eben noch geredet haben. Sie lassen ernsthaft verlauten, sie wollen das mit dem fehlenden

Sex wieder hinbekommen, während ich als Therapeutin bei mir denke: »Ich bin nicht einmal sicher, ob das mit der Autofahrt der beiden nach Hause noch gut funktioniert.« Unter diesen Umständen würde ich dem Paar allein dafür, dass es saubere Kleidung trägt und es die Kids während der Zeit unseres Gesprächs nicht einfach vor der Praxistür stehen gelassen hat, mindestens einen Orden verleihen. Zusätzlich würde ich am liebsten ein Rezept ausstellen über eine Auszeit, die sie sechs Wochen irgendwohin entführt, wo es schön und erholsam zugeht.

Was ich hier kann, ist, Ihnen zu zeigen: Schauen Sie doch mal, was bei Ihnen alles los ist! Und welche Erwartungen Sie an sich stellen. Das ist oft übermenschlich, was viele da schaffen. Und es liegt nicht an Ihnen, dass Sie am Ende nicht alles hinbekommen, was Sie sich vorgenommen haben. Vielen anderen geht es auch so. Die Leistungsgesellschaft veranschlagt einen hohen Preis, den jeder von uns in unterschiedlichen Raten abbezahlt. Wir werden das nicht einfach mal eben ändern können. Aber wir können immerhin merken, verstehen und – das ist meine große Hoffnung, die mich angetrieben hat, dieses Buchprojekt umzusetzen: dass wir gnädiger mit uns selbst umgehen. Weil wir alle auf die bestmögliche Weise versuchen, mit Sex umzugehen. Lassen Sie sich nicht in die Enge treiben, auch nicht von der Tatsache, dass ganze Wirtschaftszweige davon profitieren, dass wir uns schämen, uns nicht wohlfühlen in unserer Haut. Dass wir uns ein Bein ausreißen, um unser (Sex-)Leben zu ändern. Dass wir tolerieren, was uns nicht guttut. Dass wir alles tun, um zu sein, wie angeblich die Allgemeinheit ist. Dass wir unter Druck geraten und um Ausgleich für den Mangel an partnerschaftlich ausgeführtem Sex bemüht sind.

Die Verbreitung sexueller Abstinenz ist also in Zahlen nicht zu erfassen. Als Zeitraum habe ich zwei Wochen plus genannt. Diese zwei Wochen haben in vielen Leben Platz. Wenn Sie also von mir eine ernst gemeinte Schätzung hören wollen, wie viele Erwachsene in unserer aufgeklärten Zeit schon sexuelle Abstinenz kennengelernt haben, zumindest vorübergehend, würde ich auf mehr als neunzig Prozent tippen.

Für mich fachlich und auch persönlich gehört sexuelle Abstinenz zum Leben dazu. Sie ist eine Blüte im Garten meiner sexuellen Möglichkeiten. Und ich denke, in Ihrem Garten ist sie es auch – und Sie lesen recht, es ist eine Blüte und kein Unkraut. Wann und wie lange ich mich ihr zuwende, hängt von unzähligen Faktoren ab. Als bekanntesten Faktor möchte ich hier Freizeit nennen, dieser Faktor Zeit spielte bei dem Beispiel gerade ja eine große Rolle. Welche Faktoren ich noch kenne, werde ich Ihnen auch noch verraten. Versprochen.

In meiner Praxis

Wenn ich weiterhin Otto Normalverbraucher geblieben wäre, wie ich es ja einmal war, dann würde ich mir den Beginn einer Sexualtherapie mit dem Themenschwerpunkt Abstinenz so vorstellen, dass das betreffende Paar zur Therapeutin kommt und dann einsteigt mit einem Satz wie: »Frau Soundso, wir haben keinen Sex mehr. Wie kriegen wir das Problem in den Griff? – Haben Sie da ein paar Tipps für uns?«

Ich weiß nicht, ob Sie und ich diese Erwartung teilen. Jedenfalls würde ich davon ausgehen, dass das Thema Sexlosigkeit vielleicht nach ein wenig Geplänkel à la »Schönes Wetter heute« geäußert wird.

Das geschieht eher selten.

»Wir haben Kommunikationsprobleme«, ist oft der erste Themenvorschlag, der mir in weiser Voraussicht angeboten wird. Denn viele Paare bereiten sich mental auf unser Gespräch vor.

Kommt ein Paar zum Erstgespräch gemeinsam, zeigt mindestens einer der beiden eine Art Aktionismus. Das ist, als würde er vorwärtsstreben in Richtung Problemlösung. Doch als Erstes werden andere Erklärungen vorgetragen zu Problemthemen wie »das viele Streiten«, Eifersucht, Depressionsverdacht, Fremdgehen, Kontrollieren und Spionieren, Probleme rund um die Selbstbefriedigung meistens des Mannes oder die nicht funktionierende Aufgabenteilung des Paares. Nur eines wird selten genannt: dass das Paar keinen Sex hat.

Bis wir zu dem Punkt kommen, habe ich bereits viele Fragen gestellt: Wie es den beiden mit dem jeweils beschriebenen Problem geht. Welche Verbesserung am dringendsten ist, oder am wichtigsten. Denn das ist nicht immer dasselbe. Warum wird gerade jetzt therapeutische Unterstützung gesucht? Gibt es einen konkreten Anlass? Da heißt es oft: »Wir diskutieren andauernd.« Oder: »Bei bestimmten Themen kommen wir auf keinen gemeinsamen Nenner.« Vielleicht höre ich auch: »Meine Freundin glaubt, ich gehe fremd. Aber das ist gar nicht so.« Manchmal heißt es sogar: »Wenn wir das nicht in den Griff kriegen, wird er/sie sich trennen.« Bumm. Der erste massive Sprengsatz steht mitten im Raum. Hier geht es um etwas, was für mein Gegenüber ungeheuer bedrohlich ist. Etwas, das Druck ausübt. Den Satz spricht fast immer derjenige aus, der vom anderen mit Trennung bedroht wird oder der glaubt, dass eine Trennung folgen könnte. Ich bin immer wieder verblüfft, mit welcher Coolness derlei mitunter vorgebracht wird. Solche Drohungen sind nicht auf die leichte Schulter zu nehmen. Manchmal gerät der Bedrohte dermaßen in Not, dass er alles verspricht, Besserung gelobt, verzweifelt bittet und bettelt. Dies ist eine hochsensible Situation, in der Menschen weit über ihre Grenzen hinausgehen und Dinge zusichern, die nicht gut für sie sind.

Spannend an der Therapie von Paaren mit Abstinenzkonflikt ist, dass die anfangs vorgebrachten Probleme auch unabhängig von der unausgesprochenen Abstinenz zustande kommen können. D. h., es ist nicht zwingend davon auszugehen, dass Abstinenz die Quelle des genannten Übels ist: Eifersucht, Spionieren in Mails und Nachrichten, Nähe-Distanz-Konflikte, Betrug, unerfüllter Kinderwunsch u. v. m. können auch bei Paaren vorkommen, die Sex miteinander haben. Es ist jedoch diese Camouflage durch Nebenschauplätze und Kollateralschäden, die es zu einer größeren Herausforderung werden lässt, zum eigentlichen Kern der Schwierigkeiten vorzudringen: der Abstinenz.

Dörte (36) und Jens (35) hatten unterschiedliche Bedürfnisse nach Nähe. Dörte, aufgewachsen mit drei Geschwistern in einer Vielkuschler-Familie, war Nähe vertraut. Sie suchte Körperkontakt zu Jens, der dem nach und nach auswich und Fluchttendenzen zeigte. Je mehr Dörte ihm folgte, ihn berührte, umso mehr ging Jens auf Abstand. Anfangs erklärte er sein Verhalten mit Stress. Er wurde gereizter. Abweisender. Es folgte der Rückzug in sein Arbeitszimmer. Während des Corona-Lockdowns eskalierte das Problem. Bei diesen beiden ging es nicht um Abstinenz. Ein anderes Paar, das ich zeitgleich behandelte, schilderte einen fast identischen Verlauf, dem jedoch ein ungeklärter Abstinenzkonflikt zugrunde lag. Deshalb ist Vorsicht geboten, vorschnell Rückschlüsse zu ziehen.

Zähle ich mögliche Folgeprobleme durch Abstinenz auf, stolpern viele über einen Aspekt: unerfüllter Kinderwunsch. Es kommt immer wieder vor, dass betroffene Paare meine Hilfe anfragen. Oft werden sie sogar aus der Reproduktionsmedizin zu mir geschickt. Die einen haben bereits vergeblich Hormontherapien gemacht, um die Hardware ihres Empfängnisapparates in Stellung zu bringen, damit Mutter Natur den Rest erledigt. Andere haben sich mit Sex nach Plan um die Lust gebracht. Und die Dritten haben diverse gescheiterte Versuche mit künstlicher Befruchtung etc. bereits hinter sich, manchmal mit einer kaum zu ertragenden Menge an Fehlgeburten. Wenn Sie nun denken, dass Tausende von Euro kostende Behandlungen nur von Paaren durchgeführt werden, die Sex haben, dann irren Sie sich. Die Reproduktionsmedizin soll manchmal richten, was ein abstinentes Paar selbstredend nicht schafft. Hätten Sie das gedacht? Das musste ich auch erst lernen. Auch wir Therapeutinnen haben Vorurteile, die wir dann ganz dringend entsorgen müssen, etwa wenn da das Paar Z. (Ende 20) vor einem sitzt und erzählt, die Frau sei organisch »topfit«, aber die beiden machten vergeblich eine Hormontherapie, weil es mit dem Schwangerwerden nicht klappt. Sie und ihr Mann »sind seit sechs Jahren verheiratet, und es klappt und klappt nicht. Wir haben schon alles versucht.« In Sitzung vier stellt sich dann heraus, dass Frau Z. noch Jungfrau ist. Genauso wie ihr Gatte, der nicht weiß, wie er eine geplante Ejakulation bewerkstelligen soll. Er masturbiert nämlich auch nicht. Und nun steht im Raum, dass man Herrn Z. Spermien chirurgisch aus dem Hoden entnimmt, damit seine Frau und er sich den Traum von einer eigenen Familie erfüllen können. Ohne Sex. Auch solch extreme Konstellationen finden sich als Folge von sexueller Abstinenz.

Aber zurück zu der Frage, wann sexfreies Leben in den Gesprächen bei mir angesprochen wird. Sie haben nichts verpasst oder überlesen: Abstinenz als Thema wird eben nicht benannt. Und genau das ist so typisch in anfänglichen Gesprächen mit Paaren, die unter den Folgen eines Abstinenzkonfliktes zu leiden haben.

Es braucht in allen Fällen meist eine Menge Beziehungsarbeit zwischen mir als Therapeutin und den Patienten. Wir müssen uns ja auch erst kennenlernen. Aber bei diesen Paaren ist eine Art stilles Einvernehmen da, in meinem Beisein nicht über das Hauptthema Abstinenz zu reden. Schließlich haben sie es selbst daheim nicht angesprochen. Für mich kommt es dann unerwartet zum Innehalten bei einem ansonsten plauderfreudigen Patienten. Irgendetwas, von dem ich keine Kenntnis habe, hemmt ihn. Der Betreffende stockt mitten im Satz. Schaut den Partner an. Sagt etwas wie: »Ich weiß gar nicht, ob es okay ist, wenn …« Sendet stumme Signale an den Liebsten. Fragt mit Blicken, ob weitergeredet werden darf. Aber der andere weiß vielleicht gar nicht, wovon da geredet werden soll. Oder gibt sich ahnungslos. Es wird rumgedruckst. Der Sprechende überlegt angestrengt, ob der/die Liebste das aushalten kann. Vor mir ausgerechnet darüber zu sprechen, vor einer quasi Fremden.

Ich biete in solchen Situationen an, den Raum zu verlassen, damit sich beide abstimmen können. Auch wenn das Angebot kaum genutzt wird. Erfahrungsgemäß ringt sich der Sprechende dazu durch und redet weiter. Vielfach ohne dass sein Partner ihn dazu ermutigt oder ihn autorisiert und damit entlastet hat. Andere Male gibt es nonverbale Zeichen. Ein Nicken. Oder »Sag doch …« Auf dem Sprechenden lastet dabei stets die Gefahr, etwas Fragiles zu zerstören, wenn er die falsche Entscheidung trifft. Dem anderen durch das Weiterreden zu viel zumutet. Hoffentlich fängt der Partner nicht an zu weinen. Oder läuft raus. Wird total sauer. Trennt sich an Ort und Stelle.

In diesen Sekunden scheint der Abwägende die ganze Verantwortung für die Beziehung und den Partner zu tragen. Und dann geschieht es: Das Problem ist ausgesprochen. Wow. Das schreibe ich hier, weil es tatsächlich eine große Leistung darstellt, eine Menge Mut und Zuversicht benötigt. Wegen solcher Prozesse nennen wir Therapie »Arbeit«. Denn das ist sie oft: harte Arbeit. Ich empfinde dafür großen Respekt! Eine Erfahrung mit solchen Situationen wird Sie vielleicht ermutigen, denn ich möchte hier betonen: Es geschieht gar nicht so häufig, dass Partner tatsächlich weinen – und Tränen sind oftmals reinigend. Sie müssen niemandem peinlich sein. Und rausgerannt ist an der Stelle noch niemand.

Wie mir das Thema noch präsentiert wird, möchte ich Ihnen nicht vorenthalten. Da gibt es eine ganze Reihe »klassischer« Äußerungen. Oftmals schießt das Thema aus dem begehrenden Partner förmlich heraus: »Schon x Monate/Jahre keinen Sex mehr!« Das kommt explosionsartig, der Mensch ist massiv in Rage. Dem sexuell Unwilligen wird diese Wahrnehmung der Situation mit voller Wucht entgegengeschleudert. Dann sitzen beide oft mit hochrotem Kopf vor mir. Der begehrende Partner ist außer sich. Er sieht zornig aus, allerdings ist dahinter unsägliche Hilflosigkeit verborgen, weil es Angst macht, das Problem nicht allein bewältigen zu können. Die Ankläger sind nicht selten entsetzt über die eigene Entgleisung. Fühlen sich von der eigenen Äußerung entblößt.

Der Angeklagte hingegen sitzt zumeist beschämt, manchmal schockiert daneben, bleibt vielfach stumm. Oder es kommen Rechtfertigungen: »Es ging ja nicht, weil …« Gegenvorwürfe und Schuldzuweisungen sind klassisch an dieser Stelle. »Also … hast du selbst doch auch …« Oder: »Du weißt doch ganz genau, dass …« Es wird als peinlich empfunden, an der Misere schuld zu sein.

Im Grunde ist der Partner, dessen Gefühlsausbruch das Thema auf den Tisch gebracht hat, nicht minder hilflos. Es braucht eine sehr starke Gefühlsladung, um diesen Kloß im Hals herauspressen zu können. Hemmungen und Schuldgefühl sind die gemeinschaftliche Ursache.

Meine Patienten wissen nicht, dass ich um diese Schamgefühle weiß. Oft denke ich, dass es ihnen die Situation leichter macht, denn dann denken sie, dass sie das Ganze herunterspielen können mit Bemerkungen wie: »Ich reg mich ja bloß so auf, weil mein Mann/meine Frau nicht darüber reden will.« Dieses Herunterspielen und Sich-Verstecken wirkt schützend.

Haben Sie gemerkt, wie schnell ein Mäntelchen über das eigentliche Problem gebreitet wurde? Instinktiv werden Ablenkungsversuche gestartet, damit das Problem nicht so offen zutage tritt. Mir ist es wichtig, den Patienten die notwendige Zeit zu lassen, um in sicheres Fahrwasser zu gelangen. Wieder festen Boden unter die Füße zu bekommen. Erst dann macht es Sinn, sie weiter aus der eigenen Komfortzone hinauszulocken. Das kennen Sie vielleicht aus dem Kampfsport oder dem Tanz. Vernachlässigt man das Gleichgewicht, funktioniert die Statik nicht, und man fällt um. Ich will aber nicht, dass die Patienten vor mir auf dem Bauch landen, sondern sie sollen sich ihrer Stärken und Schwächen bewusst werden, mit sich ins Reine kommen, nach dem anfänglichen Taumeln ein Gleichgewicht finden, mit dem sich leben lässt. (Und ich weiß längst, dass Abstinenz auch eine Form ist, mit der man ein gemeinschaftliches Sexleben bewusst und erfolgreich gestalten kann ...)

Das Problem eines unzureichenden Sexlebens wird aber genauso oft ganz beiläufig erwähnt, ganz ohne Knall und Wow-Effekt. Mitten in einer Schilderung mit dem Fokus auf: »Meine Frau ist dauernd so empfindlich«, lässt der Partner einfließen: »Als wir letztens über den fehlenden Sex sprachen ...« Ich komme mir dann vor wie eine am Tisch des Paares vorbeilaufende Kellnerin, der heimlich ein Zettel in die Tasche gesteckt wird. Schwups, schon ist es passiert. Keiner hat es gemerkt. Ab da bin ich Geheimnisträgerin. Es wäre unschicklich, dann die Aufmerksamkeit darauf zu lenken und etwa zu sagen: »Aha, da haben Sie gerade ein ganz wichtiges Thema erwähnt ...« So etwas wäre jetzt denkbar unpassend. Das tue ich auf gar keinen Fall! Denn jede Aufmerksamkeit würde das Problem in der Wahrnehmung der Patienten gigantisch aufblasen und den Eindruck erwecken, es sei am Ende gar nicht zu bewältigen. Stattdessen bewahre ich das Geheimnis vorerst für mich, bis die Atmosphäre passender ist. Bestenfalls warte ich, bis meine Patienten wieder darauf zu sprechen kommen. In ähnlich beiläufigem Tonfall, völlig gelassen, greife ich dann den Gesprächsfaden auf. Im Vordergrund steht für mich dabei die Beruhigung der Patienten. Ich signalisiere ihnen: »Alles ist gut.« Denn ich kenne die Scham- und Minderwertigkeitsgefühle, die Hoffnungslosigkeit und Unsicherheit, die in den Beteiligten toben. Da schießen Fragen durch die Köpfe: »Wie sollen wir es ihr sagen? Ist uns überhaupt zu helfen? Hat die Therapeutin schon mal davon gehört?« Patienten tragen sich durchaus mit der Sorge, ob sie »zu verrückt« sind oder das Problem »nicht therapierbar« ist. Oder andererseits beschäftigt sie der Gedanke, ob ihre Probleme zu geringfügig sind und ich finde, sie würden übertreiben und »sich anstellen«. Ganz ähnlich verhält es sich übrigens, wenn totgeschwiegene Probleme wie Alkoholismus des Partners durchscheinen, obwohl das Ansprechen auch solcher Themen »eigentlich nicht sein darf«. Der berühmt-berüchtigte Elefant ist im Raum, und mit sich bringt er unausgesprochen die lähmende Verpflichtung, dass niemand ihn bemerken darf. Aber auch auf diesem Wege kommen wir irgendwann dazu, die eigene Abstinenz anzuerkennen – und entweder etwas dagegen zu tun oder sie zu akzeptieren. So mancher konnte erkennen, wie der anfängliche Elefant auf ein harmloses Maß zusammenschrumpft.

Übrigens erstaunt mich immer wieder, dass viele Frauen den Grund für ihre Abstinenz dem Partner verheimlichen. Das ist gerade dann der Fall, wenn ungenügende Verführungs- und Berührungskünste des Partners ausschlaggebend sind. Je mehr es an ihm liegt, umso weniger weiß er davon. Natürlich hake ich nach, versuche mehr zu erfahren darüber, wie genau es sich mit der Sexlosigkeit verhält. Wo die Fähigkeiten und das Fundament der Partnerschaft liegen. Was kann jeder Einzelne gut? Wo fühlen die Patienten sich sicher? Welche Sehnsucht hat mein Gegenüber, und welche Ziele hat das Gespräch mit mir? Am Ende unserer ersten oder auch zweiten gemeinsamen Zeit frage ich gern nach, wie es meinem Gesprächspartner geht. Ich weiß, wie viel Vertrauensarbeit in so einem Gespräch steckt. Die Antwort lautet oft: »Ich bin verwirrt. Durcheinander.« Oder: »Besser. Erleichtert. Auch wenn es sich anfühlte wie Klippenspringen.« Ich spreche dann auch gerne ein Lob aus, denn ich finde, es ist völlig angemessen, dass mein Gegenüber stolz auf sich ist wegen seines Mutes! Das wird leider viel zu selten gesagt. Ich aber freue mich immer, wenn der erste Schritt getan und das Problem benannt ist. Dann können wir an einer Lösung arbeiten.

Ich komme nicht an der Feststellung vorbei, dass das Sprechen über die eigene Abstinenz auffallend schwierig ist. Umso härter ist es für viele, akzeptieren zu müssen, dass die Sexlosigkeit der Ursprung zahlreicher Probleme zwischen Partnern ist. Selbst wenn sie dem Paar bewusst ist, macht es Probleme, sie deutlich zu benennen und die Abstinenz dort anzusiedeln, wo sie ihre destruktive Wirkung entfaltet: zwischen den Partnern. Genau genommen ist sie weder ein Problem des Abstinenten, denn für ihn/sie ist die Sexlosigkeit ja akzeptabel. Noch ist Abstinenz das Problem des Begehrenden. Ein solcher wird vermutlich empört rufen: »Ich? Wieso ich?!« Doch die Abstinenz ist – wenn sie überhaupt problematisch ist – ein Problem ZWISCHEN den Partnern. Ohne eine Partnerschaft miteinander hätte keiner der beiden ein Problem. Deshalb heißt es ja auch »Paartherapie«, denn das Paar bzw. die Partnerschaft kann Unterstützung gebrauchen.

Wie schön wäre es, wenn wir offener darüber reden könnten. Vielleicht weil ein sexfreies Leben kein mangelhafter Zustand ist. Doch selbst im geschützten Rahmen mit mir fällt es vielen ausgesprochen schwer, die Sexlosigkeit anzusprechen. Da wird rumgedruckst, es heißt verlegen oder schuldbewusst »Das letzte Mal ist schon ein Weilchen her«. Dann beginnt das Überlegen, wann denn das letzte Mal für beide war. Oft ist es den Beteiligten gar nicht bewusst, dass der eine da andere Daten im Kopf haben kann als die andere. Als sei ihnen ihr Sexleben abhandengekommen. Einfach so wie ein verlorener Kettenanhänger. Immerhin hält ein Teil des Paares den Verlust für wichtig genug, darüber zu sprechen.

Beim Thema Abstinenz fällt es den Beteiligten oft sehr schwer, den rechten Ton im Gespräch zu finden. Ohne dass der Partner postwendend kehrt und die Schotten dicht macht. Und das in dem Moment, wo die beiden im Gespräch bleiben oder überhaupt erst miteinander ins Gespräch kommen wollen. Und zwar über mögliche Lösungen.

Eine Lösung ist nämlich immer vorstellbar. Egal, wie viel Porzellan zerschlagen wurde. Es gibt nach meiner Erfahrung viele Möglichkeiten, dass ein Paar eine passende Form des Miteinander-Redens findet. Eine Voraussetzung gibt es allerdings: Beide müssen es wollen. Und entsprechende Ressourcen wie z. B. gemeinsame Zeit einbringen können.

Vorausschicken möchte ich, dass wir Menschen Routinen schätzen, da sie uns entlasten. So, wie wir gewohnheitsmäßig Zähne putzen, so streiten wir auch gewohnheitsmäßig. Das läuft nach dem ewig gleichen Muster ab. Dieselben Argumente auf der einen wie auf der anderen Seite. Und noch mal und noch mal ... Sie kennen die Mühle. Unsere Welt wird dadurch berechenbar. Nur wie soll da als Resultat ein neuer Ansatz möglich sein? Im Grunde streitet man eben routiniert an einer Lösung vorbei. Damit will ich sagen: Wie oft auch immer wir schon über den fehlenden Sex gestritten haben mögen, können immer noch ausreichend Ressourcen zur Problemlösung unbeachtet in den toten Winkeln brachliegen. Diese zu entdecken und zu nutzen ist wesentlich für ein Vorankommen. Das geschieht in Therapie durch geschicktes Fragen, aber auch durch Irritation, Provokation u. v. m.

Sollten Sie jetzt denken: »Das klingt aber nicht so schön. Provokation. Werde ich auch noch dumm von der Therapeutin angemacht?« Ich formuliere es mal anders: Das ist in wohlmeinender, passend dosierter Form durchaus mal möglich. Fragen Sie sich selbst: Wenn es der Weckruf ist, der Sie einer Klärung deutlich näher bringt, würden Sie ihn hören wollen oder lieber nicht? Denn, seien wir ganz offen: Wenn ich bloß alles verständnisvoll abnickte, was mir gesagt wird, würde ich das ja auch mit Ihrer Einschätzung tun, dass Ihr Problem unlösbar sei. Ich müsste Ihnen bestätigen: »Ja, stimmt. Alles versucht. Kann man wohl nichts machen. Es ist einfach nur schrecklich.«

»Problem-Trance« nennen wir Therapeuten das, wenn jemand wie betäubt in resignierenden Schleifen von Gedanken und Gefühlen festhängt. Leider hat eine Problem-Trance gleichsam eine Sogwirkung. Sie zieht – ganz genau – nicht nach oben. Dabei wollen Sie sicher nicht noch weiter runter. Offensichtlich brauchen Sie andere Strategien als die, die Sie sonst nutzen. Um also die schlummernden Kostbarkeiten aus den dunklen Nischen Ihres Verhaltensspektrums hervorzulocken, braucht es passende Lockmittel. Daher ist es auf jeden Fall hilfreich, als Therapeut eine Ahnung von der Problematik rund um die Abstinenz zu haben. Von dem Tabu. Wie gern wir es mit Ablenkungsmanövern verschleiern. Weiß man dies nicht, folgt man falschen Fährten, stellt wenig zielführende Fragen. Auch ein Therapeut lässt sich verwirren oder einwickeln, denn er ist Teil dieser Gesellschaft. Ich bin ja nicht auf dem Mars aufgewachsen, gänzlich losgelöst von der einhelligen Ansicht, Sex gehöre dazu. Mich prägen schließlich dieselben Werte und Verhaltensregeln wie Sie. Ich bin nicht auf die Erde gepurzelt und konnte sofort erkennen: So frei wie auf dem Mars ist das hier nicht. Da geh ich mal die Erdlinge bekehren. Im Übrigen lassen sich Erdlinge nicht gern bekehren. Und da zähle ich mich dazu. Ich liebe meine Gewohnheiten und Routinen ... Aber das wissen Sie ja schon über mich.

Die große, begeistert aufgenommene Missionierung durch einen Marsmenschen finden Sie bei mir nicht. Ich muss Ihnen ganz offen gestehen, dass es Jahre gebraucht hat, bis mir klar wurde: Da ist was los mit Patientenpaaren, bei denen zu wenig oder kein Sex stattfindet. Es stimmt etwas nicht mit dieser generellen Haltung, dass so viele Patienten nichts vermissen ohne Sex, dass sie aber gleichzeitig versichern, wieder zurück in eine regelmäßige Sexualität mit dem Partner finden zu wollen. Was aber heißt das überhaupt? Warum sprechen wir nicht viel mehr über das, was wir wollen?

In jungen Jahren bekam ich von einer Kommilitonin zu hören, ihr Mann sei sexsüchtig, weil er gern einmal in der Woche Sex hätte. Sie fand das nicht normal. Gleichzeitig treffe ich heute Patienten, die diese Überlegung selbst im Angesicht des Partnerwunsches, mehrfach täglich Sex zu haben, nicht äußerten. Weil sie dachten, das müsse so sein. Es kam kein: »Das ist doch viel zu viel. Da stimmt was nicht mit dir.« Sondern viele kehren das gegen sich und sagen: »Das ist mir viel zu viel, da stimmt was nicht mit mir.«

Wie aber kann es überhaupt sein, dass eine Forderung nach viel Sex für normal gehalten wird, aber der Wunsch, keinen Sex zu haben, als unnormal gilt? Und ich fühlte mich oft von Bitten der Patienten irritiert, bei denen ich dachte: »Ist es wirklich das, was mein Gegenüber will? So ganz wirklich wirklich?« Einige meiner Patienten kennen diese Frage von mir. Ich gebe sie nämlich gern zurück: Wollen Sie das wirklich?

Als ich verstanden hatte, was mich an der Fragestellung störte, war es noch ein weiter Weg bis zu meinem Artikel in der ZEIT im Sommer 2019 und bis zu diesem Buch. Denn zwischendurch war da wieder dieser Nebel, der mich einholte und der typisch für Tabus ist. Ich fragte mich immer wieder: »Was war noch gleich der Grund, weshalb es so wichtig erschien?« Tabus sind diese Themen, um die jeder diffus weiß, aber niemand spricht darüber. Das hat auch mich manchmal eingeholt und im Denken gelähmt. Doch es ärgerte mich umso mehr, je intensiver ich mich mit sexuellem Unwillen befasst habe: Wie kann es denn sein, dass auch ICH das so lange nicht verstanden habe, dass da ein Tabu ist? Ein Tabu, das Menschen am Reden und an einem ihnen besser entsprechenden Leben hindert. Warum erwarten wir in jedem Leben und von jedem aktiven Sex?

Abstinenz ist ein Tabuthema. Es versteckt sich hinter einer Menge anderer Fassaden. Manchmal stößt man direkt darauf, und dennoch bemerkt man es nicht. Das macht die Diagnose so schwierig. Daran zu arbeiten ist nicht leicht, zumal das Tabu zusätzliche Stolpersteine bereithält und denen in den Weg legt, die fordern, dass auch ein sexfreies Leben ganz normal ist. Herzlichen Dank, dass Sie die Mühe auf sich nehmen, trotz alledem gemeinsam mit mir eine Lösung zu suchen.

Fachlich nennt man Abstinenz auch Störung

Fachlich beschäftigt mich das Thema »Sexfreies Leben« oder auch »Sex-Abstinenz« seit nunmehr zwölf Jahren. Ich stolperte erstmals beim Lesen in einem Standardwerk für Sexualtherapeuten, als dort eigens betont wurde, die Autoren seien pro Sex.

Hm, das gab mir zu denken. Denn ich habe gelernt, Therapeuten sollten sich mit eigenen Bewertungen zurückhalten. So soll gewährleistet werden, dem Patienten keine Richtung oder Haltung aufzuprägen. Jeder Patient bestimmt die Ziele seiner – freiwilligen – Therapie. Genau wie jeder die eigenen Werte und die eigene Art zu leben selbst bestimmt.

Umso erstaunter war ich, diese Wertung vorzufinden, und zwar völlig ohne jede Begründung, ohne Für und Wieder. Eine andere Meinung wurde offenbar noch nicht einmal für möglich oder erwähnenswert gehalten.

Aber was sagt uns das, wenn Profis in der zwischenmenschlichen Zurückhaltung auf den Zug des Mainstreams aufspringen? Ich vermute, dass sich auch hier die Vorstellung eingeschlichen hat, Sex gehöre dazu. Wer nicht pro Sex ist, ist raus.

Mit dieser Meinung ging ich beim ersten Lesen und gehe ich noch heute nicht konform. Ich bin nicht per se pro oder contra Sex. Denn wir alle haben das Recht, für uns frei zu entscheiden, ob wir sexvoll oder sexfrei leben wollen; ob und wie wir Sex wollen. Denn wenn ich mich nicht gegen Sex entscheiden darf: Wie frei kann Sex dann sein?

Während ich sexuelle Abstinenz als normal betrachte, existiert in medizinischen Lehrbüchern, auf die Ärzte und auch Psychotherapeuten sich berufen, zeitgleich die oben kurz erwähnte Definition der Störung (siehe Internationale statistische Klassifikation der Krankheiten und verwandter Gesundheitsprobleme der Weltgesundheitsorganisation, Code: ICD-10 F52.0) Gültigkeit: »Mangel oder Verlust von sexuellem Verlangen«, die auf einen Teil der von mir als abstinent Bezeichneten zutrifft. Der Volksmund sagt dazu »Libidostörung« oder veraltet »Frigidität«. Dazu müssen ganz offiziell die folgenden Bedingungen vorliegen:

Dass eine Störung vorliegt zeigt sich, wenn eine Person nicht in der Lage ist, eine sexuelle Beziehung zu gestalten, wie sie es möchte. Leidensdruck muss dadurch entstehen.
Die Symptomatik macht sich in den meisten sexuellen Beziehungen der Person bemerkbar.
Die Störung ist nicht durch eine andere psychische Störung (z. B. Depression), rein körperlich (z. B. Nervenschäden nach Unfall) oder durch Medikamente (z. B. Antidepressiva) verursacht.
Entweder sucht die Person nur wenig oder gar nicht nach sexuellen Reizen, denkt kaum oder gar nicht an Sex, wünscht sich kaum oder gar keinen Sex.
Hat auffällig selten Masturbation oder Sex mit dem Partner.
Diese Kriterien müssen mindestens 6 Monate lang meistens gegeben sein.[4]

Und da Abstinente gern in einen Topf mit Asexuellen geworfen werden, hier die aktuelle Definition, da es ja keine medizinische Klassifikation gibt – Asexualität gilt nicht als Störung:

Die Gruppe der Asexuellen ist heterogen. Allen gemeinsam ist, dass sie kein Verlangen nach Sex mit einem Menschen verspüren. Nie. Zuweilen haben sie Sex. Um sich zu entspannen oder dem Partner zuliebe. Ein Teil der Asexuellen hat Selbstbefriedigung oder richtet die eigene Sexualität z. B. auf Gegenstände aus. Der andere Teil tut dies nicht. Einige Asexuelle spüren emotionale oder romantische Anziehung. Sie können Beziehungen eingehen und tun dies auch. Sie können Erregung verspüren und bereiten. Ebenso können sie Orgasmen haben. Aber im Unterschied zu Menschen mit Libidostörung spüren sie keinen Leidensdruck, wenn nichts Sexuelles stattfindet. Die Asexualität ist Teil ihrer Identität. Keine Störung. Das bedeutet, dass Gerda, Johann oder Cindy nicht asexuell sind, wenn sie auch mal Lust auf Sex hatten. UND Asexuelle sind nicht gestört. Sie sind nur anders ausgerichtet.[5]

Die Symptomatik der Libidostörung hat in meinen Augen keinen Krankheitswert und kann nicht als Störung definiert und diagnostiziert werden. Ich widerspreche damit den oben genannten und derzeit geltenden Diagnostikstatuten. Warum ich, die einfache Therapeutin, mir das anmaße, mir das zutraue und das einfach so in den Raum stelle? Die Diagnosekriterien sind wenig präzise. Was genau ist denn gemeint? Wie viel bzw. wie oft sind denn nach gültigen Maßstäben Masturbation, Sex usw. normal? Einmal am Tag, einmal wöchentlich, einmal im Jahr? Ab wann ist »wenig« nicht mehr »normal wenig«, sondern »störungsrelevant wenig«? Was ist der Grenzwert? Bin ich noch nicht gestört, wenn ich meinem Partner zuliebe Sex mit ihm habe und keinen Leidensdruck verspüre? Bin ich okay, wenn ich seit fünfzehn Jahren Probleme mit meinem jetzigen Partner habe, mit den Partnern davor aber nicht? Bin ich okay, wenn ich generell keinen Verkehr will, aber alles Übrige, Kuscheln und Streicheln inklusive? Ab wann ist Sex denn Sex? Solange niemand dazu offiziell etwas erklärt: Wie ernst sind denn dann die oben zitierten Aussagen zu werten? Und was ist Leidensdruck eigentlich – und wie äußert er sich. Reicht da zweimal streiten anlässlich des Zuwenig an Sex mit dem Partner? Bedarf es einer deshalb drohenden Trennung? Oder muss es gleich eine manifeste Depression sein?

Wenn ich dann als gestört gelte, wenn ich hin und wieder Sex praktiziere – es muss ja nur die meiste Zeit die Abwesenheit von Sex sein –, dann gelte ich mit zwei- bis dreimal Sex in ca. sechs Monaten offiziell als gestört, oder? Erklären Sie das bitte mal einem Ehepaar mit kleinen Kindern, beide arbeiten, die Kids schlafen bei ihnen im Bett. Oder erklären Sie das bitte mal einer Frau, die ihren Mann für ungeschickt hält und es dann »lieber sein lässt«, weil sie »gut drauf verzichten« kann. So viele Eventualitäten bleiben ungeklärt. Und es gibt so wenige Möglichkeiten, allgemeingültige Aussagen zu treffen.

Ich halte es jedenfalls für grob fahrlässig, Menschen auf Basis dieser Kriterien zu stigmatisieren und Patientenlaufbahnen künstlich zu erzeugen, Machtverhältnisse zu manifestieren und unangemessenes Anspruchsdenken zwischen Beziehungspartnern zu legitimieren. Wer Sex will, hat nicht mehr Berechtigung, ihn zu fordern, als der Unwillige einen Anspruch auf Sexlosigkeit hat, der vom sexuell interessierten Partner beziehungslang Abstinenz und Treue fordert. Ich dachte, die Zeiten sind seit Jahrzehnten vorbei, wo Männer auf ihr Anrecht auf ehelichen Beischlaf pochen konnten. Dennoch gehen auch jene oft in diese Falle, die vom begehrenden Partner ewige Treue fordern, wenn sie selbst keine Lust auf Sex haben. Das geschieht genauso vonseiten begehrender Frauen, ob mit oder ohne Trauschein. Und was meinen Sie: Ist es besser oder noch schlimmer geworden? Bitte bilden Sie sich selbst eine Meinung.

Sie merken schon: Mich ärgert es gewaltig.

Meine Erfahrung ist, dass Menschen als gestört und für krank erklärt werden, deren Verhalten bei hinreichend sorgfältiger Prüfung als sinnvoll herausgearbeitet werden kann. Dazu müssen nur die nötigen Informationen beigesteuert werden, die Umstände klar werden: Wo bleibt bitte schön der freie Wille bei diesen Definitionen?

Ich verstehe durchaus, was für Vorteile es hat, wenn Ärzte und Therapeuten etwas pathologisieren, d. h. als »krank« festlegen. Mit einem Kranken muss man nicht diskutieren. Mit dem stimmt was nicht. Einen Schizophrenen versucht man auch nicht davon zu überzeugen, dass nicht sieben Vogelspinnen über seinen Arm krabbeln. Psychisch Gestörte sind in gewisser Weise kaltgestellt. Über sie wurde von höherer Stelle entschieden. Meinem Gerechtigkeitsempfinden widerspricht das. Dabei ist mir vollkommen klar, dass auch ich sehr lange diesem Anspruchsdenken aufsaß. Dass auch ich jahrelang dachte, es gibt beim Sex so etwas wie eine Bringschuld – und genauso eine Holschuld. Sexschuldig, was für eine Idee! Dann doch lieber sexfrei!

In meinem privaten Umfeld

Ich kenne aus eigener Erfahrung sowohl die Innenansicht des selbst Abstinenten wie die des Partners eines Abstinenten. Zwei Erlebnisse, die mir heute noch lebhaft vor Augen stehen, möchte ich Ihnen nicht vorenthalten, ich habe sie so auch in der ZEIT damals geschildert.

Der gut aussehende Mann liegt vor ihr auf der Couch. Beide haben eben noch einen Film angeschaut. Als der Abspann läuft, dreht er sich zu ihr und sieht sie an. Sie schaut weg. Will seinem Blick nicht begegnen. Tut, als sei sie in ein Magazin vertieft. »Du«, beginnt er. Zieht den Vokal in die Länge wie Kaugummi. Sie nimmt rasch die Teller vom Tisch und geht in die Küche. Ihr schwant, was sonst folgen würde. Und sie mag nicht. Mag nicht mit ihm schlafen. Dafür gibt es verschiedene Gründe. Solche, die man nicht mal eben ändern kann. Sie mag nicht darüber reden. Weder mit anderen noch mit ihm. Denn sie schämt sich. In ihren unzähligen Gesprächen darüber, vorwurfsvoll, traurig, verärgert, kommen sie auf keinen gemeinsamen Nenner. Er will. Sie nicht. Ganz gleich, wie ausführlich sie seine Fragen beantwortet, ihre Gedanken und Gefühle vor ihm ausbreitet und ihre Grenzen verteidigt, folgen seine Einwände. Und das, was ihm wichtig ist. Was er braucht und was er möchte. Das kann er immer so treffend in Worte fassen. Warum nur fällt es ihr so schwer, auch ihre Punkte zu machen? An guten Tagen hören sie gleich wieder auf zu diskutieren. Dann kann es eine gute Zeit miteinander werden und ein entspannter Abend. An schlechten Tagen hört es hingegen nicht auf. Dann bleibt das schlechte Gefühl im Magen. Die Frau fühlt sich schlecht. Schuldig. Sie liebt ihn doch. Weiß, dass er ihretwegen leidet. Eigentlich könnte sie ja mitmachen, damit es ihm besser geht. Oder nicht? Irgendetwas stimmt nicht mit ihr. Und sie findet ja selbst, dass seine Forderungen berechtigt sind. Nur kann sie nicht aus ihrer Haut. Sie findet nicht hinein in ein Verlangen, das stark genug ist, um sich zu überwinden.

Sie und er sind geübt in diesem Tanz um seine Lust und um ihre Abwehr. Wenn er was dazu sagt, dann in diesem beiläufigen Tonfall. Ihre eigenen Ausweichmanöver sind für sie inzwischen zur Gewohnheit geworden. Überhaupt hat er sich diese beinahe schmeichelnde, sanfte Art des Sprechens zu eigen gemacht. Sie gibt sich immer öfter beschäftigt, müde oder kränkelnd. Er bemüht sich, ihr zu gefallen. Sie bedeckt ihren Körper nach Kräften. Immer mehr Knöpfe bleiben geschlossen. Er sucht Körperkontakt. Sie weicht ihm aus. Dabei vermisst sie die unschuldigen, nichts fordernden Zärtlichkeiten mindestens so sehr wie er. Allerdings ist die Gefahr zu groß, mit harmlosen Berührungen bei ihm Begehrlichkeiten zu wecken.

Ein anderes Paar: Der Mann liegt neben der jungen Frau auf dem Bett. Starrt an die Decke. Sie betrachtet sein Gesicht, streichelt behutsam seine Wange. Atmet tief den aromatischen Duft seiner Haut. Wie gerne würde sie sich jetzt an ihn schmiegen. Die maximale Kontaktfläche ihres Körpers mit seinem schaffen. Sich an ihn kuscheln. Seine Wärme genießen. Seine Nähe. Ihn umfangen. Seinen Herzschlag spürend, würde sie ihn atmen hören. Sie lässt ihre Gedanken schweifen. Entwirft sinnliche Szenen mit ihm. Wie gerne würde sie jetzt ihre Wange an seine legen. Aber sie darf nicht. Soll nicht. Er wünscht, dass sie das lässt. Hat es so oft gesagt. Sie spürt die altbekannte Enttäuschung. Traurigkeit. Hoffnungslosigkeit und fühlt sich abgelehnt. Obwohl sie weiß, dass es nichts bringt, wird sie das Thema gleich wieder ansprechen. Er wird dann wortlos seine Schuhe aus dem Flur holen, anziehen und gehen. Sie kennt das ja. Tieftraurig bleibt sie dann zurück. Warum lehnt er sie ab? Irgendetwas stimmt nicht mit ihm. Je mehr sie darüber nachdenkt, umso eher kommt sie zu der Antwort, die er ihr ein ums andere Mal schuldig bleibt: weil etwas mit ihr nicht stimmt.

Ich bin diese beiden Frauen. Kenne beide Gefühlslandschaften von innen wie von außen. Beide Männer waren Teil meines Lebens.

Als ich die Frau war, die nicht wollte, wurde ich verehrt, angeflirtet, attackiert und herabgewürdigt. Ich habe mich erklärt und mein Verhalten gerechtfertigt, mich entzogen und herausgeredet. Habe nach guten Gründen gesucht, die mir die Last des Nein tragen halfen. Zu anderen Zeiten war auch ich unwirsch. Habe zurückgemosert. Wusste ich mir nicht mehr zu helfen, habe ich den Sex über mich ergehen lassen. Um es wiedergutzumachen. Und ihn nicht zu verlieren. Wie oft war ich ratlos. Und zunehmend wütend. Danach fühlte ich mich mies.

Unerwünschter Sex nur dem anderen zuliebe war für mich keine Lösung. Dazu war ich immer seltener bereit. Am Ende drohte er mit Trennung. Aber er war doch mein Leben! Dennoch ging er. Keine Versprechen und keine Tränen konnten dies verhindern. Denn, so sagte er: Sex gehöre zu einer Beziehung. Deshalb könne er nicht bei mir bleiben. Er hatte doch das Recht auf seiner Seite.

Von dem anderen Mann wurde ich immer wieder abgewiesen. Was habe ich mir alles ausgedacht, um ihn zu umgarnen. Krimsekt mit Erdbeeren. Schöne Wäsche. Ich könnte Stunden von meinen Fehlversuchen erzählen. So oft war ich mutig, auch über meine Grenzen hinaus. Habe mich schrecklich geschämt, wenn ich mit schrägen Verführungsversuchen abgeblitzt bin, dass es kaum Worte dafür gibt. Habe versucht, mit ihm darüber zu sprechen. Manchmal vorsichtig und einfühlsam. Dann wieder voller Zorn, randvoll mit Vorwürfen. Ich dachte, Sex gehört doch dazu. Und dass ich ihn fordern darf. Dass ich ein Anrecht darauf hätte. Leider machte ich es für ihn nur schlimmer. Deshalb zog er sich noch weiter zurück. Ich war gefangen in dem Denken, er fände mich unattraktiv. Fand mich selbst nicht schön deswegen. War er unerfahren, aber wollte es nicht sagen? Hatte er eine andere? Ging es eigentlich um ungewöhnliche Vorlieben? Ich zog auch negative Erfahrungen, geringes Ego, technische Schwierigkeiten und sexuelle Übergriffe in Betracht. Zuletzt sogar Homosexualität. Es hat mich zutiefst gekränkt. Es hat ihn zutiefst gekränkt. Verloren haben wir am Ende beide.[6]

Beide Erfahrungen waren schmerzhaft, und hätte mich das Schicksal gefragt: Willst du das?, ich hätte laut »Nein!« gerufen. Aber von nichts kommt nichts. Ohne die Erlebnisse hätte ich vermutlich bis heute nicht verstanden, was für ein gewaltiges Thema sexuelle Abstinenz ist und was sie anzurichten imstande ist. Denn da habe ich Erfahrungswissen. Das ist tief gespürt, durchlebt und deutlich anders als angelesenes Wissen. Und genau aus diesem Grund kann ich Ihnen sagen: Sie sind nicht allein.

Irgendwann dann entschloss ich mich, über die Erfahrungen zu sprechen. Ich wollte auch mehr über das erfahren, was meine Freunde, Bekannten, Kollegen, Nachbarn usw. mit meinem Thema anfangen konnten, und dachte zunächst:

Eigentlich gibt es da nicht viel zu schreiben. Die ein oder andere ungewöhnliche Geschichte, wie Menschen ihr Sexleben gestalteten und mir dann davon erzählen. Meistens vorgetragen in einem heroischen Ton. Erfüllt von dem Gedanken an das, was man geschafft hat. Vielleicht auch an das, was man in Zeiten eigener Abstinenz und konfrontiert mit der Abstinenz anderer Abwegiges probiert hat. Dann aber schrieb und schrieb ich Stunde um Stunde mit dem Zwei-Finger-Suchsystem. Am Ende hatte ich mehrere Seiten gefüllt mit völlig normalen bis absolut skurrilen Geschichten.

Eines jedenfalls kann ich Ihnen sagen: Die Art, wie sie mir Dinge schildern und was sie erzählen, das hat sich massiv verändert, seit ich offen erkläre, was mir passiert ist. Wie es mir ergangen ist. Und wie ich heute darüber denke.

Vor meiner Weiterbildung zur Sexualtherapeutin war ich genau wie sie alle, die mir ihre Geschichten anvertrauten, eine Otto Normalfrau in Bezug auf Sex. In meinem Freundes- und Bekanntenkreis war Sex durchaus ein Gesprächsthema. Bis auf zwei Ausnahmen – Freundinnen, die das Thema nur streiften und sich auf die Schilderungen rund um das Thema Familiengründung beschränkten. Hier erhielt ich mehr als einmal an einem Sonntagmittag die Auskunft eines Kindes, die Eltern könne man am Sonntagmittag nicht stören. »Mama und Papa sind im Schlafzimmer. Da darf ich nicht klopfen«, hieß es. Hätte das Paar gewusst, was die lieben Kleinen am Telefon preisgaben, ich wette, es hätte sie nicht gefreut. Dann wieder ging es ums Nichtwollen. Meist war es ein Austausch unter vier Augen, wenn der betreffende Partner nicht mit von der Partie war. Da es sich in jedem Fall um vertrauliche Gespräche handelte, lässt sich allgemein festhalten, dass mir die unterschiedlichsten Ausgestaltungen von Sex geschildert wurden. Aber: Es wurde frei von der Leber weg erzählt. Und manchmal geschah das, obwohl ich nicht danach gefragt hatte.

Viele meiner Freunde und Bekannten, die damals so offen waren, mit mir über ihr Sexleben zu sprechen, hatten Schwierigkeiten damit, dass sie und ihr Partner sich unterschiedlich oft Sex wünschten. Oder sich nicht so einfach darüber verständigen konnten, wer welche Art von Sex wollte. Dann wieder vertrauten sich mir Freundinnen an, die einen ONS nach dem anderen hatten, um so ihren Mr. Right für Ehe und Familie zu finden. Sex als Köder. Funktioniert hat es für sie leider nicht. Mehrere Single-Freundinnen und Freunde hatten ONS, um sich die Hörner abzustoßen. Weil es sich so gehört, wie sie eher zwischen den Zeilen sagten. In der Regel konnten sie mir erzählen, wie attraktiv ihr Sexpartner war. Ob sie den später folgenden Sex wirklich wollten und ob ihnen gefiel, was geschah, wusste allerdings kaum jemand zu sagen. Sie waren dafür viel zu betrunken und entsprechend gleichgültig.

Natürlich wurden diese Gespräche vertraulicher, nachdem ich mein Studium aufgenommen hatte. Dann hieß es: »Du hast doch Ahnung von so was ...« Ich hatte mit Paaren zu tun, die sich wegen sexueller Probleme jahrelang herumstritten, dass sogar die Laune am Jahrtausendwende-Silvesterevent im Freundeskreis den Auseinandersetzungen eines Paares zum Opfer fiel. Und natürlich gab es seeehr viele heroische Schilderungen, wer unter welchen Umständen welche Eroberung gemacht hatte. Abenteuer, von denen stolz erzählt wurde.

Solange Sex stattfand, wurde darüber gesprochen. Aber dort, wo es keinen Sex gab, geschah dies nicht. Diese Menschen schwiegen. Und diese Menschen gab es auch.

Seit ich Sexualtherapeutin bin, erlebe ich eine besondere Art, über Sex zu reden. Menschen in Beziehungen, die mich noch nicht sehr lange kennen, berichteten stets davon, bei ihnen liefe es im Bett super. Punkt. Obwohl ich gar nicht danach gefragt habe. Das war schon lange so, bevor mich dieses Buchprojekt umtrieb. Fühlen sich Menschen mir gegenüber unter Rechtfertigungsdruck? Ich habe mitunter den Eindruck. Überhaupt scheint es gemischte Gefühle hervorzurufen, wenn man sich diesem Beruf widmet. Mein Lebensabschnitt als praktizierende Sexualtherapeutin ging damit einher, dass mir aus der Nachbarschaft Hundefutter in die Kette meines Fahrrads eingearbeitet wurde. Ich wurde im Treppenhaus beleidigt. Oder gefragt, was ich in meiner Wohnung »so treibe«. Über mich wurde erzählt, ich sei Prostituierte. Auf dem Trockenboden wurde meine Wäsche von der Leine gerissen, und neue Telefonbücher fand ich durchgerissen auf der Fußmatte. Klar könnte man denken, vielleicht hat sie Nachbarschaftsstreitigkeiten. Aber warum geschah das alles innerhalb kurzer Zeit nach offizieller Eröffnung meiner ersten Praxis als Sexualtherapeutin?

Mit meinen engsten Freunden konnte ich zum Glück unverändert offen sprechen. Aber wir wurden älter, die Themen wandelten sich mit der Zeit. Beziehungen dauerten an. Sexuelles Experimentieren wurde bei den meisten weniger. Heldengeschichten über Abenteuer wichen Berichten von der exklusiven Partnerschaft. Mit einem Kollegen konnte ich mich ebenso offen über sexlose Beziehungen in der jeweiligen Praxis und in der eigenen Vita unterhalten. Hier spürte ich keine Vorbehalte. Im Privaten war das schon anders. Zwar offenbarte eine Freundin, dass ihre nach außen gelebte Partnerschaft gar keine sei. Die Trennung liege schon über zehn Jahre zurück. Und der Sex habe sich bereits Jahre vor Beziehungsende verabschiedet. Und eine andere war schon immer sehr auskunftsfreudig in Bezug auf ihre Erfahrungen als leidenschaftliche Swingerin und Tantra-affine Liebhaberin.

Doch kaum begann ich, mich mehr mit sexfreiem Leben zu beschäftigen, nahm der Gegenwind zu, auch aus allernächster Nähe. »Was soll denn das Thema? Wer soll DAS denn lesen?« So hieß es nur zwei Wochen vor Erscheinen des Artikels in der ZEIT. Was mich auch sehr verblüffte, waren die Worte: »Beziehungen ohne Sex – versteh ich jetzt nicht« – eine Reaktion, die gleich mehrfach vorkam. Wohl habe ich mich in dem Moment nicht gefühlt. So muss es für jemanden sein, der über die Ufolandung in seinem Vorgarten berichtet. Und natürlich bekam ich mitgeteilt, dass ein solches Machwerk nicht in die Öffentlichkeit gehöre. Ist sexuelle Abstinenz »Schweinkram«? Über Sex wird fast überall gesprochen. Leben ohne Sex scheint hingegen undenkbar für die meisten. Offenbar bin ich mit diesem Sachbuch für manche eine ähnlich ambivalente Gestalt wie eine nahe Verwandte, die Pornos dreht.

Zum Glück gab es ein positives wie negatives Echo auf den Artikel in der ZEIT. Sehr intensive, wertvolle Rückmeldungen erhielt ich sogar von Unbekannten und in Form von E-Mails. Der Tenor: »Bei uns ist es auch so. Schade, dass Sie so weit weg praktizieren«, oder: »Sehr gut. Weiter so!« Aber es war offenbar ein diskussionswürdiges Thema. Menschen, die ich kaum kannte, gaben zum Besten: »Ohne Sex? Ne, die Frau würde ich sofort abservieren. Das geht gar nicht.« Und: »Wozu hab ich denn sonst eine Beziehung?« Gerade dieser Satz gab mir sehr zu denken. Denn dort versteht jemand offenbar den eigenen Partner als Befriedigungsautomaten: Penis reinstecken, Orgasmus kommt rausgekullert – oder wie kann ich mir das bei demjenigen zu Hause vorstellen? Irritiert las ich Statements zur Sexlosigkeit wie: »Hatte ich auch mal. Solche Typen kann man doch nicht respektieren.« Viele Frauen allerdings meinten: »Da kann ich ein Lied von singen.« Eine neue Bekannte bot sogar an: »Wenn du echte Storys und Beispiele brauchst, kannst du mich jederzeit fragen!«

Die ablehnenden Reaktionen gaben mir zu denken, und

ich hoffe sehr, dass das Buch keinen Shitstorm auslöst, schließlich bekam ich zu hören: »Du hast tatsächlich einen Verlag gefunden, der dir Geld dafür zahlt, dass du ein Buch über KEINEN Sex schreibst?!«, ergänzt durch wiederholte Nachfragen: »Was macht dein Problem? ... Na, dass du keinen Sex hast ...« Ja, geht es denn im Buch um mich? Ich habe auch zu hören bekommen, Gott werde mich strafen. Wie gut, dass ich hier im Buch glaubhaft machen werde, dass sexfreies Leben weder ein Problem sein muss – noch sollte es ein gesellschaftliches Unthema bleiben. Wie gut, dass mir viele andere vermittelten, dass es da wichtige Facetten gibt, die unbedingt einmal öffentlich diskutiert werden sollten. Auch wenn das möglichst theoretisch und ohne konkreten Anknüpfungspunkt erledigt werden sollte, traf ich doch vielfach auf die Formulierung: »Also bei uns ist ja alles in Ordnung. Nicht wahr, Schatz?« Und dann wurde mir vermittelt, dass ominöse »Freunde das Problem ja auch haben«.

Kennen Sie das? Dass es immer anonyme andere sind, die ein Problem haben? Oder geht nur mir das so und wenn es psychische oder sexuelle Störungen betrifft? Ich kenne das jedenfalls sehr gut, seitdem ich Sexualtherapeutin bin. Aber die Emotionalität, die aufkam, sobald »Leben ohne Sex« aufs Tapet kam, war auffallend. Das Thema ließ kaum jemanden kalt. Und sei es, dass sich mein jeweiliger Small-Talk-Partner offensichtlich unwohl fühlte und unerwartet verstummte oder gar das Weite suchte. Überhaupt wurde es im näheren Bekanntenkreis stiller. Vielleicht aus der Angst heraus, ich würde über sie schreiben? Ich habe nachgefragt. Nein, lautete die Antwort. Sicher, ob das tatsächlich die ehrliche Meinung war, bin ich mir nicht.

Kurz vor Abgabe des Manuskriptes habe ich Freunde und Familie gefragt, ob jemand Sorge hätte, ich würde über sein/ihr Sexleben schreiben. Bis auf wenige Ausnahmen lautete die Antwort: »Ich weiß, dass du das nie tun würdest.« War zwar nicht meine Frage, aber auch das bewerte ich als deutliches Zeichen für Unbehagen im Umgang mit dem Thema Abstinenz.

Sie sehen also, dass auch die Menschen jenseits meiner Praxis deutlich reagieren, obwohl das jeweils ganz unterschiedliche Formen annehmen kann. Die einen signalisierten mir, dass Unlust ein ernsthaftes Problem sei. Und wie wichtig es sei, dass das endlich Thema wird, weil das Problem in die Öffentlichkeit gerückt gehöre. Natürlich war da auch Negatives dabei, zumindest habe ich das so interpretiert, wenn sich jemand am liebsten in Luft aufgelöst hätte, sobald das Thema aufkam. Das zeigt mir, wie viel Leid und Druck sexuelle Abstinenz verursacht, welche Vorurteile mir als derjenigen, die das Schweigen darüber bricht, begegnen und dass es sich um ein emotional mächtig aufgeladenes Tabu in unserer Mitte handelt. Ich bin ungeheuer gespannt auf die Reaktionen, die noch folgen werden.

WAS UNS SEX BEDEUTET

Warum wir uns in unserer offenen Gesellschaft ausgerechnet mit dem Nicht-Thema Sexlosigkeit so schwertun, versteht man besser, wenn man sich einmal näher ansieht, warum überhaupt uns Sex etwas bedeutet – und was das eigentlich genau ist. Dann verstehen wir eher, weshalb begehrende Partner dem Wunsch nach Sexfreiheit häufig mit Unverständnis begegnen. Warum es nicht einfach ist, die sexuelle Abstinenz eines Partners zu akzeptieren und mit ihr als Faktum zu leben. Denn dass wir ein Abstinenztabu so lange Zeit gepflegt haben, hat seine Gründe. Und es sind nicht nur schlechte. Wir Menschen sind ja nicht einfach bloß eine narzisstische Spezies, die keine Kritik oder Selbstreflexion zulässt.

Um zu begreifen, warum es das Tabu und all diesen Stress und das Theater um fehlenden Sex gibt, müssen wir zunächst verstehen, warum Sex für viele Menschen so wichtig ist. Denn es geht um viel mehr als einen in die Jahre gekommenen Freizeitspaß. Welchen Sinn macht es für unsere Spezies, Abstinenz für nicht zulässig und für kaum existent zu erklären? Warum können wir nicht sagen: Menschen haben Sex. Und Menschen haben keinen Sex.

Was bedeutet Sex für Sie? Haben Sie schon einmal darüber nachgedacht? »Was ist das denn für eine Frage«, werden Sie jetzt vermutlich denken. Dass wir Sex ohne Anregung von außen nicht hinterfragen, zeigt einmal mehr, wie sehr er als normaler Bestandteil einer Biografie (ein-)geschätzt wird. Wieso sollte man darüber auch nachdenken? Ich frage mich ja auch nicht, warum ich atme oder schlafe.

Ab wann ist Sex überhaupt Sex?

Das hätte Bill Clinton 1999 wohl besser genauer überlegen sollen, bevor er eine sexuelle Beziehung mit Monica Lewinsky in aller Öffentlichkeit abstritt. Dabei hatte im Vorfeld oral-genitaler Sex zwischen ihnen stattgefunden. Und bis heute ist nicht klar, ob der damals amtierende US-Präsident bewusst gelogen hat, oder ob er einer definitorischen Unschärfe zum Opfer fiel, die strategisch von der Opposition ausgeschlachtet wurde.

Aber lassen Sie uns über zwanzig Jahre später Tacheles reden: Wie schaut es mit Ihrem Verständnis von Sex aus? Gilt ein »Handjob« als Sex oder erst ein Koitus? Was ist mit Oralsex mit oder ohne Schlucken des Spermas? Ist ein unmotivierter Akt mehr Sex als ein lustvolles Reiben der Genitalien aneinander in bekleidetem Zustand? Ist das Hin- und Herschieben des Penis zwischen den Brüsten schon Sex? Oder in der Achselhöhle? Was ist mit Fellatio? Zählt Sex erst als komplett und abgeschlossen, wenn er bis zur Ejakulation oder zum Orgasmus geht? Gilt eine sexuelle Begegnung auch, wenn nur einer der Partner vom anderen stimuliert wird – meinetwegen bis zum Höhepunkt? Oder wenn die einseitig durchgeführte Stimulation nach kurzem Aufflammen einer Erregung gestoppt wird? Was ist, wenn ein Mann seine Partnerin penetriert, die weder Lust noch Erregung verspürt? Oder wenn die Frau den Mann mit dem Mund zu befriedigen versucht, der Mann aber keine Erektion bekommt und damit auch kein Höhepunkt des Mannes möglich ist? Oder wenn der Mann unter Einfluss von Viagra seine Partnerin penetriert, obwohl er keine Lust empfindet und nur noch diese Erektion loswerden will? Gehört ein Orgasmus von mindestens einem der Beteiligten dazu, oder ist Sex auch ohne Orgasmus Sex? Was ist mit trockenen Orgasmen? Wow, das sind mächtig viele Aspekte, die dabei wichtig sein können.

Wie sehen Sie das? Ab wann ist etwas für Sie Sex? Was gehört zur Pflicht, und wo beginnt die Kür?

Wenn ich so überlege, dann gibt es in der Bevölkerung eine grobe Vorstellung davon, was zu Sex gehört. Dieser Sex-Standard war lange Zeit auch in meinem Kopf, und er spiegelt sich in den Schilderungen von Patienten.

Ich beziehe mich im Folgenden auf die Aktivitäten eines heterosexuellen Paares, wie ich durch das Buch hindurch den Begriff des Partners benutze und weibliche , männliche oder andere Partner darunter subsummiere. Zurück zum Sex: Der allgemeine Konsens besteht wohl darin, dass man mit dem Vorspiel beginnt. Das ist die aktive Vorbereitung auf den folgenden Geschlechtsverkehr. Nach landläufiger Meinung ist das gewünscht und erforderlich für das Zustandekommen einer Erektion und das Feuchtwerden der Scheide. Es folgt der Geschlechtsverkehr, der deutlich länger als eine Minute andauern soll. Der Koitus endet, nachdem der Mann in der Vagina ejakuliert hat. Es wird erwartet, dass simultan ein Orgasmus des Mannes stattfindet. Und das war es auch schon. Alles Weitere kann, aber muss nicht stattfinden.

Würden wir auf Grundlage dieses Verständnisses von Sex ausgehen – wir wären genauso geliefert wie Bill Clinton. Damit will ich sagen: Es kann noch viel mehr oder weniger oder anderes Sex sein. Warum hält sich diese Schablone für Sex dermaßen hartnäckig, die einen funktionierenden Penis und eine Vagina voraussetzt? Das ist ja mehr so ein hardwarezentriertes, beinahe mechanisches Verständnis. Wozu diese unsägliche Koitus-Fixierung, die zu Zeitverschwendung, Energievergeudung, schlechter Stimmung und sogar Leid führen kann? Wo doch ansonsten ein sexuell befriedigendes Miteinander meiner Meinung nach auch lockerer – manchmal deutlich leichter – zu bewerkstelligen ist als Geschlechtsverkehr.

Mir fällt auf, dass für den oben genannten Minimalstandard von Sex mächtig viel geschlechtliches Funktionieren vonnöten ist. Abgesehen von einem Orgasmus des Mannes ist hingegen keine Qualität oder gar Genuss vorgesehen. Auf dem Weg zum Höhepunkt des Mannes nicht. Und für die Frau generell gar nicht. Haben wir Frauen einfach Pech gehabt? Genetisch bedingt schlechte Karten? Haben wir nichts zu wollen? Immerhin dämmert es einem dann, warum Männer über Geschlechtsverkehr teilweise als »Fertigmachen« sprechen. Und warum der Gedanke, dass wir einander benutzen, sich aufdrängen kann. Da müsste ich mich triebmäßig schon extrem geladen fühlen, um dieser Art Sex etwas abgewinnen zu können. Nun sind Menschen bekanntlich unterschiedlich. Anhänger dieses Modells gibt es nachweislich zur Genüge. Also keine Sorge: Sex in dieser Form wird noch lange stattfinden. Das ist auch okay so. Jede/r so, wie er/sie es mag.

Frage ich mich selbst, was ich davon halte, komme ich zu einem anderen Schluss. Gerade wenn ich hinzufüge: Werde ich dem gerecht? Und wie finde ich die Art Sex? Passt er gut zu mir und meinen sexuellen Vorlieben?

Wir alle, Männer wie Frauen, machen die Erfahrung, dass unser Genital nicht allzeit bereit ist. Dennoch bleibt der diesbezügliche Aberglaube bestehen, Männer könnten immer, und das macht es Männern wie Frauen unnötig schwer. Dabei spielt doch etwas ganz anderes eine Rolle: Ist das mächtige Sexualorgan zwischen meinen Ohren hinreichend entspannt und zugleich für sexuelle Reize aufgeschlossen? Sind wir ausgeruht und zuversichtlich? Stehen wir unter Leistungsdruck und haben Angst vor sexuellem Versagen? Penisse und Vaginas zeigen, ob wir gesund oder krank, entspannt oder gestresst, fit oder müde sind. Von ihrem Zustand ist wiederum in erheblichem Umfang abhängig, ob Sex nach herkömmlichem Verständnis durchführbar ist und was wir dabei empfinden. Fühlen wir uns beschämt, weil der Penis nicht (so lange) funktioniert, wie wir wollen? Finden wir das eklig, weil wir etwas gemacht haben, was uns unangenehm war? War es niederschmetternd, weil es wieder weh tat? Oder frustrierend, weil wir mangels passender Reizung nicht zum Höhepunkt kamen? Nur nervig, weil diese intensiven Berührungen unangenehm bis schmerzhaft wurden?

Aber lassen Sie uns bitte den kleinsten (problembeladenen) gemeinsamen Nenner von »wovon reden wir überhaupt« weiter verfolgen, und kümmern wir uns darum, worin für uns der Sinn von Sex besteht. Wir Therapeuten nennen das: die Sinngebungen. Denn dass Sex für viele Sinn ergibt, ist eine Tatsache. Was genau ist es? Darüber sollten wir uns klar sein, denn wie sonst sollten wir eine passende Form von Sex finden können? Wer feststellt: »Meine Füße und die neuen Schuhe – du, die passen nicht!«, hat zunächst einmal eine bloße Bestandsaufnahme gemacht. Davon haben wir noch längst keine bequemen Schuhe.

Ich möchte Sie für beide Positionen – das Ja zum Sex und das Nein zum Sex – und die jeweiligen Hintergründe sensibilisieren, damit Sie anschließend miteinander darüber ins Gespräch kommen und sich über Ihre ganz individuellen Bedürfnisse gut austauschen können. Wenn Sie es denn wünschen. Ich wäre Ihnen keine gute Hilfe, würde ich bloß postulieren: »Ab heute gilt: Sex ist böse. Lohnt sich nicht. Lassen Sie es bleiben. Und wenn Ihr Partner deshalb nervt: Trennen Sie sich.« Oder wenn ich behaupten würde: »Sex ist super. Warum Ihr Partner nicht will, das kann keiner verstehen. Suchen Sie sich jemand Passenderes.« Ich möchte Sie stattdessen in die Lage versetzen, einander besser zu verstehen. Und ich werde Sie mit guten Argumenten ausrüsten, damit Sie bestmöglich für Ihr Anliegen eintreten können. Mir geht es nicht um dogmatische Anti-Propaganda: Das ist so. Weil ich das sage. Die Lehre nach Plaßmann. Wäre ja Quatsch. Damit kommt keiner durch. Nicht Sie, nicht ich. Und das ist gut so.

Also ran an den Speck: Warum entscheiden wir uns in diesem Augenblick oder im nächsten pro oder contra Sex?

Welche Bedeutungen kann Sex für uns haben?

Wir Menschen eignen uns Beziehungsfähigkeiten auf der Basis von Anschauung an. Wir lernen von unseren Eltern, anderen Paaren, von dem, was wir aus den Medien erfahren. Ich werde mit Beispielen aus meiner Praxis arbeiten.

Zunächst möchte ich Ihnen Frau S. (72) vorstellen. Ihr zweiter Ehemann und sie haben vor drei Jahren den Sex komplett eingestellt. Auf meine Frage nach ihrem Sexleben antwortet sie mir: »Warum wir früher Sex hatten? Ich habe mir diese Frage noch nie gestellt. Es ist irgendwie ein Teil meines Alltags gewesen. Am Anfang haben wir es andauernd gemacht. Das war schon schön. Auch für mich. Nach einigen Jahren dann ... Sex gehörte dazu. Wenn man verheiratet ist und sich Treue versprochen hat, dann gehört das so. Denn der Mann kann sich das dann ja auch nicht woanders holen. Wenn er denn treu ist. Mein erster Mann war so ein Tausendsassa. Der hatte schon die ein oder andere Affäre während unserer gemeinsamen Zeit. Ich dachte, wenn ich ohne Lust mit meinem jetzigen Mann zusammen war, hatte das mit meiner veränderten hormonellen Situation zu tun. Wegen der Wechseljahre. Dass das normal ist. Ich wurde nicht mehr feucht. Deshalb war ich wohl auch mutig genug, den Sex irgendwann einzustellen. ›Alte Leute haben keinen Sex mehr‹. So heißt es doch. Nach der Menopause hatten wir anfangs noch Sex. Ich hätte ihn nicht haben müssen. Das war schon eindeutig meinem Mann zuliebe.« Sie überlegt. »Ich glaube, ich habe jedes Mal, wenn wir miteinander geschlafen haben, unsere Bindung bestätigt. Das ist so wie ein Siegel unter das Gefühl tiefer Verbundenheit.« Sie fügt hinzu: »Und ich habe es gemacht, damit mein Mann nicht fremdgeht.« Denn die Erfahrung, füge ich bei mir selbst hinzu, hatte Frau S. ja mit seinem Vorgänger gemacht. »Wir haben deshalb vor etwa zwei Jahren was Neues probiert, mein Jetziger und ich.« Und sie erzählt, dass sie beide vereinbart hatten, dass er mit einer Fremden mitgehen durfte. Frau S. räumt ein: »Ich habe mich damit einverstanden erklärt. Er hat mich zu nichts gezwungen. Wir hatten das im Vorfeld ganz offen besprochen. Ich mache ihm da auch keinen Vorwurf. Mein Mann war im Gegenteil sehr fürsorglich und fragte etliche Male, ob es mir wirklich recht ist. Ich dachte, dass es unsere Ehe entlasten würde und dass mein schlechtes Gewissen Christian gegenüber weggeht. Denn er hat schon noch Lust auf Sex. Hat sich noch nicht alle Wünsche erfüllen können. Nur hat mein Mitleid mit ihm an seinem Mangel ja nichts geändert. Der bestand ja weiterhin. Als er dann zu dieser Verabredung ging, war zunächst alles in Ordnung. ›Fein‹, dachte ich so bei mir. ›Wenn das immer so ist, hätten wir damit schon erheblich früher starten sollen.‹ Spät am Abend kam er dann nach Hause zu mir. Er war sehr zugewandt. Dennoch tat es mir plötzlich weh. Ob das Eifersucht war, Angst, ihn zu verlieren? Ich kann Ihnen das gar nicht sagen.«

Für Frau S. bedeutete Sex viel mehr als eine Spaßaktivität. Für sie waren Sicherheitsaspekte daran geknüpft, Emotionen, Verbindlichkeiten. An diesen körperlichen Akten hing enorm viel Bedeutung. Sie hat mithilfe von Sex versucht, ihre Partnerschaft zu festigen und gegen Bedrohungen von außen abzusichern. Das kann ich gut verstehen. Wenn der Sex fehlt, dann kann man sich in der Partnerschaft ungeschützter fühlen. Um diesen Befürchtungen auf Dauer gut standzuhalten, braucht es eine andere Form der Absicherung. Eine Bindung, die nicht auf gemeinsame erotische Erfahrungen angewiesen ist. Welche Qualität hat diese andere Art der Bindung? Ist sie besser, weil sie nicht »schlüpfrig« ist? Ich finde »richtig« und »falsch« sind hier schwierige Kategorien. Daher beschreibe ich die Qualität als »anders«. Wie gut diese Art für Sie oder ihn oder mich passt, lässt sich dann auch deutlich besser im Hier und Heute einschätzen.

Was Sex für einen Menschen darstellt, kann denkbar verschieden sein. Meistens gibt es auch mehr als einen Grund, um Sex zu praktizieren. Dem misst jeder eine unterschiedliche Bedeutung bei, und um die Variationsbreite zu erschließen, muss gezielt und mit gutem Grund nachgefragt werden. Sonst geschieht es Ihnen vermutlich wie mir und »Was soll denn diese Frage?« oder »Warum wollen Sie/willst du das wissen?« schießt einem durch den Kopf, deutlich noch vor: »Darüber hab ich noch nie nachgedacht.« Wir alle haben das nicht sofort parat, wie es sich tatsächlich mit unserem Sexleben verhält. Und meine Frage wird unwillkürlich als Kritik verstanden. Lieber keine Auskunft geben, ist dann die erste Reaktion, denn es könnte sein, dass die eigene Motivation als falsch bewertet wird. Ja, wir sehen als Erstes die Gefahr der Bewertung.

Trotzdem möchte ich Ihnen noch weitere Antworten vorstellen, die ich von Patienten und aus dem Bekanntenkreis bekommen habe. Sie folgen in der Reihenfolge ihrer Häufigkeit, in welcher sie genannt wurden. Ich erlaube mir, das zuweilen zu kommentieren – und ich habe mich mit der Antwort »Weil es normal ist« nicht zufriedengegeben. Dann habe ich nachgehakt. Ich wollte es schon ein wenig genauer wissen, und deshalb habe ich ab und zu Vorschläge gemacht, gerade wenn mögliche Antworten mir besonders schambesetzt erschienen. Generell konnten mehrere Optionen pro Person genannt werden.

»Weil es dazugehört«: Dies war die häufigste Antwort und die Erstnennung, wenn es mehrere Antworten gab. Praktizierter Sex wird nicht selten als der wesentliche Unterschied gegenüber Freundschaften oder einem wohngemeinschaftlichen Zusammenleben betrachtet. Betroffene Patientenpaare benennen das auch gern so, wenn ihnen der Sex abhandengekommen ist: »Ich könnte genauso in einer WG leben … Wie Brüderchen und Schwesterchen …« Dann gerät offenbar in den Hintergrund, welche anderen Unterscheidungsmerkmale es in einer Partnerschaft noch gibt – etwa die emotionale Verbundenheit, Innigkeit und andere Formen gegenseitiger Verpflichtung. Partnerschaft ist etwas anderes als »Freundschaft plus« oder »WG plus«. Sex scheint markanter zu sein. Nachweisbarer. Wenn man ihn hat, dann sieht, hört und spürt man das. Selbst wenn strittig ist, ob das, was da am letzten Samstag stattfand, schon Sex oder nur Vorspiel war.

»Weil mein Körper das braucht«: So lautete die zweithäufigste Antwort. Erwartungsgemäß sagten dies fast nur Männer. Auf die immer noch weitverbreitete Triebhypothese werde ich später näher eingehen. Nur so viel an dieser Stelle: Sie ist längst widerlegt.

Ich begegne manchmal dieser emotionslosen Darstellung von Sex. Als handele es sich um eine Form der Körperpflege. Das verwundert mich insofern, als die betreffenden Personen gleichzeitig Wert auf die Treue in der Partnerschaft legen. Schauen wir uns das pragmatisch an: In die Sauna, zum Fitness oder zum Wellness kann ich auch mit Freunden gehen, darüber herrscht Einigkeit. Sex scheint da eine andere Qualität zu haben. Machen sich diese Männer das nicht klar, oder ist das eine Frage des Selbstschutzes, wenn sie betonen, dass sie das mit den Worten beschreiben: »So emotional handhabe ich das nicht.« Ist das Coolness? Weitergedacht kann ich verstehen, wenn sich die jeweiligen Sexpartner zu wenig gesehen und wertgeschätzt fühlen.

»Sonst kriege ich schlechte Laune«: Auch diese Antwort hörte ich mehrheitlich von Männern. Einem Teil stellte ich die Anschlussfrage, ob sie der schlechten Laune entgingen, wenn sie sich, statt Paarsex einzufordern, selbst befriedigten. Alle antworteten prompt: »Das ist ja nicht dasselbe.« Wiederholte ich die Frage, hieß es von den meisten Männern schlicht: »Ja.«

Die Antwort führt mehrheitlich zu Paarkonflikten. Ich erkläre mir das so: »Klar. Wenn ich meinen Willen nicht bekomme, frustriert mich das auch. Ist ja verständlich.« Hin und wieder erkenne ich darin eine Hilflosigkeit der Betroffenen, und dann wieder meine ich: Das klingt wie eine subtile Drohung. Denn ich habe oft miterlebt, dass das Argument wie Dynamit wirken kann, gerade wenn das Paar hadert. Das sorgt in manchem Streitszenario zu einer regelrechten Druckluftwelle: »Was denkst du, führt bei MIR alles zu schlechter Laune?!«

»Zur Bestätigung meiner Männlichkeit/Weiblichkeit«: Dies sagten sowohl Männer als auch Frauen generell nicht von sich aus. Sie wählten die Option frühestens als dritten Grund, stets mit dem Zusatz, es sei ein netter Nebeneffekt. Vereinzelt wurde hinzugefügt: »Nötig habe ich das natürlich nicht. Und allein aus diesem Grund – da würde man den anderen ja benutzen.« Ich lasse das mal so nachklingen.

Bei aller Ehrlichkeit dürfen wir nicht unterschätzen, dass bestimmte Argumente verpönt sind. Wer will schon als Narzisst, Egomane oder gefühlsmäßig stumpfer, oberflächlicher Zeitgenosse dastehen? Wir passen folglich unsere Aussagen an die vermutete Erwartungshaltung an, dessen bin ich mir bewusst. In der empirischen Forschung, wo Interviews und Fragebögen erstellt und ausgewertet werden, ist das ein alter Hut. Da werden jede Menge Tricks angewandt, um den Befragten ein Schnippchen zu schlagen. Das gelingt aber nicht immer. Denn wir Menschen sind ja doch recht clever und merken viel.

Ich habe diese Antwortmöglichkeit ganz bewusst in meinen Katalog aufgenommen. Sex kann eng mit der eigenen Identität verknüpft sein, mit dem Selbstwert. Für manchen von uns ist Sex die intensivste Form, in der eigenen Geschlechtsidentität erkannt zu werden und Bestätigung zu finden. Niemand will nur Spiegel wie in Schneewittchen sein: »Ihr seid die Schönste hier ...« Ganz ohne gegenseitige Wertschätzung und daraus abgeleiteter Selbstbestätigung würde Sex für die Mehrheit von uns wohl seinen Reiz verlieren.

»Als sexy Machtspiel«: Hierzu sage ich: Herzlich willkommen in der Arena des BDSM, die sich übrigens über viel mehr Fläche erstreckt, als man so vermutet. Diese Antwort hörte ich übrigens von erheblich mehr Frauen als von Männern. Da wurde so manche Augenbraue hochgezogen und Lippen in sinnlicher Voraussicht geschürzt.

Huch, ist DAS schon BDSM? Im Grunde schon. Das Akronym BDSM umfasst ein weites Feld, inkludiert sind Fesselspiele, Lustschmerz, Dominanz und Unterwerfung. Und Machtspiele gehören zu Dominanz. Selbstredend ist ein himmelweiter Unterschied zwischen der Ansage »Beweg dich nicht«, dem Verbinden der Augen mithilfe eines Seidenschals und einem lasziven Necken mithilfe einer Feder auf der einen Seite, wo auf der anderen Seite Knebeln, Anketten und das Durchstechen von Brustwarzen zu finden sind. Spätestens hier wird klar, dass der sogenannte klassische Sex und BDSM von jeher eine sinnliche Liaison eingehen können.

»Ich/wir wollen ein Baby«: Die Erstnennung dürfte für sich selbst sprechen. Da ist nichts von Lust oder Genuss zu hören.

»Um meinem Partner/meiner Partnerin etwas Gutes zu tun«: Dies antworteten ausschließlich Männer. Eine nicht unbeträchtliche Anzahl von Männern folgt dem Glaubenssatz, Sex sei dazu da, möglichst lange durchzuhalten und dem Gegenüber Erregung und Orgasmen zu verschaffen. Nicht selten geraten diese Männer massiv unter Leistungsdruck und entwickeln Funktionsstörungen wie einen vorzeitigen Erguss, eine Erektionsstörung oder eine sogenannte Ejaculatio retarda. Dabei handelt es sich um eine Erektion, die nicht in einen Höhepunkt und einen Erguss mündet. Sie ist in der Bevölkerung namentlich fast gänzlich unbekannt; ihrem Erscheinen nach aber gar nicht so selten.

Erfährt ein Mann, der Sex mit dem o. g. »Auftrag« verbindet, dass dem Partner der Sex nicht (mehr) zusagt, kann dies psychische Krisen heraufbeschwören, die sich in Gedanken niederschlagen wie »Ich bin nichts wert, wenn ich das nicht hinbekomme«.

»Weil es meinem Schatz wichtig ist. Also tu ich ihr/ihm den Gefallen. Tut ja nicht weh«: Diese Option wählten bis auf wenige Ausnahmen Frauen. Diese abgeklärte Schilderung lässt bereits erahnen, wie wenig sinnlichen Genuss die Sprecherin erwartet. Erfolgt Sex fortlaufend nach diesem wenig ausgeglichenen Muster, begünstigt das den Wunsch nach Abstinenz, beruhend auf der Negativerwartung, man selbst käme ohnehin nicht auf seine Kosten.

Natürlich gibt es auch vereinzelt die Situation, dass eine Art Aufopferungsbereitschaft inszeniert wird. »Ich bin so nett und großzügig, dass ich das nur für dich tu« – das schafft ein Gefälle. Wer so agiert, möchte wertgeschätzt werden. Ausschlaggebend kann aber auch Berechnung sein, ein entscheidendes Quäntchen mehr zu investieren, um an anderer Stelle Gefallen vom Partner einfordern zu können.

»Weil es sich so ergeben hat. Eine Chance, die ich dann auch nutze«: Nur Männer gaben diese Antwort. Das hat mich schon erstaunt. Die Männer erklärten, sie hätten Angebote von Frauen erhalten, die sie nicht »sooo attraktiv« gefunden hätten. Manchmal waren die Männer gar überrumpelt, weil sie sich keine Chancen ausgerechnet hatten. Insbesondere, wenn sie die Anziehungskraft der jeweiligen Frau als deutlich über ihrer eigenen einschätzten. In anderen Fällen sei ihnen die Situation nicht sonderlich passend erschienen. Im Freundeskreis hat man mir eine Erklärung anvertraut: »Wenn sich eine Frau unerwartet unbekleidet in meinem Bett räkelt, wie peinlich wäre es für sie – und was für ein Idiot wäre ich –, wenn ich sie abweisen würde?«

»Weil es schön ist. Weil es Spaß macht«: Männer und Frauen antworteten etwa gleich häufig so. Wunderbar. Ich freu mich für Sie. Weitermachen.

»Das ist Ausdruck meiner Liebe«: Nadine (28) erklärt: »Das ist mein Ausdruck für Liebe. Dass ich meine Partnerin liebe und sie begehre, gehört für mich zusammen. Ich könnte keinen Sex ohne Liebe haben.« Tragisch wird es, wenn eine falsche Schlussfolgerung aus der Umkehrung gezogen wird: Wir haben keinen Sex. Fehlt es an Liebe?

»Weil ich es kann«: Altersabhängig wurde mir diese Antwort – von Männern – gegeben: »Wer weiß, wie viele Jahre ich noch bis zu einer Erektionsstörung habe.« Oder: »Tausend Schuss, dann ist Schluss.« Viele Männer gehen davon aus, mit fortschreitendem Alter Erektionsprobleme zu bekommen. Das macht Männern ab etwa dem fünfzigsten Lebensjahr deutlich Druck, die möglicherweise letzten Chancen nur nicht ungenutzt verstreichen zu lassen.

»Um runterzukommen. Wenn ich Stress oder Ärger habe. Oder um gut einschlafen zu können«: Diese Antwort wurde ausschließlich von Männern gegeben. Dieses Abreagieren mithilfe von Sex ist fraglos ein gut gehütetes Geheimnis, damit sich der Partner nicht instrumentalisiert fühlt. Um hier die Männer aber nicht in ein unangemessen schlechtes Licht zu rücken: Auch Frauen nutzen Sex mit dem Partner dazu, sich Bedürfnisse zu erfüllen, und sei es das nach Zugehörigkeit oder Ablenkung.

»Ich fühl mich dabei so lebendig. Das ist wie ein Beweis: Du, mich gibt's noch. Ich merk noch ganz viel«: Männer und Frauen, die alle mit erheblichen Einschränkungen oder schweren Erkrankungen umgehen müssen, wählten diese Antwort. Der partnerschaftliche Sex kann für sie ein Indikator dafür sein, im positiven Sinne zu funktionieren. Wenn der Körper schon so viel Unfug macht, Schmerzen, Bewegungseinschränkungen und vieles Weitere beschert, dann ist das eine angenehme Nische, um sich der eigenen Funktionsfähigkeit zu versichern. Und natürlich ist es auch ein Stück Lebensqualität. Wenn an allen Ecken und Enden Genussfelder verloren gehen, dann ist das Erleben der eigenen Erregungs- oder gar Orgasmusfähigkeit ein regelrechter Segen. Im Falle einer lebensverkürzenden Erkrankung ist Sex ein wunderschönes Lebenszeichen, das intensives Wahrnehmen, Teilnehmen und das Spüren von Verbundenheit ermöglicht.

Die sexuelle Beziehung zu einem leidenden, gar sterbenden Partner ist ein sehr besonderes Setting, bei dem Bedürfnisse inkompatibel werden können. Das wird aus Gründen des Anstands und einem Gefühl der Verpflichtung heraus selten thematisiert. Leider. Das Faktum der Ressourcenverknappung körperlicher, lebenszeitlicher Möglichkeiten mit der Fragestellung »War das jetzt unser letztes Mal?« bringt Bedürfnisse ins Spiel, am vermutlich bald fehlenden Partner festzuhalten oder den nahenden Abschied dadurch auf Distanz zu halten. Man schafft sich Erinnerungen durch Erlebnisse, so, wie man sich ein Fotoalbum anlegt. Zusätzlich genehmigen sich die Partner einen Augenblick der Normalität, zu dem auch das vorübergehende Ignorieren der Rahmenbedingungen mit Lagerungshilfen, Inkontinenzmatte, hoch dosierter Schmerzmedikation usw. gehört. Das Miteinander solcher Paare ist ausgesprochen komplex und zuweilen von fast bestialischer Ehrlichkeit geprägt, dann wieder von Rücksichtnahme und gegenseitiger Schonung bis hin zur Entmündigung: ein Wechselspiel der Gefühle, das völlig an den eigentlichen Bedürfnissen des jeweiligen Betroffenen wie denen des Partners vorbeigehen kann.

»Weil Samstagabend ist. Da haben wir immer Sex«: Ausnahmslos Frauen gaben diese Antwort. In der Praxis zeigt sich, dass Frauen in Partnerschaften, wo Sex in regelmäßigen Abständen auf der Tagesordnung steht, sich schon Tage zuvor damit befassen. So war es u. a. bei Svea (36): »Irgendwann hat es sich zwischen Arne und mir so eingespielt, dass wir samstagabends Sex haben. Das ging los, als unsere Jungs am Wochenende mal bei den Großeltern und später auch bei Freunden übernachtet haben. Dass die Kinder nicht zu Hause waren und nichts mitkriegen konnten, hat es für mich schon deutlich leichter gemacht, mich auf meinen Mann einzulassen. Inzwischen ist es unser fester Termin. Ist ja klar, dass ich da nicht unbedingt Lust hab. Das geht schließlich nicht auf Knopfdruck. Bloß weil Samstagabend ist. Um ehrlich zu sein:

Spätestens freitags zieht sich schon diese Halskrause zusammen, weil der Samstag naht. Der steht mir immer schon so ein bisschen bevor. Aber sonntagmorgens geht's mir immer super.« Sie lacht. »Nö, nicht weil der Sex so gut war. Aber am Sonntagmorgen hab ich wieder ganz viele Tage ohne Sex vor mir. Und das entspannt mich mega.«

Wir können also festhalten: Sex findet aus sehr unterschiedlichen Gründen statt. Die einen sehen darin eine Pflichterfüllung oder tun es, um Schlimmeres (!) zu verhindern. Andere empfinden Sex als Freiheit, ihre Liebe zu leben, was ihnen wichtig ist. Und dazwischen gibt es etliche andere Möglichkeiten. Ein kunterbunter Strauß mit Rosen, Tulpen, Schleierkraut und ein wenig Tollkirsche und Goldregen dazwischen, welche die Ablehnung von Sex begünstigen können.

Ich habe vier grobe Bedeutungsschwerpunkte ausmachen können, die ich mit eher ungewöhnlichen Beispielen illustriere. Ein wenig Entertainment kann sicher nicht schaden (ist ja auch beim Sex so) ...

Sex hat eine soziale Bedeutung

Hier geht es um eine Norm, Verpflichtung, um Sex als Teil des derzeit geltenden Normalitätsbegriffs. Das Ausleben von Sex ist wichtig, um als normal durchzugehen. Durch Sex bleiben die Partner im Kontakt. Sex ist dann etwas, auf das sie bauen können. Es geht darum, versorgt zu werden und den anderen zu versorgen und in ein dynamisches, aber verlässliches Gleichgewicht von Geben und Nehmen zu kommen. Ob Sex für den Einzelnen auf dieser oder jener Seite verbucht wird: Immerhin liefert er Stabilität und Halt und Zuverlässigkeit. Das funktioniert selbstredend nur, solange der Sex nicht ausschließlich auf die Geben-Seite gerät und die Investition sich nicht mehr zu lohnen scheint. Dann fehlt der Ausgleich, wenn der Partner emotional abwesend ist, oder falls er/sie ein notorischer Schürzenjäger ist und dauernd daheim Sex einfordert, der dem Gegenüber nichts gibt. In der Folge kann dies die Partnerschaft destabilisieren. Deshalb ist häufig eine erste Reaktion auf den aufgeflogenen Betrug durch einen Partner, den Sex gänzlich aus der Paarsphäre zu verbannen. Warum sollte man Sex weiter liefern, wenn man keine Gegenleistung in Gestalt von Respekt und Zweisamkeit bekommt?

Es geht ums Wohlgefühl

Das zweite Motiv, Sex zu pflegen, beruht auf eher körperlichen Bedürfnissen und der Chance, dadurch Lust und Befriedigung zu generieren, gar genießen zu können und dies regelrecht zu benötigen, da die Alternative körperliches Unwohlsein begünstigt. Dies spricht allerdings nur so lange für das Praktizieren, solange der Sex tatsächlich gut genug bzw. seine Resultate als befriedigend genug betrachtet werden.

Herr F. (68) erzählt, er liebe Sex. »Das ist meine Welt. Mein Körper braucht das.« Ein Höhepunkt verschönert ihm den Tag und zaubert ihm ein Lächeln ins Gesicht. Nicht sehr lange allerdings, denn dann jagt er schon der nächsten Gelegenheit hinterher. Wenn er tagelang keine Gelegenheit zum Sex hat, bekommt er Migräne. Und sein Ego sackt in den Keller. »Das geschieht glücklicherweise nur sehr selten.« Diese Aussage hat er ein knappes Jahr vor Corona gemacht. Wie es ihm angesichts der Hygienesicherheitsmaßnahmen wohl ergehen mag? Ich hoffe sehr, er kommt zurecht.

Eine Frage der emotionalen Bedeutung

Das dritte Motiv ist eine Frage des Gefühlsmanagements. Bringe ich mit Sex so etwas wie schlechte Laune, Ängste oder Sorgen unter Kontrolle? Ist Sex eine Möglichkeit, authentisch zu sein, mich in meinem wahren Selbst zu leben und meinen Gefühlen Gestalt zu verleihen? Ist es die Form, in welcher ich meine Liebe am besten oder schönsten ausleben oder sie zeigen kann? Fühle ich mich in unserer Besonderheit/Exklusivität geschützter durch Sex? Je größer der Verdienst, den der Einzelne dem Sex beimisst, umso enormer auch die Bedeutung für den Einzelnen. Werden die schlechten Gefühle aber nicht mehr verdrängt oder nehmen die Liebesgefühle Schaden, zeigt sich mitunter ein anderes Bild.

Anna handhabt es nach diesem Muster. Sie hat immer mal wieder depressive Episoden und rechtfertigt sich, eine Psychotherapie sei nicht erforderlich. Ihr Lebensgefährte weiß hingegen sehr genau, wie wichtig ihre heftigen Sexspiele sind, in denen sie es auf intensive Zustände anlegt, die sie ablenken. Das darf auch mal mit Atemkontrolle einhergehen. Fällt der Sex aus wegen Erkältung, Fortbildung oder Besuch der Schwiegereltern aus Süddeutschland, gerät Annas Psyche schnell aus der Bahn.

Gehört eben zum Lifestyle

Der vierte Grund für Sex ist eine Frage des Lifestyles. Ich definiere mich über meine Art von Sex, meine Vorlieben oder mutigen Errungenschaften. Ich bin stolz darauf, mich anders auszuleben, mich mehr zu trauen. Meine Sexualität ist ein Teil meiner Identität. Ich erzähle vielleicht gerne von meinen Erfahrungen beim Swingen. Berichte von neu erworbenen

Sexspielzeugen, ungewöhnlichen Orten und Praktiken. Ich bin vielleicht stolz darauf, meine Bisexualität oder Polyamorie auszuleben, Dom oder Domina zu sein, meinen Woll-Fetisch zu leben. Das kann dem Gefühl, besonders zu sein, eine Menge Aufwind geben.

Ulrich (55) sehe ich hier verortet. Er ist ausgesprochen EDV-affin. Und er kann auch eine Menge im IT-Sektor, was andere Menschen nicht einmal grob verstehen würden. Dabei ist er Bauunternehmer. Anfangs ging es ihm in der Virtual Reality um reines Entertainment, und so nutzte er die ersten Apparate als »besseren Joystick mit Monitor dran für meine Baller-Spiele«. Nun aber, mit seiner neuesten VR-Brille, hat er zunehmend Freude und Befriedigung in pornografischen Szenerien. Die sind nicht echt. »Aber meine Lust dabei ist echt. Und meine Höhepunkte sind es auch.« Neuerdings entdeckt er die Vorzüge von selbst konzipierten Avataren. Die müssen nicht einmal menschlich sein. Er erlebt dann Blowjobs und vieles mehr mit Vampiren, Orks oder anderen Fabelwesen und verbringt Wochenenden damit, wodurch er sich besonders fühlt. Nur seinem sozialen Umfeld geht es »manchmal auf den Keks, wenn sich alle Männer auf dieser oder jener Geburtstagsfeier total für meine VR-Brille begeistern« und darüber den eigentlichen Anlass vergessen. Nein, Ulrich lebt nicht in einer Partnerschaft. »Ich weiß, das ist das alte Klischee vom Nerd … Aber wenn's Spaß macht?« Ich konnte Ulrich in der Zeit erleben, als seine neue VR-Brille bedingt durch die Pandemie nicht lieferbar war. Der Liefertermin wurde wieder und wieder verschoben. Wir können es natürlich den allgemeinen Einschränkungen im Frühjahr 2020 zuschreiben. Aber der sonst gelassene Mann war wie ausgewechselt.

DIE GÖTTLICHE MISCHUNG DER MOTIVE

Wir finden diese Motive natürlich nicht nur in Reinform, sie bedingen und vermischen sich – aber häufig überwiegt das eine oder andere. Eine Hybrid-Mischform aus Gründen für Sex möchte ich ergänzen, denn ich sehe sie oft in meiner Praxis: eine Mischung aus Gefühlsmotivation und Lifestyle, die gerade bei Menschen eine Rolle spielt, denen transzendentale Aspekte im Liebesleben wichtig sind. Durch Sex, insbesondere sexuelle Riten, fühlen sie sich als Teil eines höheren, großen Ganzen. Preisen das Göttliche in sich, dem anderen und der Sexualität. Auch dies kann identitätsstiftende, aufwertende Effekte haben und mit Blick auf das Leben in einer esoterischen oder religionsnahen Gemeinschaft soziale Bindungen knüpfen und halten helfen. Ohne den Sex wäre der Zusammenhalt minder stark und das religiöse Moment weniger erlebbar. Und vergessen wir bitte auch nicht die euphorisierende Wirkung, die Sex mit neuen Partnern haben kann.

Ines (56) etwa bevorzugt tantrischen Sex. Sie lebt allein und trifft sich mit anderen Tantrikern in Schwitzhütten, bei Massage-Treatments und natürlich zum Tantra. Mit Gleichgesinnten dieser Szene führt sie besonders gute und intensive Gespräche. »Sie ticken genauso wie ich. Früher war ich oft allein. Ich kam zwar mit jedem klar. Aber irgendwie war ich nie so richtig integriert in eine Clique. Nie so wirklich eng mit einer Freundin oder einem Mann. Inzwischen bin ich angekommen, wo ich möglicherweise immer schon hingehörte.«

EIN GRUND DAFÜR IST IMMER AUCH EIN GRUND DAGEGEN

Betrachtet man die Gründe für Sex näher, wird verständlicher, warum er einen so großen Stellenwert einnehmen kann. Kompliziert wird es dann, wenn Bedürfnisse von Partnern nicht (mehr) erfüllt werden und es an Passung hapert. Der

Wunsch nach Sex ist an so viele Parameter geknüpft, dass er nicht immer durch etwas anderes ersetzt werden kann, wenn er entfällt. Doch gerade in den Gründen für Sex liegen auch Ursachen für ein Nein verborgen. Dann ist vielleicht das Gefühlsmanagement beeinträchtigt. Die Beteiligten sind gefrustet, unruhig. Wie auf Entzug. Dann fehlt etwas Essenzielles. Aber das ist noch lange kein Grund, ein Nein zu übergehen, denn auch dafür gibt es gute Gründe.

So kann unter spezifischen Umständen von jeder/m die Entscheidung für eine Abstinenz getroffen werden. Manchmal geschieht das, wenn sich je nach individueller Bedingung die Bereitschaft zum Sex wandelt. Das ist menschlich und immer im Bereich des Möglichen. Hinzu kommt: Abstinent aus Überzeugung kann prinzipiell jeder irgendwann leben. Und prinzipiell ist es ebenso vorstellbar, dass jeder Abstinente die Zeit seiner Sexlosigkeit beenden möchte. Abstinenz ist eine mögliche und normale Ausdrucksform unseres Sexuallebens. Sie kann unterschiedlich lange andauern – und das ist individuell verschieden. Auch dafür gibt es gute Gründe. Aber sehen wir uns zunächst das partnerschaftliche Sexleben einmal genauer an.

Was der Sex für unsere Partnerschaft bedeutet

Warum suchen wir uns Partner? Schließlich ist das Fundament einer Beziehung ein ganz erheblicher Quell von Problemen. Nehmen wir ruhig das Beispiel, wie es ist, wenn man mit Partner in einen Abstinenzkonflikt gerät. Denn schließlich sind Beziehungen die Form des Zusammenlebens, in denen es wegen fehlendem Sex zu Auseinandersetzungen, Kritik, Vorwürfen und Trennungsankündigungen sowie vollzogenen Trennungen kommen kann. Singles sind wenigstens davor gefeit. Aber auch nur, solange sie keine Beziehungswünsche haben. Und laut äußern sollten sie ihren Abstinenzwunsch nicht, denn die Diskussion folgt bestimmt, der Rechtfertigungsdruck, den ich Ihnen mit diesem Buch gerne nehmen möchte.

Viele von uns hängen der Vorstellung an, nur Liebesbeziehungen seien richtige Beziehungen und die Eintrittskarte für eine normale Partnerschaft sei die anfängliche Verliebtheit. Es ist schon richtig, dass Schmetterlinge im Bauch eine ungeheure Motivationsstärke mit sich bringen. Dann gelingt es, uns auf ein anderes mit Mängeln behaftetes Wesen einzulassen. Zwingend erforderlich sind sie hingegen nicht. Deshalb möchte ich auch auf die weniger rosigen Fundamente von Partnerschaften eingehen. Denn auch solche Paare pflegen einen individuellen Umgang mit gemeinsamem Sex. Und gerade dort, wo es an Verliebtheit oder Liebe fehlt, kann Sex abgeklärt gehandhabt werden oder ganz im Gegenteil sogar eine hohe Priorität bekommen. Wenn die gemeinsame körperliche Ebene schaffen soll, wofür die Emotionen nicht (mehr) ausreichen: das Beziehungsgefüge zu festigen.

Haben Sie sich auch bereits gefragt, warum dieses »Und sie lebten glücklich und zufrieden miteinander« am Ende von Märchen Ihnen nicht so einfach erreichbar scheint – ja vielleicht Ihr ganzes Leben hindurch so weit entfernt ist? Wie kommt es, dass wir uns fragen, ob wir in Beziehung mit dem dereinst als Prinzen gesehenen Mann oder der Schönheit von damals in Bedrängnis geraten?

Zum einen kommt es durch die nachlassende Bindungskraft des anfänglichen Verliebtseins. Die Schmetterlinge im Bauch werden flügellahm. Wenn es denn ein initiales Verliebtsein gab. Zum anderen kommt es zu Problemen, weil etliche Partnerschaften eben keine Liebesbeziehungen, also eben keine durchweg mit Verliebtsein begonnene und von Liebe durchwebte und gehaltene Beziehungen sind oder waren.

Eine innige Liebesbindung, die eine Zweisamkeit ohne Sex zu tragen vermag, trägt in sich vielleicht von Anfang an das Verbindende, ohne welches diese Beziehung nicht vorstellbar ist. Gar nicht so wenige Partner finden anfänglich in gefühlsmäßiger Hochstimmung nur durch den gemeinsamen Sex in eine Euphorie, die sich wie Verliebtsein anfühlt. ONS-Erfahrene kennen und fürchten dergleichen. Dass der Sexpartner von letzter Nacht mit »Herzchen in den Augen« erwacht und das kurzlebige Szenario als den Beginn einer Partnerschaft missversteht. Und wo die ONS-Erfahrenen frühzeitig mit »Ich muss morgen früh zum Flughafen (– also geh bitte jetzt)« Missverständnissen vorzubeugen suchen, bewerten andere den Sex gemeinschaftlich als Start in eine gemeinsame Beziehung. Wenn der Sex zwischen solchen Partnern verschwindet, verschwindet gleichsam das Fundament dafür, zusammenzubleiben. Es sei denn, mit der Zeit wurden weitere beziehungserhaltende Elemente hinzugewonnen.

Jedes Paar hat seinen individuellen Gründungsmythos. »Mythos« werden diese Geschichten deshalb unter Therapeuten genannt, weil jeder seine ganz subjektive Betrachtung dieses Ausschnitts des eigenen Beziehungslebens hat. Mal mit einem verklärten Blick darauf, wie wunderschön oder beeindruckend das Gegenüber oder das Erlebte war, mal knallhart realistisch, dass man den anderen gänzlich unmöglich fand, was sich dann noch änderte. Oder dass man eigentlich wegen Interessenlagen zusammen ist, die gar nichts mit Verliebtsein oder Partnerschaft zu tun hatten. Dass man anfänglich nicht Beziehungspartner füreinander war, sondern Nachbar, Kollege, Freund. Oder geeint in leidvollen Erfahrungen, die zum Grundstein gegenseitigen Verständnisses, Vertrauens und einer gemeinsamen Zukunft wurden. Es gibt

z. B. Rettungsmythen, wenn einer hilflos und das Gegenüber hilfreich war, oder Kampf-Mythen, wenn man sich beim Einsatz für oder gegen Sache X kennenlernte. Für mich als Therapeutin sind diese Schilderungen wunderbar, da sie mir dabei helfen, den Stellenwert, den Sex für dieses eine Paar hat, besser zu verstehen.

Ist Sex das einzig Schöne und Verbindende in der Partnerschaft gewesen, umso leidvoller wird Abstinenz erlebt. Je sicherer hingegen zwei Menschen ihre Zusammengehörigkeit und ihr Paar-Sein trotz Abstinenz wahrnehmen – sei es durch gemeinsame Interessen, Hobbys, gemeinsame Freunde, Körperlichkeit und Zärtlichkeit – umso länger wird i. d. R. Abstinenz toleriert. Und ja: Auch Verpflichtungen und Sachzwänge fallen hier ins Gewicht wie wirtschaftliche Verbindungen. Ist ja verständlich: Langjährige Partner sind auch ein Paar, wenn beide keinen Sex miteinander haben. Die Voraussetzung dieser sexfreien Verbindung ist, dass beide Partner dies so sehen.

Ist dies nicht so, stellen sich rasch Fragen wie »Sind wir noch ein Paar?«, »Will ich das/Kann ich das/Darf das so sein?« Das Beziehungs-Aus wird früh in Betracht gezogen.

In der Praxis erlebe ich, dass Partner ihre Beziehungsbasis einstimmig schildern, darunter aber nicht zu vereinbarende Meinungen und Bedürfnisse liegen. Der eine will/braucht zeitnah wieder den gemeinsamen Sex und fühlt sich frei, im Notfall die Partnerschaft zu beenden. Währenddessen handhabt der andere Partner die Sexlosigkeit völlig locker bei gleichzeitig schrecklichen Ängsten davor, dass sich der Liebesgefährte aus der Beziehung verabschiedet. Oder beide denken simultan, sie könnten auf die Zweisamkeit verzichten, wenn es sein müsste. Hin und wieder wird auch geblufft. Da braucht es Hilfestellung, diese Unterschiedlichkeit und Empfindsamkeit zu sichten und sie behutsam zu berücksichtigen. Damit sich beide erst einmal selbst verstehen. Und sich nicht durch einen Bluff zu etwas hinreißen lassen, was ihnen nicht entspricht. Oder damit die Erkenntnis zugelassen wird, gefühlt von verschiedenen Planeten zu kommen. Vielleicht auch festzustellen: »Wir sind zwar gleichzeitig gestartet. Dann bin ich abgebogen, während du weiter geradeaus bist.« Das ist völlig in Ordnung. Wir sind schon zu Beginn einer Beziehung verschieden. Und diese Verschiedenheit entwickelt sich bei dem einen Paar weiter, wo sich andere Partner zunehmend ähnlicher werden.

Falls Sie gerade besorgt denken, es sei bei Ihnen auch so und das würde zwangsläufig zur Trennung führen, kann ich Sie beruhigen. Wer gemeinsam mit dem Partner wohlwollend auf diese Andersartigkeit schaut, dessen Beziehung stehen die Türen zu unzähligen Entwicklungsmöglichkeiten offen. Das gilt auch für diejenigen, die sich diesen positiven Blick erst erarbeiten wollen.

Und sollten Sie eine Beziehung führen, in der die Ähnlichkeit zwischen Ihnen beiden stetig stärker wird, kann ich auch Sie entlasten. Diese Gleichartigkeit beruht auf der Fokussierung des Gemeinsamen und auf Anpassungsleistungen. Schwenkt man den Blick auch auf andere Felder, gibt es da bestimmt trotzdem reichlich Individuelles zu finden.

KONSTELLATIONEN SEXFREIER PARTNERSCHAFT

So, wie es unterschiedliche Gründe dafür gibt, Sex zu haben, gibt es verschiedene, ihn zu lassen, und eine medizinisch begründete Unlust ist nicht der ausschlaggebende Faktor, mit dem ich mich in diesem Buch am intensivsten beschäftige. Mir geht es vielmehr um freiwilligen Verzicht über einen längeren Zeitraum. Und damit meine ich wirklich längerfristig und nicht mal eben für eine Woche oder so.

Ursachen und Motive für Sexfreiheit

Wer in einer Partnerschaft lebt, wird wissen, dass dadurch Konflikte entstehen (können) – jedenfalls wenn man sich bewusst für Sexfreiheit entscheidet. Welche Gründe es gibt und wie Partner reagieren, dazu hier in diesem Kapitel mehr. Die Ursachen und Motive für Abstinenz habe ich in von mir gewählte Schubladen gepackt. Wichtig ist, dass unterschiedliche Gründe zu unterschiedlichen Reaktionen führen können.

Am Ende dieses Kapitels können Sie dann noch einmal für sich selbst entscheiden, welche Gründe für ein sexfreies Leben für Sie zählen könnten. Wie man das am besten für sich – und den Partner – umsetzt, dazu dann mehr im weiteren Verlauf.

Ich habe Interesse an Sex, aber ich lebe abstinent

UNERFAHRENHEIT UND SCHÜCHTERNHEIT

Bitte?! Was soll denn der Blödsinn? Hat sich die Autorin vertan? Nein, eine solche Situation findet sich z. B. bei einem in Partnerschaft lebenden Menschen, der zum einen sehr unsicher und/oder unerfahren ist. »Ich würde schon gern, aber wie soll ich es anfangen? Und mein Partner macht es mir nicht einfacher. Ich weiß nicht einmal, ob Sex gewünscht wäre. Wie soll ich es angehen? Wie darüber reden? Ich bin doch so schüchtern. Gebe mir ohnehin solche Mühe mit der Kommunikation ›durch die Blume‹. Ich will meinen Partner ja auch nicht überfordern. Nicht dass er sich noch schämt. Weil er vielleicht überhaupt nicht möchte?« Und schon kehrt man das Thema wieder zurück unter den Teppich. Bis zum nächsten Zwiegespräch mit sich selbst. Haben sich zwei getroffen, die beide Probleme damit haben, ihre Wünsche zu äußern, dann leben sie – aus der Not heraus – sexfrei.

EIGENTLICH WÜRDE ICH (WIEDER) WOLLEN

Das gibt es auch bei Paaren, die schon Sex hatten. Die vielleicht auch längst zusammenleben. Und die wegen bestimmter Lebensumstände länger auf Sex verzichtet haben. Wenn dann einer von ihnen den Impuls verspürt: »Inzwischen würde ich ja schon gern ... Aber wie soll ich es bloß anfangen?«, ist guter Rat teuer. Wie aber geht die angemessene Kommunikation über Sex? Zugegeben, das Sexleben mag etwas eingerostet und verstaubt sein. Das kann man in recht kurzer Zeit entstauben und in Gang bringen, wenn erst einmal der Mut gefasst ist. Wenn Sie mögen, mit sachkundiger Hilfe. Wer nicht fragt, der nicht gewinnt.

Lust haben, aber nicht wissen, wie man zum Sex kommt?

Das Problem kann auch vorliegen, wenn ich an einem Menschen sexuell interessiert bin, der nicht mein Beziehungspartner ist. Man sucht sich das erfahrungsgemäß nicht immer aus. Klar kann man das Begehren, wenn es sich denn einstellt, begrüßen, verteufeln oder versuchen, es zu ignorieren. Allgemein führt ein außerpartnerschaftliches Interesse zu mächtig Sorgen. Es sei denn, Sie haben das in Ihrer Beziehung geklärt und haben selbige geöffnet für Sex mit einem anderen Partner.

LIEBESENTZUG

Die dritte Variante eines solchen Ansinnens ist leider wohl die häufigste: Die Situation ergibt sich, wenn ein Partner dem anderen gezielt schaden will, indem der eine dem anderen Sex vorenthält. »Liebesentzug« ist das. Für mich als Therapeutin ist das alarmierend. Mein Rat lautet in diesen Fällen: Lassen Sie sich helfen. Möglichst bis … gestern. Sie haben eine aggressive Verkantung der Extraklasse, die gern mit einem berüchtigten Kamikaze-Angriff verglichen wird. Was tun, wenn der Partner zu allem Schmerz bereit ist, Hauptsache, den anderen trifft es? Wenn er es darauf anlegt, notfalls gemeinsam in den Abgrund zu stürzen? Denken Sie an den Film »Der Rosenkrieg« mit Kathleen Turner und Michael Douglas von 1989? Das halten Sie nicht wirklich für eine gute Lösung, richtig?

Mir fehlt nichts, gibt ja genug anderes

Sex ist für mich etwas, das mir nichts oder nicht genug gibt, um mich darauf einzulassen. Eventuell fühle ich mich auch sehr wohl im Job oder mit einem Hobby oder in meiner

Gemeinde. Ich genieße die Bestätigung, Anerkennung oder Zugehörigkeit auf anderem, eben nicht sexuellem Terrain. Ich habe genügend glücklich machende Flow-Momente. Das Leben ist gut, wie es ist. Und ich nehme mir das Recht auf Abstinenz.

Das kann sich aber auch ganz beiläufig einschleichen, dazu muss man nur Momente, die sich für ein Miteinander eignen würden, ignorieren: »Huch, unser letzter Sex war vor fünf Monaten? Hab ich gar nicht gemerkt. Es war aber auch wieder so viel los …«

Und wenn das in der Partnerschaft mehr oder weniger einvernehmlich mitgetragen wird, dann heißt es schon einmal: »Ja, seit fünf Monaten schon. Mir ist es aber auch erst heute aufgefallen.« Oder der Partner entgegnet: »Kann doch nicht sein, dass du das nicht bemerkt hast!«, wobei es ihm selbst peinlich wäre, dieselbe Nachlässigkeit einzugestehen.

Vielleicht bin ich Mutter oder voll berufstätig, Multijobber und habe vor lauter To-Dos auf dem täglichen Zettel nicht einmal Zeit oder Energie, an freie Momente für mich selbst zu denken. Es ist ebenso vorstellbar, dass ich durchaus genug Zeit und Energie hätte, mich meinem Partner sexuell zuzuwenden, mir jedoch der zündende Funke fehlt, mein Interesse zu wecken. »Wollen wir mal wieder? Wobei – ach, lass uns lieber was Schönes kochen/daddeln/gucken, was im Fernsehen kommt …« Andere Aktivitäten sind dann verlockender.

Das scheint übrigens die Lebensweise zu sein, die Senioren zugeschrieben wird: Lecker essen, bissl E-Bike fahren. Schafskopf mit Nachbarn. Mal die Enkel hüten. Früh zu Bett – zum Lesen, aber gewiss nicht zum Vögeln. Sind die Kinder erst aus dem Haus, geht wieder was, zumindest verzeichne ich in meiner Praxis einen Peak, also eine besonders stark vertretene Gruppe im Alter von 55 bis 68 Jahren, die es sexuell noch mal so richtig wissen will.

Meine Entscheidung gegen Sex – bewusst oder unbewusst – hat mich in eine Position der Schwäche manövriert, in der Beziehung fühle ich jetzt eine Bringschuld und Rechtfertigungsdruck. Wie weit darf ich damit gehen? Vielleicht wird mich mein Lieblingsmensch wegen des Mangels an Sex verlassen. Wäre ich tatsächlich schuld, oder ist er deswegen ein unmoralisches Schwein? Vielleicht habe ich sogar Oberwasser. Ich könnte sein Verhalten leicht anprangern, schließlich war ihm der Zustand auch wochen-/monate-/jahrelang egal. Werde ich aber vor Dritten von ihm bloßgestellt, macht es das für mich noch schlimmer. Der Ausweg heißt: Ich habe doch wieder Sex. Das kann mir Angst bereiten. Und befördert nicht die Lust.

Es ist aber auch denkbar, dass ich trotz unserer Abstinenz ganz gelassen bin. Ich fühle mich geliebt und wertgeschätzt. Das hängt erwartungsgemäß mit einer akzeptierenden Haltung des Partners zusammen. Kommuniziert oder nicht: Ich bin mir sicher, dass unsere Partnerschaft auf anderem als sexuellem Fundament steht. Das kann ein gemeinsamer Betrieb sein, Hobbys, die Enkel, Hilfsprojekte, Reisen ... Wir schenken einander Aufmerksamkeit und konzentrieren uns auf andere Genüsse. Vielleicht sind wir sogar wortlos zufriedener als viele der sexuell Aktiven. Ob meinem Gegenüber der Sex fehlt? Das kann durchaus sein. Aber es ist nicht entscheidend. Unsere Zweisamkeit ist reich genug. Vielleicht haben wir lange gebraucht, um an diesem Punkt anzukommen. Vielleicht war es aber auch vom Beginn unserer sexfreien Zeit an schon so.

Eventuell erlebt man durch die Abstinenz auch ein erhebliches Machtgefälle zu den eigenen Gunsten. Das kann durchaus vorkommen, ich habe es in meiner Praxis schon erlebt, nämlich dann, wenn der eine Partner vom anderen abhängig war, sei es finanziell, durch den Beruf, die Kinder. »Vor der

Insolvenz hat er alles mir überschrieben.« Oder: »Sie wäre ohne mich gar nicht lebensfähig.« Habe ich beides gehört. Schlimm wird es, wenn einer der Partner den anderen mit Wortlosigkeit straft. Sich gehen lässt. Bewusst unattraktiv wird, nur aus Trotz.

Mein Fazit: Auch hier hilft nur eines, und das ist Kommunikation, ob mit oder ohne therapeutische Begleitung ...

Ich weiß ja nicht, ob ich wollen würde

Schöner Sex ist mir eher unbekannt. Oder ich kenne nur sehr, sehr selten guten Sex. Okay, ich kenne eventuell nur schlechten Sex. Ich spüre mich sexuell auch nicht so richtig. Und vorher weiß ich auch nie, wann es sich lohnt, mich auf Sex einzulassen. Ich habe die Hoffnung, dass »der Appetit mit dem Essen kommt«. Aber wenn es nicht geschieht, müsste ich dem Partner zuliebe weitermachen. Erst heißmachen und dann stehen lassen, das kann ich nicht bringen. Nee, dann lieber erst gar nichts anfangen. Möglicherweise weiß ich gar nicht, was mich anmacht. »Ich hatte immer die Erwartung, dass mein Partner etwas Tolles mit mir anstellt. Dass er irgendwie intuitiv oder auf Basis seiner Erfahrungen mit anderen Männern/Frauen weiß, was mir gefallen könnte.« Oder dass es spontan toller Sex wird. Ohne sich absprechen zu müssen. Quasi magisch. Wenigstens ein bisschen lebensverändernd. Und das funktioniert nicht (oft genug). Ich bin enttäuscht und lasse lieber die Finger davon. Treffen sich zwei, denen es so geht, läuft sexfreies Leben reibungslos, aber nicht immer glücklich, denn meist bleibt im Hinterkopf dieser Gedanke, Sex hätte oder könnte sehr schön sein ...

Eigentlich würde ich schon mal gerne …

Diese Haltung kann entweder sehr zielorientiert auf eine Verbesserung hinauslaufen mit der Intention: Wenn wir etwas an passender Stelle verändern, ist Sex vorstellbar. Solche Menschen treffe ich oft in der Praxis. Sie haben teils konkrete, teils diffuse Vorstellungen von bahnbrechenden Verbesserungen und erarbeiten und probieren künftig im Schutz des therapeutischen Monitoring. Ferner üben sie sich in einer Kommunikation, die verständlich und respektvoll ist.

Oder der vorgenannte Weg ist mit Denkzetteln, Schuldzuweisungen und Rachegelüsten gepflastert. Der Partner wird beschuldigt, bloßgestellt, blamiert, abgewertet. Diese Angriffshaltung verdeckt hin und wieder den eigenen Anteil an der Abstinenz.

Was nicht ist, kann doch werden

Je nachdem, wie wichtig Sex ist und welche Funktionen er für einen Menschen bislang erfüllte (selbstwertstabilisierend, bestätigend für die Partnerschaft …), kann es aufgrund einer durch Lebensumstände aufgezwungenen Abstinenz zu Frustration, Gefühlen von Ärger, Hilflosigkeit und Unzulänglichkeit kommen. Nicht selten geraten die Betroffenen in psychische Krisen. Deshalb treffe ich Patienten mit solchen Schwierigkeiten recht häufig in der Praxis. Der Vorteil besteht darin, dass beide Partner dasselbe Ziel verfolgen: eine Alternative zu dem verunmöglichten Liebesleben zu finden. Ein positiv gewendetes sexfreies, genussvolles Leben … Wenn beide ihre Kraft darauf verwenden, funktioniert das hervorragend. Selbst wenn die zunächst vermutete Ursache sich als nicht entscheidend herausstellt, sondern etwas anderes ursächlich ist für Unlust oder Abstinenz. Wenn beispielsweise der Mann sagt, er könne wegen einer Herzerkrankung keinen Sex haben, während er sich eigentlich ängstigt, sich der Gefahr auszusetzen. Solange beide ernsthaft daran interessiert sind, hinter den Grund zu kommen, ist das weiterhin konstruktiv.

Leider verbergen sich Menschen aus strategischen Gründen unter dem Deckmantel des hilflos Begehrenden. »Ich würde ja so gerne, aber leider, leider ... Da kann man nichts machen.« Aussicht auf Erfolg besteht, wenn erarbeitet werden kann, welche emotionalen Hintergründe zu diesem Manöver geführt haben. Das kann beispielsweise eine Abstinenz sein, die der eine Partner sich selbst auferlegt, weil er treu sein möchte, den eigenen Partner aber sexuell unattraktiv findet. Wie leicht auch flüchtet man sich in ein Gebrechen, wenn man mit dem Partner, an dem man dennoch ungemein hängt, einfach nicht mehr intim werden will.

Lass mich bloß damit in Ruhe

»Lasst mich mit Sex in Ruhe. Ich habe echt andere Sorgen.« Es gibt Beeinträchtigungen, Widrigkeiten und Krankheiten, bei denen jeder Einwand abgeschmettert werden kann. Das macht es so leicht – und beide wissen das. Eine deutliche Häufung dieser Haltung finde ich in Zusammenhang mit lebensverkürzenden Erkrankungen wie verschiedentliche Krebsarten und massive Erkrankungen und Eingriffe an Unterleibsorganen. Andere Male sind Stresssituationen oder Alltagswidrigkeiten abstinenzauslösend. Nun sind nicht immer beide Partner mit »echt anderen Sorgen« beschäftigt: Unbedingt in ein Gespräch kommen, dann geht das sexfreie Leben auch weiter, nur leidet nicht mehr der Partner unwissend, weil Sie ja die Möglichkeit zum Gespräch einräumen. Achtung: Damit meine ich nicht, dass Sie sich ständig rechtfertigen müssten!

Ich versteh das Gewese nicht

So eine Selbstbeschreibung gehört höchstwahrscheinlich zu einem asexuellen Menschen – und Asexualität ist etwas anderes als Abstinenz. Ein asexueller Mensch empfindet kein Begehren und kann entsprechend kaum nachvollziehen, welche Bedeutung Sex für andere hat. Diese Personen sind anders aufgestellt. Anders orientiert. Deshalb gilt Asexualität auch nicht als Störungsbild. Denn die Betroffenen leiden nicht unter ihrer Lebensweise. Dennoch gehen sie teilweise Beziehungen ein und haben manchmal auch Sex. Es ist durchaus nicht jedem bewusst, wie er zu Sex steht. Manchmal ist Abstinenz nicht von Überzeugung getragen, sondern von Unwissen, Unsicherheit oder Unvermögen. Und manchmal auch von Unehrlichkeit.

Nicht jeder Verzicht auf Sex ist zu hinterfragen, oder? Mögen Sie sich dennoch bitte einmal Gedanken darüber machen, welche der folgenden Einschätzungen am besten zu Ihnen passt, wenn Sie auf Sex verzichten oder sich vorstellen können, darauf zu verzichten: Ohne gemeinsamen Sex mit meinem Partner zu leben ist für mich ...

- absolut passend
- größtenteils passend
  (Ich hätte selten gern die Möglichkeit, Sex zu haben, der meine Bedürfnisse erfüllt.)

- mal angemessen, mal nicht
  (Manchmal hätte ich gern die Möglichkeit, Sex zu haben, der meine Bedürfnisse erfüllt.)
- eine Notlösung aus Hilflosigkeit
  (Ich hätte gern die Möglichkeit, Sex zu haben, der meine Bedürfnisse erfüllt.)
- von äußeren Umständen erzwungen
  (Ich hätte gern die Möglichkeit, Sex zu haben, der meine Bedürfnisse erfüllt.)
- vom Partner vorgegeben
  (Ich hätte gern die Möglichkeit, Sex zu haben, der meine Bedürfnisse erfüllt.)

Sollten Sie Ihr Kreuz bei der ersten Antwort gesetzt haben, und Sie leben auch abstinent: Meine herzliche, anerkennende Gratulation! Das so frei zu äußern, macht Mut.

Bei allen anderen Antworten würde ich Sie am liebsten fragen: Wäre es Ihnen den Versuch wert, sich diesen Wunsch zu erfüllen? Für sich selbst. Nur für sich selbst. Nicht für Ihren Partner, die Kinder, den Nachbarn, Schwiegermutti oder den Pastor. Ich wiederhole zur Sicherheit noch mal:

Es geht hier nur um Sie. Und könnten Sie sagen: Ich kann mir vorstellen, mich auf den Weg zu einer erfüllenden Sexualität mit meinem Partner zu machen.

- Ja
- Nein
- Vielleicht

Haben Sie »Ja« angekreuzt: Wow! Sie sind völlig klar und über die Frage »ob« hinaus. Beim Monopoly-Spiel hieße es nun »Rücken Sie vor bis auf LOS und ziehen 2000,– Euro ein.« Hier darf ich abwandeln und sagen: »Wenn Sie mögen, fühlen Sie sich eingeladen, in Kapitel fünf weiterzulesen.

Und wenn Sie mehr Hintergründe wissen möchten, dürfen Sie natürlich mit mir Schritt für Schritt durch den Text gehen. Denn Sie wollen sich ja bestimmt frei für oder gegen Sex entscheiden können, ganz nach Ihrem Gusto.

Sie haben »Nein« angekreuzt: Wow! Sie haben sich entschieden, und das angesichts der deutlichen Repressalien, denen Sie höchstwahrscheinlich ausgesetzt waren, es aktuell sind oder künftig sein werden. Meine Hochachtung, denn da gehört ganz viel Rückgrat dazu. Bleiben Sie aufrecht. Lassen Sie sich kein Argument im weiteren Textverlauf entgehen, um Anfeindungen und dem Pro-Sex-Dogma so viel wie möglich entgegenhalten zu können. Lassen Sie sich auf KEINE Entwertung ein. Lassen Sie sich nicht einwickeln von falschen Statistiken, perfiden Manipulationsversuchen und offensivem »Show-Leiden« von Ihrem begehrenden Partner, falls Sie einen solchen an Ihrer Seite haben.

Für Sie heißt es noch »Vielleicht«? Sie möchte ich am liebsten beschützen, stützen und fordern zugleich. Denn diese Offenheit macht manchmal besonders anfällig für falsche Propheten. Aber nein, ich halte Sie für clever. Doch ich weiß, dass ich der Pro-Sex-Indoktrination lange Glauben schenkte. Auf der Pro-Sex- wie auf der Contra-Sex-Seite wird man sich um Sie bemühen. Sie sind wie die noch verfügbare Wählerstimme vor dem Wahltag: heiß umkämpft. Manche Menschen werden Sie als Aufforderung in Personalunion betrachten, Sie auf die jeweilige Seite zu holen.

Großartig, dass Sie dennoch den Mut haben, sich Zeit zu nehmen für Ihre Entscheidung. Ich stehe Ihnen im Laufe des Buches gerne mit Rat und Informationen zur Seite.

Sexuelle Abstinenz und die Folgen in der Partnerschaft

Hier im Kapitel geht es aber auch um mögliche Folgen sexueller Abstinenz in einer bereits bestehenden Partnerschaft, und vermutlich haben Sie recht, sich auch darüber zunächst ein Urteil bilden zu wollen.

Bitte verzeihen Sie, aber ich muss einfach zunächst einen kurzen Schlenker hin zu den körperlichen Folgen von Abstinenz machen. Sie werden es vielleicht nicht glauben, aber im World Wide Web finden sich noch immer Falschinformationen darüber. Vielleicht schmunzeln Sie angesichts des folgenden Satzes, dennoch: Abstinenz führt NICHT dazu, dass das Jungfernhäutchen nachwächst, sich wieder schließt, die Vagina zuwächst, vertrocknet usw. Über solche Ammenmärchen ärgere ich mich richtig, denn sie sind nur dazu da, sexfrei Lebende zu manipulieren. Und da ich auch diese Falschinformation gefunden habe: Als Frau, die bis in ihre Dreißiger hinein sichtbar Probleme mit Akne hatte, kann ich Ihnen versichern, mir wurde von keinem der mich behandelnden Ärzte jemals gesagt, ein Mangel an Sex stünde unter Verdacht, Akne auszulösen oder zu verstärken. Und ich habe mit wirklich vielen Hautärzten und Gynäkologen darüber gesprochen.

Einer will, der andere nicht

Nun aber zu den möglichen Folgen im Miteinander. Gehen wir von dem Fall aus, dass der eine Partner in einer Beziehung sexfrei leben will, der andere jedoch in seinem Begehren, ein aktives Sexleben zu führen, nicht nachlässt. Dann droht das größte Konfliktpotenzial, da der Begehrende bestenfalls nach außen Ruhe einkehren lässt, innerlich aber fortwährend dieses Verlangen spürt. Wird der Konflikt offen ausgetragen, so gibt es verschiedene Verläufe, und wie intensiv das jeweils ausgelebt wird, ist so unterschiedlich wie wir Menschen: Bitten, Vorwürfe, Kritik, Streit, Drohungen oder Ultimaten stehen auf der Tagesordnung. Da wird gekeift und geschrien, oder man ignoriert einander. Es kommt zu physischer Distanzierung, Nötigung, Sabotage und Racheakten, manchmal gar zu übler Nachrede und Rufschädigung. Die Schwiegermutter einer Freundin rief mich vor ca. zwanzig Jahren privat an mit den Worten: »Wissen Sie, dass XY eine verlogene Schlampe ist?« Dabei hatte die derart Beschimpfte nur ihr Recht eingefordert, mal nicht wollen zu dürfen.

Es werden Kinder, andere Angehörige, Freunde oder Geschäftspartner und Kunden gegen den anderen in Stellung gebracht. Echte oder erlogene Erkrankungen taktisch eingesetzt. Im Netz können wir Fotos von Menschen bewundern, die das Hab und Gut des Partners verschenken; Nackt- und Pornobilder werden gepostet oder Flugblätter an Wohnort oder Arbeitsplatz verteilt. Immer wieder gibt es Strafanzeigen – haltlos und rufschädigend. Dagegen sind Schmierereien auf Schulklos: »Ich treibs mit allen. Ruf mich an ...«, gar nichts. Auch wir Erwachsenen können heftig reagieren, wenn wir unseren Willen nicht bekommen, da gibt es nichts, was es nicht gibt, wenn es zu sexuellen Unstimmigkeiten kommt. In Partnerschaften mit extrem ungesunder Dynamik kann es auch zu sexuellen oder andersgearteten Übergriffen kommen. Aber ich gehe davon aus, dass Sie nicht zu den Personen gehören, für die sexuelle Gewalt, Prügel, heftige Selbstverletzung, Suizidversuche, Komasaufen oder Messerattacken infrage kommen.

So genau kann ich das jetzt gar nicht …

Und damit haben wir nur die strittigen Fälle erwähnt. Folgen hat es jedoch auch, wenn Partner unklar sind, was sie von einander wollen. Das kommt gaaanz oft vor. Und das hat tatsächlich auch mit Sexfreiheit oder Sexunfreiheit zu tun. Denn manche wollen, aber können nicht, während andere sich nicht trauen, wollen zu können. Wir Menschen tun uns überhaupt schwer mit Kompromissen.

Wie schwierig es ist, zu sich selbst zu stehen, möchte ich an der Tatsache verdeutlichen, dass wir auch in unserem Sexleben keine Entscheidungen für die Ewigkeit treffen. Nicht jeder spricht das ab und an und mit dem Partner einvernehmlich durch. Wer in sich unausgegorene Gefühle hat, der kann das in der Regel schlecht verteidigen: »Ich weiß nicht, was ich will. Also lass mich in Ruhe.« – »Wie bitte?«, sagt da der Partner und wendet ein: »Aber kürzlich hat es dir doch so gut gefallen.« Verständlich, dass Verwirrung herrscht. Drängel-Eskalationen sind dann an der Tagesordnung. Bleibt ein Abstinenter nicht bei seiner Abstinenz, sondern lässt sich ausnahmsweise auf Sex ein, ist es wie mit Kindern und den Süßigkeiten an der Kasse: Gibt man nach, ist das quasi eine Belohnung des Verhaltens. Also wird weiter gefragt. Und hier spreche ich nur von Paaren mit EINEM unklaren Partner. Mal geht es solchen Partnern miteinander gut. Dann kommen schlechte Phasen. Mal gibt es Sex. Mal nicht. Sie sind mal kurz oder längerfristig erfolgreich damit.

Sind beide Partner in ihrem Verhalten unklar, sollten Sie sich unbedingt professionelle Hilfe holen. Denn selbst wenn beide zwischenzeitlich sexuell aktiv oder abstinent gut miteinander harmonieren, ist das eher Zufall. Das wird gerne als

Normalfall deklariert. Daraus ziehen die Partner falsche Schlüsse, wie toll oder mies die Beziehung »doch eigentlich« ist. Die meiste Zeit gibt es jedoch Ärger in unterschiedlicher Ausprägung. Von solchen Paaren heißt es dann: »Sie können nicht miteinander, aber auch nicht ohne einander.« Kinder werden davon leider viel zu oft in Mitleidenschaft gezogen, und Therapeuten sprechen von »hochstrittigen Paaren«. Das Leben ist für sie anstrengender als für manch andere. Denn ihnen geht die Orientierung ab: Wann gilt was, wie lange und warum? Das kann keiner sagen. Ständig ist was anderes zwischen ihnen im Argen. In vielen dieser Fälle kann nur eine Trennung langfristig die Erlösung bringen.

BETRÜGEN?

Sexueller Betrug kommt recht häufig vor. Nüchtern betrachtet gibt es reichlich Erwachsene, die es auf diese Weise schaffen, Partnerschaften am Leben zu halten, die andernfalls, also wenn sie offen und nachdrücklicher auf eine Lösungsfindung gegenüber dem Partner hingewirkt hätten, schon vor langer Zeit zu Ende gewesen wären. Betrug entlastet Tausende von Partnerschaften und bewahrt sie vor dem Ende. Fliegt der Betrug auf, führt das zu einem grauenvoll peinlichen, schmerzhaften Ende der Partnerschaft. Oder zu Versuchen der Rückeroberung und kräftezehrenden Prozessen des Wiederaufbaus. Das möchte ich wahrlich nicht beschönigen.

Ich habe in der Praxis verschiedentlich Menschen kennengelernt, die dauerhaft betrügen. Das beginnt mitunter weit vor dem Achtzehnten, und einige werden das vermutlich mit achtzig noch so handhaben: Sobald sie gefühlt in die Enge geraten, büxen sie via Fremdgehen aus. Therapeutisch betrachtet ist es ein Versuch, sich selbst zu retten. Hätte es bessere Strategien dafür gegeben? Theoretisch natürlich. Nur sah sich der Betreffende meist nicht imstande dazu. Das macht den Betrug nicht besser. Es zeigt hingegen, für wie inkompetent sich mancher in Beziehungsdingen hält, der den Weg über fremde Betten wählt.

AUS FREUDE AN DER FREUDE FREMDGEGANGEN

Der Vollständigkeit halber sei erwähnt, dass es auch die notorischen Fremdgänger gibt, die es aus diebischer Freude daran tun, ungestraft durchzukommen. Das kann Krankheitswert haben. Wobei ich den veralteten Begriff »Charakterdeformation« eindeutig bevorzuge. Auch diese Menschen werden den Gedanken an mögliche Sexfreiheit nicht willkommen heißen, ginge ihnen so der Reiz des Verbotenen verloren, wenn alles erlaubt oder zumindest diskutabel wäre.

Diffus sexfrei

Häufiger leben zwei Personen diffus ungeklärt als Paar vor sich hin. Das ist im Regelfall mit einer gewissen psychischen Anspannung verbunden. Nähe oder Zweisamkeit werden gemieden. Manchmal werden Scheinargumente vorgebracht wie: »Ich gehe früher zu Bett. Ich muss morgen so früh raus.« – »Ich schlafe bei der Kleinen. Sie kommt ja eh nachts.« – »Nee lass mal, es ist zu warm/kalt, früh/spät, ich hab Kopfweh, bin krank ...« Kleine Spitzen in Form von Zickereien oder Empfindlichkeiten verbergen nur den Eisberg unterhalb des Meeresspiegels der alltäglichen Lebensbewältigung. Getrennte Wohnungen können auch Erleichterung schaffen. Der ursächliche Abstinenzkonflikt bleibt unausgesprochen. Beim einen sieht man an der Oberfläche vielleicht eine Gewichtszunahme. Beim anderen mag es zu Appetitlosigkeit, Schlafproblemen oder Gereiztheit führen. Es gibt Paare, die auf diese Weise durchhalten, bis einer stirbt oder wegen eines neuen Partners geht. Für die anderen kommt irgendwann »das dicke Ende«.

Wie anders könnte es sein!

Wie anders könnte das Leben aussehen, wenn beide Klarheit haben – das wäre die Welt, wie ich sie zukünftig gerne sehen würde: Der Abstinente hat für sich selbst geklärt und entschieden, so zu leben. Er kann gut zu seiner Haltung stehen und kommuniziert darüber respektvoll und klar gegenüber seinem Partner. Auch im Gespräch erlebt er die eigene Haltung als stimmig. Die Atmosphäre des Gesprächs ist warm und akzeptierend. Beide bezeugen das jeweilige Wohlwollen dem Liebesgefährten gegenüber. Ferner sind sich beide darin einig, dass sie ihre Beziehung aufrechterhalten wollen. Stellt sich heraus, dass der Partner des Abstinenten sich mit der Abstinenz zu arrangieren bereit ist, können Stolpersteine und Unwägbarkeiten konkretisiert und Lösungen entwickelt werden. Beide erproben diese neue Art der Partnerschaft. Sie sind gut miteinander im Kontakt. Unpraktikables wird angepasst oder unterbleibt. Stellt sich hingegen heraus, dass die beiden Partner sich allein nicht zu helfen wissen, lassen sie sich von Externen, gegebenenfalls Fachleuten beraten.

Vielleicht stimmt der Partner dann zu, auch ohne partnerschaftlichen Sex leben zu wollen. Diese Variante gibt es. Ich habe Paare kennengelernt, wenngleich ich fairerweise sagen muss: Mir sind nur wenige bekannt. Von ihnen erleben auch nicht alle ein Happy End miteinander. Ob Sie es glauben mögen oder nicht: Es gibt noch andere Gründe für Konflikte und Trennungen. Sex ist nicht alles.

Vielleicht finden der Abstinente und sein begehrender Partner auch eine andere Lösung, bei der der Begehrende die eigenen Bedürfnisse befriedigen kann – sei es außer Haus, mit Tantra-Massagen, bezahlten Handjobs, anderen Sexpartnern oder ... Auch in einer solchen Partnerschaft können sich beide Partner gesehen fühlen und hinreichend auf ihre Kosten kommen. Welche auch immer dies sind.

Laut gesagt ist mehr als nur halb gewonnen

Das Gefühlsleben der Betroffenen ist meines Erachtens entscheidend dafür, ob ein Paar einen Abstinenzkonflikt konstruktiv handhaben kann oder ob ihnen der Konflikt entgleitet, sie psychisch massiv überfordert, keine alternative Lösung in Sicht ist. Selbstverständlich können Empfindungen sich auch ändern, Gefühle können schwanken, einander abwechseln, mehrdeutig sein. Dann gibt es gute Momente und schlechte, entscheidend aber ist, wie man die eigene Befindlichkeit äußert, wie man das formuliert. Werden Sie greifbar durch das, was Sie empfinden.

Die folgenden Aussagen veranschaulichen dies:

»Es ist eine unerfüllte Sehnsucht, die mich traurig macht.«
»Ich bin ärgerlich auf dich, dass du es mir erst jetzt sagst.«
»Ich habe Angst, dass du fortgehst.«
»Mir ist es peinlich, dass unsere Freunde es wissen.«
»Ich fühle mich wohl. Es ist das, was mir guttut.«
»Ich will das nicht verlieren, dass ich die wichtigste Person in deinem Leben bin.«
»Du lässt mir keine Wahl. Ich bin verzweifelt.«
»Ich bin erleichtert, dass du damit leben kannst.«
»Ich bin stolz darauf, dass ich es endlich ausgesprochen habe.«
»Ich fühle mich schuldig, weil du leidest.«

»Ich ärgere mich über deine Vorwürfe.«
»Ich bin enttäuscht, dass meine Wünsche nicht ebenso viel zählen wie deine.«
»Ich fühle mich hilflos. Was können wir bloß tun?«
»Ich schäme mich dafür, dass ich so bin.«
»Ich bin dir dankbar, dass ich ich sein darf.«

Verstehen Sie mich nicht falsch, ich singe kein Loblied auf Abstinenz oder klage sexuell interessierte Partner der Intoleranz an. Nur sehe ich in der Praxis die Konsequenzen, die drohen, wenn Abstinenz und sexuelles Begehren unkommuniziert bleiben. Wenn der Rechtfertigungsdrang wächst. Sich Drängel-Endlosschleifen aufschaukeln. Ich habe das alles gesehen: Ultimaten. Drohungen. Einschüchterung. Emotionale Kälte. Trennungen aus Vernunft bei tiefstem Liebesgefühl. Scheidungen. Traurigkeit. Selbstwertprobleme. Eifersucht. Ein Leben mit einer Maske. Spionieren und Kontrollieren. Bedrängen. Die Sorge, nie geliebt zu werden. Einsamkeit. Selbstkasteiung. Ängste. Zweifel. Ambivalenz. Und das sind noch nicht einmal alle Emotionen oder Krisenzustände. Ich hoffe und wünsche Ihnen und uns allen, dass wir einen besseren Weg finden.

DIE URSACHEN FÜR EIN NEIN

Schlägt ein Paar sich mit einem Abstinenzkonflikt herum, stellt sich schnell die Frage nach dem Warum. Das ist klassisch und menschlich: Wir Menschen wollen verstehen, wie etwas funktioniert oder eben auch: Warum klappt es nicht?

Im voranstehenden Kapitel war ja schon die Rede davon, was das ist, sexfreies Leben, wie das aussehen kann, ob und wie man für sich da eine Meinung finden kann. Hier betreibe ich weitergehend Ursachenforschung: Warum will einer der Partner in einer Beziehung keinen Sex? Erstaunlicherweise fragen wir öfter nach, wenn etwas nicht so läuft, wie es soll. Klappt bei einem Paar etwas besonders gut, klappt reibungslos und zu beider Zufriedenheit, möchte ich das jedenfalls wissen: Warum ist das so? Doch ich werde in aller Regel verständnislos angeschaut. Wenn alles gut ist, braucht es doch keinen Grund? Dabei ist es doch gerade bei allem Guten hilfreich zu wissen: »Da schau einer an! Daran liegt es, dass es gut läuft!« Dann kann man es ja eventuell wiederholen.

Woher kommt das Nichtwollen?

Aber bei Ursachenforschung denken wir immer zuerst an die Lösung von Problemen. Wenn wir den Grund wissen, dann können wir ihn aus der Welt schaffen. Doch so einfach ist es nicht immer. Schon gar nicht beim Thema Sex – und insbesondere nicht, wenn dabei psychische Verletzungen eine Rolle spielen. Kommen wir also zu den handfesten Gründen für ein Nein – und dazu zähle ich im Folgenden einen bunten Strauß möglicher Ursachen auf. Und dann können Sie sich selbst einen Eindruck verschaffen, ob die Problemlösung einfach wird.

Ich erläutere Ihnen auch, warum der Blick hinter die Kulissen so wichtig ist. Ich möchte Ihnen schließlich gutes Werkzeug in Form von Informationen an die Hand geben, um sich erst gar nicht von kurzsichtigen Fehlurteilen wie »zu faul zum Sex«, »bockig« oder »verstockt«, »Frauen halt«, »Lusche« oder »Schlaffi« u. Ä. mehr ablenken zu lassen. Denn solche Annahmen taugen erstens nichts, um die Tür für ein respektvolles Gespräch geöffnet zu halten – und ferner sind sie falsch.

Wenn es mir wie beabsichtigt gelingt, mit den Vorbehalten gegenüber Abstinenten aufzuräumen, dann wird diese Welt ein ganz klein wenig besser. Ich verspreche uns davon zufriedenere Partner in Beziehungen oder zufriedenere Singles, mehr Einfühlungsvermögen und Mitgefühl, mehr Aufmerksamkeit und Anerkennung, mehr Harmonie und glücklicher aufwachsende Kinder betroffener Eltern. Ist das unbescheiden? Mag sein. Dennoch bleibe ich dabei.

Sie werden Gründe zu lesen bekommen, bei denen Sie denken mögen: »Das ist doch Quatsch. Wegen so was verzichtet doch keiner auf Sex.« Können Sie auch weiter denken. Aber es gab bereits Menschen, die deshalb abgewunken haben. Sogar dauerhaft. Deshalb habe ich den Anlass hier berücksichtigt. Und dann gibt es wieder Gründe, bei denen leuchtet es Ihnen sofort ein, dass Sex unter solchen Umständen nicht infrage kommt. Ebenso, wenn Sie einwenden: »Das kann nicht sein. Wie ist DAS Paar denn überhaupt zusammengekommen?« Oder: »Warum bleiben die beiden noch zusammen?« Das sind berechtigte Fragen. Aber sie verdeutlichen auch, warum ich einen Abstecher mache und die gesamte Bandbreite aufzeigen möchte.

Partnerschaften allgemein haben die unterschiedlichsten Grundlagen – ebenso viele Gründe können sich ergeben, nicht zu, aber in dieser Partnerschaft Nein zu sagen. Manchmal ist das vor dem jeweiligen Hintergrund leichter zu verstehen, was den einen oder gleich beide sexuell in eine Sackgasse geführt hat. Oft aber hat es nicht das Geringste damit zu tun. Nur eines ist sicher: Alle genannten Aspekte kommen mitten aus dem Leben.

Möchten Sie noch ein paar typische Argumente von begehrenden gegenüber unlustigen Partnern wissen, damit wir gemeinsam beschließen, dass wir so etwas nicht mehr hören wollen:

»Dass ich Sex mit dir will, ist doch bloß ein riesiges Kompliment.«
»Mir geht's doch nur darum, dass du dich wohlfühlst.«
»Das kannst du doch aus Liebe mal tun.«
»Wenn man sich liebt, hat man auch Sex miteinander.«
»Weil soundso häufig normal ist.«
»Weil es körperlich schädlich ist, wenn man keinen Sex hat.«
»Du hast nur so schlechte Laune, weil wir schon so lange keinen Sex mehr hatten.«
»Du solltest mal mit jemandem darüber reden. Da stimmt was nicht mit dir.«
»X,Y und Z machen es viel öfter.«
»Jetzt verdirb uns nicht den schönen Abend.«
»Ich habe mir doch so viel Mühe gegeben.«
»Du wirst sehen: Das bringt dich auf andere Gedanken.«
»Wir haben doch endlich mal Zeit für uns.«
»Die anderen vor dir wollten viel mehr Sex als du.«
»Deine Freundin Soundso findet auch merkwürdig, dass du so selten/gar nicht willst.«
»Sex soll gut gegen Schmerzen helfen.«

»Meine Hoden sind schon so dick, dass sie schmerzen.«
»Du wurdest bestimmt als Kind missbraucht.«
»Das gehört doch zu einer Beziehung dazu.«
»Wenn du das nicht willst, bist du keine richtige Frau.«
»Mit meinem Ex hatte ich viel öfter Sex.«
»Sonst hol ich mir den Sex woanders.«
»Mit Sex kann man super abnehmen. Wenn man ihn oft genug hat.«
»Du weißt genau, dass ich es mir nicht selbst mache(n will).«
»Es ist doch schon Sonntag. Und dann sehen wir uns erst mal wieder länger nicht.«
»Wenn ich keinen Sex hab, bekomme ich halt schlechte Laune. Du hast es in der Hand.«

Organische Ursachen

Wie gesagt ist WARUM stets die erste Frage, wenn etwas Unerwartetes geschieht. »Hm? Warum funktioniert das denn nicht?« Und dann folgt meist etwas in der Art wie: »Das kann ich jetzt so gar nicht gebrauchen. Das soll aufhören/weggehen. Wie kann ich das zum Laufen bekommen oder lösen?« Wir haben gelernt, dass die Ursachen eines Problems dabei helfen, die passende Lösung zu finden. Frei nach dem Schema: Wenn x das Problem ist, dann ist y die Lösung. Wenn Gerald Lust auf seine Frau Doris hat und Sex mit ihr will, aber Doris keinen Sex mit ihm will, ist deshalb zuerst die Frage an Doris: »Warum denn nicht?«

In der Lebenswirklichkeit ist es nicht so einfach. Trotzdem ist es sinnvoll, nach Auslösern und Gründen zu fragen, weil das durchaus das gewünschte Ergebnis haben kann. Wie gesagt: kann. Denn wenn Doris antwortete: »Ich will keinen

Sex mit Gerald, weil er Mundgeruch hat«, könnte Gerald überlegen, ob er das ändern kann und will. Das wäre vergleichsweise einfach zu handhaben. Allerdings sind nicht alle Ursachen für den Wunsch nach sexfreiem Leben so einfach und rasch zu beheben.

Ich beschäftige mich an dieser Stelle kurz mit den körperlichen Gründen für sexuelle Abstinenz, weil es auch die klassische Abfolge bei der Diagnosestellung ist. Da fragt man sich als Experte: Was ist es, wie nennt man es, und warum ist es da? Und weil es klarere Nachweise für organische Ursachen gibt wie z. B. Blutergebnisse, Röntgenaufnahmen usw., fragt man zuerst nach diesen.

Psychische Gründe für Abstinenz

Liegt kein körperlicher Grund vor, fragt man nach der Psyche. Damit betreten wir unsicheres Gelände. Zum einen kann man nicht in den Kopf, die Gedankenwelt und Gefühle eines anderen Menschen hineinsehen. Alle Informationen, die man von Patienten bekommt, können verzerrt sein. Objektivität fällt uns schon schwer, wenn es nur um eine Zeugenaussage geht: »Ich weiß genau, dass der Dieb ein Hawaiihemd trug«, weil man bei der Befragung so gern helfen will. Dieses Verhalten zeigen wir auch beim Psychiater oder Therapeuten. Zum Teil liegt die Antwort auch verschüttet unter ganz vielen anderen Themen, sodass man nicht mehr einfach herankommt. Oder die Geschehnisse waren so schlimm, dass unsere Psyche zu unserem eigenen Schutz alle Erinnerungen an einen unbekannten Ort wegsperrt. Unsere Psyche verhält sich dann wie eine Mutter, die tröstend zum gestürzten Kind sagt: »Siehst du? Nichts passiert.«

Sie merken es: Unsere Psyche hat nahezu magische Tricks

drauf. Manche trauen ihr und auch uns Therapeuten wegen dieser Talente nicht über den Weg. Deshalb ist es verständlich, zunächst organische Ursachen abzuklären. Sie gelten als sicherer, der Einstieg ist einfacher und die Hemmschwelle meist geringer. Aber Unlust hat nicht immer körperliche Ursachen. Würde ich das glauben, wären mein Anliegen und dieses Buch unrealistisch.

Die hier von mir genannten Ursachen KÖNNEN die besagte Wirkung auf den sexuellen Antrieb eines Menschen haben. Sie haben diese nicht zwingend. Außerdem denken Sie bitte daran, dass man auch ohne sexuellen Antrieb Sex haben kann. Das handhaben viele Leute so. »Der Appetit kommt beim Essen«, sagen einige von ihnen. Dahinter verbirgt sich die Prognose, dass es irgendwann, nachdem man mit Küssen und Berührungen begonnen hat, mit der Erregung schon noch losgeht. »Lass uns mal unverbindlich anfangen. Vielleicht macht es dir ja später Spaß.« Alltagssprachlich ist mit »Ich habe keine Lust« jedoch eher gemeint: »Ich will jetzt keinen Sex.« Das kann zu Missverständnissen führen, wenn der Partner entgegnet: »Wollen wir trotzdem Sex haben?«

Und ist ein Hindernis beseitigt, bedeutet das nicht, dass es sofort losgehen kann und soll mit der Lust: So könnte Doris aus dem obigen Beispiel zwar sexuellen Antrieb spüren. Aber Geralds Mundgeruch sorgt dafür, dass sie sich überzeugt, dass sie nur deshalb mit ihm gerade keinen Sex will. Beseitigt er den Mundgeruch, muss es bei ihr nicht gleich klappen: Doris' Wille bzw. Unwille arbeitet wie eine Schaltzentrale und drückt auf off, auch wenn der offensichtlichste Grund aus der Welt ist. Und so kann es kommen, dass Gerald erst nach vierzig Minuten die Zähne geputzt und sein Mundwasser genommen hat, während Doris inzwischen gebannt Tatort schaut und ihr Zeitfenster für Sex sich wieder geschlossen hat.

KRANKHEITEN UND STÖRUNGEN

Ich spreche im Folgenden ausschließlich über Krankheitsbilder, die beim Betroffenen zu sexueller Unlust und Abstinenz führen können. In der Medizin wird stets nach einem Grund beim Abstinenten selbst geforscht. Die Medizin untersucht den Patienten mit dem Symptom und nicht den Partner. Denn das wäre wieder Sache der Psychologie.

Nehmen wir ein Beispiel. Wenn ich massive Probleme hätte, weil meine Schwester demnächst stirbt, dann heißt es in der Praxis: »Frau Plaßmann ist psychisch krank, nämlich depressiv. Auslöser ist die tödliche Krankheit ihrer Schwester.« Dann kommt bestenfalls ein Kunstgriff aus der systemischen Therapie zum Tragen, wenn ein Arzt den Partner über zusätzliche Details befragt. Oder selbstredend, wenn ein Patient nicht auskunftsfähig ist. Z. B. weil Frau Müller ihren Namen nicht erinnern kann, Herr Hansen zu sehr von den Außerirdischen abgelenkt ist, die nur er sieht, oder Herr Spiegel wegen heftiger Halsschmerzen nicht sprechen kann. Generell kann ein Abstinenter allein zum Arzt gehen, weil er der Patient mit dem Symptom ist. Er gilt als Eigentümer des Problems.[7] Ich weise jedoch dringend darauf hin, dass etliche Gründe für eine Abstinenzentwicklung mit dem Partner zu tun haben. Befragt man in solchen Fällen allein den Abstinenten, werden diese vernachlässigt. Solche partnerspezifischen Aspekte folgen später im Kapitel.

Hat jemand keine Lust auf Sex, suchen Mediziner nach körperlichen Gründen. Zu den organischen Störungen, die die Libido beeinträchtigen, gehören schwere Allgemeinerkrankungen (etwa fortgeschrittene Stadien von Herz-, Atemwegs- sowie Nierenerkrankungen, Schilddrüsenfehlfunktionen und spätere Stadien von Stoffwechselerkrankungen). Auch chronisch infektiöse und entzündliche Erkrankungen sind in diesem Zusammenhang zu nennen. Ihnen ist gemeinsam, dass sie ein Gefühl allgemeiner Schwäche auslösen, oft verbunden mit dauerhaften Schmerzen. Die Erkrankten fühlen sich die meiste Zeit über so ausgelaugt und gepeinigt, dass an Erregung nicht zu denken ist. Aufgrund ihrer Schmerzen ist ihre Aufmerksamkeit fokussiert, sodass die Wahrnehmung von sexuellen Reizen schwerfällt. Das wird jeder nachvollziehen können, der andauernde Schmerzen erlebt hat. Das belastet psychisch stark, genau wie ein Schlafmangel. Die Betroffenen fühlen sich wie von Leid überschwemmt. Da ist kein Platz für Spaß oder Lust.

Andere Systemerkrankungen wie eine generalisierte Arteriosklerose oder ein Diabetes mellitus können das sexuelle Interesse vertreiben. Bei Frauen wird z. T. die Funktionsfähigkeit des Genitals gemindert. Das kann man sich wie einen narkotisierten Unterleib vorstellen – kein Wunder, dass das sexuelle Interesse schwinden kann. Ein noch so hoffnungsvoller Start von Sex wird irgendwann vom frustrierenden Ende eingeholt. Das anfängliche »Sex wäre jetzt gut« bleibt ohne angenehmes Empfinden. Die befriedigenden Prozesse von Erregung und Orgasmus können nicht erlebt werden. Folglich lässt das hoffnungsvolle Starten nach, bis es gänzlich ausbleibt. Schließlich spürt man eh nichts. Dann sprechen Mediziner oder Psychologen von einem sekundären Verlust des sexuellen Interesses.

Genauso können neurologische Erkrankungen und einzelne Allgemeinerkrankungen hirnorganisch zu einer Minderung des sexuellen Interesses führen (Enzephalitis disseminata, Systematrophien, Lupus erythematodes und Demenz wie auch spezielle Tumoren sind Beispiele), wie auch psychiatrische Erkrankungen, etwa chronische Schizophrenie, Depressionen, Angst- und Persönlichkeitsstörungen wie auch Erschöpfungszustände oder Alkoholabhängigkeit. Die Initialzündung »Sex wäre okay bzw. schön« kann fehlen. Durch

Auswirkungen der Erkrankung wird der Wille zum Sex überlagert oder verdrängt. Stellen Sie sich vor, dass Sie Stimmen hören, die auf Sie einreden, Sie seien verabscheuungswürdig und nicht wert zu leben. Da sind keine geistigen Kapazitäten dafür frei, gleichzeitig Sex zu wollen.

Eine besondere Position unter diesen Störungen nimmt die Depression ein, denn der Libidoverlust ist hier eines der Symptome. Dann fällt das initiale Interesse weg, Sex zu haben. Es ist aber auch umgekehrt möglich: Schwindet das Interesse am Sex, kann sich das auch dergestalt negativ auswirken, dass der Betroffene überhaupt erst eine Depression entwickelt. Da ist es im Nachhinein gar nicht so einfach festzustellen, was zuerst da war. Und eine dritte Möglichkeit kommt noch hinzu: Antidepressiva können die Libido mindern oder gänzlich unterdrücken, da lohnt es schon nachzufragen, denn es gibt Antidepressiva, die weniger bis kaum Libidoverlust verursachen. Nahm die Sexualität im Leben des depressiven Patienten zuvor einen hohen Stellenwert ein, sollte man sich die Nebenwirkungen einmal genauer ansehen.

MEDIKAMENTE

Nicht wenige Medikamente sind dafür bekannt, dass sie das Interesse an Sex mindern. Dazu gehören die sogenannten Neuroleptika, mit deren Hilfe Schizophrenien oder Psychosen behandelt werden. Auch angstlösende Medikamente verursachen teils ein sexuelles Desinteresse. Gehen Sie erst einmal besser davon aus, dass beruhigende Arzneimittel ganz allgemein die Lust dämpfen. Bei Präparaten gegen Herzerkrankungen und Bluthochdruck mag dies vielleicht noch geläufig sein. Ich vermute aber sicher richtig, dass Sie Medikamente gegen Übelkeit und Sodbrennen auf einer Liste der Lustkiller überraschen? Auch die Antibabypille – ja, Sie lesen ganz richtig – sollte hier genannt werden. Ferner sind Antiandrogene zu berücksichtigen, die bei schwerer Akne und hormonell bedingtem Haarausfall verordnet werden, nicht zu vergessen Prolactinhemmer im Einsatz gegen Tumore oder Corticosteroide, die allerdings erst in höheren Dosen ihre libidosenkende Wirkung entfalten. Corticosteroide werden etwa bei Autoimmunerkrankungen wie Asthma und Allergien verordnet.

Finden Sie unter den aufgezählten auch Mittel, die Sie selbst eingenommen haben oder noch einnehmen? Auf mich trifft das zu. Und Hand aufs Herz: Sie waren wahrscheinlich auch bei einigen der genannten Medikamente erstaunt. Werden Sie Ihren Arzt darauf ansprechen? Warum aber tun dies nicht alle Ärzte? Wer von uns würde sagen: »Gibt es nicht auch was anderes gegen meine Erkrankung, ich möchte schließlich weiterhin erfüllenden Sex haben …« Auch dies gehört zu unserer modernen Sexualität: dass wir zugeben, wenn wir wollen. Damit wir auch wissen, wann das Nichtwollen unsere eigene Entscheidung ist.

HORMONE

Die Pille erwähnte ich ja schon. Bei den Geschlechtshormonen wie Östrogen, Testosteron und Androgen ist uns klar, dass bei Mangelzuständen die Lust sinkt oder komplett fehlt. Dass hormonelle Veränderungen das Verhalten im Großen und Ganzen beeinflussen, sehen wir bei Teenagern: gestern noch die lieben Kleinen mit dem Kuscheltier im Bett und morgen das übellaunige, aggressive Wesen, das die Eltern durchweg mies und peinlich findet. Bei Turbulenzen der Hormone schwankt auch die Libido. Das kann man sich vorstellen: Wenn kein Sprit im Tank ist, läuft der Motor nicht.

Was noch die Ursache sein kann? Es gibt viele Gründe: Stress, Wechseljahre, Chemotherapien, chirurgische Eingriffe wie die Entfernung der Hormonproduktionsstätten (z. B. Eierstöcke, Prostata), Bestrahlungen, Tumoren, Radiotherapie. Aber auch Schilddrüsenhormone können sexuelle Unlust auslösen. Und last, but not least der Klassiker: Während einer Schwangerschaft kommt es häufig zu sexuellem Desinteresse. Ich höre dann von werdenden Vätern: »Das ist doch echt Mist. Fürs Babymachen bin ich gut genug gewesen. Aber mit der Empfängnis war es dann aus mit dem Spaß«, oder: »Jetzt könnten wir die Zeit zu zweit noch ausnutzen, aber nichts läuft.« Abgesehen vielleicht von den ersten Monaten, in denen Übelkeit die Tage verdirbt, ist Sex durchaus denkbar ...

NACHTRAG AUS DER PRAXIS

All die genannten Störungen oder gerade die Medikamente zum Beheben von Störungen sind dafür bekannt, die Libido des Behandelten zu beeinträchtigen oder zu behindern. In der praktischen Arbeit finde ich hingegen weit mehr Ursachen im Zusammenhang mit organischen Erkrankungen. Insbesondere das Miteinbeziehen der Partner von Kranken ist wichtig, da sexuelle Abstinenz oft entsteht, um sich vor den Symptomen des Partners zu schützen oder den Erkrankten vor Überanstrengung oder Beschämung zu bewahren.

SCHMERZ

Schmerz erwähnte ich schon. Er ist quasi Ihre Alarmanlage: »Haaaalt! Sofort aufhören!!!« Schrillt der Schmerzalarm, reagieren wir prompt mit Vermeidung. Je intensiver der Schmerz, umso mehr ist unsere Aufmerksamkeit auf den Reiz fixiert. Akute und chronische Schmerzerkrankungen beeinträchtigen das Wohlbefinden in unterschiedlichen Schweregraden; führen mitunter zu Depressionen. Sex unter Schmerzen geht entsprechend meist gar nicht. Wenn durch die Berührungen oder Bewegungen beim Sex die Schmerzen sogar noch stärker werden, ist die Abwehr umso weniger zu überwinden. (Vergleichbares gilt erfahrungsgemäß bei sehr starkem Juckreiz.) Dafür braucht es keine genitalen Schmerzen. Rheuma, Hexenschuss, wunde Hautareale, Bandscheibenvorfall, Blockaden etc. lassen jede Bewegung zur unerträglichen Tortur werden. Der Verzicht auf Sex ist dann zwingend. Weiß der Partner von den Schmerzen, wird er höchstwahrscheinlich Sex vermeiden, um den Schmerzgeplagten zu entlasten.

Kompliziert wird die Gemengelage, wenn die Ursachen für Schmerzen nicht hinreichend abgeklärt oder gar keine organischen Ursachen feststellbar sind, etwa die Krankheit unter dem Verdacht steht, vorgeschoben oder eingebildet zu sein. Frauen und ihre Migräne – das ist ja sprichwörtlich. Es gibt Diagnosen, die mir gegenüber nur hinter vorgehaltener Hand als problematisch, wenn nicht gar als eingebildet bewertet werden. Das würde kaum jemand offen aussprechen. Sensible Patienten spüren trotzdem die Unsicherheiten und die Skepsis von Behandlern und die des Partners. Fühlen sie sich nicht ernst genommen, leiden sie unter den Symptomen und zusätzlich unter dieser Art Arzt-Patienten-Kontakt mit Verdacht auf Übertreibung der Symptome. Auch das schränkt das Interesse am Sex mit dem Partner weiter ein. Misstrauen und Sich-fallen-Lassen schließen sich eben aus. Und mit Misstrauen begegnet man keinem Sexpartner.

Es hilft, wenn man auch hier über Probleme im Gespräch bleibt. Sex ist nicht gleich Sex, und unsere Körper verändern sich ständig, nicht zuletzt während der Wechseljahre. Um Schmerzen der ungewollt und hormonbedingt trockenen Vaginalschleimhaut zu vermeiden, bieten sich Gleitmittel an, die heute jede Drogerie offen im Regal stehen hat. Wir müssen nicht mehr zum Apotheker und unser Problem laut äußern, und Gleitmittel sind fast schon Lifestyle-Produkte, immerhin jedoch in der Vorabendwerbung angekommen, nicht mehr in die Spätfernseh-Ecke verdrängt.

Wer sich mit seinem Körper beschäftigt und mit dem des Partners, findet überraschend einfache Möglichkeiten, Probleme aus der Welt zu schaffen.

ANGST VOR ANSTECKUNG

Bei Krankheiten, die durch Tröpfchen oder direkten Hautkontakt übertragen werden, ist der Schutz vor Ansteckung relevant (u. a. Geschlechtskrankheiten wie Syphilis und Chlamydien, genitale Pilzerkrankungen und Herpes). Aber auch HIV, HPV und Hepatitis sind zu nennen. Liegt beim Erkrankten ein Befall des Urogenitaltraktes vor, der das Gewebe schädigt, kann die mechanische Beanspruchung beim Sex zu Verletzungen und Schmerzen führen. Hier gilt es, den Erkrankten zu schützen – und eine Ansteckung zu verhindern.

Doch auch »ganz normale« Alltagskrankheiten wie Erkältungskrankheiten, klassische Kinderkrankheiten wie Windpocken oder Hauterkrankungen können zum Problem werden. Ein Satz wie »Bleib mir bloß vom Leib. Ich kann es mir nicht leisten, jetzt krank zu werden« hat schon so manchen handfesten Streit bei Paaren ausgelöst. Abgewiesene fühlen sich mitunter gekränkt und verinnerlichen die »sexfeindliche« Haltung des Gegenübers. Im Kopf bleibt dann »X stellt sich immer an« und »Y ist total rücksichtslos«.

EKEL

Ganz gleich, ob es um Eiterpickel, üble Ausdünstungen oder schuppende Hautareale geht: Ekel ist ein großes Hindernis für Sex. Schließlich ist der entwicklungsgeschichtliche Hintergrund von Ekel, uns vor Verseuchung und anderen Gefahren zu warnen. Das Zurückweichen diente dem Überleben. Wir geraten durch den Kontakt mit Herpesbläschen nicht in Lebensgefahr – und doch hat ein Ekelgefühl durchaus manche Berechtigung, gerade wenn ich in der Corona-Pandemie sehe, wie wesentlich ein rasches Zurückweichen und Abstandhalten ist.

HYGIENE

Heute ist für uns Hygiene sehr wichtig, der Absatz von Deos, Duschgel oder speziellen Waschsubstanzen für den Intimbereich zeugt davon. Wer ausschert, ist sich dessen meist gar nicht einmal bewusst. Und doch kann unzureichende Hygiene beim Partner Lust auf Unlust machen.

Eine völlig andere Abstinenz begünstigende Gemengelage finden wir im Kontext der Pflege von Partnern. Den Sexpartner zu waschen, Stuhl abzuwischen, Zähne zu putzen, Zehennägel zu schneiden ... Visuell und geruchlich so nah am Leiden und dem Verfall des geliebten Menschen teilzuhaben ist psychisch hochgradig belastend. Selbst Handschuhe und Einmalwaschlappen verhindern nicht immer ein Zuviel an Kontakt. Auch die Scham des Gepflegten, in diesen Zuständen gesehen zu werden, wirkt sich zuweilen negativ aufs Sexualleben aus, auch wenn die Pflege nur für kurze Dauer erforderlich ist. Das ist nicht nur im Alter so, sondern mir erzählte eine Frau davon, die ihrem Mann einige Wochen u. a. den Po abwischen musste, weil er sich beim Skifahren beide Arme gebrochen hatte.

IMMOBILITÄT

Einschränkungen der Beweglichkeit, sei es mit oder ohne Schmerzzustände – schnell findet sich ein Mensch abgestempelt. Der eingeschränkte Mensch lebt vielleicht gezwungenermaßen abstinent und nimmt in sich quasi die Ablehnung des Partners vorweg, fühlt sich vielleicht weniger wert und als Sexpartner uninteressant. Es ist schade, dass unser Bild vom behinderten Menschen ein erfülltes Sexualleben nicht mit einschließt.

UNAUFHALTBARE VERSCHLECHTERUNG

Bei fortschreitenden Einschränkungen der Mobilität infolge von Krankheit spielen vornehmlich zwei Gedanken eine Rolle: »Noch kann ich Sex haben. Aber das wird nicht ewig so sein« kann eine spektakuläre Drängeldynamik zur Folge haben. Umgekehrt ist eine schützende Abwehrhaltung hinderlich, wenn der eine Partner den anderen nicht überfordern möchte. Es ist menschlich, auf knappe Ressourcen empfindlich zu reagieren. Erst recht, wenn es um so wichtige, identitätsstiftende, genussvolle, entlastende, den Selbstwert stabilisierende Bereiche wie Sex geht. Manch Begehrender wird dann jedoch zum Verfolger, nimmt sich zu viel heraus; der Ablehnende wird zum Flüchtenden und gerät schnell in eine Opferrolle. Auf diese Weise tragen beide Partner zur Eskalation bei. Abstinenz ist dann weniger die Folge der Krankheit an sich, sondern von grenzüberschreitenden erotischen Offerten, lange bevor die Natur dem gemeinsamen Sexleben ein Ende bereitet. Ich kann verstehen, wenn Äußerungen laut werden wie: »Hoffentlich sind wir bald in dem Stadium, wo DAS aufhört.«

Kommen infolge einer lebensverkürzenden Krankheit unterschiedliche Zukunftsperspektiven zum Tragen, ziehen manche Partner sich körperlich zurück. Während Sterbende sich noch mit »Löffellisten« Träume erfüllen wollen, Ereignisse ein letztes Mal erleben, sich mitteilen oder Routinen abspulen können, ist der körperliche Rückzug dann eine Strategie, mit der sich auch der Überlebende vor überwältigendem, emotionalem Schmerz und vor Angst zu schützen sucht. Hierdurch kann Abstinenz zustande kommen. Leider wird dieser Aspekt noch zu selten angesprochen.

VERNICHTUNGSANGST/TODESANGST

Hier geht es noch immer um körperliche Beeinträchtigungen, nicht um die psychische Angsterkrankung. Aber der Körper kann auch Angst machen; Angst, die dem Sex und der Lust im Wege steht. Bei Herz- und Kreislauferkrankungen spielen neben der körperlichen Anstrengung, dem roten »Hummerkopf«, dem Schnaufen und der teilweise ansteckend raschen Atemfrequenz Ängste eine Rolle. Wer will schon anstelle des romantisch verbrämten Petite Mort (Bewusstseinsverlust beim Orgasmus) beim Sex tatsächlich unnötig sein Leben aushauchen? Ängste und Depressionen treffe ich bei abstinenten Herz-Kreislauf-Kranken und Lungenkranken zuhauf an. Vergessen wir auch nicht das eindrückliche Schmerzempfinden während eines Infarktes, einer Aortenruptur (Platzen der Hauptschlagader) u. Ä., das enorme Sorgen vor einer Wiederholung auslösen kann. Die Angst treibt dann auch beide Partner um.

Welche Nebenwirkungen Herz-/Kreislaufmedikamente haben können, steht außer Frage. Doch Männer – mit und ohne Herzproblematik – nehmen immer noch – zu oft ohne Rücksprache mit dem Facharzt – erektionsfördernde Präparate vom Schwarzmarkt ein. Damit setzen sie sich dem Risiko eines frühzeitigen Todes oder einer alternativen Freizeitgestaltung in der Notaufnahme aus. Ganz platt formuliert: Wenn Partner die Wahl haben zwischen einem schlaffen Penis mit lebendigem Mann oder einem prallen Penis mit unvermutet totem Mann, wählen alle die erste Variante.

Psychische Gründe

Neben den körperlichen Ursachen und Folgen von Erkrankungen des Körpers gibt es auch eine ganze Reihe psychischer Aspekte, die Ursache von Abstinenz sind oder sein können. Das geht vom in der Psyche des Einzelnen begründeten Wunsch nach Abstinenz über eher strukturelle Ursachen wie unsere gesellschaftliche Wahrnehmung vom Paarleben und die zugrunde liegenden sexuellen Skripte (ein Skript ist in der Psychologie so etwas wie ein Handlungsschema, ein Ablauf, der sich immer wieder gleich ereignet) bis hin zu Abstinenz aus Mangel an Partnern oder missglücktem Sex.

Es gibt viele Gründe für ein sexfreies Leben

Die Bandbreite der psychischen Ursachen ist groß, nicht zuletzt finden Sie hier auch die Folgen der »lieben Gewohnheit« oder von erfahrenen Grenzverletzungen ebenso wie das Vorurteil, die Abstinenz liege immer am Partner. Ganz zum Schluss nenne ich hier auch Betrug und Untreue als Gründe dafür, sexfrei leben zu wollen – wir müssen schließlich genauer wissen, warum wir Nein sagen, bevor wir schauen, ob und wie sich so ein Nein auch überwinden ließe. Erst einmal aber geht es mir hier jetzt um ganz konkrete, nur sehr selten krankhafte psychische Gründe dafür, ein sexfreies Leben anzustreben.

ANGST

Eine große Rolle spielt – wie bereits erwähnt – die Angst, denn Angst schließt Lust aus, weil Vertrauensverlust auch oft Libidoverlust nach sich zieht. Angsterkrankungen wie Panikstörungen sind daher häufige Gründe für den Wunsch nach weniger Sex. Bedenkt man, dass Herzrasen Panik verursachen kann – und wer von uns hätte beim Sex nicht sein Herz schon einmal klopfen gespürt? –, verknüpft man das im Kopf mit Gefahr, der Angst vor körperlichem Schaden. Dann liegt der Fokus leider nicht mehr auf der Lust, weil die eigene Wahrnehmung dies verhindert – oder der eine Partner den anderen vor der nächsten Attacke seiner (Angst-)Erkrankung schützen möchte.

WAHRNEHMUNGSVERZERRUNGEN

Die veränderte Wahrnehmung eines psychisch kranken Menschen kann ganz unterschiedlich ausfallen. Bei paranoider Schizophrenie basiert sie auf der eingebildeten Verfolgung durch andere. Hiervon habe ich nur sehr, sehr leichte Züge bei einer Patientin miterlebt. Die Frau befürchtete während der Gespräche mit mir, vom Gehweg draußen oder aus Fenstern gegenüberliegender Häuser beobachtet zu werden. Sie war permanent gestresst und entsprechend nicht fähig, sich zu entspannen. Da sie damit auch nur begrenzte Aufmerksamkeit für einen anderen Menschen aufbringen konnte, schloss dies partnerschaftliche sexuelle Aktivitäten jedweder Art aus.

GESUNDHEITLICHE SORGEN

In diesem Zusammenhang ist mir wichtig, welche Auswirkungen auf das Sexualleben die gesteigerte Sorge um die eigene Gesundheit haben kann. Ein Patient Ende dreißig kam mit seiner Lebensgefährtin zu mir. Beide verstrickten sich binnen kurzer Zeit in ein Streitgespräch darüber, wer mehr »Schuld« an ihrer acht Jahre andauernden Abstinenz habe. Mit der Zeit kristallisierte sich heraus, dass beide die eigenen körperlichen Erkrankungen als lebensbedrohlich einstuften, dabei handelte es sich wahlweise um Schnupfen, Fußpilz, Kopfweh ... Sie forderten jeweils vom Gegenüber umfangreiche Fürsorge und Betreuung ein und klagten im Gegenzug, einander mit sexuellen Ansinnen belästigt zu haben. Das sei ignorant gegenüber den geäußerten Beschwerden und Sorgen. Die beiden hatten sich hinter einem »Du zuerst« verschanzt. Und den ersten Schritt zur Deeskalation sollte der andere tun. Der

Eindruck, der Partner sei selbstsüchtig und rücksichtslos, begünstigt Abstinenz. Die empörte, abschreckende Kraft eines »Pö. Mach's dir halt selber!« kann gewaltig sein.

DEGENERATIVE ERKRANKUNGEN

Ein auch in der Fachwelt wenig besprochenes Thema ist Sex mit Demenzkranken. Abhängig davon, wie weit die Krankheit fortgeschritten ist, kann sich ein Betroffener vergleichsweise triebhaft verhalten. Der typische Mangel an Einfühlungsvermögen gegenüber dem gesunden Partner und das Unverständnis gegenüber fremden Gedanken und Gefühlen kann in späteren Stadien zu übergriffigen Situationen führen, wenn sich Erkrankte am Partner sexuell abreagieren, ohne im Geringsten deren Bedürfnisse zu beachten. Vergessen wir bitte auch nicht den Umstand, dass Demenzkranke und Partner i. d. R. über die Phase der Wechseljahre hinaus sind. Da können üble Schmerzen das Resultat sein, wenn sich der eine dem anderen aufdrängt – oder auch die Frau völlig ihr Alter aus den Augen verloren hat. Stellen Sie sich allein die Situation vor, von der auch Heimangestellte zu berichten wissen, die sich ergibt, wenn Demenzerkrankte Personen falsch erkennen, was leider immer wieder vorkommt. Dann finden die Betreuer schon einmal Partner beim Geschlechtsverkehr vor. Vielleicht versetzen Sie sich einmal in die Lage der Frau. Von einer Sekunde auf die andere erkennen Sie, dass der Mann, der Sie penetriert, ein Unbekannter ist. Ein völlig Fremder, der Sex mit Ihnen hat. Der Sie vergewaltigt. Und der auf Sie einredet, Sie beide würden einander kennen. Aber das stimmt nicht. Sie (er-)kennt ihn nicht. Eine schreckliche Szene. Verstörend. Vielleicht traumatisch; und dennoch möglich im Leben einer an Demenz erkrankten Patientin.

Auch deshalb ist die Einwilligungsfähigkeit ein immer wieder neu zu diskutierendes Thema. Und wischen Sie das nicht gleich für Sie selbst vom Tisch, wenn es um Fragen geht wie: Wussten die Beteiligten, worum es ging? Wurde die Entscheidung für sexuelle Aktivitäten in einem wachen/klaren Moment getroffen? Solche Fragen stellen sich nämlich durchaus auch Jüngeren, gerade im Zusammenhang mit einem Drogen- oder Alkoholrausch müssen alle Beteiligten immer wieder das Einvernehmen beim Sex ansprechen.

Nach den psychischen Gründen für Unlust oder Unwillen zu fragen wird leider oft fehlinterpretiert als »offenbar lässt sich nichts Organisches finden«, also ist es psychisch, ergo möglicherweise eingebildet oder übertrieben wahrgenommen. Das ist in vieler Hinsicht extrem und falsch, denn auch wenn keine Laborbefunde eine Krankheit beweisen, werden Emotionen doch vergleichsweise deutlich erlebt. Nur wissen wir in der Psychologie, dass z. B. die Anzahl von Tränen nicht ausschlaggebend für die Heftigkeit einer Depression sein muss. Wir stellen uns in unserem Fachgebiet der Möglichkeit falscher Eindrücke, vorgetäuschter Schmerzen und Gefühle.

Die Medizin skaliert, zählt, wiegt und misst in jedweder Form. Wenn ein Orthopäde das Knie des Patienten bewegt und der Patient über Schmerzen klagt, wird das kaum in Zweifel gezogen, egal, ob die Klage der wirklichen Wahrnehmung entspricht. Bei psychischen Vorgängen wird es zum Leidwesen etlicher Patienten manchmal anders gehandhabt. Psychische Erkrankungen und Anlässe für ein Verhalten, das anderen nicht passt, erfasst die Gesellschaft mit mehr Vorbehalten.

Gerade in Bezug auf das Ablehnen von Sex wird die Motivation hinterfragt. Wenn Sie also zu den Personen gehören, bei denen keine entlastende medizinische Diagnose vorliegt, die Ihre gegenwärtige Situation begründet, haben Sie meines Erachtens eben andere, ebenso gute Gründe dafür, auf Sex zu verzichten. Die sind aber nicht körperlich, sondern psychisch begründet. Aus psychotherapeutischer Sicht ist ein sexfreies Dasein in etlichen Situationen die gesündere, angemessenere Reaktionsform. Das wird gern übersehen und mithilfe des Abstinenz-Tabus verdeckt. Lassen Sie sich davon nicht abhalten, Ihren ganz persönlichen Sinn in der Abstinenz zu entdecken und dingfest zu machen. Schließlich sollten gute Gründe ausreichen, wenn Sie von Ihrem Partner ein anderes Verhalten wünschen. Nutzen Sie alles, was Ihnen zu Gebote steht, um Ihre Entscheidungsfreiheit für oder gegen Sex zu schützen und sich zu bewahren.

Strukturelle Ursachen

Gerade haben wir gesehen, welche körperlichen Aspekte uns den Sex dauerhaft verderben können. Was für psychische Ursachen greifen. Eigentlich haben wir uns als Spezies größten Respekt verdient, dass wir noch nicht ausgestorben sind, wenn es so vieles gibt, was gegen Sex spricht.

Allerdings beschert uns unser Streben nach einem Leben in der Partnerschaft noch mehr Problemfelder. Ich meine damit quasi die Zwangsläufigkeiten, durch die sich ein Beziehungsleben von beispielsweise einem ONS oder einer Affäre mit begrenzter Laufzeit unterscheidet. Schon strukturelle Ursachen können quasi ohne irgendein Dazutun der Akteure in eine Abstinenz münden. Dann liegt es in der Natur einer Beziehung und der menschlichen Psyche, dass der eine oder die andere Nein sagt zum Sex.

Niemand ist schuld

Wenn ich es platt formuliere: Wenn man nichts tut, kommt es vermutlich so. Die Entwicklung zum sexfreien Dasein erfordert keine Mitwirkung, und am Ende ist niemand »schuld«. Aber ich möchte mich hier gar nicht erst auf die Schulddiskussion einlassen, weil ich den Schuldbegriff generell als moralinsauer und oft etwas spröde in der Handhabung wie auch schwer verdaulich empfinde. In der Liebesbeziehung sind wir zwei Persönlichkeiten, deren psychische Innenwelten nicht deckungsgleich sind. Es gibt wohl eine Schnittmenge, sonst kämen wir nicht in einer Beziehung zusammen. Dennoch bleiben wir verschieden, uns und einander in manchen Bereichen fremd, unverständlich, und manches erfahren wir auch nie voneinander.

Zwei Personen auf allernächste Nähe zu bringen erfordert Timing, Vorsicht und Einfühlungsvermögen. Ein strategisches Talent gleichermaßen, das vorteilhaft ist, wenn wir Konsequenzen unseres Verhaltens abschätzen wollen.

Bei all den eventuellen Störfeldern fasziniert es mich immer wieder, dass sexuelle Begegnungen der angenehmen Art in so großer Zahl möglich sind. Deshalb ist der Wunsch nach schönem Sex völlig berechtig. Wir als Homo sapiens sind noch immer ungemein kreativ und findig, gerade beim Thema Erotik.

Wir sollten uns aber über eines klar sein: Was am Ende des Tages aus einer Partnerschaft wird, liegt nicht allein in unserer Macht. Schließlich trägt jeder von uns von Beginn an immer schon ein Stück Lebensgeschichte in sich, hat Befähigungen und Inkompetenzen, Talente und Schrullen, Zugänglichkeiten und Kanten. Das ist beim Partner genauso. Und dann passiert noch das Leben. Keiner von uns ist alleiniger Spielball der Umstände. Aber vieles, das wir niemals bestellt hätten, wirft uns die Welt zu.

FALLHÖHE VON WOLKE 7

Jedes Paar durchläuft miteinander unterschiedliche Phasen, abhängig davon, wie beide mit Sexualität umgehen. Selbst im besten Falle eines krisenarmen Verlaufs – oder vielleicht gerade dann – besteht für jedes Paar die Gefahr, irgendwann eine Phase mit wenig Sex oder komplett abstinent zu erleben. Es liegt in der Natur der Sache, dass anfängliche Leidenschaft und das füreinander »Entflammtsein« allmählich einer – nicht zwingend als schlechter empfundenen – Glut weichen. Oder gänzlich schwinden. Das ist normal und auch zu erwarten.

Offenbar gehört es oft dazu, dass es zu Beginn der Partnerschaft sexuell gut zwischen den Partnern läuft. Ach, was sage ich: Es klappt sensationell. Bei manchen ist es wochenlang fantastisch, andere dehnen ihr gemeinsames erotisches Schlaraffenland in ihren Erzählungen auf Jahre aus. Dabei wird mitunter vergessen, wie mühsam und schwierig der Start ins Miteinander war.

Ich begegne (gar nicht so selten) erstaunlich weit an der Realität vorbeifabulierten Gründungsmythen über die Paarsexualität. Und dann, irgendwann später, war nichts mehr los im Bett. Der Weg bis zu dieser Aussage, die eigentliche Partnerschaft also, wird gern wie im Zeitraffer dargestellt: Es war zuerst megaheiß. Und jetzt ist es furchtbar. Der Zauber ist verflogen, und der Sex ist weg. »Ich weiß ja, dass es nicht ewig so geht wie am Anfang.« Dieses Zugeständnis machen die meisten.

Wenn Sie als Leser jetzt von mir erwarten, dass ich Ihnen eine Zielvorgabe nenne, wie lange der Anfangsrausch geht, was Sie normalerweise erwarten können, oder wie Sie beide im Bett wieder zusammenfinden, muss ich Sie enttäuschen. Der Wunsch wird frei heraus geäußert: »Ich will das wieder haben.« Realistisch heruntergebrochen bedeutet das etwa: »Das ist vorbei und kommt nie wieder. Machen Sie, dass es wiederkommt.« Darauf wird es selten hinauslaufen, »täglich grüßt das Murmeltier« gibt es nur im Film.

WIE ES LÄUFT: DER ROSIGE ANFANG

Fangen wir am Anfang der Liebesbeziehung an – wenn es denn eine ist – und schauen wir uns mal das Innenleben eines Verliebten genauer an: Ich bewege mich wie gewohnt durch meinen Alltag, doch ich fühle mich leicht und beschwingt, als wäre meine Welt völlig verändert. Was mich zuvor anstrengte, nehme ich kaum zur Kenntnis. Ich denke an diesen einen Menschen und habe die rosarote Brille auf, die mich anregt und voller Sehnsucht auf unsere nächste Begegnung warten lässt. Ich schlafe schlechter, habe wirre Träume. Aber das macht mir nichts aus, denn ich bin erstaunlich belastbar. In Gedanken bin ich auf Wolke sieben. Das Leben ist schön, denn ich bin verliebt. Und dieser andere Mensch ist so großartig. Ich nutze jeden noch so kleinen Hinweis, um ihn mir als geistreich, fürsorglich, kreativ, sehr um mein Wohl besorgt, großzügig, charmant usw. auszumalen.

Nur hat dieses Gemälde nicht gerade viel mit dem anderen Menschen gemein. Ich überbewerte seine guten Seiten, seine Fähigkeiten und Potenziale, retuschiere die negativen Anteile. Oder ich lasse sie gleich ganz weg. Ich möchte bei ihm sein, ihn küssen, streicheln, ganz ihm gehören. Hach, es ist so herrlich, und es geht mir gigantisch gut. Von Luft und Liebe könnte ich ewig leben. Und wenn mein Angebeteter die gleiche Wahrnehmungsverzerrung erlebt und mich zu seinem Liebesobjekt auserkoren hat, wird das Bild vollständig. Wir beide, die fehlerfreien Geschöpfe des Himmels sitzen gemeinsam auf der Wolke sieben. Man möchte das Bild am liebsten auf ewig festhalten. Wobei: Die Statusänderung mit dem Bild von uns beiden auf Facebook tut es auch fürs Erste.

WIE ES LÄUFT: DIE HOFFNUNGSFROHEN ERSTEN WOCHEN

Während unserer ersten Wochen projizieren wir die Erfüllung unserer Sehnsüchte, Wünsche und Hoffnungen auf unser Gegenüber. Das Verbindende, Gemeinsame wird gesucht, ausgemacht und hochgehalten. Was nicht passt, wird passend gemacht. Die romantische Idealisierung überstrahlt reale Hindernisse. Wir filtern heraus, was unseren Rausch hemmen könnte. Wir befinden uns in einem physischen wie psychischen Ausnahmezustand, einer Panikattacke ähnlich. Allein der wohlig-aufgeregte Tunnelblick auf die andere Person führt zu einer positiven Bewertung dieses in höchstem Maße anstrengenden Zustandes. Die eingeschränkte Wahrnehmung des Geliebten erhält den Rausch aufrecht und umgekehrt.

WIE ES LÄUFT: VON ECKEN UND KANTEN

Doch je länger der Kontakt besteht, umso mehr reguliert sich das physische wie psychische System herunter. Es entspannt sich, denn ewig können wir so nicht existieren. Die Filter unserer Wahrnehmung werden durchlässiger und lassen auch dickere Brocken durch, die uns nicht gefallen. Da ist Horst geizig beim Trinkgeld, steht nur auf obszöne Witze und schaut bei jeder Gelegenheit fremden Röcken nach. Und Nicole kann nicht einparken, hat dauernd ihren Dispo auf Maximum ausgereizt und erwartet, stets zu allem eingeladen zu werden. Kurzum: Wir finden den anderen weniger anziehend. Und in vergleichbarer Form wird der gemeinsame Sex vom Level »Superduper« zu »Oah, nee lass heut mal«. Immerhin. Wenn wir bedenken, was mit dem Frosch im Märchen passiert ist, der wenig freundlich an die Wand geworfen wurde ...

In der Praxis erlebe ich das oft, wie diese Phase der Ent-Idealisierung auf Alltagsgrau trifft, auf Belastungen und Herausforderungen im Job, Geldprobleme, doofe Nachbarn, die für sich genommen bereits die Nerven strapazieren. Und dann ist da obendrein noch die neue Beziehung, aus der die Luft entweicht wie aus einem zerlöcherten Fahrradreifen.

WIE ES LÄUFT: DIE NACH-VERLIEBTHEITS-REHA

Da braucht es Zeit, Raum und Erholung, wenn der erste Rausch verflogen ist: im Grunde eine Nach-Verliebtheits-Reha. Dann gehen wir auf Abstand, um den anderen besser zu sehen, Konturen zu erkennen und Konsequenzen einschätzen zu können: Ist es das, was ich will? Und: Will ich das für immer? Reichen mein Idealismus und meine Anpassungsbereitschaft, uns als Paar gelingen zu lassen? Denke ich dann, ich kann den anderen ändern oder mich mit dem Ist-Zustand arrangieren? Und: Wollen wir gerade jetzt Sex, wo wir den anderen mit all seinen Unzulänglichkeiten sehen?

Dann lieber zurück, die rosarote Brille aufsetzen und hoffen, dass sofort der Weichzeichner seinen Job erledigt. Zu dumm nur, dass das nicht funktioniert. Denn gerade die Unsicherheiten des Anfangs machen diese Zeit der Beziehung auch in der Erinnerung so prickelnd, aufregend. Das kann man am ehesten nachstellen, wenn man sich trennt und dann wieder zusammenkommt. Denn ohne ein gewisses Maß an Angst kommt das Prickeln nicht zurück. Partner in On-off-Beziehungen können ein Lied davon singen: von schmerzhaften Trennungen und dem kokainähnlichen Rausch, den anderen wieder für sich gewonnen zu haben; möglichst noch Konkurrenten aus dem Feld geschlagen zu haben.

Ist man von der Wolke sieben herunter, gehen Paare schon einmal auf Distanz, und dann finden viele, sexfrei lebt es sich in dieser Phase besser.

SEXUELLE SKRIPTE: WIE DIE BEDIENUNGSANLEITUNG AUSSIEHT

Ein weiterer Grund für Abstinenz sind voneinander abweichende, ja sich zuweilen fast ausschließende sexuelle Skripte. Ein solches Skript kann man sich am ehesten wie eine Bedienungsanleitung für Sex vorstellen. Sie bestimmt, wie man sich als Mann oder Frau richtig verhält, was sich »gehört«, welches Vokabular und welche Zeiten gut passen, was ich zu erwarten habe, was ich tun sollte usw. Diese Skripte haben wir unbewusst im Kopf; sie sind also wie mit Geheimtinte geschrieben. Und sie verändern sich mit neuen Erfahrungen, die wir vielleicht mit unserer Lust machen. Aber auch mit allem, was wir sonst noch an Informationen aufnehmen.

Unsere Skripte sind schwer zu finden und noch dazu permanent im Wandel begriffen. Man muss als Therapeut gezielte Fragen stellen, um diese Bedienungsanleitung lesen zu können. Da jedes Skript einzigartig ist, kommt es tatsächlich oft vor, dass das eigene Sex-Skript und das des Partners nur grob zueinander passen. Oder sie passen vorübergehend, entwickeln sich aber auseinander. Das ist ja auch verständlich: Wenn jeder von uns ein nahezu einzigartiges Skript hat, das wir selbst nicht gänzlich kennen, können wir die Auswahlkriterien für unsere Partnerwahl nicht darauf ausrichten. Die beiden Skripte passen dann mehr oder weniger intuitiv. Mächtig komplex also, da vermitteln zu wollen.

Bei unterschiedlichen Skripten fällt mir eine spezielle Kombination besonders auf, denn sie kommt sehr oft bei Paaren vor, die trotz beiderseitigem Begehren in die Abstinenz geraten. Das verblüfft meine Patienten. »Merkwürdig, wir sind beide an Sex miteinander interessiert. Wir finden uns immer noch attraktiv. Trotzdem kriegen wir es nicht hin.«

Klassisch ist, dass beide Partner denken, der jeweils andere sei merkwürdig. Die Frauen erzählen: »Man könnte glatt denken, du suchst dir genau die Zeiten aus, wenn es für mich ausgeschlossen ist, Sex zu haben. Wenn ich beispielsweise gerade am Herd stehe und das Essen koche.« Und die Männer entgegnen: »Aber bis es dir mal passt, da kann ich ja warten, bis ich schwarz werde. Denn immer ist irgendwas anderes.« Kommt Ihnen das bekannt vor?

Sind es wirklich bloß unterschiedliche Zeitfenster, um die es da geht?

Skript A: Sex first: Nehmen wir uns zunächst das Skript A vor, das Männern zugeschrieben wird. Es verlangt nach Sex, um die Welt am Laufen zu halten; quasi »Sex first«. Wer nach dieser Bedienungsanleitung funktioniert, kann mit Sex aus einem schlechten Tag einen guten machen. Nach negativen Vorfällen, in Krisenzeiten bewirkt Sex ein inneres Aufrichten. Er kann den Betreffenden Trost spenden, sie entspannen. Er wirkt heilsam. Beinahe wie ein Schweizer Taschenmesser hilft Sex bei allem. Oft wird die Wirkung von Sex als erfrischend und vitalisierend beschrieben. Sex passt einem Menschen, der nach Skript A lebt, in jeder Situation. Manchmal erscheint er sogar zwingend notwendig, um üble Situationen zu bewältigen. Sex wirkt hier schmerzlindernd und beruhigend bis stimmungsaufhellend. Die Betroffenen können mehr aushalten. Deshalb wird ihnen oft vorgeworfen, »stumpf« zu sein. Zur Ehrenrettung der betroffenen Männer sei darauf hingewiesen, dass sie sich ihr Skript nicht ausgesucht haben. Im Übrigen gibt es auch Frauen mit diesem Skript. Definitiv.

Skript B: Harmony first: Frauen wird ein anderes Skript zugeschrieben. Nennen wir es Skript B oder »Harmony first«. Es zielt auf eine harmonische Atmosphäre ab. Zuerst braucht es Frieden, Einklang und Nähe. Deshalb bietet es sich an, zuerst zugewandt miteinander zu reden, gern ausgiebig, gern über Emotionen. Einfühlsam und verständnisvoll. Damit man sich in der Situation wohlfühlt. Das kann zum einen mit dem Bedürfnis nach Sicherheit und Schutz zu tun haben. Damit man nicht von lärmenden Haustieren, klingelnden Paketboten oder Nachbarn, summenden Handys, schreienden Säuglingen gestört wird. Zum anderen, um im Vorfeld andere Bedürfnisse zu versorgen, die einem beim Stelldichein in die Quere kommen könnten. Damit meine ich innere Störfaktoren wie Hunger und Durst, Erschöpfung und Müdigkeit, Zeitdruck oder anderes. Diese sollen ja nicht das Begehren überlagern. Wäre ja auch zu blöde, wenn die Frau mitten beim Verkehr den Mann zur Seite schiebt, um sich einen Schokoriegel aus der Küche zu holen. Und als Drittes muss noch die ganze Welt des »zu« geregelt werden: zu warm/kalt, hell/dunkel, schnell/langsam, penetrant/nachgiebig. Auch das sind nach Skript B relevante Faktoren.

Erst wenn alles gut ist, dann ist der bestmögliche Nährboden für Sex bereitet. Müssen aber erst alle Aspekte berücksichtigt sein, bleibt sehr häufig »die Küche kalt«, und es gibt keinen Sex zu zweit. Ein Patient brachte es mir gegenüber auf den Punkt: »So viel Freizeit habe ich nicht, um DAS alles zu erfüllen.«

Ein Paar aus A und B: Haben wir in einem Paar beide Skripte vertreten, ist Kompromissbereitschaft gefragt. Mal so und mal anders, quasi im Wechsel. Oder eine Fifty-fifty-Quotenregelung. Meinetwegen auch Zufallsregelungen, wenn das Los entscheidet, Schnick-Schnack-Schnuck oder eine Münze. Wohlwollende Zugeständnisse, ohne sich auf die Dauer übervorteilen zu lassen. Auch mal gönnen können. Hier sind Flexibilität und Fairness gefragt. Ich möchte eine dezente Warnung aussprechen: Bitte, liebe Skript Bler: Begnügen Sie sich nicht auf ewig mit Quickies oder Handjobs, um es dem Partner recht zu machen und ihn zeitnah abzufertigen. Es rächt sich. Denn an seinen eigenen Bedürfnissen vorbeizuleben kann gehörigen Ärger auslösen. So kann man sich den Spaß am Sex selbst verderben. Zusätzlich erwecken Sie noch den falschen Eindruck, diese Art Sex sei das, was Ihnen zusagt.

Wenn keiner nachgibt, wird es verdammt schwierig. Tun Sie sich unbedingt den Gefallen und sehen Sie von Grundsatzdebatten ab, denn Kritik am Skript des anderen ist fehl am Platze. Keiner hat sich seines ausgesucht. Das Skript ist vielmehr das Ergebnis unzähliger Lernerfahrungen, begonnen bei Ihrer Werkseinstellung, die Ihnen in Ihrer Herkunftsfamilie mitgegeben wurde. Auch wenn Sie Lichtjahre über Fehlinformationen wie »Männer wollen nur das eine« oder »Man muss sich den Sex bis zur Ehe aufsparen« hinaus sind: In den tieferen Schichten unseres Selbst ist das noch nicht vergessen und kann das Skript beeinflussen.

Übrigens: Wenn Sie sich hier wiedergefunden haben, dann ist es Ihnen auch bewusst. Das Schlechte daran ist, Sie können sich jetzt nicht hinter »Ich hab nichts gewusst« verstecken. Also machen Sie es sich nicht unnötig schwer und sprechen Sie Klartext. Kann man alles lernen. Versprochen.

»Och nö, das ist so anstrengend. Und das dauert. Außerdem garantiert mir keiner, dass uns das hilft«, höre ich Sie entgegnen. Da ich auch ein Fan von schnellen Lösungen bin, verstehe ich Sie. Ist alles legitim. Die gute Nachricht lautet: Es gibt Hilfsmittel, um eine Annäherung zu begünstigen. Mittel, die Angst lösen, beruhigen, leicht euphorisieren. Wie alles im Leben haben sie jedoch ihren Preis. Weniger finanziell, sondern gesundheitlich, psychisch. Diese Mittel ersetzen nicht eine harmonische Situation und das Gefühl von Nähe und Verbundenheit. Sich jemanden oder eine Situation schönzutrinken oder Marihuana zu konsumieren ist den meisten Erwachsenen geläufig. Viele Patienten, die unter erheblichen Minderwertigkeitsgefühlen leiden, versuchen sich die sexuelle Begegnung mit dem Partner so zu erleichtern. Auch diverse Erwachsene, die Gnadensex praktizieren, trinken vor dem Sex Alkohol, um sich zu entspannen und ihren inneren Weichzeichner zu aktivieren. Andere naschen Space-Cookies. Der Feierabend-Prosecco oder die paar Gläser Wein werden gerne als Lifestyle-Element in die Alltagsroutine integriert und erleichtern Sex, der einem ansonsten schwerer fallen würde.

Nur haben diese Helferlein Nebenwirkungen, können abhängig machen, begünstigen Erektionsstörungen und verhindern, dass man sich Gründe bewusst macht, die für eine Abstinenz sprechen – und hier meine ich Sex, nicht das Glas Wein. Gerade Alkohol und Marihuana, Kokain und Ecstasy begünstigen jedoch nicht nur erotisches Wildwerden, sondern auch streitlustiges. Ganz zu schweigen von dem Kater im Anschluss und irrlaufenden Annahmen wie »offenbar stehst du doch auf Analverkehr und …«, da Kinder und Betrunkene angeblich die Wahrheit sagen. Ganz dumm gelaufen. Darum kann ich Ihnen nicht guten Gewissens raten, sich den Paarsex erträglich zu trinken oder zu kiffen.

Für Vertreter des Skripts A habe ich die Empfehlung, die Notwendigkeiten für den Partner anzuerkennen. Hüten Sie sich davor, Ihr Gegenüber zum Dampfablassen zu missbrauchen. Benutzen Sie den Partner nicht für Ihren Ärger, Ihre Traurigkeit, Gefühle der Hoffnungslosigkeit, Depression oder Angst. Kein Partner ist ein Katalysator für Ihre schlechte Laune. Und ich bin mir sicher, dass Sie das auch gar nicht möchten. Ein höflicher und respektvoller Umgang sind die minimale Basis jeder Partnerschaft. Ich habe Paare kennengelernt, in denen dauerhaft der Skript-A-Kandidat bei Treffen mit der Partnerin mit Skript B übellaunig Sex verlangte. Die schlechte Stimmung beeindruckte die Frauen auf negative Weise, und sie kamen dem Begehren ihres Partners nach und übergingen die eigenen Bedürfnisse. Wieder und wieder. Der Grund für ihren Therapiebedarf war der sexuelle Burn-out der Frauen. Ja, so etwas gibt es. Die Frauen kamen irgendwann wegen mangelnden sexuellen Interesses in die Praxis, das dann aber von Dauer war. Und es wird Sie in Erstaunen versetzen: Keine der Frauen sah einen Zusammenhang zwischen dem Blitzableiter-Sex und der späteren Abstinenz.

Selbstredend existieren noch diverse andere Skripte und Mischvarianten. Ein kurzer Blick auch darauf:

Skript C: Style first: Skript C ist durchgestylt – der Sex ist getaktet und durchgeplant. Nichts wird dem Zufall überlassen. Hier trifft die Bezeichnung »Performance«. Es geht um Perfektion und Kontrolle. Das Ambiente, die Kleidung, die Pflegerituale, alles wird optimal aufeinander abgestimmt. Es mag zunächst den Anschein haben, dies sei dem Partner gegenüber rücksichtsvoll und umsichtig, da ja so viel Mühe aufgewendet wird. Das ist aber oft ein Irrtum und der Partner eher Mittel zum Zweck; er ist nicht viel mehr als ein Rädchen im Getriebe einer perfektionistischen Inszenierung. Wobei sich dahinter wiederum manchmal die Angst verbirgt, sonst nicht geliebt zu werden.

Skript D: Sex als Sport: Vertreter von Skript D agieren drauflos. Sie konsumieren Körperkontakte wie Ausgehungerte die Nahrung. Scheinbar wahllos wird auf erotische Offerten eingegangen. Die körperlichen Kontakte sind arm an Kommunikation. Betroffene sind mehr Konsumenten als Partner. Statt Sex könnte es auch eine Turnübung sein. Das Gegenüber wird zum »Sportgerät«-Objekt des anderen, an dem man Impulse ausagiert. Bei diesem Typ Nimmersatt findet sich häufig suchtartiger Sexkonsum. Die weiblichen Vertreter werden gern als Nymphomaninnen bezeichnet. Bei den Männern lautet der Fachbegriff Donjuanismus.

Skript E: Nähe und Verbundenheit: Skript E zeichnet sich dadurch aus, dass der Augenblick intensiv wahrgenommen wird. Existenzialistisch – wenn man so will. Diese Menschen agieren meistens langsamer. Erfahrene, selbstsichere Tantriker verfolgen häufig Skript E. Sie sind vielfach weniger fixiert auf Orgasmen, sondern schätzen weitere Qualitäten wie Nähe und Intimität. Sie suchen beim Sex das Verbindende.

Skript F: Du, nur du: Das Motto hier: Ich tue alles, damit du glücklich bist – bis zur Selbstaufgabe. Erwachsene, die die Wertigkeit ihrer Identität eng an die sexuelle Zufriedenheit ihres Partners koppeln, gehören zu dieser Gruppe, sie wollen dem Gegenüber »jeden Wunsch von den Augen ablesen«. Das Skript stimmt nicht unwesentlich mit der konservativen Frauenrolle anno 1950 überein, die Kernaussage ist die Selbstaufopferung für das Glück des anderen. Allerdings sollen hier die existenzielle Abhängigkeit vom Partner und die Befriedigung seiner Wünsche häufig eigene Minderwertigkeitsgefühle und Versagensängste im Zaum halten. Letztlich ist diese Art Sex aber nur begrenzt dazu geeignet, den anderen zufriedenzustellen. Und so bleiben die Skript-F-Partner gefangen in der sich wiederholenden Erfahrung, nicht zu genügen.

Skript G: Ich, ich, ich: Nur meine Wünsche zählen, so ruft die innere Stimme eines Vertreters dieses Typs, denn sie setzen ihre Bedürfnisse an die erste Stelle. Die Haltung ist fordernd. Wer nach Skript G vorgeht, tritt dominant auf und bestimmt die Szene. Wenn Sie feststellen, dass Ihre Bedürfnisse nicht zählen und Ihr Partner Skript G folgt, muss ich Sie beiseitenehmen – und ich meine es wirklich gut mit Ihnen – und fragen: Wollen Sie tatsächlich, dass so ein Individuum einen der wichtigsten Plätze in Ihrem Leben besetzt, nämlich den des Partners? Ganz ernsthaft: Sind Sie nicht mehr als das wert?

Die anderen Gründe

Neben organischen, physischen und strukturellen Ursachen spielen oft auch sehr alltägliche Dinge eine entscheidende Rolle in der Sexabstinenz.

Der Moderne Alltag fordert uns

FEHLENDER PARTNER

Und wo der eine augenscheinlich einen Fehlgriff bei der Brautschau getätigt hat, da hat woanders jemand gar nicht zugegriffen und steht nun mit leeren Händen da. »Prostitution hab ich nicht nötig. Und eine Gummipuppe – echt nicht.« Diese Aussage habe ich, vorgebracht im Ton der Entrüstung, mehrfach gehört; gepaart mit der Sorge, aufgrund des Singledaseins als merkwürdig oder schrullig abgewertet zu werden. Trotz Lust findet man niemanden für Paarsex. Die Hindernisse sind zu vielfältig, die Hürden zu hoch. Die infrage kommenden Personen sind irgendwie nicht ganz das Wahre. Also gibt es keinen Sex mit einem anderen Menschen. Offiziell lassen Betroffene gern verlauten, sie hätten ja eh keine Lust. Denn keinen »abzukriegen, das ist sooo peinlich«. Das war in der zehnten Klasse schon so und hat sich nicht wirklich geändert. Deswegen wird herumgelogen, dass sich die Balken biegen. Bloß macht es die Situation nicht weniger unangenehm. Zudem hat sich längst herumgesprochen, dass sich etliche Vertreter dieses Typs als Erotik-Münchhausen betätigen, die ausgedachte sexuelle Heldentaten im Netz schildern.

Dazu haben sich die Youngsters etwas einfallen lassen, um Lügner auflaufen zu lassen. Unter dem Schlagwort #PICS OR IT DOESN'T HAPPEN werden die unter Verdacht Stehenden aufgefordert, ihre sexuellen Eskapaden bildlich nachzuweisen. Für junge Menschen fatal, denn es macht Bildnachweise aus dem eigenen Schlafzimmer erforderlich, die einmal im Netz nicht wieder verschwinden und dem Missbrauch von Nacktaufnahmen sämtliche Türen öffnen. Besagter Hashtag ist oft nur eine Falle, die arglose Jugendliche zur Verbreitung von Sexpics verlockt.

Ein Erwachsener kann vielleicht noch widerstehen, sich bildunterstützt zu rechtfertigen. Jemand postet im Netz, du hast keinen Freund und keinen Sex? Youngsters beweisen via Selfie das Gegenteil. Oder noch heikler: filmen sich beim Sex und stellen den Clip ins Netz. Kardashian und Hilton lassen grüßen. Das ist wie eine Einladung zum Cybermobbing und geht einher mit Bloßstellung vor der gesamten Social-Media-Welt. Informationen potenzieren sich. Es gibt keine Zensoren mehr. Keine Filter, die helfen, zwischen Wahrheit und Lüge zu unterscheiden. Sozializing via Bespitzelung und Gerüchten. Da müssen wir nicht einmal populäre Fernsehserien wie »Gossip Girl«, »13 Reasons Why« etc. zur Beweisführung heranziehen, die bis in Staffel 6 ihr Publikum fesseln, weil Otto Normalverbraucher sich mit den Akteuren und ihren Problemen identifizieren kann.

Eine vergleichsweise altmodische Vorgehensweise ist die Nutzung von Begleitern, die vorgeben, Beziehungspartner zu sein. Ein Beispiel hierfür ist Herr W. (45), der in meine Praxis kam. Er ist Anwalt und lebt für seine Mandanten und seine

Karriere. Seit einigen Jahren ist er bereits Partner – nein, nicht in einer Beziehung, sondern in einer renommierten Sozietät in Hamburg, da er ausgesprochen ehrgeizig ist. In seiner Freizeit spielt er Tennis im angesagten Klub der Stadt. Wenn es mit den anderen Partnern besondere Triumphe zu feiern gibt und er nicht umhinkommt, eine Frau an seiner Seite vorzuweisen, bucht er seit Jahren immer dieselbe eloquente Escort. Er kann sich darauf verlassen, dass sich die Frau auf dem gesellschaftlichen Parkett souverän bewegt. Zusätzlich ist sie »eingearbeitet« und kann Rede und Antwort stehen, wie beide angeblich leben, was gemeinsame Hobbys sind, wie gern beide gemeinsam kochen. Das verschafft ihm einen normalen, privaten Background. Schließlich soll ihn niemand für sozial inkompetent oder sexuell desinteressiert halten. Sein Image im Job ist essenziell. Sex gibt ihm halt nicht sonderlich viel. Er fühlt sich gut in diesem Leben mit dem schicken Bungalow, seinen edlen Anzügen und dem Sportwagen. Und wenn er weiterhin strategisch vorgeht, ist alles klasse.

Dieser Lifestyle ist des Öfteren anzutreffen. Man erwartet, dass erfolgreiche, gut verdienende Erwachsene über so einer Nachweispflicht von Beziehungs- und Liebesleben stehen. Aber falsch gedacht: Gerade der private Background entscheidet über Karrieresprünge. Wer mag sich da das Risiko leisten, als »schräger Vogel« zu gelten, der Vorgesetzten und Kollegen mangels Partner suspekt erscheint?

Das Stigma, sexuell abstinent zu leben, besteht zu Unrecht; ähnlich wie das Stigma der Partnerlosigkeit, mit dem es sich eine Schnittmenge teilt. Schließlich ist die abstinente Lebensart oft eine Frage des Standings, des Zu-sich-Stehens. Wie weit es damit wirklich her ist, zeigt sich gerade dann, wenn es schwierig wird, zu sich zu stehen. Wenn das Gros der Gesellschaft nicht mit Verständnis reagiert. Es ist eine Frage von Charakterstärke und Rückgrat, nicht mit dem Strom zu schwimmen und sein Anderssein zu leben. Ohne sich zu verstecken. Es ist an der Zeit, offen zu uns zu stehen.

Kein Sex ist auch eine Ausdrucksmöglichkeit von Normalität; das ist nicht nur rein zahlenmäßig so. Diese Variante muss zulässig sein, wenn wir für uns eine frei gewählte Sexualität als Wert proklamieren. Deren Konsequenzen gelten nicht nur für das Lippenbekenntnis, diese freien Entscheidungen für richtig zu halten, sondern auch, sie unserem Partner zuzugestehen. Den Mitmenschen. Der Nachbarin. Das ist unbequem, aber zwingend notwendig. Sagte ich das schon? Mein Anliegen ist es auf jeden Fall, das laut und deutlich zu sagen – und vielleicht auch, es öfter in unserem Leben gespiegelt zu sehen.

LIEBE AUF DISTANZ

Wenn wir die Tücken von Wochenendbeziehungen in Augenschein nehmen, finden wir eine weitere mögliche Ursache für ein Leben ohne Sex. Erfahrungsgemäß ist es für solche Partner, die sich nur alle paar Wochen sehen, eine typische Herausforderung, bei jedem Wiedersehen mit der anfänglichen Distanz umzugehen und sich einander anzunähern. Telefonate und Bild-Telefonie haben ein Erhebliches dazu beigetragen, während der Phase der räumlichen Distanz in Kontakt zu bleiben. Dennoch bleibt ein Rest an Fremdheit. Die wenigsten Partner fallen unter diesen Bedingungen sofort übereinander her. Stattdessen kommt der Angereiste erst einmal an. Macht sich aufs Neue vertraut mit dem Zuhause, das nicht seines ist. Verstaut Tasche und Sachen. Macht es sich auf der Couch gemütlich. Dann erst wird es ruhiger. Man kommt ins Gespräch. Beginnt, sich zu entspannen.

Ist ein Paar frisch zusammen, kommt es durchaus am ersten Abend zu Sex. Bei anderen Paaren ist Sex ein integraler Bestandteil, der – gefühlt – während eines Besuchs ansteht.

Man muss ja danach wieder auf den anderen verzichten, auf »Handbetrieb« umschalten. Also lieber die sexuellen Akkus aufladen. Das wird mit den Monaten oder Jahren zu einer nervigen Erledigung. Wenn Sex die Distanz zwischen zwei Locations – also auch zwischen zwei Leben – dauerhaft überbrücken muss, findet sich hier nahrhafter Boden für Drängeldynamiken.

ÜBERREIZT

Beinahe wie zu erwarten, straucheln manche in der Erotikbranche Tätige. Das Überangebot an Reizen macht unempfänglicher. Dazu gehören Live-Cam-Girls, Prostituierte, Kameraleute von Pornodrehs, selbstredend die Akteure, Barpersonal aus einschlägigen Etablissements etc. Aus Imagegründen verkünden Erotikstars, sie hätten privat ein tolles Sexleben. Das unterstreicht, dass sie ihren Job aus purem Spaß am Sex machen. Hinter der Fassade schaut es anders aus. Die pragmatische Sexualität eines Pornodarstellers am Set ist anstrengend und auf beste Bilder für die Kamera ausgerichtet. Der Körper wird getunt wie ein Sportwagen; Körperöffnungen werden geweitet, dass es möglichst wenig Schmerz verursacht; ungünstige Positionen werden gewählt, weil so das Licht am besten auf die Geschlechtsteile gerichtet ist. Es werden unzählige Details kontrolliert, um den Look der schönen geilen Welt einzufangen. Mit Genuss hat das nicht das Geringste zu tun.

BERUFSÜBERFORDERT

Relativ ähnlich gehen die berufliche Expertise rund um Genitalien, Geburten, Sexualdelikte und die Arbeit mit traumatisierten Menschen hin und wieder zu Lasten der eigenen Sexualität. Diese Berufsgruppen sollten im Idealfall darauf vorbereitet sein, mit schwierigen Eindrücken umgehen zu können, und sich distanzieren können. Nur ist das nicht immer der Fall. Und manchmal ist auch das Ausmaß dessen, was diese Personen hören oder sehen, auf negative Weise überwältigend. Aber es erwartet wohl niemand von einem Mitarbeiter der Staatsanwaltschaft noch später am Abend private Akte der Sinnlichkeit, wenn er stundenlang kinderpornografische Beweismittel gesichtet hat.

DIE LETZTEN HUNDERT METER

Natürlich möchte ich nicht verschweigen, dass das Fehlen von Sex anzeigen kann, dass eine Partnerschaft ihrem Abschluss zugeht. Mir ist bewusst: Das hier ist das Worst-Case-Szenario, von dem jeder Abstinenz-Betroffene hofft, dass es nicht der Motor für die Sexlosigkeit in der eigenen Beziehung ist. Daher möchte ich deutlich differenzieren. Das eine ist eine Trennung, weil der Sex fehlt, im anderen Fall fehlt Sex, weil die Beziehung eigentlich schon vorbei ist. Unter dem Strich ist es wohl so, dass es auch dann keinen Sex mehr gibt, wenn das emotionale Fundament fehlt. Der Abstinente spürt den fehlenden Gleichklang. Und so ist das Ausbleiben des Paarsex als stimmige Entsprechung des fehlenden Gefühls von Liebe und Verbundenheit zu betrachten.

Manchmal sind die gewohnheitsbedingten Verflechtungen miteinander, der gemeinsame Hausstand, Alltag mit oder ohne Kindern, Kontakte mit den Herkunftsfamilien und Freunden eines Paares sehr stark, sodass sich erst spät die Frage stellt, was es denn bedeutet, wenn der Sex fehlt. Da überlegen die Partner, warum nicht alles so bleiben kann, wie es ist. Das Wohnen, die gemeinsam gelebte Elternschaft ... Das wenige, was sie nicht mehr gemeinsam leben – der Sex –, müsse das doch nicht beenden. Und damit haben die Beteiligten auch recht, denn es liegt an jedem Paar selbst, ob es so leben will, auch auf Dauer.

BEZIEHUNGSAUS

In anderen Fällen ist das Beziehungsaus dem Abstinenten früh bewusst, vielleicht früher als dem Partner. Es ist so gekommen, und keiner ist schuld daran, dass das Liebesgefühl fort ist, sich Langeweile und Routine eingestellt haben. Manche Beziehung läuft einfach langsam aus. Jedoch stellt sich die Frage, wie und wann man es dem Partner kommuniziert. Gerade wenn ein neuer Partner gefunden wurde. Die Abstinenz in der auslaufenden Partnerschaft kann durch die Treue gegenüber dem neuen Partner bedingt sein. Das schafft eine für alle Beteiligten verwirrende Situation von sexueller Aktivität und Abstinenz zugleich.

Frau J.s (36) Leben entsprach dieser Konstellation. Sie lebte ihren Alltag mit Ehemann, Job, Kind und Katzen. Doch zeitgleich gab es diesen anderen Mann, der sie zum Strahlen brachte. Dem sie seit acht Monaten die Treue hielt. Er war der Grund dafür, dass sie die Avancen ihres Mannes zurückwies. Wegen des Sohns, so erklärte sie, wolle sie weiterhin in dieser Ehehülse leben. Schließlich hing sie noch immer an ihrem Mann. Schätzte und respektierte ihn. Gleichzeitig hatte sie große Angst, ihr Mann könne ihre Außenbeziehung entdecken. Denn dann müssten wohl Entscheidungen getroffen werden. Vorbei wäre der prickelnde Sex im Verborgenen mit ihrem Neuen. Stattdessen nüchterne, logistische Schritte, die keine Verbesserung ihres Lebensstandards mit sich gebracht hätten.

Diese Variante zeigt einmal mehr, welchen Zündstoff sexuelle Abstinenz in sich tragen kann. Und was sich hinter der Ablehnung von Sex verbergen kann. Doch eine Aussprache ist bestenfalls aufgeschoben.

Wenn Sex »missglückt«

Aufgezählt habe ich im vorangegangenen Kapitel die psychischen Gründe, die quasi »einfach so« wirksam werden können, also ohne dass ein menschliches Zutun erforderlich ist. Skripte sind in uns wirksam, ohne dass wir planvoll handeln. Doch was ist, wenn einer der Partner vor lauter Zielfokussierung sich und die eigenen Bedürfnisse außer Acht lässt? Im folgenden Kapitel geht es um »missglückten« Sex. Und um die Gründe dafür. Denn unbefriedigender Sex führt recht häufig zur Abstinenz.

Je emsiger und ehrgeiziger sich jemand beim Sex engagiert, umso größer die Risiken. Welche das sind? Ich kann 1. das Ziel gar nicht erst erreichen UND mich auspowern. Oder ich erreiche 2. das Ziel, verausgabe mich aber dabei. Oder ich überfordere mich 3. heillos, sodass Sex zur Unmöglichkeit wird. Last, but not least kann es 4. auch gut gehen, und ich gelange an mein Ziel.

Hier sind also Absichten entscheidend für das sexuelle »Missglücken«. Die Menschen scheitern an zu hohen Anforderungen an sich selbst. Und stets finden sich Ziele, auf die mit Eifer regelrecht hingearbeitet wird. Manchmal handelt es sich um Genuss- und Entertainmentqualitäten, für die es keine Garantie gibt, da man selbst, der Partner und sehr viele weitere Aspekte über die Entwicklung einer sexuellen Begegnung entscheiden.

Aus therapeutischer Sicht kann ich von Zielen nur abraten, da sie stets Leistungsdruck bewirken. Diese Anspannung und der Ehrgeiz im Bett sind gerade für körperliche Prozesse wie eine Erektion oder die weibliche Lubrikation kontraproduktiv, denn je mehr Druck, umso weniger Entspannung. Der Begriff »Performance-Druck« existiert nicht ohne Grund, denn wir in Europa hängen wie in allen Pro-Sex-Communitys die Messlatte unglaublich hoch. Was ich konkret meine? Da wird mir die Frage gestellt, ob eine Erektion eine Dreiviertelstunde hält. Was denn sonst so »normal« ist. Objektiv betrachtet sind fünfundvierzig Minuten exorbitant lang. Wie viele Partner wären für einen Akt dieser Dauer überhaupt zu gewinnen? Aber das ist – wie gesagt – stets eine Frage von Vorlieben. Ist wie alles beim Sex subjektiv und individuell.

OLYMPIAREIF ZUR FORTPFLANZUNG

Zunächst stellt man sich, wenn es um zu hohe Erwartungen beim Sex geht, vor, dass sich die Frage rein auf das Funktionieren beim Akt bezieht. Vielleicht haben Sie bei diesem Thema ja auch körperliche Befähigungen im Kopf.

Stattdessen ist es das Thema Fertilität, das zunehmend mehr Menschen anstrengt. Wenn es nicht klappt wie erhofft. Eine Empfängnis lässt auf sich warten. In den vergangenen dreißig Jahren hat die Quote an Paaren erheblich zugenommen, die Kinderwunschbehandlungen in Anspruch nehmen – und das nicht nur, weil es mehr medizinische Möglichkeiten gibt. Für mich gehören die sexuellen Probleme infolge von Lustlosigkeit zum Praxisalltag, die in dem Streben nach einem Kind begründet liegen. Sterilität, undurchlässige Eileiter, unzureichend bewegliche Spermien, eine geringe Spermienproduktion, Eileiterschwangerschaften, Endometriose und viele andere körperliche Voraussetzungen verderben das gute Gefühl, ein »richtiger« Mann oder eine »richtige« Frau zu sein. Paare vögeln verzweifelt vor sich hin in der Hoffnung, der niederschmetternden Diagnose zu entgehen.

Für die Frauen mit Kinderwunsch ist jede Regelblutung emotional nicht einfach zu ertragen. Der Sex wird getaktet. Frau fuchst sich ein in Fachliteratur, befasst sich mit optimaler Stellung, hilfreicher Ernährung, Fruchtbarkeit prognostizierenden Minicomputern, heilkundlichen Präparaten und rechnet, misst Temperatur und zählt die Tage.

Es folgen medizinische Untersuchungen: Wer ist verantwortlich? Wie gut sind die Spermien, was ist mit der weiblichen Physis? Dies alles ist psychisch belastend. Die Männer sollen eine Spermienprobe beisteuern. Auch das ist nichts, was man mal eben so macht. Es folgen Schuldgefühle. Selbstwerteinbußen. Offene und verdeckte Schuldzuweisungen. Enttäuschung, Traurigkeit, Zorn. Die Schamgefühle, nicht in Ordnung zu sein, namentlich: reproduktionsbeeinträchtigt.

Wer finanziell und kräftemäßig noch weitergehen kann, befasst sich mit medizinischen Fruchtbarkeitsbehandlungen. Invitrofertilisation, IVF, ICSI ... – ein Vokabular wie vom Jupiter. Und auch die technische Empfängnisunterstützung erinnert zuweilen an Horrorfilme über Vergewaltigungen durch Aliens.

Wenn eine Frau Hormone bekommt, um viele empfängnisbereite Eizellen zu produzieren, duldet ihr »Los jetzt!« keine Widerrede. Herr R. (46) steckt die Zeit mit all dem »Üben« immer noch in den Knochen. Während der ersten Jahre mit seiner Frau hätte er auch ohne nettes Plauschen und langes Petting den Akt haben können. Als es später um den Kinderwunsch ging, änderte sich unversehens der Ablauf. Von ausgiebigem Vorspiel wollte seine Frau nichts mehr wissen. Kein launiges, anzügliches Geplänkel vorab. Sie war nicht einmal nett zu ihm. Sie wusch sich rasch mit einem Waschlappen und kam dann »unten ohne« ins Schlafzimmer. Dann trug sie sich Gleitgel auf und legte sich aufs Bett. Forderte: »Komm schon.« Am Anfang haben beide darüber gelacht, weil es etwas Herrisches, etwas Rüdes hatte. Beiden war bewusst, dass es hier etwas zu erledigen galt. Herr R. hatte sich in jüngeren Jahren immer ausgemalt, ein Füllhorn reichhaltigster erotischer Genüsse zu erleben, wenn es erst darum ginge, schwanger zu werden. Dass es ihm zu viel werden könnte, hatte er im Traum nicht gedacht. »Wenn man schon so weit ist und den Blickkontakt meidet. Wenn sie drängelt, man solle sich beeilen. Wenn der eigene Blick zur Uhr wandert. Das hat nichts mit Begehren zu tun. Und Spaß macht es auch nicht. Es war im Grunde eine Quälerei.« Was für eine Tragik. Als die Monate vergingen, fühlte er sich nur noch benutzt und war wütend auf sich selbst, weil es ja ganz klar wegen ihm nicht klappte mit dem Schwangerwerden. Und er war wütend auf seine Frau, dass sie es dennoch so unbedingt wollte. »Mein Ego war so klein mit Hut«, und er zeigt einen winzigen freien Spalt zwischen Daumen und Zeigefinger. Für ihn war es eine schlimme Zeit, an die er nicht gern zurückdenkt. Seine Frau und er haben irgendwann nicht mehr miteinander gesprochen. Vorwürfe lagen beiden auf der Zunge, die zwangsläufig im Streit geendet hätten. Jeder war mit sich und seinem Elend beschäftigt. Nach zwei Jahren hatten beide dann endlich diesen positiven Schwangerschaftstest. Seine Frau hat geweint. Herr R. war nur erleichtert. »Unser Sexleben war damit durch.« Zu viel ungewollter Sex, zu oft ein Übergehen der eigenen Grenzen hatte zum Wunsch nach Abstinenz geführt. Das hat etwas Menschenverachtendes, wenn einem für ein Ziel schier jedes Mittel recht wird. Die Kollateralschäden werden oft erst spürbar, wenn es zu spät ist. Dennoch kann ich hier beide Seiten verstehen.

HÄUFIGKEIT UND INTENSITÄT SIND KEIN GARANT FÜR QUALITÄT

Unabhängig von Paaren, die sehr häufig geplanten Sex im Sinne der Familienplanung haben und später mit sexueller Abstinenz auf den Hochfrequenzsex reagieren, gibt es noch ganz andere Erwartungen an Sex. Erwartungen auf einem hohen Niveau, und damit ist nicht gemeint, dass der Sex besonders genussvoll sein soll. Was als Qualitätsbeweis betrachtet wird? Dass die Stimulation hochwertig war. Damit will ich sagen: Manche Paare brauchen die Ejakulation des Mannes innervaginal, weil erst dies als Beleg gilt, dass der Sex in der Abfolge der Stimulationen und Körperreaktionen komplett und erfolgreich war; und solches Bestreben kommt vor, selbst wenn sich beide Beteiligte unwohl fühlen.

In dieser Hinsicht besonders war die Bemessungsgrundlage des Frauenpaars Frau B. und Frau S., beide Mitte 40. Frau B. hatte lange Zeit in den USA gelebt, wo sie frauenbewegt etliche Selbsterfahrungsworkshops besucht hatte. Sie war geübt im Umgang mit ihrer Körperlichkeit. Ebenso war sie beseelt von einer achtsamen Haltung gegenüber sich und anderen Menschen. Ihre Partnerin Frau S. hatte sich nach einer lang andauernden monogamen Beziehung mit der ersten Freundin hingegen nur mit therapeutischer Unterstützung aus der Beziehung lösen können. Frau S. gestaltete ihre Sexualität nach dem Vorbild des bislang ausschließlich mit der ersten Frau erlebten Paarsex. Das war die Matrix in ihrem Kopf, an der sie nachfolgenden Sex maß. Masturbation hatte es für sie nicht gegeben, da das sexuelle Konzept des früheren Paares vorsah, ausschließlich gemeinsam Sinnlichkeit und Erotik auszuleben. Zum Problem für ihre aktuelle Partnerschaft mit Frau B. wurde allerdings das Gütekriterium, dass ihre Ex stets eine weibliche Ejakulation hatte. Frau S. hatte nach ihrem Coming-out in den 1990er-Jahren ausschließlich sexuelle Erfahrungen mit dieser ejakulierenden Partnerin gehabt und eben dies als normal und alltäglich verinnerlicht. Dass ihre jetzige Partnerin Frau B. dies schuldig blieb, verunsicherte Frau S. zutiefst. »Ich bringe es nicht«, war ihr Fazit. Frau B. bemühte sich nach Kräften, der neuen Lebensgefährtin zu versichern, wie sehr sie die gemeinsame Erotik und die Berührungen genoss. Dass sie absolut zufrieden mit und befriedigt von ihrem gemeinsamen Sex sei. Nur wurde ihr das nicht abgekauft. Der Konflikt verschärfte sich, als Frau S. depressive Züge zeigte. In unerträglichen Grübelschleifen brütete sie über der Thematik und büßte gravierend an Selbstwertgefühl ein. Frau B. stand diesem Prozess hoffnungslos gegenüber und entwickelte Schuldgefühle. Das Paar suchte mich auf, als Frau S. zum vierten Mal binnen eines halben Jahres wegen einer depressiven Episode krankgeschrieben war.

An diesem Beispiel können wir hervorragend nachzeichnen, wie Probleme beim Sex tatsächlich dazu beitragen können, eine Depression auszubilden. Dazu kommt es auch, wenn sich Hilflosigkeit und Wut gegen die eigene Person richten. Hier antwortete die Psyche von Frau S. mit depressiven Symptomen auf die Überforderungssituation. Womit nicht die Partnerin schuld an der Depression ist, sondern es ist ein innerer Konflikt von Frau S. ursächlich.

Es liegt mir am Herzen, diesen Unterschied zu betonen, da immer wieder Patienten in die Praxis kommen mit dem Selbstverständnis, ihre Partner seien »schuld« an ihrer Depression, da diese nicht die angemessene Qualität beim Sex oder nicht die erforderliche Häufigkeit an Sexualkontakten bieten würden. Den Partner als Verantwortlichen für die eigene Depression hinzustellen, ist erheblich verkürzt und oft unpassend.

Nicht zuletzt entmündigt man den Depressiven zum Objekt der Erkrankung. Stattdessen ist es umso wichtiger, einen depressiven Menschen besonders in dessen Selbstbild als Akteur und möglichen Retter im eigenen Leben anzusprechen. Um es noch einmal auf den Punkt zu bringen: Manchmal führen sexuelle Probleme zu Depressionen. Dann ist die Therapie der Sexproblematik zielführend. Und manchmal bringt eine Depression Sexprobleme mit sich. Dann ist die Depression vorrangig zu behandeln. Beide Varianten zu unterscheiden kann selbst für Fachleute eine Herausforderung darstellen.

WENN SEX NICHT DEN EIGENEN VORSTELLUNGEN ENTSPRICHT

Hier findet sich ein alltäglicheres Motiv für Abstinenz, das ich am Beispiel eines Paares aus meiner Praxis beschreiben möchte:

Frau und Herr K. (beide 34) berichten über ihre erste gemeinsame Zeit. Beide wohnten in WGs nur wenige Straßen entfernt. Das war hilfreich, weil sie nicht viel Zeit hatten. Doch es war kein Hindernis für eine Heirat. Dann verschlug es Herrn K. beruflich in die nächste Großstadt. Abwechselnd machte sich mal der eine, mal der andere auf den Weg, der je nach Witterung auch mal zweieinhalb Stunden Fahrtzeit in Anspruch nahm. Das war zwar nicht die Welt, aber Zeit war in beider Leben Mangelware. Sie hatten jahrelang Lust aufeinander. Vermissten sich gegenseitig. Dann erhielt Herr K. vor zwei Jahren ein tolles Jobangebot nur etwa zwanzig Minuten entfernt von Frau K.s Wohnort. Er griff sofort zu. Zu dem Zeitpunkt waren sie seit acht Jahren ein Paar. Beide suchten sich ein kleines Häuschen. Sie richteten es sich schön ein. »Bis wir allerdings ganz fertig waren, auch das letzte Rollo angebracht war, hat es gedauert«, schildert mir Frau K. im Therapiegespräch.

Verläufe wie beim Paar K. höre ich wirklich oft, und es klingt, als ginge es mit ihrem Paarleben langsam, aber sicher aufwärts. Aber genau in dem Moment, in dem beide denken, sie hätten entscheidende Probleme gelöst und ab nun wären ihr Leben und ihre Erotik schön, entspannt und genussvoll, stürzt die Kurve ab und strebt auf den Nullpunkt zu.

»Wir könnten jetzt fast täglich Sex haben. Schlafen viel häufiger nebeneinander ein. Aber wir haben keinen Sex«, erzählt Frau K. »Wir haben am Abend unseres Einzugs unser neues Bett aufgebaut. Sind reingefallen und haben herzlich darüber gelacht, dass wir so platt waren. Völlig erledigt. Dabei haben wir es uns vorher so schön ausgemalt, wie wir unser neues Zuhause einweihen.« Ihr neues, also inzwischen älteres Bett ist immer noch »jungfräulich«. Sie dachten, die Sexflaute regele sich von selbst. Und so lebten sie leider nicht ganz so glücklich und zufrieden, bis es einen zu sehr störte.

Wenn Paare sich dazu entschließen, zusammenzuziehen, um eine höhere Sexfrequenz zu begünstigen, wirkt sich das gemeinsame Wohnen oft wie ein Schock aus. Da ist so viel Nähe. Man kann nicht mehr ausweichen, nie mehr ganz allein sein, und so fehlen alsbald die sicheren Zeiten, wo unter Garantie kein Bedarf an Erotik besteht. Zu schnell so viel ungewohnte Nähe und zu wenig Rückzugsmöglichkeiten – da stellt schnell einer oder es stellen beide fest: Sex passt mir grad gar nicht. Außerdem haben wir es doch auch ohne Sex so gut miteinander ... Und so lässt man es sein.

An diesem Beispiel lässt sich hervorragend belegen, dass es für angenehmen Sex nicht um das perfekte Ambiente, massenhaft freie Zeit oder einen bestimmten Lifestyle geht. Manchmal ist es eben optimal – genau so, wie es gerade ist. Schade finde ich das für alle, die dies nicht merken und dem allgemeinen Lebens- und Selbstverbesserungshype zum Opfer fallen. Anders ist nicht immer besser.

Darum meine Empfehlung: Fühlen Sie sich wohl so, wie alles gerade ist? Großartig! Bewahren Sie sich das. Denn um irgendwelche anderen Paare geht es nicht. Das hier ist Ihr Leben. Sie haben kein zweites im Koffer. Wenn sich Ihr Ego beim Vergleich mit anderen Personen rührt, dann haben Sie einen ungünstigen Maßstab gewählt. Mit großer Wahrscheinlichkeit sogar einen, der schlicht ausgedacht ist. Finger weg von den Vergleichen: Die machen nur unnötig unglücklich. Wir Menschen tun uns keinen Gefallen, wenn wir uns nach dem Leben der anderen richten. Wenn ich vor dem Spiegel stehe und mich schön fühle – vielleicht bin ich schön! Und wenn sich gut anfühlt, was wir da tun – vielleicht ist es dann gut!

Die Body-Positivity-Bewegung versucht, die körperliche Individualität zu feiern und ein Gegengewicht zum eingleisigen Körperkult aufzubieten. Ich bin dafür, dass wir es beim Sex ebenso handhaben.

TRAUMPAARE

Die eigene Erwartungshaltung kann einem allerdings unverhofft »ein Schnippchen schlagen«, indem man andere mit geschönten Informationen abspeist. Davon erzählen meine »Traumpaare«. Damit meine ich diejenigen Patienten, die von ihren Freunden als perfekte Paare, »Traumpaare«, bezeichnet werden, während sie eigentlich am Sexmangel leiden. Hinter verschlossenen Türen fügen sich die Beteiligten zuweilen schlimmste Verletzungen zu, und das Thema Sex ist ein so heißes Eisen, dass man es nicht einmal mit Asbest anfassen mag. Trotzdem erschaffen solche Pärchen im Beisein von anderen von sich die Legende des idealen Paares. Wie oft bekomme auch ich als Therapeutin zunächst Nebenpfade gezeigt. Und dann heißt es: »Ich bin mit meiner Lebensgefährtin total glücklich. Da stimmt wirklich alles. Kein Streit wegen des Haushalts. Wir sind ein tolles Team. Im Freundeskreis gelten wir als DAS Traumpaar.« Dann sind die Patienten in meiner Sprechstunde als Paar so routiniert im Vorspiegeln falscher Tatsachen, dass sie unverhofft in dies Fahrwasser hineinrutschen. Am Ende tönt es: »Wenn bloß der Sex nicht wäre.«

Sex ist dennoch für beide Beteiligten in diesen Fällen alles andere als eine Bagatelle, sonst kämen sie nicht in die Praxis. »Bloß der Sex« heißt vielmehr: Es gibt zwischen uns viel Wichtiges und Kostbares, aber der Sex bzw. die Abstinenz ist so problematisch, dass dadurch alles Übrige in Gefahr gerät. Der Druck solcher Traumpaare wird von ihrem sozialen Umfeld verstärkt. Wenn nämlich Freunde überzeugt sind, es mit einem Optimum zu tun zu haben, projizieren sie ihre

Wunschvorstellungen darauf. »Euer Sex ist doch bestimmt super. Ihr habt doch sicherlich auch ...« Das vermeintliche Traumpaar, das schon die ganze Zeit mit »Alles supi«-Fassade durch ihr ach so großartiges Leben defiliert, fühlt sich in Wirklichkeit gerade dadurch erbärmlich und sehr klein.

Sehen wir uns daraufhin die private Konstellation von Frau M. und ihrer Partnerin an – diese war weit von einem Traumpaar-Dasein entfernt. Frau M. stand schon immer auf Frauen, während ihre Partnerin mit der Liebesbeziehung zu einer Frau eine Premiere erlebte. Frau M. nahm als die auf lesbischem Parkett Erfahrenere die Zügel in die Hand und war sehr bemüht, ihr Gegenüber behutsam in die Erotik unter Frauen einzuführen. Sie war dabei so erfolgreich, dass sich ihre Lebensgefährtin gut auf sie einlassen konnte. Nach zwei Jahren dann wurde Frau M. bewusst, dass der gemeinsame Sex einzig aus dem bestand, was ihre Partnerin bevorzugte. »Nina will nur im Dunkeln, also ist es immer dunkel. Nina will lange kuscheln, also wird lange gekuschelt. Nina hat keine Lust, sich zu bewegen, also bin nur ich aktiv. Nina hat eine Erbse unter der Matte, also brechen wir sofort ab ... Nina ist so was von faul und lässt sich immer nur von mir bedienen.« Frau M. war wütend auf sich selbst, sich in dieses Schlamassel hineinmanövriert zu haben, denn die Erwartungshaltung ihrer Lebensgefährtin basierte auf dem, was Frau M. immer wieder tat. »Ich bin die, die macht. Und ich hab gar nicht mitbekommen, dass ich was anderes als Nina mag. Also nicht immer, aber manchmal dann doch. Nach ihrem Höhepunkt liegt Nina nur da. Total passiv. Mensch, ich wollte eine Partnerschaft, in der sich beide engagieren. Auch beim Sex. Stattdessen fühle ich mich wie ein Dienstleister. Nina scheint es null zu interessieren, was ich mag; was ich brauche. Das ist sooo unsexy.« Was folgte, war das Streitalter dauernder Auseinandersetzungen in ihrer Beziehung.

Fragen Sie sich momentan, warum Frau M. nichts gesagt hat? Der Gedanke ist berechtigt, und er wird uns begleiten. Man möchte ihr zurufen: »Sag es ihr!« Die Partnerin kann ja nicht riechen, worum es geht und warum die Erotik plötzlich verschwunden ist.

Würden wir alle unsere Wünsche äußern, könnten Zigtausende weitere Abstinenzentwicklungen beendet sein. Dann käme wieder Schwung in so manche Beziehungen, und es fände sich eine beiden Partnern eher entsprechende Art von Körperlichkeit. Leider schweigen häufig beide Beteiligten, weil das »einfach Sagen« schrecklich schwerfällt.

Mancher kann sich das eingestehen. Andere verstecken ihr Nicht-äußern-Können hinter Kränkungen, Ärger oder Hoffnungslosigkeit. Das kann man auch machen. Es verhindert das »einfach Sagen«, und damit meine ich ein Äußern von Wünschen und eigener Befindlichkeit, ohne den anderen zu verletzen oder gleich loszustreiten. Aber so sind wir nicht. Wie bei der Cosa Nostra betonieren wir alles am besten ein. Dann müssen wir nicht mehr hingucken.

Wer alles verschweigt, fühlt sich besser in der eigenen Wut aufgehoben als in der Traurigkeit, die einen beim Eingeständnis überkommt. Und auf das in dieser Weise zementierte Fundament unseres Nicht-verstanden-Werdens bauen wir anschließend unsere Boxbude, in der wir unzählige Runden gegeneinander antreten können. Schließlich ist eins garantiert: »Rache ist Blutwurst«. – Und hat man sein Paar-Dasein erst einmal darauf reduziert, ist eines sicher: Der andere fühlt sich immerhin auch schlecht. Dann sitzen in meiner Therapie-Praxis die beiden Menschen eines Paares einander gegenüber, und es heißt: »Siehst du, denn so fühle ich mich andauernd! Dann weißt du mal, wie das ist!« Was für ein Elend.

Doch man kann sich den Spaß am Sex auch auf andere Weise gründlich verderben: wenn zum Beispiel alle Abläufe absehbar sind. Das hat viel mit der (lieben) Gewohnheit zu tun. Wenn sich Liebespaare dauerhaft miteinander einrichten, entwickeln sie ein eigenes Zeichensystem. So, wie ein Leuchtturm seinen weißen Kegel in die Dunkelheit wirft, um Schiffen den Weg in den Hafen zu zeigen, so zeigen Begehrende, wohin die Reise gehen soll. Geht allerdings diese Reise immer an dieselben Orte auf denselben Wegen, ermattet häufig das Interesse daran, gemeinsam aufzubrechen, wenn diese Wege nicht mehr ans Ziel führen. Herr M. war 16 Jahre lang verheiratet. Sex spielte in seiner Ehe keine nennenswerte Rolle. »Wenn es alle Jubeljahre mal dazu kam, hieß es ›Mach schnell!‹ Ich hab mir nichts dabei gedacht. In den Pornos läuft es ja auch so ab.« Dass sich eine Gewohnheit ausgebildet hatte, den Sex auf diese Weise »abzuwickeln«, wurde ihm erst klar, als er seine jetzige Freundin kennenlernte. Katrin liebt Zärtlichkeiten, Küssen, ein langes Vorspiel. Das war ein erotisches Erwachen. Jedoch war Herr M. körperlich nicht daran gewohnt, so lange erigiert zu sein. »Oft komme ich noch in meinen Boxershorts, bevor es richtig losgeht.« Ein langes Vorspiel und einen Koitus schafft er nicht. »Ich sehe, dass Katrin enttäuscht ist. Inzwischen kommt schon bei intimen Küssen die Angst vorm Versagen. Es wird immer schlimmer.« Deshalb vermeidet er es inzwischen, seine Freundin auch nur zu küssen, denn »Wer A sagt ... und B schaffe ich nicht.«

Ebenso ist ein Zuviel nicht zu unterschätzen: Ich sah diverse Patientenpaare mit sexueller Übersättigung nach einer Phase intensiven Experimentierens. Sogar Paare in den Zwanzigern sind betroffen. Ich erinnere mich an ein Paar, das sich regelrecht spektakulär ausgetobt hatte. Leider rächte sich ihr »sensation-seeking«, also die Suche nach dem Kick. Denn der Sex langweilte ihn inzwischen. Daher legten er und seine Freundin sich eine distanzierte Zärtlichkeit zu. Er betrachtete sexuelles Interesse als Liebesbeweis. Folglich hielt er sein Desinteresse für das Fehlen von Liebe. »Das ist, als würde mein Körper sprechen. Und er sagt nicht mehr Ja zu ihr.« Seine Partnerin ertrug dies über ein halbes Jahr. Im Folgejahr sah ich sie auf dem Weihnachtsmarkt. Nur der Mann, den sie küsste, den kannte ich nicht.

Liebesgefühl und Verlangen sind nicht identisch. Es ist vorstellbar, Begehren zu wecken, wo momentan keines ist. Das gelingt nicht auf Garantie, kann sich aber lohnen.

DIE ANTI-VERFÜHRUNGSMETHODEN

Mit der Zeit wissen Menschen in einer Beziehung, die Zeichen zu deuten. Wir wissen, wenn unser Partner Lust hat. Und ebenso lernen die Unwilligen innerhalb der Partnerschaft, um dieses ungewollte sexuelle Interesse des Gegenübers einen großen Bogen zu machen oder es im Keim zu ersticken. Nennen wir, was dann angewendet wird, die Anti-Verführungsmethoden.

Die Unwilligen weichen aus, lenken ab, benutzen Notlügen wie die berühmt-berüchtigte Migräne oder die erstaunlich lang dauernde Periode. Dann vereiteln sie jegliche Zeit zu zweit und quartieren Kleinkinder in der Besucherritze des Ehebetts ein, verhindern intime Situationen durchs zigfache »Ich muss nur kurz …«.

Solche Anti-Verführungsmethoden funktionieren meist großartig. Was dabei übersehen wird und ihnen einen ungetrübt schlechten Ruf beschert hat: Sie übernehmen den Job eines Prügelknaben und entziehen beiden Akteuren die Verantwortung dafür, keinen Sex zu haben. Sie entlasten den Begehrenden davon, etwas falsch gemacht zu haben, und den Abwehrenden, einen Grund für seine Haltung benennen zu müssen. Und damit meine ich, dass auch laut gesagt werden müsste, was Sex verhindert, wenn man sich selbst oder den Partner abwertet. Wenn ein Problem auf dem Tisch ist, kann man an einer Lösung – offen oder verdeckt – arbeiten.

Allerdings fällt mir da noch das Paar L. ein mit einer so speziellen Sex-Abwehrstrategie, dass ich sie hier einfach erwähnen muss.

Herr L. (46) wollte gern Sex mit seiner Frau (45) haben. Sie wollte hingegen gar nicht mehr. Noch zehn Jahre zuvor waren beide leidenschaftlich in die Partnerschaft gestartet. Aber mit zunehmenden Herausforderungen kam ihnen ihre Ehe mehr wie eine WG vor. Einkaufen, Haushalt, Job, sich um Verwandte oder Freunde kümmern, mal hier und da mit anfassen, das ging bei beiden durchweg super. Da waren sie ein eingespieltes Team. Frau L. war mit der vierjährigen Tochter und dem Haushalt oft überfordert. Kam ihr Mann von der Arbeit, war sie erschöpft. »Das Wohnzimmer sah aus wie nach einem Bombenangriff, die Wäsche hat sie nicht geschafft. Und wenn mal der Nachbar was wollte, hab ich mich geschämt, dass vor lauter rumliegenden Schuhen, Jacken und Krimskrams kein bisschen Boden mehr zu sehen war.« Sex hatten beide seit Monaten nicht mehr. Frau L. berichtete, dass sie beim Sex ihrem Mann zuliebe oft »hingehalten« habe. Aber die Zeit ging von ihrem Nachtschlaf ab. Und seine anfangs charmanten Verführungsversuche wurden zunehmend penetranter. »Je ätzender er sagt, er will Sex, umso weniger hab ich Lust.« Dies konnte z. B. so aussehen, dass er mit erigiertem Penis vor ihr herumtänzelte und sie ironisch zum Besten hielt. Sie warf ihm in solchen Momenten ein Handtuch zu mit den Worten: »Mach's dir doch selbst.« Beide waren gekränkt und sauer aufeinander. Danach brachte Frau L. die Situation auf ein neues Level, indem sie sich gehen ließ. Tagelang trug sie dieselben Joggingklamotten. Ihre Haare waren fast immer fettig.

Herr K. sagte zuerst nichts; schämte sich für sie. Als er sich zu ekeln begann, wurde er wütend. Frau L. erklärte: »Da soll er sich lieber ekeln, als dass ich wieder runtergemacht werde.« Kriegsähnliche Zustände waren das – und mittendrin ein Kleinkind. Nachdem Herr L. die »Schlampigkeit« und den »Gestank« ihren Freundinnen anvertraute, reagierte seine Frau prompt und schuf die falsche Fassade einer Fremdgängerin. Sie intensivierte den Kontakt zu einem Ex-Freund und fühlte sich geschützt vor den Anfeindungen ihres Mannes, »prüde und nicht normal« zu sein. Hinter verschlossenen Türen hieß es: »Ich mache es sehr wohl – nur nicht mit DIR!« Herr L. revanchierte sich demonstrativ als Interessent auf Datingportalen. »Siehst du: Ich kann auch noch andere haben!«

Wenn Partnerschaften so toxisch sind, kann ich meinen Patienten eine Frage nicht ersparen: »Warum tun Sie sich das noch an?« Wenn sich zwei Menschen so ineinander verbissen haben, muss die Frage gestellt werden, ob es noch gute Gründe dafür gibt, weiterzumachen. Und mit guten Gründen meine ich NICHT, sich zu rächen oder den anderen zu besiegen.

Es ist typisch, dass die Dynamik zwischen Begehrendem und Abstinentem an Fahrt aufnimmt. Der Abstinente fühlt sich bedrängt, verfolgt und reagiert mit Flucht. Der Begehrende bemerkt das Ausweichen und setzt nach. Es etablieren sich anstrengende Wechselwirkungen. Dass es wie beim Paar L. in die Eskalation mündet, wird begünstigt durch Publikum, vor dem ein Partner bloßgestellt wird, und natürlich durch die psychische Bodenhaftung der Akteure. Je wichtiger das Sexleben für die Selbstregulation ist, also um Frust, Misserfolge, Ärger, Traurigkeit auszugleichen, umso empfindlicher die Reaktion des hilflos Begehrenden. Rachegelüste und der Wunsch, am Ende zu gewinnen, schleichen sich ein. Gleiches gilt für Abstinente, die zusehends in die Enge getrieben werden und sich nicht mehr anders als mit Trennung zu helfen wissen.

Die Partnerschaft zu beenden erscheint manchmal als letzte Möglichkeit, sich aus einer ausweglosen Situation zu befreien.

UNZULÄNGLICHKEITEN UND DAS EROTISCHE SCHLARAFFENLAND

In der Phase der ersten Verliebtheit passen sich die neuen Partner einander an, aber das können sie nicht endlos. Irgendwann stellt einer oder die andere fest, dass die eigenen Unzulänglichkeiten weiterhin im Gepäck sind oder schlicht anderes gefordert ist als das Gewohnte. Und anders – ich sagte es bereits – ist nicht immer besser.

Ich gehe übrigens davon aus, dass wir alle Unzulänglichkeiten haben. Das finde ich menschlich und auch in Ordnung. Jeder hat ein individuelles Profil. Niemand kann alles perfekt.

Wir alle sehnen uns nach einer passenden Nische, in der wir den Sex haben können, der uns entspricht. In der wir keinen Unsicherheiten oder der Gefahr von Peinlichkeiten ausgesetzt sind. Wo wir alles Positive genießen können und alles Negative gar nicht erst geschieht. Aber das erotische Schlaraffenland ist eine Utopie.

Das gilt selbst für Paare, die beim Kennenlernen die Passgenauigkeit ihrer Vorlieben und Abneigungen überprüfen. Ich habe auch mit Paaren gearbeitet, die sich im Swinger- oder SM-Klub kennenlernten, sich auf einschlägigen Sexportalen aussuchten oder beim ersten Kontakt das sexuelle Profil des anderen erfragten. Da denken Sie jetzt: Super! Also wenn es Orte oder Situationen gibt, einen anderen Menschen als sexuelles Wesen gut kennenzulernen, dann dort und dann. Die Einschätzung haut dennoch oft nicht hin. Das muss ich hier sagen, so leid es mir tut.

UNANGENEHME EINDRÜCKE

Wir kommen nun zu einigen Wahrnehmungen, die nicht mit dem Bild der schönen heilen Welt des Sex übereinstimmen. Wir alle kennen doofen, unangenehmen Sex. Aber der ist selten spruchreif. Und wenn wir vom tollen Sex von Bekannten hören, inszenierte Ekstase in Pornos anschauen oder vom lustvoll beim Sex zerstörten Bett im Werbeclip zu hören bekommen, von dem ein Heteropaar kichernd erzählt, dann stehen wir mit unseren erotischen Erfahrungen daneben, in denen nicht alles emotionale Nähe, Leidenschaft und gute Laune gebracht hat. Darüber redet kaum jemand, denn verschlechtert sich die Stimmung durchs Reden, steht einer der Beteiligten blöd da, meist der, der es zuerst gesagt hat. Als könnte man und hätte man es sich ausgesucht, mitten bei intimen Berührungen schlechte Laune zu haben und sich mies zu fühlen. »Wenn er sich nur wirklich auf mich und das Geschehen einlassen würde«, mag da der eine oder die andere denken. »Wenn sie sich mehr auf uns konzentrieren würde, dann wäre sie auch von ihrer Traurigkeit abgelenkt.«

Schuld ist immer der, der anders tickt, so wirkt es. Dass wir Menschen uns schwertun, uns mit dem Anderssein der anderen zu arrangieren, ist ein alter Hut. So richtig unangenehm sind die miesen Gefühle allerdings, wenn man sie selbst spürt; oder wenn man selbst auch noch dran schuld sein soll. Und das ist genau der Grund, warum so viele schweigen. Warum kaum jemand darüber spricht.

Sagt man als Erster etwas, kann sich das nur allzu schnell gegen einen wenden: »Dann mach doch gleich den Mund auf und tu was. Warum lässt du denn überhaupt zu, dass ...«, folgt nur allzu schnell. Leider nehmen wir davon mit: Wer es merkt, ist in der Bringschuld, es zu eliminieren. Deshalb bin ich lieber still und lasse den Sex, mit dem es mir nicht gut geht, über mich ergehen. Eine bessere Idee habe ich schließlich nicht.

Wir überschätzen generell die »Machbarkeit« von Gefühlen und Befindlichkeiten. Spätestens beim nächsten Liebeskummer oder während einer Trauerphase wird uns bewusst, dass wir nicht immer super drauf sind. Egal, wie sehr wir es uns wünschen. Der Ein-aus-Schalter ist noch nicht gefunden. Nicht einmal stimmungsaufhellende Produkte wie Kokain oder Opium sind die Lösung, um ungewollte Emotionen dauerhaft aus unserem Leben herauszuhalten. Gefühle gehen durch uns hindurch. Keines bleibt für immer. Das gilt für die schlechten wie für die guten.

Das Dumme ist nur: Gefühle auszuhalten, während die Ursachen weiterhin für schlechte Laune sorgen, ist nicht sinnvoll. Und wenn der einzige Sex, den wir kennen, uns nicht guttut, dann kann die Abkehr vom Sex durchaus eine konstruktive Lösung sein. Wir alle sollten Verständnis dafür haben, dass es keine Zauberformel gibt.

SEXPERTISE: DIE SCHÖNE NEUE BEFRIEDIGUNGSWELT

Ich gebe den Medien eine Mitverantwortung dafür, dass sich in manchen Paarbeziehungen Abstinenzverläufe ergeben. Wir alle schrauben unsere Erwartungen hoch. Die Medien versorgen uns schließlich ungefragt mit sexuellen Appetizern zu jeder Tages- und Nachtzeit. Zusätzlich vermitteln diverse »Sexperten« dank einer hervorragenden PR-Maschinerie quotenwirksam, was gegenwärtig zu Sex dazugehört und wie und wo man das lernen kann. Kennen Sie noch diese Zeitschriften-Abonnements, wo man mit der ersten außerordentlich preiswerten Ausgabe ein prima Gimmick erhielt, dem aber noch Kleinigkeiten fehlten? Um die zu bekommen, musste man die deutlich kostspieligeren Folgehefte anfordern. Daran muss ich manchmal denken, wenn mir solche

»Kollegen« beim Zappen begegnen. Sie schaffen Bedarf, wo vorher keiner war. Ich wäre ja dafür, so was mit einer Einblendung wie bei Medikamentenspots zu beenden. Schließlich geht es ja bei solchen Sendungen auch um nur beschränkt gültige Heilungsversprechen. Bei vielen Schwierigkeiten muss die Frage erlaubt sein, wer von ihnen am meisten profitiert. Etwa davon, dass Jugendliche denken, Analverkehr gehöre beim ersten Mal zum guten Ton; dass Erwachsene meinen, Schnüren und Schlagen seien en vogue und Swingen müsse man wohl oder übel zumindest ausprobieren.

Uns wird die Utopie von der schönen, neuen Befriedigungswelt präsentiert. Wenn man nur genug lerne und trainiere, sei für jeden spektakulärer Sex möglich. Klingt ja auch großartig. Das Versprechen nimmt im ersten Moment Ängste und weckt Hoffnung. Das dicke Ende kommt, wenn sich Zauber-Sex trotz Training nicht einstellt.

Glaubt man zu sehr an die sensationelle heile Welt der emanzipierten Erotik, wird man rasch enttäuscht. Im Paar-Alltag erleben wir etwas anderes. Sex ist nicht per se »nice«. Richtig ist, dass unsere Fähigkeiten, uns und andere zu erregen, auf Lernprozessen beruhen. Unter optimalen Bedingungen könnte man also wirklich großartigen Sex haben. Aber wer von uns hat schon andauernd optimale Bedingungen? Wer ehrlich sein will, sollte allen Beteiligten klar sagen, dass es so viel mehr zu berücksichtigen gibt – Körper, Leben, Arbeit, Hobby, Partner und vieles mehr –, dass guter Sex eben seltener ist, als uns erzählt wird.

Mein Spruch der Wahl lautete: Zu Nebenwirkungen wie Leistungsdruck, Versagensängsten und Minderwertigkeitskomplexen befragen Sie bitte valide wissenschaftliche Untersuchungen und einen fundiert ausgebildeten Sexualtherapeuten.

Ängste und persönliche Grenzen

EINSAMKEIT

So paradox es auf den ersten Blick erscheinen mag, besteht durchaus die Möglichkeit, sich beim Sex einsam zu fühlen. Die physische Nähe, der Kontakt durch das Berühren und Spüren wie selbstredend auch während des Aktes führen nicht per se dazu, sich mit dem anderen verbunden zu fühlen.

Einsamkeit kann sich gerade in solch eigentlich intensiven Momenten bemerkbar machen. Warum das so ist? Wir haben weniger Optionen, uns abzulenken. Und dann können wir die Einsamkeitsgefühle nicht damit erklären, dass wir allein wären. Objektiv betrachtet sind wir das ja gerade beim Sex nicht.

Schildert mir ein Patient Gefühle von Einsamkeit beim Sex, ist das für mich als Therapeutin stets ein Warnsignal. Es liegt nahe, eine große innere Distanz zwischen den Beziehungspartnern zu vermuten, die dem jeweiligen Patienten nicht gut bekommt. Vielleicht verhindert auch nur eine Verstimmung des Patienten, den Alltag zu bewältigen. Daher können Einsamkeitsgefühle bei gleichzeitig großer körperlicher Nähe sogar Anzeichen für eine depressive Episode sein. Typisch für diese ist, dass das Liebesgefühl anteilig und manchmal sogar ganz abhandenkommen kann. Bedenken Sie bitte, dass allein in Deutschland rund 5,3 Millionen Menschen an Depressionen leiden.[8]

Eine Frau (24) schilderte, sie hätte sich zum Schluss ihrer sexuell aktiven Zeit nur noch ohne Lust auf ihren Freund eingelassen. Dieser würde sich an ihr »abarbeiten«. Spätestens wenn er in sie eindringe, wirke er wie ein völlig Fremder. Er sei generell sehr einfühlsam; frage, was sie beschäftige. Beide können sich ewig unterhalten. »Nur, wenn ich mich auf seine

Komplimente und seine Zärtlichkeiten einlasse, wenn es dann ›weiter‹ geht, verändert sich sein Verhalten. Dann vögelt er mich durch wie eine Gummipuppe.« Statt zu intervenieren, ihn anzusprechen oder den Sex abzubrechen, schäme sie sich zu sehr. Sie fühle sich dann wie »verrückt«, denn das passe doch nun wirklich nicht zusammen. »Das ist, als wäre da eine Wand aus Panzerglas zwischen uns. Ich fühle mich nicht gesehen und in der Situation schrecklich einsam.«

Der Film »Abgeschminkt« mit Katja Riemann und Gedeon Burkhard aus den 1990ern kommt mir in den Sinn. In einer Sexszene betrachtet der Mann seinen eigenen Körper in einem Spiegel und bewundert sich selbst, während er die Frau unter sich vergisst. Also der Prototyp eines Narzissten. Emotional distanziert gefühlter Sex hat jedoch selten diesen Hintergrund. Statt dessen geht es meistens um den Performance-Druck der Männer, eine gute Leistung abzuliefern; zumal ja gerade die männliche Sexualität mehr »auf dem Silbertablett« serviert wird, während die der Frauen eher versteckter, also im Verborgenen stattfindet. Die Männer konzentrieren sich auf ihre Erektion und darauf, es der Partnerin »gut zu besorgen«. Einige haben Angst, die Erektion nicht lange genug halten zu können Natürlich gibt es auch den anderen Fall, dass Männer ekstatisch den Kontakt zur Realität verlieren; abtauchen und ihre Partnerin ausblenden. Es ist ein schmaler Grat zwischen Hingabe bzw. dem Sich-fallen-Lassen auf der einen Seite und ignorantem Narzissmus auf der anderen Seite. Beides mag nach außen den Anschein eines Wegdriftens aus dem Partnerkontakt haben. Wo aber die erste Situation nur mit tiefem Vertrauen zum Partner umsetzbar ist, was erfahrungsgemäß öfter der Fall ist, basiert die zweite Situation auf einem Benutzen des Gegenübers als Sex-Dummy; der nur als Erfüllungsgehilfe vonnöten ist.

GRENZEN UND DER OPFERSTATUS

Nun gelangen wir zu einem der schwerwiegendsten Vorurteile gegenüber abstinenten Menschen: dem Missbrauchsverdacht. Von den Partnern abstinenter Frauen habe ich unzählige Male die Vermutung gehört, besagte Frauen seien offenbar missbraucht worden. Sie hätten bestimmt »schlimme Erfahrungen« gemacht, die sich auf das aktuelle Sexleben auswirken. Ganz gleich, ob die Frau an ihrer Seite dementiert oder einräumt, es müsse sich dann um nicht erinnerte, verdrängte Erlebnisse handeln. Natürlich kann ein übergriffiges Geschehen in der Vergangenheit tatsächlich eine Entscheidung gegen Sex begünstigen. Ähnlich wahrscheinlich sind aber andere Gründe, viele davon haben Sie ja nun bereits kennengelernt. Welche Tragweite die falsche Unterstellung hat, bedenken dabei nur die wenigsten.

Die Opferrolle: Stellen wir uns als Beispiel einige heterosexuelle Paare vor, bei denen die Frauen über einen relativ langen Zeitraum keinen Sex mit dem Partner wollen, weil sie sich nicht gesehen fühlen. (Wir könnten auch jeden anderen der aufgeführten Gründe wählen.) Dem betroffenen Lebensgefährten scheint schnuppe zu sein, dass das, was ihm beim Sex gut gefällt, der Partnerin wenig gibt. Aber statt dies wertzuschätzen, werden die Frauen als Opfer hingestellt, und ich wähle den Begriff »Opfer« bewusst, weil er unterstellt, die Frau/der Abstinente sei ein beschädigtes Objekt: Über die Betroffenen wird geurteilt, statt mit ihnen gesprochen. Im Zusammenhang mit Abstinenz hat dieser Vorwurf, krass formuliert, zum Inhalt: »Jemand hat meine Freundin kaputt gemacht. Ich muss es ausbaden.« Das ist übel. Heute hat sich die Bezeichnung »Überlebende/r« etabliert, denn bei diesen Begriffen schwingen Kompetenz und Stärke mit, die man braucht, um solche Erfahrungen auszuhalten und trotzdem weiterleben zu können. Es geht hier um aktive Bewältigung und Kraft, darum, ein Subjekt zu sein und kein Objekt. Entschuldigen Sie diesen Exkurs.

Verwenden Partner in Bezug auf den Abstinenten diese Zuschreibung, fällen sie bewusst oder unbewusst bereits ein Urteil: Die Sexlosigkeit kann ja nicht an dem aktuellen Partner liegen – den Männern in meinem Beispiel –, sondern die Schuld wird zurückgespielt und den Frauen gegeben. Damit weisen die Männer jegliche Verantwortung von sich. Und indem sie den Frauen unterstellen, Opfer zu sein, können sie diese als unterlegen, schwach und nicht entscheidungsfähig auch zukünftig bei der Gestaltung des Paarsex übergehen. Schließlich ist ihnen »Schlimmes passiert«, die Betroffenen waren Objekte, die sich nicht (genug) wehren konnten; benutzt, beschmutzt und besudelt, und sie leiden heute an den Folgen, nicht etwa unter dem Gegenwarts-Partnersex.

Aber zurück zum Gedankenexperiment: Wie fühlen Sie sich bei dieser Vorstellung? Fühlen auch Sie den Makel, den der Opferstatus mit sich bringt? »Geschändet« ist ein veralteter Begriff, dennoch zeigt er deutlich, dass es um Schande geht.

Meine nächste Frage lautet: Sind Sie, nachdem Sie in dieser Weise angeprangert wurden, geneigter, sich auf Sex mit Ihrem Partner einzulassen? Ich vermute, eher nicht. Daraus resultieren weiteres Unverständnis und in gewisser Weise eine Bevormundung: Partnerschaftlich ist das nicht mehr. Überspitzt formuliert: Schließlich hat man als das bedauernswerte Opfer sowieso keine eigene Haltung oder Meinung zum Sex; die wurden vom Täter kaputt gemacht. Opfer leiden unter Spätfolgen, und dazu zählt, dass ihnen die Normalität häufig aberkannt wird. Einfühlsamkeit ist ein Zugeständnis: Was fehlt, das ist das Zugestehen einer gleichberechtigten Stimme.

Spätfolgen sexueller Gewalt: Wie verhält es sich tatsächlich mit den Überlebenden sexueller Gewalt? Wir finden sie überall und in jeder Schicht, in Partnerschaft lebend oder nicht. Einige von ihnen sind sexuell aktiv. Andere leben abstinent. Wichtig ist: Es gibt kein allgemeingültiges Erkennungsmerkmal, da sollten wir uns nichts vormachen. Wie auch sonst bei sexuell Aktiven lassen sich Unterschiede ausmachen. Die sehr achtsamen Überlebenden sind sich ihrer sexuellen Begegnungen bewusst. Sie nehmen Grenzen wahr, erkennen sie – und können sie auch anderen kenntlich machen. Anders handhaben es die sexuell überbordenden Überlebenden. Sie leben ihre Sexualität impulsiv, dranghaft und zuweilen süchtig aus; und statt sich zu spüren, überschreiten sie ihre Grenzen selbst. Auf diese Weise verwehren sie dem Gegenüber, sich grenzüberschreitend zu verhalten, denn sie selbst gehen ja schon über das hinaus, was ihnen wohltut. Dann gibt es noch sexuell aktive Überlebende, die das Trauma umdeuten. Sie schaffen es, durch die Beimischung sexuellen Genusses die Eindrücke als erregende Reize umzuwerten. Was geschieht, ist somit »heiß« und wird »okay«. Doch all diese Verhaltensweisen gibt es ja auch bei Menschen, die noch nie in ihrem Leben zum Opfer wurden: grenzüberschreitendes Verhalten; die Unmöglichkeit, eigene Wünsche auszudrücken; Fehlinterpretationen von Verhalten, bei Männern wie bei Frauen – das war ja weiter oben schon Thema.

Allerdings haben viele Betroffene die Sorge verinnerlicht, selbst am Übergriff schuld zu sein; man habe den Täter provoziert, habe zu sexuellen Handlungen eingeladen, nicht laut genug Nein gesagt. Wer nach der Kleidung von Überlebenden während des Angriffs fragt, würdigt das Opfer sexistisch auf übelste Weise herab. Des Weiteren erleben zigtausend Frauen ihren Körper bei einer Vergewaltigung als Verräter, der durch das Feuchtwerden anzeigt, dass das

Geschehen erregend und gewollt ist; was NICHT der Fall ist. Ebenso bei Männern, die als Opfer einer Vergewaltigung – ja, das gibt es auch – eine Erektion haben. Insbesondere die genitalen Reaktionen von Frauen sind vielfach absolut unabhängig von der Wahrnehmung einer Vergewaltigung.[9] Die überlebenden Frauen wiederholen ihr sexuelles Trauma mit dem lähmenden, Selbsthass erzeugenden Gedanken »Ich muss es dann wohl verdient haben«. Mit anderen Worten: Sie halten sich für wertlos, lassen sich schneller auf Sex mit Partnern ein, von denen sie geringschätzig behandelt werden, und laufen somit Gefahr, wieder und wieder Übergriffe zu erleben.

Eine weitere Gruppe von Überlebenden lebt sexuell abstinent. Die einen möchten sich der Intimität und Nähe nicht aussetzen, weil sie sich so vor erneuter sexueller Gewalt und vor Flashbacks schützen wollen, diese sind willkürlich auftretende Erinnerungen an den Übergriff. Die Strategie »Kein Paarsex, also kein Übergriff« geht leider nicht immer auf, denn sexuelle Gewalt findet sich auch in Form etwa von sexueller Belästigung am Arbeitsplatz, als Machtmanöver, als sadistische Eskalation.

Die anderen abstinenten Überlebenden wollen keinen Sex aus einem der übrigen Gründe, die ich hier im Buch in Kapitel 3 und 4 nenne – schließlich sind auch sie normal reagierende Mitmenschen. Möglicherweise ist die Wahrnehmung dieser Personen geschärft, sodass sie schneller oder intensiver ihre Abneigungen und Grenzen spüren. Dann wieder reagieren sie ebenso individuell wie jeder nicht Missbrauchte auf sexuelle Angebote.

Mein Fazit: Wer eine No-Sex-Einstellung generell auf etwaigen Missbrauch zurückführt, liegt wahrscheinlich dramatisch daneben.

Übergriffiges Verhalten: Eine nicht unwichtige Frage ist: Wo fängt Übergriffigkeit an? Und wie sensibel sind wir, ein übergriffiges Verhalten eindeutig auszumachen? Hier betreten wir hochbrisantes Gelände, nicht nur angesichts der seit Jahren laufenden #MeToo-Bewegung. Ganz ehrlich: Wie rasch sind wir persönlich bereit, unsere Grenzen zugunsten eines »Das ist doch normal« zu verschieben? Wenn der geliebte Partner beim Sex etwas als normal definiert, lassen viele es widerstandslos geschehen. Genau das macht übergriffiges Verhalten durch einen geliebten Menschen oder den eigenen Partner so perfide. Ich kenne sie nur zu gut, die Aussagen, mit denen der Partner freigesprochen wird: »Das hat er ja nicht absichtlich gemacht!«, »Sie wollte mir ja nichts Böses«, »Dass wusste ich ja vorher auch nicht, dass das so schmerzhaft wird«, »Ab da war es ja eh schon egal.« Oder: »Es war nur ganz kurz.«

Liebe Frauen, liebe Männer, liebe andere, liebe Eltern,

seid es euch bitte wert, auf eure Grenzen zu achten und euch zu schützen. Wenn ihr es noch nicht ganz schafft, ist es okay, aber bleibt dran, das zu lernen. Und gebt es euren Kindern mit auf den Weg, dass es nicht nur die bösen Unbekannten in der Dunkelheit sind, sondern manchmal der eigene Freund, die eigene Freundin, jemand, der soeben noch beteuerte, wie sehr er oder sie euch liebt. Wenn ihr dazu gedrängt werdet, etwas zu tun, was ihr nicht wollt, um damit eure Liebe zu beweisen – oder weil es angeblich alle anderen ebenfalls machen –, dann werdet besonders vorsichtig. Das gilt auch für Mütter und Väter. Seid lieb zu euch selbst. Und zu anderen auch.

Ein Beispiel will ich hier doch anführen, weil Übergriffe manchmal beiläufig zu »passieren« scheinen – was sie nicht weniger unerträglich macht. Dazu die Geschichte einer 29-jährigen Patientin, die erlebte, dass ihr Partner sie während eines entspannten gegenseitigen Streichelns an einem schläfrigen Sonntagnachmittag langsam auf den Bauch drehte, sich rittlings auf ihre Schenkel setzte und ohne Vorankündigung in sie eindrang. Selbst angesichts des schneidenden Schmerzes war die Frau unschlüssig, ob ihr Partner das tun »durfte«.

Das Selbstbewusstsein und die Sicherheit, den eigenen Körper allein zu besitzen, ergo auch beschützen zu müssen, finden sich leider bei Weitem nicht bei jedem Erwachsenen. Es ist höchste Zeit, das Recht auf körperliche Unversehrtheit auch in der körperlichen Liebe zu beanspruchen und zu verteidigen.

ANGST VOR EMPFÄNGNIS ODER ANSTECKUNG

Heutige Erwachsene wurden mit dem Auftrag großgezogen, sie sollten um Gottes willen keine ungewollte Schwangerschaft riskieren. Angesichts der Vielzahl an Verhütungsmethoden erstaunt es, zu wie vielen ungeplanten und ungewollten Schwangerschaften es jährlich selbst in den Industrienationen kommt. Andererseits gibt es keine absolut sichere Verhütungsmethode. Sie kennen vermutlich den Pearl-Index, der die Versagens- bzw. Empfängnisquote bei Anwendung der jeweiligen Methode angibt, und wer sich das einmal genauer ansieht, der erkennt, dass eine Schwangerschaft nie ausgeschlossen wird. Wir sollten uns daher klar sein, dass wir notfalls den Sexpartner als Miterzeuger des eigenen Kindes ertragen können müssten. Schließlich weiß man nie …

Laut Umfragen werden siebzehn Prozent der Frauen in Deutschland zwischen zwanzig und vierundvierzig Jahren einmal ungewollt schwanger. Das ist beinahe jede Fünfte! Nicht mitgezählt wurden Frauen mit mehr als einer ungewollten Empfängnis. In meiner Praxis habe ich viele Menschen kennengelernt, deren Unglück in der Beziehung und deren Sexprobleme mit ungewollten Schwangerschaften zu tun hatten. Hinzu kommen die tiefgreifenden Erfahrungen mit dem Schwangerwerden, der Entscheidung für oder gegen ein Kind und eventuell einer Abtreibung, der Schwangerschaft selbst oder der Geburt. Jede einzelne Erfahrung aber kann ein Grund sein, sich für Abstinenz zu entscheiden, auch als Ultima Ratio der Verhütung.

Ich habe Frauen erlebt, die mit Bildern lebender und toter Föten regelrecht gequält wurden. Mir wurde von schmerzhaften Eingriffen ohne hinreichende Betäubung erzählt, von verbalen Angriffen und anderen Attacken Außenstehender, aber auch von verbalen Entgleisungen von Familienmitgliedern. Dabei ist eine Abtreibung auch ohne solche Drangsal meist nicht ohne Folgen für das psychische Befinden. Ich habe eine Frau getroffen, die ungewollt auf der Flucht vor Krieg schwanger wurde – und mit dem Sexpartner eine Familie gründete, was für alle Beteiligten Folgen hatte. Für die betroffenen Frauen liegen die Konsequenzen eher auf der Hand.

Nicht nur Frauen kann die Angst vor einer Schwangerschaft in die Abstinenz führen; diese Angst wirkt sich auch bei Männern problematisch auf das Sexualverhalten aus, zumal bei solchen, die bereits einmal Erfahrungen mit ungewollter Vaterschaft gemacht haben. Da ist die Rede von Kindern aus früheren Beziehungen oder von ONSs, von denen die aktuelle Partnerin bis zur Therapie keine Kenntnis hatte. Vorwiegend Männer berichten mir von schwierigen Sorgerechtsverhandlungen sowie dem Leid, ihr Kind nicht oder unter negativen Vorzeichen besuchen zu dürfen. Kurzum: Eine ungewollte Empfängnis hat Konsequenzen für alle Beteiligten. Und mancher Mann und manche Frau verhindern Sex, damit das nicht (nochmals) geschehen kann.

Manche Männer meiden Sex wegen eines damit verwandten Risikos: Sie befürchten, dass ihre Partnerin gegen den ausdrücklichen Willen des Mannes die Empfängnisverhütung sabotiert. Auch dieses übergriffige Vorgehen gibt es und mindert die Lust auf Sex. Dahinter steht i. d. R. das Bestreben der Frau, durch ein gemeinsames Kind die Beziehung zu stabilisieren. Wobei selbstredend nicht nur bewusste Sabotage zu ungeplanten Schwangerschaften führt.

Wem das zu weit hergeholt erscheint, dem möchte ich am Beispiel von Frau P. (42) und ihrem Lebensgefährten Herrn N. (50) die Konsequenzen eines ungeplanten Missgeschicks verdeutlichen. Frau P. wünschte sich nichts sehnlicher als ein Kind. Allerdings hatte Herr N. nicht den geeigneten Zeitpunkt gefunden, seiner Lebensgefährtin von seiner mittlerweile 32-jährigen Tochter zu erzählen. Der junge Herr N. und eine damals 17-jährige Frau hatten während eines ONS einen Verhütungsunfall. Für die Familien der beiden kam eine Abtreibung nicht infrage. So hatte die Frau mit knapp 18 Jahren das Kind zur Welt gebracht. Die junge Mutter hatte das Kind im Hause ihrer Eltern aufgezogen. Seither zahlte Herr N. Unterhalt und war nach eigenem Bekunden »auch nicht böse drum«, sich »nicht weiter kümmern zu müssen«. Diese Entscheidung hatte er nie in Zweifel gezogen, und folglich hatte er seine Tochter und seine drei Enkel nie kennengelernt. Allerdings hatte die psychische Belastung durch die ungewollte Vaterschaft bei Herrn N. zu einer tief verwurzelten Ablehnung geführt, ungeschützten Verkehr mit einer Frau zu haben. Und so mied er intensivere Körperlichkeiten mit seiner jetzigen Lebensgefährtin, seit sie die Pille abgesetzt hatte. Auf des Rätsels Lösung hätte sie im Leben nicht kommen können.

STEALTHING

Stealthing ist ein eher unbekannter Straftatbestand, der jedoch die Angst vor Schwangerschaft befördert. Darunter versteht man, dass das Kondom heimlich und ohne Einwilligung des Partners abgezogen wird. Eine gefährliche Infektion kann die Folge sein, ebenso auch eine ungewollte Empfängnis. Stealthing (vgl. engl. stealth = List, Verstohlenheit, Heimlichtuerei) ist eine Variante sexuellen Missbrauchs, obwohl der Sex an sich einvernehmlich stattfindet –, und Stealthing ist eine Straftat. Bei homosexuellem Sex können auch Männer zum Opfer werden – natürlich ohne drohende Schwangerschaft, aber das Krankheitsrisiko ist enorm. Rechtskräftig wegen Stealthing Verurteilte sind Sexualstraftäter.

SCHMERZ

Ich war lange Zeit überzeugt, dass Schmerzen beim Sex unstrittig als Begründung akzeptiert werden, Sex zu meiden; also jenseits der sadomasochistischen Community. Wer Nein sagt, »das will ich nicht, das tut mir weh« – der hat jedes Recht, auf Sex zu verzichten.

Dennoch habe ich mehrfach mit Menschen gesprochen, die in Schmerzen keinen hinreichenden Grund sehen, den Auslöser, also den Sex, zu vermeiden. Überraschend daran ist, dass im Gespräch mit mir mehr Frauen als Männer es für akzeptabel erachten, dass Frauen unter ungewollten Schmerzen Sex praktizieren. Im Vergleich dazu würde nur eine verschwindend kleine Minderheit von Männern Sex mit der Partnerin haben wollen, wenn diese dadurch Schmerzen erleidet.

Das sollte uns zu denken geben: Frauen tolerieren mehr Frauenleid durch Sex, als Männer es tun.

DER LANGE WEG IN DIE ABSTINENZ

Das folgende Beispiel von Herrn E. illustriert die aufeinander aufbauenden Stadien, die bei ihm letztlich in die Abstinenz geführt haben. Besonders interessant für mich ist dabei die Beobachtung, dass Paare weniger wegen der Abstinenz therapeutische Hilfe suchen, als aufgrund der missliebigen Folgen, die wiederum durch den fehlenden Sex ausgelöst wurden.

Herr E. (59) kam allein in die Praxis. Ihn bewegte, dass seine Frau, mit der er 30 Jahre verheiratet war, ihn schon sehr lange sexuell auf Abstand halte. Beide hatten anstrengende Berufe. Er registrierte die psychische Anspannung seiner Frau und wollte lange Zeit nicht zusätzlich ein Pulverfass öffnen. Jetzt sei das Ausmaß seines Leids nicht mehr hinnehmbar.

Wenn nach jahrelanger Abstinenz recht plötzlich Veränderungsdruck entsteht, frage ich mich, woher diese Dringlichkeit kommt. Schließlich scheint die Partnerschaft hinreichend emotionales Kapital zu haben, um den Sex an anderer Stelle ausgleichen zu können. Oder beide Partner sind der Überzeugung, die Abstinenz sei passend. Andernfalls hinterfrage ich, ob die Abstinenz einen erkennbaren Sinnzusammenhang ergibt. Das ist der Fall, wenn etwa eine Frau Schuldgefühle gegenüber ihrem Partner hat, z. B. nach einer gegen seinen Wunsch durchgeführten Abtreibung. Lehnt der Mann längerfristig Sex mit ihr ab, betrachtet die betreffende Frau es eventuell als sinnhafte Gegenreaktion ihres Mannes und beugt sich seiner Entscheidung, verzichtet mit.

Nun wieder zurück zu Herrn E. und der Frage, was sich verändert hatte. Herr E. wirkte hin- und hergerissen. Er erzählte von einer Affäre mit einer Nachbarin, als sich beide zufällig während einer Weiterbildung begegnet seien. Mit den Tagen sei dort eine besondere Stimmung entstanden. »Und irgendwann dann diese auffällige Flirterei«, erzählte er.

»Ich habe es so genossen.« Ab da war es um ihn geschehen. Heimliche Nachrichten übers Handy. Dann das erste Treffen mit ihr wieder zu Hause. »Es war ein irrer Kribbel mit der Angst im Nacken, dass uns jemand sieht.« Der Sex ließ nicht lange auf sich warten. Dann erzählte Herr E. von dem Druck und der Angst, aufzufliegen. Von der Sorge, seine Frau zu verlieren. Und davon, dass es ihm so schlecht ging vor dieser Affäre. Er berichtete von depressiven Episoden und ungeheuer viel Wut und Hilflosigkeit im Verlauf mehrerer sexloser Jahre mit seiner Frau, den Jahren ohne Zärtlichkeit. »Ich liebe und begehre sie immer noch.« Natürlich lasse der Sex mit den Jahren nach, räumte er ein, sie haben ja auch zwei Töchter, der Hausbau, die Tiere ... Irgendwas sei immer gewesen. Dann wurden die Sexpausen immer länger.

Herr E. begann, darüber zu sprechen, wie verständnisvoll er am Anfang gewesen sei. Aber als nach dem Auszug der Jüngsten immer noch nichts ging, da sei es ihm »schon ein ums andere Mal aufs Gemüt geschlagen«. Er kam auf blöde Gedanken. Fragte sich, ob das schon alles war. »Dann ist das im Urlaub alles rausgeplatzt, was ich für sie getan oder auch ausgehalten habe. Meine ganze Unzufriedenheit. Das gipfelte in dem Satz: ›Und unser Sexleben hast du auch einfach mal so abgeschafft, ohne mich zu fragen.‹« Mit dem anschließenden Konter seiner Frau hatte er nicht gerechnet: dass sie schon seit Jahren nur noch ihm zuliebe die Beine breit gemacht habe. Dass sie das nicht mehr mitmache. Was für ein verdammter Egoist er sei. Er sei so ein Arschloch!

Deutlich später habe sie den wahren Grund berichtet: dass sie während der Wechseljahre Probleme mit Scheidentrockenheit hatte. Sie habe Produkte aus der Drogerie ausprobiert. Das ging zunächst ganz gut. Damals hatten beide noch hin und wieder Sex. Nur vereinzelt sei da dieses Ziehen gewesen, während sie miteinander schliefen. Dann ging es wieder weg. Beim Sex einige Wochen darauf brannte es leicht. Wegen des Restrisikos einer ungewollten Empfängnis hatte Herr E. ein Kondom benutzt. Das musste es verursacht haben. Im Sommer kam das Brennen wieder. Sie probierte Präparate aus der Apotheke. Dann war sie bei verschiedenen Frauenärztinnen. Eine Ärztin fragte, ob Frau E. immer so empfindlich sei. Das habe ihr arg zu schaffen gemacht. Auch andere Ärzte konnten nichts finden. Es hieß, alles sei normal. Menopause halt. Kein Grund, sich zu sorgen, aber auch keine Lösung in Sicht. Deshalb habe sie nach und nach jedwede Zärtlichkeit eingestellt, da daraus mehr hätte werden können, und das wollte sie ja verhindern.

DYSPAREUNIE UND VAGINISMUS

Man geht davon aus, dass etwa zwei Drittel der Frauen im Alter zwischen zwanzig bis vierzig Jahren an einer Dyspareunie leiden. Dyspareunie gilt derzeit als psychosomatische Störung, bei der eine Frau Schmerzen beim Sex, genauer während der Penetration, hat.[10] Schätzungen zufolge haben über achtzig Prozent aller Frauen schon einmal Schmerzen beim Geschlechtsverkehr erfahren, die aber nicht über mindestens sechs Monate hinweg meistens auftraten. Die Dunkelziffer unter den betroffenen Frauen ist sehr groß.

Trotz vaginaler Schmerzen haben viele von ihnen Geschlechtsverkehr. Sie wollen ihrem Partner nicht zur Last fallen oder werden bezichtigt, die Problematik vorzuspielen, um keinen Sex haben zu müssen. Wenn sich Betroffene an Gynäkologen wenden, treffen sie offenbar mitunter immer noch auf überforderte Fachärzte. Das Problem wird bagatellisiert. Vaginalzäpfchen gegen Weichteilrheumatismus wurden Patientinnen ebenso verschrieben wie lokale Anästhetika, um den Genitaltrakt zu betäuben und damit für einen schmerzfreien – da gefühllosen – Koitus zu präparieren. Mit besonders drastischen Behandlungen ging man die Problematik bis in die 1970er-Jahre hinein an: Man erweiterte chirurgisch die Vagina, indem man den Muskelring, welcher den Vaginalkanal umgibt, einschnitt. Die geringe Besserungsrate führte dazu, dass dieses Verfahren nicht mehr durchgeführt wird. Ich sage dazu: Gott sei Dank!

Von Dyspareunie betroffene Frauen befürchten ohnehin, sie bildeten sich ihre Schmerzen nur ein, wären zu eng gebaut, zu empfindlich, der Penis des Partners sei zu dick, sie selbst zu prüde, das Kondom unangenehm, ein etwaig vorhandenes Jungfernhäutchen sitze zu fest ... Etliche trennen sich in der Hoffnung, es habe am Partner gelegen. Gern suchen diese Frauen sich Männer aus, die behaupten, Sex bedeute ihnen nichts. Wieder andere lassen sich nicht mehr auf Sex – mit oder ohne Partner – ein ... und bleiben mit einem geschundenen Ego zurück. Wird ihnen nicht geholfen, wollen sie schließlich gar keinen Sex mehr; einzig und allein aus der Angst vor weiteren Schmerzen und weiterer Herabsetzung.

Immer wieder erzählen mir Frauen, sie ließen sich auf schmerzhaften Sex ein, um ihren Mann nicht zu verlieren. Dann gruselt es mich. Es ist so schlimm und kommt leider sehr oft vor. Durch Erdulden werden die Frauen selbst zu ihrem größten Feind und stellen sich als Objekt zur Verfügung, dem Gewalt angetan wird. Das hat niemand verdient.

Es liegt am Partner

Falls Sie sich gerade ärgern, weil Sie denken, Sie hätten die vorangegangenen Kapitel vergeblich gelesen und nun würde ich mir selbst widersprechen und doch alles auf den Partner schieben: Entwarnung. So meine ich das nicht. Ich erkläre Ihnen auch, warum.

Schätzen wir unsere Beziehung so ein, dass wir unseren Partner doof, unfähig, hässlich oder irgendwie nicht passend finden, liegt es immer auch an uns. Wir sind schließlich eine Beziehung eingegangen oder erhalten diese aufrecht. Oder wir tun dies eben nicht. Das ist so. Da helfen auch Erklärungen wie Hörigkeit, Abhängigkeit, die Kinder usw. nicht, um aus dieser grundlegenden Verantwortung für die Existenz der Partnerschaft und damit einfach unerklärt aus dem Sexleben in der Beziehung auszusteigen.

Dieser Abschnitt hier im Buch erscheint mir dennoch wichtig, um auch die unaussprechlichen Dinge oder schwierigen Dynamiken gerade in diesen Fällen zu beleuchten, wo zumindest die eine Hälfte der Partnerschaft der anderen die Schuld zuweist.

UNANGENEHMES

»Wie attraktiv finden Sie Ihren Partner?« Diese Frage stelle ich im Einzelgespräch gern. Sie können es sich vermutlich denken: Ähnlich wie auf die Frage nach Gewalt in der Partnerschaft bekomme ich in der Regel geschönte Antworten, wenn der Freund danebensitzt. Ausgenommen sind hochstrittige Paare, bei denen mindestens einer am anderen kein gutes Haar lässt und es fast schon eine Frage der Ehre ist, Abwertendes zu äußern. Die vielen aber, die den Partner möglichst vor Verletzungen schützen wollen, befrage ich im Einzelgespräch. Und dann kommt manchmal zur Sprache, was dem einen am anderen nicht gefällt.

Wie man solche Themen angeht? Es gibt im Volksmund viele ausgesprochen vulgäre, ordinäre Witze, Sprüche oder Tipps, auf die man dann zurückgreifen könnte – denn fast jeder hat schon mal gedacht: Hey, so wie es jetzt ist, kann ich keinen Sex mit dir haben. Warum sollte man das nicht auch sagen können?

Nehmen wir als Beispiel ein vorübergehendes Sexhindernis wie intensive Knoblauchausdünstungen. Schwamm drüber, die nächste Gelegenheit für Sex kommt bestimmt. Und sonst erklären Sie offen, was das Problem ist, denn dann hat der Partner immer noch die Möglichkeit, etwas zu ändern. Auch gegen Mundgeruch hält die Zahnmedizin Mittel bereit. Und wenn sich der Stein des Anstoßes nicht so leicht wegrollen lässt? Wenn Sie den Körpergeruch des anderen nicht mehr riechen können, seit Sie die Pille absetzen mussten? Was tun Sie, wenn Ihr Partner sich wegen seiner leichten Phimose (Vorhautverengung) nicht unter der Vorhaut die Eichel reinigt? Und Sie wissen, dass Sie intime Themen wie dergleichen nicht ansprechen können, weil er sich sonst zu Tode schämen würde? Was tun Sie, wenn Ihr Mann ein Problem mit Flatulenz (Blähungen) hat, was Sie jedes Mal völlig aus dem Konzept bringt?

Der eine oder die andere Leserin wird denken: Sag es doch! Aber viele Menschen haben sich dagegen entschieden, etwas zu sagen. Damit es dem Partner nicht unangenehm ist. Oder damit er sich nicht schämt für etwas, woran er ja auch in vielen Fällen nichts ändern kann. Damit der Partner sich nicht rettet, indem er geht. Vielleicht für immer geht. Dann ist Abstinenz ein Ausweg, den eigenen Seelenfrieden – und den des Partners gleich mit – zu retten.

Ich kann Ihnen das gerne an einem Beispiel etwas verständlicher machen. Mir schwebt zum Beispiel Frau T. (37) vor, die mir ihre Seite der Dinge anvertraut hat: Sie will keinen Sex mehr mit ihrem Mann und zieht eine Trennung aus Mitleid in Betracht, da er »so rücksichtsvoll ist«. Er würde sich nie anmerken lassen, dass ihm etwas fehlt, und es still ertragen. Mit »etwas« meint sie die Abwesenheit eines gemeinsamen Liebeslebens. Und wenn sie sich trennen würde, wäre er frei, mit einer anderen Frau noch einmal neu anzufangen. Das Paar ist seit zwölf Jahren verheiratet und hat vor zwei Jahren die Schwester von Herrn T. beim Sterben begleitet. Das Ehepaar besuchte die Krebserkrankte in der Klinik und in der Endphase auch zu Hause. Dort ließ sich nicht vermeiden, dass beide Kontakt mit krankheitsbedingt unangenehmen Gerüchen hatten, und seither erträgt Frau T. den Körpergeruch ihres Mannes nicht mehr, denn er ist dem Geruch seiner verstorbenen Schwester so ähnlich. Er löst bei ihr unweigerlich Übelkeit aus. Sie kann ihren Mann nicht mehr küssen, umarmen oder anderes. Atemerfrischer, Duftöle, Sprays etc. haben daran nichts ändern können. »Ich weiß, dass ich ihn nicht für mich behalten darf. Ich muss ihn freigeben. Er kann ja nichts dafür, dass es mir so geht.«

Wie ich das einschätze, fragen Sie sich? Ich finde, dass es kein Lösungsweg ist, sich aversiven Reizen weiterhin auszusetzen, denn dies verstärkt erfahrungsgemäß die Aversion. Natürlich gibt es so etwas wie ein Umlernen, um einen Körpergeruch mit positiven Reizen neu zu verknüpfen. Die Wahrscheinlichkeit, dass dies gelingt, schätze ich in diesem Fall allerdings nicht sehr optimistisch ein. Deshalb ist vermutlich sexuelles Outsourcing oder die Trennung angezeigt. Nicht alles ist mithilfe von Therapie machbar, oder wenn schon machbar, dann nicht zwingend ratsam.

Da gilt es, als Therapeutin aufrichtig zu sein und dies auch zu sagen. Nicht immer geht es bei der Therapie darum, Probleme zu beheben, sondern ich will dann die Betroffenen darin unterstützen, mit ihnen zu leben. Und mit den eigenen Entscheidungen: Es ist ihr Leben, mit allen Beschwernissen und Freuden. Ich habe mein eigenes.

SEKRETE

Es war gerade fast schon Thema: Sex kann unangenehm riechen, nach Schweiß, Sperma, Scheidensekret oder vielleicht nach Menstruationsblut. Wie sehr wir uns auch bemühen: Sex führt zu großer Nähe. Weshalb wir uns noch so präparieren können, wir werden ihn wahrnehmen, den Körper des Partners (zum Glück, werden Sie bestimmt sagen). Allein was wir Frauen so an Liquidem produzieren, ist fantastisch: die Scheidenfeuchtigkeit, die unabhängig von Erregung gegeben ist. Während der nicht fruchtbaren Tage eher pappig und weißlich. Dem gegenüber ist sie während der fruchtbaren Tage klar und zähflüssig. Man kann dann die klare, gelartige Substanz zwischen zwei Fingern auseinanderziehen, so viskos ist sie. Dann das Lubrikationssekret. Dies ist das Sekret, das bei sexueller Erregung produziert wird. Hier findet sich ein Stressauslöser für Frauen, die dem eigenen Empfinden nach zu wenig produzieren. Gleitgele können hier gute Dienste leisten. Werden aber leider manchmal als »orthopädische Hilfsmittel« gering geschätzt und abgelehnt. Auch für Frauen während und nach den Wechseljahren können Gele und spezielle Cremes gute Dienste leisten, wenn sich Scheidentrockenheit einstellt.

Bei mir in Therapie war diese 23-jährige Patientin. Ihr Freund testete stets mit dem Finger, ob sie auch feucht genug sei. Bei »zu wenig« Feuchtigkeit spuckte er auf seine Finger, um sie stimulieren zu können. Die Patientin erlebte diese Szene als ungemein beschämend und erniedrigend. Sie geriet mit jeder sexuellen Begegnung zunehmend unter Druck. Die Scheidenfeuchtigkeit wurde weniger, da der Stress ihre Erregung minderte. Letztlich bezeichnete ihr Partner sie als »staubtrocken«. Und dass sie »ein Problem« habe. Als die junge Frau körperliche Annäherungen in Gänze verweigerte, lernte ich das Paar kennen. Und ich konnte tatsächlich rasch helfen, denn ihr ging es hauptsächlich um die Vermeidung dieses Spuckens ...

Dann gibt es noch das Sekret einer weiblichen Ejakulation

(»Squirting«). Wenig bekannt ist sie selbst bei den Angehörigen der Boomer-Generation.

Das Schlusslicht unter den weiblichen Körpersekreten bilden krankheitsbedingte Ausflüsse jeder Art. Da hilft dann doch eher die Gynäkologin bzw. ein Arzt für Haut- und Geschlechtskrankheiten/Dermatologe, weniger die Therapeutin, aber wir wollen hier nicht zu weit ins Medizinische abdriften.

Die Wahrnehmung des Geruchs dieser Sekrete kann als angenehm oder nicht sowohl für die Frau wie auch ihr sexuelles Gegenüber eine große Bedeutung haben. Lehnt eine Frau ihren Geruch ab, kann sich diese Haltung auch auf weitere Aspekte von Sexualität erstrecken und für die Ablehnung sorgen. Für den Partner gilt Gleiches. Beispielsweise mochte eine Frau ihren eigenen Intimgeruch nicht. Ihr Freund hatte keine Ahnung davon. Nachdem er sie an der Vulva gestreichelt hatte, steckte er ihr den Finger in den Mund. Im Einzelgespräch gestand sie: »Ich ekle mich total davor. Aber ich kann es nicht aussprechen. Ich bin so dumm. Also sorge ich dafür, dass es erst gar nicht so weit kommt.«

Es mir gegenüber beschrieben zu haben, gab den Weg vor: Wer über seine Probleme sprechen kann, ist ja meistens kurz davor, auch eine Lösung angehen zu können.

Und dann das Sperma. Hieran scheiden sich die Geister. Der finale »Cum Shot« am Ende klassischer Hardcore-Pornos setzt gerade für junge Menschen Maßstäbe, die an den Bedürfnissen der Mehrheit vorbeigehen, und dazu gehört das Ejakulieren in das Gesicht der Partnerin. Wenn das nicht möglich ist: zwischen die Brüste oder auf ihren Bauch. Mir sind nur sehr wenige Frauen bekannt, die durch das Ejakulieren in ihr Gesicht erregt werden. Wer es ablehnt, findet zuweilen erst in der Abstinenz Ruhe davor ...

Hinzu kommt dieser häufig in der Praxis vorgebrachte Wunsch, die Frau solle den Mann oral befriedigen und das

Ejakulat schlucken. Ich frage die Männer manchmal: »Haben Sie eine Idee, wie anstrengend das Blasen ist und wie Ihr Sperma schmeckt? Haben Sie es mal gekostet?« Der Unterkiefer wird vorgeschoben, die Lippen müssen sämtliche Zähne bedecken. Je nach Emphase wird durch tiefes Eindringen in den Mund der Würgereflex ausgelöst. Manche Frau hat Schwierigkeiten zu atmen. Und am Ende glitscht das Sekret in der Konsistenz von Bronchitisschleim o.Ä. in ihren Schlund. Warm. Salzig. Wirklich nicht lecker. Da helfen auch weder Ananas noch Austern oder Himbeeren. Und die eine oder andere Frau hat sich anschließend bereits erbrochen. Klingt das nach einer Aktivität, die Sie in Erregung versetzt? Und dann gibt es die vielen Männer, die die Würdigung ihres Sekrets erwarten. Kommt diese nicht, sind sie gekränkt.

Ebenso finden Männer die Scheidenfeuchtigkeit auch nicht zwingend köstlich. Beim Cunnilingus sind die Spannung in der Zunge und die rasche Bewegung sehr anstrengend. Das ist schon eine regelrechte Kunstfertigkeit, es der Frau mit der Zunge recht zu machen.

Manchen Männern ist wiederum sehr wichtig, in der Partnerin zu ejakulieren. Ein Patient formulierte es so: »Und wenn es dann so weit ist, und ich komme nicht mehr in ihr, dann hat das so was wirklich Einsames.« Dann gibt es einen ernüchterten bis verschämten Griff nach den Taschentüchern, die hoffentlich nur einen Arm entfernt liegen. Der Mann verschwindet aufs stille Örtchen, um sich »untenrum zu sortieren«. Oder wie eine 24-jährige Patientin es beschrieb: »Als er fertig war, lag ich mit dem Po in dieser Lache aus Sperma. Dieses Kalte und Feuchte war total unangenehm. Er gab mir einen Kuss, drehte sich um und schlief ein. Und ich lag die ganze Nacht halbwegs in dieser Spermapfütze.«

Geht es ums Riechen und Schmecken, sind immerhin gleich zwei Sinne betroffen. Erkaltetes Sperma oder vom weiblichen Ejakulat und Schweiß feuchte Laken können zudem unangenehm werden, dann stimmt auch das Fühlen nicht. Wird ein Geruch oder Geschmack unerträglich, ist es sehr schwer umzulernen. Das hat auch mit Wollen nicht viel zu tun: Eine Umprogrammierung gelingt, wie schon beschrieben, nur sehr selten. Und manchmal hilft dann gefühlt nur noch die Abstinenz – über die sich beide Partner allerdings dringend verständigen sollten. Verständigen und Verständnis sind dann nicht mehr weit voneinander entfernt, denn hier wäre das Wechseln der Laken im Grunde am einfachsten.

UNTREUE UND BETRUG

Wenn der Partner untreu wird: Erfährt man, dass ausgerechnet der Sex verhindernde Partner fremdgegangen ist, denkt man: Klar. Das liegt ja auf der Hand. Wenn man sich bereits sexuell mit jemand anders verausgabt hat, bleibt für den daheim Wartenden nichts mehr übrig. »Das Magazin ist leer geschossen«, wurde es einst auf den Punkt gebracht. Natürlich kann erotische Sättigung der Grund sein. Deutlich häufiger sind jedoch andere Faktoren wirksam, die den heimischen Sex behindern, wie das folgende Beispiel zeigt:

Frau K. (51) und Herr H. (48) kamen wegen sexuellen Desinteresses der Frau in meine Praxis. Beide waren nach vierjähriger Beziehung miteinander verlobt und befanden sich in der Phase konkreter Hochzeitsvorbereitungen. Frau K. hatte bereits ein Brautkleid gekauft, und während unserer ersten Termine kamen die Einladungskarten für die Zeremonie aus der Druckerei. Herr H. zeigte sich seiner künftigen Braut gegenüber zugewandt und verständnisvoll. Frau K. hingegen wies deutliche Stresssymptome auf. Die Hochzeitsvorbereitungen würden sie mehr in Anspruch nehmen, als sie es erwartet habe. In dem darauffolgenden Einzelgespräch kam sie auf den wahren Grund für ihren Gemütszustand zu sprechen:

Sie unterhielt seit zehn Monaten eine Affäre mit einem anderen Mann. Der Sex war leidenschaftlich, die geheime Konversation via WhatsApp prickelnd. Und zu Hause wartete ihr Lebensgefährte, den sie liebte, aber nicht begehrte. Als sie ihre Affäre begann, hielt sie die ersten Sex-Dates für »Ausrutscher«. Sie fühlte sich zwar schuldig, maß dem Geschehenen jedoch wenig Bedeutung bei, da sie »für diesen Mann niemals meine Partnerschaft riskieren würde«. Die Treffen mit dem anderen wurden jedoch zu so etwas wie einer lieben Gewohnheit und die Schuldgefühle dem Partner gegenüber zu ihrem ständigen Begleiter. Herr H. bemerkte, dass beide weniger Zeit miteinander verbrachten. Dass seine Partnerin manchmal abwesend wirkte. »Was liegt dir auf der Seele«, hatte er ein ums andere Mal gefragt. Der aufregende Sex mit dem anderen Mann und Herrn H.s Verständnis für ihr Schweigen tauchten Herrn H. in ein wenig anziehendes Licht. »Ich bin ein schlechter Mensch, so was auch nur zu denken, aber dieses Einfühlsame lässt ihn noch weicher und unmännlicher erscheinen. Sex mit ihm kann ich mir gar nicht mehr vorstellen«, erklärte Frau K. mir. Doch da das eigentliche Problem nicht angesprochen wurde, zog Herr H. falsche Schlüsse. Und an einem herrlichen Sonntag im April, dem Geburtstag von Frau K.s Mutter, machte er seiner Lebensgefährtin im Beisein der ganzen Familie einen Heiratsantrag. Frau K. erzählt: »Ich habe doch mit solch einer Aktion nicht gerechnet. Ich bin unserer Zweisamkeit aus dem Weg gegangen, wo ich nur konnte. Dass das nun seine Lösung sein sollte, hatte was Perverses.« Aller Augen waren auf sie gerichtet, die Mutter kurz vorm Weinen, ihr Vater freudig überrascht. »Ich habe mich wie der allerletzte Mensch gefühlt. Mir war schlecht vor lauter Schuld und Scham.« Und so habe sie Ja gesagt. Je näher der Hochzeitstermin rückte, umso mehr schnürte die unhaltbare Situation ihr die Kehle zu.

Wenige Tage vor dem ersten Termin bei mir hatte Frau K. schweren Herzens ihre Affäre beendet. »Das war eine völlig pragmatische Entscheidung. Meine Eskapaden konnte ich nicht mehr ungeschehen machen. Und mein Partner hat so was nicht verdient. Also hab ich kurzen Prozess gemacht und den anderen in die Wüste geschickt.« Ab da litt sie zusätzlich unter dem Trennungsschmerz, von dem niemand wissen durfte. Sie trauerte. Sex mit ihrem Zukünftigen war unter diesen Umständen noch weit unvorstellbarer für sie. Und je mehr ihr Lebensgefährte sich um sie bemühte, desto mehr verstärkten sich ihre Schuldgefühle ihm gegenüber und umso unerträglicher wurde für sie eine körperliche Begegnung mit ihm.

Wir sehen also, welch unerwartete Gründe zu dem Wunsch nach Abstinenz führen können. Manchmal ist uns die auslösende Situation sogar verständlich, und dann geht es doch um etwas ganz Unerwartetes. Dabei befinden wir uns emotional in weiter Distanz zum eigentlichen Geschehen. Wir sind weder gefühlsduselig noch fantasielos. Auch sind wir nicht befangen, weil wir gern den einen oder die andere als Verantwortlichen ausmachen möchten. Dennoch schauen wir verdutzt drein angesichts der wahren Motivation.

Wenn der Partner betrügt: Bevor wir uns den Konsequenzen von sexuellem Betrug zuwenden, müssen wir uns bewusst machen, dass hier ein ganzes Spektrum an zugrunde liegenden Situationen denkbar ist. Beginnend beim Kuss, der nicht mit dem Lebenspartner geteilt wird. Weiter geht es mit Zärtlichkeiten, intimen Berührungen und Sex. Und mit einem ONS sind die Optionen ja noch lange nicht ausgeschöpft. Es kann ja auch mehrfach was gelaufen sein. Vielleicht sogar kontinuierlich über einen längeren Zeitraum ... Und geht das ohne Gefühle? War oder ist mein Partner vielleicht verliebt, fühlt sich jemand anders (auch) verbunden und verpflichtet? Gibt es vielleicht sogar ein oder mehrere gemeinsame Kinder? Hat mein Partner eine Neben-Partnerschaft, die vielleicht zudem öffentlich ist? Gibt es wirtschaftliche Verpflichtungen und Verbindungen? Und wer weiß alles davon? Gibt es im Umfeld des Betrogenen Zeugen und Mitwisser?

Und dann steht die wichtigste Frage im Raum – jedenfalls wenn es um Abstinenz geht: Was bedeutet das alles für denjenigen, der meist in Sekundenbruchteilen erfährt, dass seine bisherige Lebenswirklichkeit von erheblichen Details im Leben des anderen abgeschnitten war und vielleicht auch in Zukunft sein wird? Was macht Betrug mit dem Partner?

Die Erkenntnis, dass man gar nicht Hauptakteur, sondern im besten Fall lieb gewonnener Statist im Bewertungsgefüge des Gegenübers war, führt zu albtraumhaften Szenarien im Kopfkino. Dass man gar ausgenutzt und belächelt wurde. Das sind folgenschwere Demütigungen und die haben oft dramatische Folgen für das Leben eines Betrogenen. Eine entsetzliche Situation ist das.

Vergessen wir bitte auch nicht, dass Betrug i. d. R. in den unmöglichsten Situationen auffliegt. Peinliche Momente und Gesichtsverlust gegenüber Außenstehenden sind die Folge. Die Betrüger bestreiten oft das noch so Offensichtliche. Rücken nach Salami-Art nur Scheibchen für Scheibchen mit der Wahrheit heraus. Und erlauben sich darüber hinaus, unentschieden zu sein, wer wichtiger im Leben ist, der Partner oder die Affäre.

So beginnt häufig ein Wettbewerb zwischen Erst- und Affärenpartner, der nicht zuletzt sexuell bestritten wird. Und wenn der Betrüger sich für den alten Partner und gegen den/die Neue entscheidet, weiß kein Betrogener sicher: Ist das auch wirklich die Wahrheit? Oder geht es heimlich weiter? Oder geht es nach einer Pause wieder von vorne los ... Der Vertrauensverlust ist erheblich.

Viele meiner Patienten fragen mich, ob da etwas Krankhaftes vorliege. Weil sie am liebsten hätten, dass niemanden die Schuld trifft – und dass sie danach vertrauensvoll miteinander weiterleben können in der Sicherheit, dass das Gestörte weg ist und nie wieder ein Betrug stattfinden könne. Denn bei all dem Schmerz, der Erniedrigung, den Verlustängsten und mit dieser unzügelbaren Wut im Bauch sehnen wir uns als Betrogene so sehr nach der sanften Umarmung von Stabilität, Linderung und Zuversicht. Nur wird uns niemand garantieren können, dass ab jetzt alles gut wird. Das kann auch ich nicht. Natürlich nicht.

Ein Betrug hat Folgen. So war das bei Frau G. auch. Als sie mich aufsuchte, war die Fortsetzung ihrer Ehe allerdings beschlossene Sache. Doch seit sie von seinem Betrug erfahren hatte, kreisten die Gedanken unaufhörlich, und das Grübeln hinderte sie am Einschlafen. Tagsüber wartete sie regelrecht auf versteckte Hinweise. »Es macht mich verrückt, wenn ich nicht weiß, wo mein Mann ist.« Am liebsten würde sie das alles einfach nur vergessen, zumal er ihr versichert hat, die Affäre sei beendet. »Ich denke nicht dran, bin mitten im Verkaufsgespräch – und peng: Der Horrorfilm beginnt von vorne in meinem Kopf.«

Das Techtelmechtel ihres Mannes mit einem Kollegen ging sieben Monate lang, hatte auf einem Volksfest in Bierlaune und mit einem Verbrüderungskuss begonnen. In der Zeit darauf nahm er ab, hielt sich fit, legte sich eine geschmackvolle Garderobe zu und ein neues Duftwasser. Dabei hatte seine Frau einen zweiten Frühling vermutet »mit freundlicher Unterstützung seiner neuen Sekretärin. Eine Mittdreißigerin, die den Herrn hofierte bis dorthinaus.« Was sie dann am meisten traf, war, dass er ein Verhältnis mit einem Mann hatte. Für Frau G. brach eine Welt zusammen. Sie sehnte sich zurück in die Zeit, als sie sich noch geliebt und geborgen fühlen durfte. Bevor ihre Ehe von einem Fremden »gekapert«

worden war. Bevor die Mitarbeiter über sie tuschelten. Wer sie ehemals beneidete, zeigte sich jetzt hämisch. Und das Mitleid im Freundeskreis verstärkte noch ihr Gefühl der Erniedrigung. »Ich würde mich ja trennen«, bekam sie zu hören. Mir gegenüber gestand sie: »Aber ich will mich ja gar nicht trennen. Ich will ihn. Ich will unser Leben. Wir haben es doch eigentlich schön miteinander«, sagte sie. Dabei hatte sie doch erst einmal gewonnen, hatte sich gegen den Affärenpartner ihres Mannes behaupten können. Doch jede Annäherung ihres Mannes brachte erneut das Kopfkino in Gang. Sie zuckte zurück, wenn er seinen Arm um sie legte. Wenn seine Hand die ihre suchte, zog sie sie weg. Abstinenz war die Folge.

Niemand ist davor geschützt. Abstinenz spielt beim Thema Betrug gleich doppelt eine Rolle. Der Partner ist abstinent, der Betrug die Folge. Oder: Der Partner betrügt, die Folge ist die Abstinenz. Das ist oft gar nicht so leicht aufzuschlüsseln.

Was dann nur hilft, ist, miteinander im Gespräch zu bleiben. Denn Gedankenlesen, das gelingt nun einmal nicht. Und Vertrauen ist der Schlüssel für eine gelingende Beziehung.

SELBSTBEFRIEDIGUNG

Ups, ist das Thema hier tatsächlich richtig? Sollte es nicht um Abstinenz gehen? Das Thema Selbstbefriedigung spielt bei Abstinenz tatsächlich eine große Rolle, nicht nur, weil Masturbation so oft als Grund für die Abstinenz fehlinterpretiert oder sogar als Betrug eingestuft wird. »Ist ja klar, dass du nicht mehr mit mir schlafen willst, wenn du es dir vorher selbst besorgst«, heißt es dann. Auch wenn keine weitere Person beteiligt ist, genießt der eine Partner, während er sich dem anderen gegenüber unwillig zeigt. Er enthält dem anderen damit etwas vor. Zumindest wird es mitunter so wahrgenommen. Ich habe den Vorwurf dazu im Ohr: »Ha, du hast also doch Sex. Warum willst du dann keinen mit mir, wenn du generell Sex willst?«

Wir haben in den voranstehenden Kapiteln eine ganze Reihe von Gründen kennengelernt, die hier in Betracht kommen. Aber das Abstinenzproblem eines in dieser Weise streitenden Paares ist nicht dadurch erledigt, dass der Abstinente seine Selbstbefriedigung einstellt. Diese Strategie beruhte ja auch auf der Annahme: Sexuelles Aushungern führt irgendwann unweigerlich zu Paarsex. Aber das stimmt so nicht, denn Selbstbefriedigung und Paarsex sind nicht immer austauschbar. Masturbation kann eine private Genussoption sein, eine Einschlafhilfe, und wie ein »Druckentlüfter« zur Stabilität der ansonsten sexlosen Partnerschaft beitragen.

Die Hand des Masturbierenden ist keine Geliebte und kein Lover, mit denen es zu konkurrieren gilt. Lassen Sie sich doch von Selbstbefriedigung inspirieren statt stören. Wenn jemand sich selbst gut kennt, verhilft das auch dem Partner zu so mancher Erkenntnis. Selbstbefriedigung ist eine Quelle von Ideen dafür, wie jemand befriedigt wird. Was tut derjenige? Welche Reize sind wichtig, um in Schwung zu kommen?

Manchmal sind dies Elemente, die recht problemlos auf die Paarsituation übertragen werden können. Und vieles lässt sich durchaus in Paarsex einbauen, etwa dass die Frau die Klitoris stimuliert, während der Partner in sie eindringt.

Nicht immer aber lässt sich Selbstbefriedigung in dieser Weise für ein (abstinentes) Paar nutzbar machen. Selbst in mancher Beziehung mit regelmäßigem Sex kann das Masturbieren des einen Partners zu Minderwertigkeitsgefühlen, Eifersucht, Drohungen usw. durch den anderen führen. »Es ist für mich unerträglich, dass er es sich selbst macht. Ich will, dass das aufhört.«

Derartige Forderungen kommen gar nicht so selten vor. Dabei gibt es keinen Anspruch darauf, dass alle Erregung miteinander geteilt werden muss.

Der Körper des Partners ist nicht unser Eigentum. Ich habe

nicht das Recht, darüber zu bestimmen, ob mein Mann sich im Bad »einen von der Palme wedeln« darf oder ob er jede Erektion und jeden Erguss für mich aufsparen muss. Und ich als Mann habe auch keinen Anspruch auf Treue in ihrer Fantasie und Gedankenwelt. Vielleicht stimuliert ihn ja gerade ein Tagtraum über die Frau aus der Deo-Werbung oder – nahezu Legende als Lustobjekt – in den 1980ern der Mann aus der Cola-Werbung. Dagegen kann ich nichts machen, und ich halte dies auch gar nicht für notwendig.

Falsch verstandene Zurückhaltung

Nicht immer sind die Gründe für eine Abstinenz aus etwas Negativem heraus geboren, oftmals haben sie vielmehr einen wohlwollenden Charakter. Und oft beruht die Abstinenz tatsächlich auf Wohlwollen dem Partner gegenüber, also auf einem besonderen (Miss-)Verständnis.

Wir alle haben im Zusammenleben mit anderen Menschen gelernt, Rücksicht zu nehmen und dem Gegenüber Raum zuzugestehen. Das ist in erster Linie ein guter Zug, hat aber dennoch – wenn zwar die Absicht eine gute ist, aber die Grundlagen dafür ein Missverständnis oder falsche Rücksichtnahme – Konsequenzen.

Dann liegt wie in so vielen Bereichen des Lebens auch bei der Begründung der Abstinenz ein Kommunikationsproblem zugrunde. Wie schade ist so eine falsch verstandene Zurückhaltung gerade in Bezug auf das Sexualleben. Wollen wir den Partner (be-)schützen, geschieht das oft auf der Grundlage von Vermutungen: »Ich weiß, dass du so leidest, also willst du bestimmt jetzt keinen Sex.« »Gedankenlesen« nennen wir das und stellen ungeprüfte Vermutungen als Tatsachen hin, die dann zu Schwierigkeiten führen. Vielleicht kennen Sie die unterhaltsamen Aussagen unter Paaren im Freundeskreis wie: »Doch, du magst Pflaumenkuchen.« – »Öh, nein …!?« Selbst wenn Sie seit vierzig Jahren zusammen sind: Sie mögen Ihren Partner noch so gut kennen. Haben den Eindruck, in ihm lesen zu können wie in einem Buch? Aber hellsichtig werden Sie deshalb nicht sein.

Das Paar S. ist ein wunderbares Beispiel dafür, was geschieht, wenn Menschen ihre Bedürfnisse zugunsten des Partners verschweigen. Das geschieht mit der besten Absicht. Insbesondere Personen, die das Wohl des Gegenübers noch über ihr eigenes Wohlergehen stellen, sind gefährdet, deshalb sexuelle Abstinenz zu erleben. Darum gilt leider auch hier: Gut gemeint ist nicht zwingend gut gemacht.

EINE FRAGE DES ALTERSUNTERSCHIEDS

Frau und Herr S. kamen vor Jahren in die Praxis. Abwechselnd schilderten die beiden das Entstehen ihrer Partnerschaft und deren Entwicklung bis zum heutigen Tag. Gemeinsame Freunde hatten sie einander vorgestellt. Frau S. ist elf Jahre älter als ihr Mann. Diesen Unterschied spürte sie, denn beide hatten unterschiedliche Bezüge zur Musik, weil sie nun einmal nicht derselben Generation angehörten. Genauso war es in Bezug auf Politik und Umweltschutz. Ihre Perspektiven waren so unterschiedlich, dass sie das Weltgeschehen oft völlig anders bewerteten. Dabei spielte gerade seine Haltung Frauen gegenüber eine übergeordnete Rolle für sie: »Was ich besonders an Mark schätze, ist seine sensible Art. Er markiert nicht den großen Mann. Das hatte er nie nötig.« In all das verliebte sich Frau S. an dem Nachmittag bei den Freunden und bei den nächsten Verabredungen. Sie haderte allerdings mit dem Altersunterschied. Körperlich, insbesondere sexuell empfand sie sich als weniger attraktiv. Alterserscheinungen, egal, wie sehr sie sich pflegte, stachen ihr von nun an ins

Auge. »Meine Haut ist elf Jahre älter als seine. Sicherlich fühlt sie sich auch anders an.« Beide liebten es, miteinander Salsa zu tanzen, und das taten sie leidenschaftlich gern. Dabei lebten sie sich aus, das war ihre Szene.

Nach geraumer Zeit wurde Frau S. klar, wie sie und ihr Mann ein- und gleichsam abgeschätzt wurden. Sie spürte Missgunst. Es schmerzte sie, die Blicke der jungen Frauen zu sehen. Deren Kokettieren und Flirten mit ihrem Mann. »Letztlich waren sie es, die ihn wie eine Trophäe behandelten.« Hübsche Frauen, mit denen er vielleicht sogar eine Familie hätte gründen können, waren darunter.

Das ist ein weiterer Aspekt, der älteren Partnerinnen rasch zusetzt. Denn es ist meist nicht der Wunsch nach einem Kind, der ihr Unbehagen nährt, sondern die Angst, verlassen zu werden.

Im Vergleich mit den jüngeren Frauen fühlte sich Frau S. deutlich unterlegen. Ihr Mann spürte, dass ihr Zusammensein für seine Frau nicht nur Positives mit sich brachte. Er bemerkte ihre Unsicherheit und auch manches Unwohlsein. »Ich habe nichts direkt dazu gesagt, um sie nicht zu kränken.« Seine Aufmunterungen, alle Komplimente und jede Zurückweisung anderer Frauen bewiesen seiner Partnerin nur umso mehr, wie »minderbemittelt« sie war. So dachte sie über sich. Als wir im Therapiegespräch auf ihre Angst zu sprechen kamen, ihrem Mann nicht schön, straff und sexy genug zu sein, entgegnete er: »Aber darum ging es doch nie. Ich liebe dich so, wie du bist.« Sie übersetzte sich diese Aussage falsch als »Ja, du bist schlappig, faltig und nicht sexy, aber das ist okay.« Frau S. ist noch immer unsicher. Nach all den Jahren – oder vielmehr gerade weil diese Jahre zusätzlich ihre Haut prägten – wird sie die Sorge nicht los, dass sie ihm nicht reicht.

In Zusammenhang mit einem deutlichen Altersgefälle, bei denen die Frau lebenserfahrener ist, erlebe ich häufig solche

Skrupel – auch als Grund für Abstinenz. Die Frauen sorgen sich, sie würden sich an der Seite ihres jüngeren Partners lächerlich machen. In der Öffentlichkeit sind sie Spott ausgesetzt. Nicht hörbar, aber spürbar. Und in der Praxis erfahre ich von Entscheidungen gegen eine Beziehung mit einem jüngeren Mann. Erfahre von den Spätfolgen, wenn sich Frauen einen Schutzpanzer zulegen, um so eine Beziehung aushalten zu können. Unter ihrem Panzer sind sie so zart und empfindsam wie zuvor. Nur merkt man es ihnen weniger an. Und so entwickeln sich Images von Stärke und Abgebrühtheit, häufig zusammen mit Unnahbarkeit in Form einer Abstinenz, die doch eigentlich nichts mit den wahren Bedürfnissen der jeweiligen Person zu tun haben müssen.

EINE FRAGE DES AUSSEHENS

Der andere Aspekt, der es Frauen erschwert, komfortabel in altersunterschiedlichen Beziehungen zu leben, ist die Frage des Aussehens – unsere Vorstellung von Schönheit. Der grassierende Jugendwahn und die Zuschreibung, dass gerade Frauen schön, modisch, gepflegt sein und in der Öffentlichkeit immer Schmuck und Zierde des Partners sein sollen, bürdet älteren Frauen noch einmal mehr die Quadratur des Kreises auf.

Jugend ist eine Entwicklungsphase. Sie ist keine Leistung. Dennoch wird Jugendlichkeit hoch gehandelt. Und die Lügen der Mode- und Kosmetikindustrie suggerieren älteren Frauen, sie könnten der natürlichen Entwicklung ein Schnippchen schlagen. Wer sich nicht schön fühlt, der erspart dem Partner die Begegnung – und schon gedeiht manch Paarproblem.

Gesellschaftliche Ursachen

Aufgepasst und den Blick geschärft, denn hier kommen weitere gute Gründe, sich selbst und den Partner besser zu verstehen. Menschliche Sexualität findet nun einmal nicht im luftleeren Raum statt, wo wir wie ein Schimpanse unserem biologischen Plan folgen und kopulieren, wenn Mutter Natur meint, es sei an der Zeit dafür. Bei Tieren ist die Bereitschaft zum Sex triebhaft angelegt und oft – zum Schutz vor Übereifer einzelner Artgenossen oder lebensbedrohlichem Energieverbrauch – zeitlich begrenzt; beim Menschen ist das nicht in diesem Maße der Fall. Was uns hindert, sind gesellschaftliche Vorgaben. Kennen Sie das, dass Ihnen selbst bei der Selbstbefriedigung allein im Kämmerlein in gewissem Sinne die Gesellschaft bewertend über die Schulter schaut? Wir alle fragen uns: »Darf man das? Tut man das? Wobei sollte ich mich auf keinen Fall erwischen lassen?«

Der Einfluss der Gesellschaft macht sich aber nicht nur dort bemerkbar. Ich werde es Ihnen genau erklären, wo wir durch das (vorweggenommene) Urteil der Gesellschaft beeinflusst werden. Wie wir bewertet werden, wenn es um Abstinenz geht. Und warum Abstinenz nicht das irrelevante Problem einzelner Menschen mit psychischen und körperlichen Schwierigkeiten ist, sondern uns alle betrifft. Damit nicht mehr jedem Einzelnen überlassen ist, mit sexfreier Zeit klarzukommen. Abstinenz ist ein Status Quo, der jeden betreffen kann, eben NICHT nur die anderen.

Sexualmoral

Will man verstehen, in welchem Ausmaß die Gesellschaft mit von der Partie ist, sobald wir uns mit Sex theoretisch oder praktisch befassen, erfordert das meines Erachtens einen Ausflug in Sigmund Freuds Konzept. Seit über hundert Jahren beeinflusst sein Modell unser Denken über Sex. Er vermutete, dass in unserer Psyche ein Unbewusstes existiert, das unser Verhalten, Denken und Erleben maßgeblich mit beeinflusst. Das war eine gewagte These, denn das Unbewusste ist – wie die meisten psychischen Prozesse – nicht direkt überprüfbar. So ist letzten Endes nicht beweisbar, ob ein kleiner Junge nur deshalb so lieb zu seinem Bruder ist, weil er ihn lieb hat, oder ob er ihn im Grunde hasst, dies aber angesichts der geltenden Regeln seiner Eltern nicht ausleben darf ...

Freud unterstellte den Menschen ein Triebgeschehen, das hauptsächlich unbewusst arbeitet. Eben diese Lokalisierung der Triebe im Unbewussten war absolut neu sowie die Annahme, dass der unbewusste Trieb[11] aus dem Körper kommt und sich direkt auf das seelische Empfinden auswirkt. Der Trieb bewerkstelligt dies mithilfe der Triebenergie LIBIDO[12]. Diese wird auch als Lustprinzip bezeichnet. Lust war aber nicht nur im Sinne von Spaß gemeint, sondern mit der Bedeutung »lebensbejahend« gedacht.

Der Mensch gestaltet Freud zufolge sein Leben mithilfe der in jeder Person vorhandenen Instanzen ES, ICH und ÜBER-ICH. Das ES ist der Sitz der Triebe. Die Triebe sind seit Geburt vorhanden und drängen auf Befriedigung von Bedürfnissen wie u. a. Hunger, Durst und Sexualität. Bei Kindern werden sexuelle Bedürfnisse natürlich anders als bei Erwachsenen ausgelebt. Dennoch – und das war zu Beginn des zwanzigsten Jahrhunderts eine regelrecht skandalöse Hypothese – existiert Freud zufolge eine kindliche Sexualität. Die Instanz

ÜBER-ICH entwickelt sich erst nach und nach. Dazu ist Kontakt mit anderen Menschen erforderlich, die quasi Lieferanten für gesellschaftliche Setzungen wie Werte, Moral, Normen, Verbote, Gesetze etc. sind. Das ÜBER-ICH nimmt auf, »was sich gehört« und was zu vermeiden ist.

In den ersten Lebensjahren passen die Erwachsenen noch auf, dass Kinder z. B. an der Kasse beim Einkaufen nicht ihre Genitalien massieren, denn die Gesellschaft toleriert dies nur bedingt in der Öffentlichkeit. Kinder werden aber ohne Wissen um solche Regeln geboren. Sie lernen sie erst mit der Zeit. Deshalb achten Eltern darauf, dass Kinder die Regeln der Gesellschaft dauerhaft erlernen und beherzigen. Denn manch kindliches Verhalten würde spätestens im Erwachsenenalter in Konflikt mit dem Gesetz geraten. Aus dem Massieren des Genitales im Supermarkt wird eine sogenannte »Erregung öffentlichen Ärgernisses«, und die wird bei Erwachsenen bestraft.

Wenn wir in der Entwicklung weit genug sind, kennen wir diese Regeln schließlich selbst. Oder kämen Sie noch auf die Idee? »Natürlich nicht«, werden Sie jetzt sagen. Diese Aussage beruht auf einer Entwicklung und auf Lernprozessen im Kontakt mit der Gesellschaft. Wären wir unter Wölfen aufgewachsen, wüssten wir das nicht. Wir sehen, dass wir die Werte und Regeln der Gesellschaft verinnerlicht haben. Und dieses Verinnerlichen schreitet stets fort. Ich bin beispielsweise noch mit den Begriffen »Neger« und »Mohr« im Kinderbuch *Der Struwwelpeter* aufgewachsen. Heute wissen wir um die herabsetzende Wirkung und haben beide Worte auf den Index gesetzt. Und die neuen Auflagen des Kinderbuchs verwenden andere Begriffe. Auch die Gesellschaft entwickelt sich. Und dies tut sie auch im Bereich Sex.

Aber zurück zu Freuds Konzept. ES und ÜBER-ICH fordern von Menschen des Öfteren Widersprüchliches. Nun kann man sich ja vorstellen, dass der Trieb »Ich brauche und will jetzt sofort Sex« des ES schwerlich mit den Vorstellungen des Über-Ich »Sex während der Beisetzung von Oma Ilse ist zu unterlassen« unter einen Hut zu bekommen ist. Vermittler zwischen diesen beiden ist das ICH. Diese Instanz gibt mal dieser und mal jener Instanz ES oder ÜBER-ICH den Vorzug, entwickelt Kompromisse und bemüht sich generell um Vermittlung und Balance. Je dynamischer und leichter es dem ICH fällt, zwischen ES und ÜBER-ICH zu vermitteln, als psychisch umso gesünder gilt die Person. Man nennt dies »Ich-Stärke«.

Es ist möglich, dass das ICH Schlagseite hat und dieses Gleichgewicht nicht bewerkstelligen kann. Je strikter das ICH dem ES folgt oder die Moral und Vorschriften seitens des ÜBER-ICH das Leben bestimmen, als umso gestörter gilt das Individuum. Es kann bei ausgeprägtem ÜBER-ICH z. B. einen Waschzwang entwickeln. Die Überlegung, ob andere Personen mit dem eigenen Verhalten wirklich einverstanden sind, ist klassisch für diese Personen. In ihrem Denken heißt es ständig: »ich soll/muss/darf/darf nicht«.
Ein dominantes ES interessiert sich stattdessen nicht sonderlich für die Meinung anderer. Es lebt sich möglichst aus. Das äußert sich z. B. darin, dass jemand lieber feiern geht, statt zu arbeiten oder zu lernen. Was ein ES-dominierter Mensch nicht gern macht, das lässt er möglichst bleiben. Betroffene Personen werden als egoistisch oder asozial wahrgenommen, denn hier überwiegt das Denken: »Ich brauche/will …!«

Freuds Erkenntnisse bedeuteten seinerzeit bahnbrechende Fortschritte in der Erklärung geistiger und seelischer Vorgänge. Verschiedene Elemente seines Ansatzes sind inzwischen widerlegt worden, das sollten wir nicht vergessen. Schließlich sind seither über 120 Jahre vergangen. So gilt die menschliche Sexualität seit den 1950er-Jahren nicht mehr als Trieb, der z. B. dem der Tiere grob gleichgesetzt werden kann. Auch der Kinderwunsch als Beleg einer gelungenen Entwicklung sowie der vaginale Orgasmus als hochwertigerer Höhepunkt von Frauen sind inzwischen als irrige Annahmen entlarvt. Stutzen Sie gerade? Nun, alle drei Annahmen erfreuen sich ungeachtet der wissenschaftlichen Datenlage großer Beliebtheit. Nicht nur aus dem feministischen Lager werden mehr und mehr Stimmen laut, welche in der Aufrechterhaltung der patriarchalen Machtstruktur die dem zugrunde liegende Absicht vermuten. Da merken wir einmal mehr, dass die Standpunkte der Allgemeinheit häufig nicht zeitgemäß sind.

Alles in allem ist Freuds Werk in einer Epoche verwurzelt, in der die Psychologie ein neuer Fachbereich war und Klitorisentfernungen zur Heilung von z. B. Promiskuität bei Frauen auf der Tagesordnung standen. Solche und weitere Verstümmelungen des weiblichen Genitaltraktes wurden oft vor männlichem Fachpublikum durchgeführt. Wie wir sehen, entstand Freuds Werk, als die ethischen Richtlinien außerordentlich durchlässig für sadistische Praktiken und Frauenfeindlichkeit waren. In diesem Kontext betrachtet, war Freud ein aufleuchtender Stern am Firmament einer jungen Wissenschaft, weil er erstmals aufzeigte, dass die damalige Gesellschaft eine gesunde psychosexuelle Entwicklung mitunter erheblich behinderte.

Denken Sie gerade: Geht es hier wie üblich also doch nur darum, wieder einmal zu beweisen, wie wichtig es ist, sich sexuell auszuleben? Dreht sich hier wieder alles um den Mainstream, der so offen propagiert: Sex ist gut und Abstinenz schlecht? – Nein. Allerdings möchte ich kurz herausstreichen, dass Freud in besonderer Weise aufgezeigt hat, wie groß der Einfluss der Gesellschaft auf unsere Haltung gegenüber Sex ist. Uns prägen Moral, Gesetz und öffentliche Meinung. Was »sich schickt«, was also auch in den Augen der Nachbarn bestehen kann, und nicht zuletzt: »Der liebe

Gott sieht alles«, wie es nicht nur zu Freuds Zeiten allenthalben hieß.

Gemäß der damals geltenden Werte und der Gesetze Ende des 19. Jahrhunderts wurde im Rahmen der Psychoanalyse, als dessen Gründer Freud betrachtet wird, eine – gemäßigte – Pro-Sex-Haltung im Dienste der Heilung von Störungen propagiert. Sexuelle Beschränkungen – durch die Gesellschaft festgelegt, manifestiert, durchgesetzt und bei Missachtung und Übertretung geahndet – verursachen Leid und Störungen. Bis in die heutige Zeit haben wir zwar eine enorme gesellschaftliche Toleranz gegenüber sexuellen Ausdrucksformen entwickelt; bloß ist die zur Schau gestellte Körperlichkeit häufig ein Trugbild. Auch wenn eine Frau mit Lipgloss hübsch aussieht, regt das bei einigen (durchaus gewollt) Assoziationen von Oralsex an. Und noch heute toleriert manch konservative Mutter solches Auftreten bei der eigenen Tochter nicht, frei nach dem Motto: »Die anderen können alles tun und lassen, aber wir machen es wie immer/früher.« Oder schlicht und einfach: »So gehst du mir nicht vor die Tür!«

Festzuhalten bleibt, dass Freud nicht nur wesentlichen Anteil daran hatte, eine freiere Sexualität salonfähig zu machen. Seit seiner Zeit gilt Sex als wichtig für die normale Entwicklung. Wer eine normale Sexualität lebt, ist okay. Leider wird eine hochgradig problematische Folgerung daraus gezogen: Wer keine normale Sexualität lebt, mit dem stimmt etwas nicht.

Das jedenfalls ist heute die Ansicht in unserer Gesellschaft. Und deshalb ist es mir ein Anliegen, hier ganz deutlich zu sagen: Bloß weil fehlende Sexualität psychische Störungen begünstigen KANN, ist sie noch lange kein Garant dafür, dass bei jeder sexuellen Abstinenz eine psychische Störung auftreten muss! Und es bedeutet schon gar nicht, dass Abstinenz selbst eine Störung ist!

Merken Sie, wie hier mit logischen Verknüpfungen gespielt wird? Es ist kein Wunder, dass wir alle verwirrt sind, wenn wir an ein sexfreies Leben denken. Wir Menschen folgen gerne solch ausgetretenen Pfaden, und wenn wir abweichen wollen, dann kostet das Kraft. Auch deshalb möchte ich den Pfad Richtung »sexfreies Leben« für Sie mit diesem Buch ein wenig »gängiger« machen.

Noch heute wird mit Verweis auf die freudschen Annahmen dem Gedanken Vorschub geleistet, dass Abstinenz zu stigmatisieren ist. Wer nicht will, der wird diskriminiert. Wie falsch diese Logik ist, interessiert zu viele Menschen nicht, aber es ist tatsächlich falsch, auch faktisch! Um es an einem drastischen Beispiel zu veranschaulichen: Menschen, die an Silvester Sekt trinken, gelten als normal. Ziehen wir einen ähnlich falschen Schluss daraus, heißt es: Wer an Silvester keinen Sekt trinkt, ist nicht normal. Sie werden natürlich denken: Was für ein Blödsinn. Das ist es ja auch: Blödsinn. Der Umkehrschluss ist (hier wie so oft) dumm. Und genauso dumm ist der andere Umkehrschluss, wer KEINE Sexualität lebt, sei unnormal. Und last, but not least: Warum gilt Asexualität – also permanentes sexuelles Desinteresse – als eine normale sexuelle Orientierung, während ein Mensch als gestört gilt, der immerhin geringes sexuelles Interesse aufweist? Ganz genau, Sie haben es erkannt: Letztlich ist es eine Bewertung, dass Abstinente unnormal sind. Eine ausgesprochen belastende Bewertung noch dazu. Sie ist nicht das Ergebnis wissenschaftlicher Untersuchungen. Und: Für all das ist nicht Freud verantwortlich.

Widersprüche

Kommt es zu sexuellen Problemen, kommen wir nicht an der Moral vorbei. Als gesellschaftliches Konstrukt ist sie stets als ein begrenzender Faktor mitzudenken, wenn es um Schwierigkeiten rund um Sex geht. Die einzelne Person mit ihren körperlichen und psychischen Möglichkeiten befindet sich stets im Spannungsgefüge zwischen der Sexualmoral auf der einen Seite und den progressiven Sextrends auf der anderen. So geht es uns allen.

Wir können also zusammenfassen: Je weiter die Person zur Moral tendiert, als umso altmodischer gilt sie. Je mehr sie sich an Sextrends orientiert, als umso emanzipierter und freier wird sie betrachtet. Wie weit es bei Sextrends tatsächlich mit der Freiheit her ist, werden wir später noch sehen. Festzuhalten bleibt, dass es rund um Sex viel Widersprüchliches gibt, das wir jeder für sich zusammenführen sollen, jedoch nicht wirklich können, wodurch wir uns regelrecht in die Klemme bringen. Geht es um Sex, geraten wir unter Druck, denn was wir da schaffen sollen, ist nicht zu hundert Prozent umsetzbar. Stress und ein unterschiedlich gefühltes Unbehagen sind die Folgen.

Genau dieses Spannungsgefüge aber ist bei der Bewertung sexueller Abstinenz wesentlich, da sich viele in der Abstinenz unbewusst einen Ausweg aus dem Dilemma erhoffen.

Vereinfacht können wir sagen: Ich wähle nicht, wo ich mich zwischen Moral und Trend aufstelle. Ich passe beim Sex und tue gar nichts.

Das Dilemma

Beim Thema Sex lautet die aktuelle Parole: Anything goes. Alles ist möglich. Wir sind so irre frei, glauben viele. Stimmt aber gar nicht. Das ist schlicht gelogen. Denn die Moral begrenzt uns, die Gesetzgebung begrenzt uns, die Sextrends begrenzen uns, und Social Media begrenzen uns noch mehr. Selbst wer immer nur Blümchensex praktiziert, wird bewertet: Langweilig! Ist doch nicht normal!

Geraten Sie also wegen all der Widersprüche rund um Sex unter Druck, ist das völlig verständlich und meiner Meinung nach eher ein gutes Zeichen, weil Sie noch viel merken. Von wegen alles ist erlaubt! Kein Sex ist ein riesiges Tabu in unserer Gesellschaft. Sehen wir zu, dass ein sexfreies Leben endlich diese moralinsaure und fälschlich krank machende Konnotation verliert!

Wir alle befinden uns ständig in einem Spannungsgefüge, auf das verschiedene Seiten Druck ausüben. Sei es, um ehrwürdige Werte zu bewahren, um nicht Einwilligungsfähige und Abhängige wie geistig behinderte Menschen, Kinder und Jugendliche zu schützen. Um etwas Besseres als das Aktuelle zu schaffen oder in Vergessenheit Geratenes wieder hervorzuholen. Vielleicht auch bloß, um jede Menge Geld damit zu machen: Sex sells.

Wie viel Druck tatsächlich ausgeübt wird, machen wir uns selten klar. Ich finde das faszinierend. Aber inzwischen ist es ja normal, ständig unter Stress zu stehen. Selbst dann noch, wenn wir es nicht mehr aushalten und davon krank werden.

Schauen wir uns das Dilemma an, in dem wir leben, eingeklemmt zwischen Sexualmoral und Sextrends. Das Dilemma liefert uns Einschätzungen wie: zu prüde, gehemmt, frigide, altmodisch. In der Folge sind wir mit Minderwertigkeitskomplexen behaftet. Die meisten Betroffenen denken: »Wenn ich nicht will wie andere, bin ich wohl so. Ist was Persönliches.« Und das wird im negativen Sinne interpretiert: »Mit mir stimmt halt was nicht.« Aber ist es wirklich so? Wurde ich damit geboren, jetzt und in dieser Phase meines Lebens abstinent zu leben und das auch so zu wollen?

Ich darf Ihnen in Erinnerung rufen: Jeder hat eine Vorstellung davon, wie sich ein Baby oder Kleinkind verhält. Es fasst sich ans Genitale. Es schwimmt nackt. Lässt sich ebenso fotografieren. Berühren. Es ist nicht genierlich, sondern mit sich im Reinen, egal, wie mager oder moppelig es ist. Es läuft nicht rot an oder brüllt vor Entrüstung. Warum geht das? Weil erst die Erziehung an uns heranträgt: nackt schwimmen – wie peinlich. Und sich in den Schritt fassen – tut man nicht. Leben Sie selbst sexfrei dann »stimmt« nicht etwas nicht, sondern Sie leben jenseits der geltenden Vorstellungen und Trends.

Und schon sind wir bei der Moral. Hier ist beheimatet: »So was tut man nicht«, oder: »Schäm dich. Die Leute gucken schon.« Bloß nicht unangenehm auffallen, lautet die Parole. Konventionen wie »Das wurde schon immer so gemacht« verdeutlichen, wie schwer es fällt, an solchen Moralvorstellungen etwas zu ändern. Moral zeigt immer einen Hauch von Vergangenheitshaftung.

Modeerscheinungen, Trends und Innovationen sind dem gegenüber (vermeintlich)[13] neu. Zukunftsgerichtet. Und dazu gehört so etwas wie die Kleidermode und ein verändertes ästhetisches Empfinden. Schauen wir uns beispielsweise das It-Girl Kim Kardashian mit ihrem aktuellen Po-Format an. Wenn ich ihn sehe, empfinde ich ihn als sexuelle Aufforderung. Er scheint »Nimm mich« zu rufen. So ein Po, der ja absichtsvoll von einem Schönheitschirurgen gestaltet wurde, wäre vor zwanzig Jahren vermutlich schräg angeschaut worden. Inzwischen ist Kim damit eine Trendsetterin und ihr

Po Anlass für Schönheitschirurgen, ihr Angebotsportfolio zu erweitern. Wir sehen also: Nicht nur auf unser Schönheitsempfinden, auch auf Sexualmoral gibt es Druck von unterschiedlichen Seiten und mit oft kaum zu vereinbarenden Zielen. Verwirrend ist das.

Doch trotz aller Sexualisierung des öffentlichen wie privaten Lebens sind wir noch immer nicht sexuell frei. Ich sehe es in der Praxis, ich höre es privat, und auch ich kann nicht für mich beanspruchen, vollkommen frei zu sein. Wer von uns wagt schon, laut zu äußern, was ihr oder ihm gefällt. Die Pro-Sex-Liga ist noch lange nicht am Ziel angekommen, und Menschen leiden immer noch darunter, dass ihnen die Moral in vieler Weise Grenzen setzt, deren Einhaltung dem Einzelnen schlecht bekommt.

Diese überall geschilderte Bedürftigkeit, sich sexuell (noch) mehr auszuleben, erschwert es, sich für Abstinenz als eine sexuelle Option starkzumachen. Es fühlt sich ein wenig an, als würde man in einem Hungergebiet Vorträge über Magenbypässe halten. Die Hungernden sind auf ihre Not fokussiert und reagieren mit Gleichgültigkeit oder sogar verärgert und mit Unverständnis gegenüber den Bedürfnissen krankhaft Übergewichtiger.

Was ich heute sehe, ist die Not der Abstinenten, die derzeit noch das Stigma des Gestörtseins tragen müssen. Das Leid des einen verdrängt ja nicht das des anderen. Beide Fraktionen – diejenigen, die Freiheit beim Ausleben von Sex großschreiben, und jene, die abstinent ausgelebte Sexfreiheit wünschen – sollten Verständnis finden. Es wird auch nicht weniger, indem man es hat. Und was wäre der Preis dafür, endlich ein sexfreies Leben als genauso selbstverständlich zu achten wie die bereits akzeptierten Formen von Sex?

Was wir stattdessen tun, ist: Wir verstricken uns immer weiter in dem Dilemma zwischen Moral und Pro-Sex-Trends.

Vorurteile zum Thema gibt es genug. Da ist der nahezu jedem geläufige Klassiker, laut dem alte Menschen nun einmal abstinent leben. Das aber ist Folge einer alten und restriktiven Sexualmoral. Dort wendete sich die Gesellschaft gegen junge Menschen und ihre sexuellen Bedürfnisse. Woanders hieß es, Onanie mache blind, Sex sei schlecht, schmutzig, und Menschen, die Sex genössen, seien »Hurenböcke«, »Flittchen« und »Schlampen« oder gleich »Perverse«.

Heute ist die Abwertung subtiler. Sie kommt leiser daher. Moralische Begrenzungen werden anders in unsere Gehirne eingepflegt. Verbunden mit diplomatischeren Formulierungen. Wohlmeinender erscheint einem das. Vorbehalte gegenüber Sex werden gern an Infektionsrisiken geknüpft oder an das Risiko ungewollter Schwangerschaften, wenn es um Heterosex geht. Bei homosexuellen Männern wird geunkt, sie erwarte im Alter eine deutliche rektale Veränderung usw. usf. Nur möchte ich einwenden: Nicht jeder, der vor gesundheitlichen Risiken beim Sex warnt, wird tatsächlich von gesundheitlicher Sorge um andere angetrieben. Schwierig wird es, solche Warnungen einzuordnen, wenn eine Haltung von Personen vertreten wird, die für uns wichtig sind, also von Vorbildern und in unserer Altersgruppe. Dann kann das schon ausschlaggebend für uns sein. Ganz besonders ist das so, wenn es um Influencer in den sozialen Medien geht. Sie sind schließlich Influencer, weil sie den Eindruck vermitteln, für die Gleichaltrigen zu sprechen. Und gut gemeinte, nicht kommerzielle Ratschläge und Produktempfehlungen zu geben. Dabei verdienen sie in der Regel Geld damit. Und recht haben sie deshalb noch lange nicht immer.

Das Thema Sexfreiheit wird aus ganz unterschiedlichen Gründen entweder ignoriert, abgewertet oder als krank machend verurteilt. Unsere Gesellschaft kann Abstinenz produzieren, indem sie sexuelle Varianten diskreditiert und ihre

Fans in Verruf bringt, deren Angst vor Sex schürt und sie bedroht. Bedroht?, fragen Sie. Und meine Antwort lautet: Ja. Das Prädikat habe ich absichtlich gewählt. Ich gebe Ihnen ein Beispiel: Fragen Sie jemanden, der sich sexuell für aufgeschlossen hält, ob er im TV erzählen würde, wie sein Sexleben konkret ausschaut. Das wird der Gefragte höchstwahrscheinlich nicht machen. Warum nicht? Weil es verpönt ist. Wir sprechen nicht über unser Sexleben vor aller Welt. Allein schon, um unseren Job nicht zu verlieren.

Womit ich gerne aufräumen möchte, ist die Wahrnehmung, in bestimmten Sex-Interview- und Reportage-Formaten, die aufklärerisch und liberal daherkommen, kämen wir, also die Allgemeinheit zu Wort. Sehen wir dort tatsächlich Personen, die uns repräsentieren und die über das sprechen, was der große Teil der Bevölkerung für gewöhnlich treibt? Das ist nicht unbedingt der Fall, denn wer redet da vor der Kamera? Wer mag sich mit diesen privaten Details vor aller Welt exponieren? Das würde nicht jeder tun. Und das hat gute Gründe. Dabei muss uns nicht einmal interessieren, ob es die Lust daran ist, sich auch sexuell zu zeigen, wenn von Lieblingspraktiken geredet wird. Ob es sich also um eine Form von Exhibitionismus handelt, oder ob es die Aussicht auf Popularität ist. Vielleicht geht es auch vorrangig um den Kontakt mit den prominenten Moderatoren, Schleichwerbung für den eigenen YouTube-Kanal oder Instagram-Account oder vielleicht doch um ein Honorar. Möglicherweise steckt auch ein missionarischer Eifer dahinter, für eine bestimmte sexuelle Nische zu werben. Wer vor die Kameras tritt, hat seine Gründe.

Das ist alles in Ordnung so. Aber machen wir uns klar: Es handelt sich um eine bestimmte Gruppierung innerhalb der Bevölkerung. Da sitzt selten Otto Normalverbraucher, der hinter einer Schattenwand über seine Vorlieben beim Blümchensex erzählt. Spricht diese Person dort wirklich auch für Sie? Denn für mich tut sie es in der Regel nicht. Zweitens interessant ist: Wer ist Moderator? Ist es ein Jürgen Domian, der respektvoll agiert und seine Gesprächspartner im Schutz der Anonymität belässt, oder ist es ein Moderator, der Erzählungen seiner Gäste durch lüsterne Fragen dirigiert?

Erlauben Sie mir dazu einen kleinen Ausflug. Erinnern Sie sich noch an den Hype um den Roman *Fifty Shades of Grey* ab dem Jahr 2011? Es gab eine immense mediale Resonanz. War es deshalb, weil der Großteil unserer Gesellschaft eh schon lange und überdurchschnittlich oft BDSM praktizierte? Die Menschen, die BDSM vor Veröffentlichung des Romans praktizierten – die mit leichten Fesselspielchen, Necken und Dominanz Agierenden meine ich ebenso wie Mitbürger, die in exklusive BDSM-Camps ins Ausland reisen, wo man sich mit Haken durch die Haut an die Decke hängen lassen kann –, empfanden den Roman fast einstimmig als nette bis langweilige Liebesgeschichte. Und ich habe das zig-mal gehört, dass da nichts Neues dabei war. Sachbücher über BDSM und einschlägige Romane gibt es erheblich länger als den Buchdruck selbst. Wussten Sie das? Der Roman und die ihn flankierenden PR-Maßnahmen wie auch die umfangreiche Berichterstattung setzten hingegen einen Trend und vermitteln immer noch: BDSM, das ist modern. Das ist hip. Das sollte man vielleicht auch praktizieren.

Trends können gemacht werden, Moden ändern sich. Unsere Sexualmoral ist nicht ausschließlich einschränkend oder destruktiv. Sie folgt einem Schutzgedanken. Sie ist orientiert an den geltenden Grundwerten. Es lohnt sich, auch die Gegenfrage mitzudenken: Was wären wir ohne unsere Sexualmoral? Wäre das besser? Die Kehrseite einer totalen sexuellen Freiheit ist nicht zu verantworten. Zumindest sehe ich es so.

Moralempfinden wandelt sich – unsere Gesellschaft ist stetigen Änderungen unterworfen. Glücklicherweise leben wir in relativ gleichberechtigten Zeiten. Warum ich anmerken muss, dass Gleichberechtigung von Frauen sexuelle Abstinenz verursachen kann? Mitbestimmungsfähige Frauen im Bett verdoppeln bei heterosexuellen Paaren die Anzahl der möglichen Sexbewerter und -verweigerer. Darüber hinaus hat sich eine Machtverschiebung entwickeln können, welche Sex sowohl für Männer als auch für Frauen seltener in den Dienst der Zeugung von Nachkommen und mehr in den des Vergnügens stellt. Sex hat andere Bedeutungen bekommen und ist anders verpflichtend. Für die einen ist es eine Art Selbstverwirklichung. Für andere ist es eine Zwangsläufigkeit. Wieder andere sehen sich unter gesteigertem Leistungsdruck (dazu später mehr).

Die Männer hatten früher die Macht, das Recht und das Geld. Die Frauen waren von ihnen abhängig. War ein bestimmender Gatte zugegen, so entschied er über Wohl und Wehe seiner Ehefrau. Er bestimmte ihren Kontakt mit anderen Menschen, ihre Bildungs- und beruflichen Perspektiven und selbstverständlich wachte er über die Erfüllung der ehelichen Pflichten. Bis zur Markteinführung der Antibabypille im Jahr 1960 konnte die Frequenz der ehelichen Sexualkontakte darüber entscheiden, wann und wie viele Kinder eine Frau auszutragen hatte. Die Machtbalance in heutigen Partnerschaften muss immer erst definiert, gesucht, diskutiert werden – und oft bleibt sie in der Schwebe oder in einem immer wandelbaren Gleichgewicht.

Nicht jeder kann damit umgehen – und dann bietet Abstinenz für manchen einen Ausweg. Ja, dieser Ausweg wird von beiden Geschlechtern gesucht. Allerdings gibt es auch heute noch einen Sexgap/Gendergap zwischen den Geschlechtern.

Besonders augenfällig wird das im Internet. Junge Frauen, besonders aus bildungsfernen Milieus, identifizieren sich mit dem Terminus »bitch« oder »pussy«, neue Begriffe für das, was in den 1990er-/2000er-Jahren ein »Luder« war. Abstoßend und attraktiv zugleich, zeigen diese Definitionen, wie sexualisiert Otto Normalverbraucherin sein durfte und darf. Gegenwärtig sind Frauen in der Welt der Social Media angesagt, die sich bis zur Alltagsuntauglichkeit Körperteile vergrößern lassen. Sind das die Lotosfüße der Moderne? Sag mir einer, das habe nichts mit Sex oder dem Geschlechterkampf zu tun ...

Ich fasse zusammen: Die Gesellschaft profitiert von der Sexualmoral, indem sie Menschen und Werte schützt. Zugleich kann sie sexuelle Abstinenz begünstigen, wenn sie Menschen unter Druck setzt, die dann in der Sexlosigkeit einen Ausweg suchen.

Was genau aber setzt uns unter Druck? Ich möchte hier die wichtigsten gesellschaftlichen Anforderungen an uns, die u. a. zu Abstinenz führen können, noch einmal kurz hervorheben.

WERBELÜGEN

Ein gänzlich vernachlässigtes Hindernis sind die Werbelügen von Intimpartnern. Klassisch ist, sich anfangs, wenn wir den Partner für uns begeistern wollen, auch im Bett wertschätzend zu zeigen. Wir verkneifen uns ein »Also das war jetzt aber schon ziemlich mies, wie du mich angefasst hast.« Stattdessen heißt es: »Das war wirklich schön.« Und so manches »Du machst mich so geil!« dient nur dazu, mit dem Akt schnell fertig zu werden. Tritt man als langfristiger Partner gegen eigene oder fremde Lobhudeleien an, können Gedanken wie »Fanden die Partner vor mir das tatsächlich erregend? Denn ich tue es nicht.« auftauchen. Wer es dennoch probiert, erntet mitunter ein entrüstetes »Wieso? Ich mach doch alles so wie immer« oder »Alle anderen fanden das großartig«. Wenn Sie weder bis an Ihr Lebensende weiter schauspielern wollen, noch eine Trennung hinnehmbar ist, wird es knifflig. In diese Falle geraten übrigens nicht nur Frauen, die generell Orgasmen vorgespielt haben und irgendwann gern echte hätten. Nur, wie sagen sie ihrem Partner, dass dafür andere Stimulationen notwendig sind? Mächtig verfahren.

LEISTUNGSDENKEN

Da ist zum einen unser Leistungsdenken. Wer unter Leistungsdruck steht, kann oder will oft nicht liefern – und lebt lieber abstinent, das haben wir ja oben im Kapitel »Sex missglückt« bereits gesehen.

Nicht nur unsere Wirtschaft ist auf Leistung und Wachstum ausgelegt, die (preußische) Tugend der Gründlichkeit und darüber hinaus Wettbewerbsfähigkeit sind Ziele, die unsere Gesellschaft weit über die Grenzen unserer Berufstätigkeit hinaus prägen. Sport wird mit dem Ziel betrieben, mit der Mannschaft aufzusteigen oder bei Wettkämpfen anzutreten. Wer singt, versucht sich an Auftritten. Hobbykünstler präsentieren sich professionell auf Kunsthandwerkermärkten wie auch in Galerien. Aus mancher Liebhaberei wird eine Karriere. Beim Sex finden wir eine vergleichbare Professionalisierung von Privatem. Ich sage nur: »Youporn«. Aber auch ohne eine öffentliche Zurschaustellung hat das Leistungsdenken das Regiment in manchem Schlafzimmer übernommen.

KÖRPERKULT

Ferner macht unser Sexyness-Körperkult nicht vor dem Geschlechtsteil halt. Da werden Schamlippen eingekürzt, weil sie angeblich unattraktiv hängen, Penisse verlängert usw. Sogar bis in den intimsten Bereich gibt es Idealmaße. Doch unser Körperkult macht auch vor dem Alter nicht halt, wir sollen »in Schuss« bleiben und im Rentenalter noch ins Fitnessstudio gehen. Frau wie Mann lässt sich straffen, hält sich streng an Diäten, und es ist nicht ungewöhnlich, vom Gatten zur Silberhochzeit neue Brüste geschenkt zu bekommen. Wen wundert, dass schon die Jüngsten lernen, dass es mitzuhalten gilt, wenn Kosmetiklinien von Kindern für Kinder angepriesen werden und Mädchen vor dem Teenageralter vermittelt wird, dass Gesichtscremes, Nagellack und Hairstyling notwendig sind.

TAKT UND TAKTUNG

Verfolgen wir das Leistungsdenken beim Sex weiter. Wir haben ihn nicht nur von der Arbeit mit in die heimischen vier Wände gebracht, wir haben ihn mittlerweile im Schlafzimmer. Erotik und Sex finden nicht mehr in einer geschützten Zone statt. Die Gesellschaft fordert, wie wir sein sollen, was wir tun sollen und wie oft. Puh. Und die Vielbeschäftigten unter uns stöhnen unter dem Zeitdruck. Dazu später ausführlich.

Wir wollen und sollen gut abliefern. Bei der Penetration gilt eine Warp-Hochgeschwindigkeitstaktung als normal, den Pornos ein – fragwürdiger – Dank. Offenbar muss man uns medial den Anglizismus »Slowsex« schmackhaft machen, damit es noch anderes als das sogenannte »Gerammel« gibt. Doch wem das alles zu viel ist oder wird, wer gefühlt nicht mithalten kann oder will, sucht mitunter Zuflucht in der Abstinenz.

SEX MACHT SPASS

Sex is fun. So munkelt man, immer und überall. Darum versuchen viele, allzeit bereit zu sein. Minivibratoren, Handdesinfektion, Feuchttücher und Kondome für die Handtasche, um aus dem Stegreif tätig werden zu können. Spontanität ist ja der Heilige Gral des Sex. Ich darf mal angesichts dieser Schilderung den Gedanken spinnen: »Vielleicht stimmt ja was mit mir nicht, aber ich brauchte noch nie auf einer öffentlichen Toilette einen Minivibrator.« Also trösten Sie sich, wenn dieses Gerät auch in Ihrer Handtasche fehlt. Vieles, was inzwischen vorherrscht, sind unrealistische Vorstellungen, das merke ich, und das kommt mir zu Ohren. Auch ich bin ein Teil dieser Gesellschaft. Ich verbleibe mit einem wohlwollenden High Five in dem sicheren Gefühl: Ich bin nicht allein mit dem Gedanken, nicht jeder Sex ist immer und überall ein großer Spaß.

Der Druck aber bleibt, und er ist klar definiert: Wenn etwas mit dem Sex nicht super läuft, muss es an mir selbst liegen, suchen wir doch gerade bei Leistungsdruck die Schuld bei uns selbst. Was genau haben wir eigentlich darunter zu verstehen, wenn von Sex als Spaßaktivität geredet und geschrieben wird? Dass der Weg in Richtung Höhepunkt Spaß macht, oder der Höhepunkt selbst? Und muss das immer so sein? Klar kann Sex Spaß machen. Unter förderlichen Bedingungen. Aber die finden wir nicht immer vor. Stattdessen geschieht oft etwas anderes, denn wir geraten unter Performance- und Vergnügungsdruck. Und was das für Folgen haben kann, das habe ich oben schon an Beispielen illustriert.

PERFORMANCEDRUCK

Den Begriff der Performance kennen wir ursprünglich aus dem Showgeschäft. Einen »Song performen«, heißt es da und beinhaltet, dass eine gute Darbietung abgeliefert wird, eine Steigerung von Leistungsdruck quasi, denn eine Leistung erreiche ich für mich, eine Performance aber biete ich vor Publikum dar. Auf den Bühnen dieser Welt wird getanzt, Akrobatik geboten, und attraktive Menschen in tollen Kostümen zeigen scheinbar viel Haut. Diese Herangehensweise finden wir im Kleinen auch beim Sex. Da kann man mit Showeffekten, unechtem Stöhnen, sexy Posen und vorgespielten Höhepunkten arbeiten. Dank der Belehrung durch Pornos wissen wir, wie es sein, wie es aussehen und sich anhören sollte. Zumindest denken wir das. Sie erinnern sich vielleicht noch an den Kultfilm »Harry und Sally«, wo die Hauptdarstellerin in einem Diner sitzend einen Orgasmus vortäuscht? – Nein, der Film ist kein Porno. Er spielt nur mit unserem Moralgefühl – und unserer Erwartung. Der gespielte Orgasmus ist ja quasi der Klassiker beim gefakten Sex.

Da die Erwartungshaltung sich durch die Berichterstattung in den Medien vergrößert, fühlen wir uns in der erotischen Zweiersituation unter Druck, beim Sex zu performen. Das schafft Unsicherheiten. Sex wird dann serviceorientiert. Allerdings – und das unterscheidet die Situation der Stars auf den Bühnen erheblich von der unsrigen in der intimen Abgeschiedenheit – können Lichteffekte und die Distanz zum Zuschauer Makel verdecken. Uns daheim bleibt nur ein: »Licht aus!« Oder doch lieber ein: Sexfrei heute!

TÄUSCHUNGSVERSUCHE

Um den Unterschied zwischen Bühnenshow-Täuschungen und Realsex-Täuschungen zu veranschaulichen, gestatten Sie mir einen Exkurs. Vor Jahren hatte ich die Gelegenheit, ganz nah an meine damalige Bauchtanzlehrerin in voller Montur herantreten zu dürfen, allerdings im hellen Tageslicht. Ich staunte nicht schlecht, denn ihr imposantes Kostüm war buchstäblich zusammengetackert und in groben Stichen genäht. Beim Auftritt war das nicht zu bemerken. Beim Sex kommen wir uns aber so nah, dass wir nicht mehr so leicht etwas vortäuschen können. Wir können da auf einen als zu klein empfundenen Penis keine Pailetten kleben, um ihn zu verdecken. Und Lichteffekte zur Ablenkung von einem vermeintlichen

Hängebusen – vergessen Sie es. Wenn der Push-up und die Silikoneinlagen erst mal weg sind, sieht man der Realität ins Antlitz. Also täuschen viele im Bett ganz anderes vor: den Höhepunkt. Das aber ist nicht ohne Risiken für die Beziehung.

ORGASMUSANSPRUCH

Die Aussicht auf einen abschließenden Höhepunkt spukt als Ziel des Sex in zigtausend Köpfen herum. Immer zum Orgasmus kommen zu können oder sogar zu müssen ist jedoch eine zu hohe Erwartung. Sie kann zu Leistungsdruck, Frustration und sogar Funktionsstörungen führen. Wenn im Kopf die Spirale aus Angst vor dem Versagen kreist, geht schnell nichts mehr. Bei jeder Etappe der sexuellen Abläufe biegen Menschen in Richtung Abstinenz ab, doch enormes Unheil birgt der Orgasmusanspruch. Ein Orgasmus, der ungemein schwer zu erreichen ist von Menschen, die ihr Scheitern gedanklich vorwegnehmen. Wir wollen so viel in der »Horizontalen«. Das war nicht immer so. Glauben Sie, in den 1950ern haben sich Männer schlecht gefühlt, wenn sie beim Sex einmal wöchentlich einen Koitus von zwei Minuten Dauer bewältigten? Damals fragte kaum ein Mann nach dem Sex: »Wie war ich?« Wer aber ist für den Orgasmusanspruch verantwortlich? Das sind wir alle, das ist »die Gesellschaft«. Und »kommen« sollen beide beim Sex, Mann und Frau (oder Mann und Mann und Frau und Frau … selbstverständlich). Betrachtet man die heute lebenden Menschen, so war der Anspruch, einen Orgasmus zu erreichen, durchaus nicht lebenslang gegeben: Erst in den 1960er-Jahren wurde die Forderung nach weiblichen Orgasmen laut. Da hatten die Männer tüchtig Nachholbedarf an weiblicher Anatomie und Stimulationskunde. Viele hat das überfordert, und auch heute kann nicht jeder heterosexuelle Mann in seiner Bilanz die Stimulation einer Partnerin bis zum Orgasmus vorweisen.

VON EREKTION UND KOITUS

Trotz aller Freiheit pflegt unsere Gesellschaft recht konstant die Überzeugung, dass Mann für Sex eine Erektion braucht. Wo vormals die Koitusfixierung die Frau in die sexuelle Gefügigkeit drängte, da wendet sich dieser Leitgedanke nunmehr (auch) gegen die Männer. Zu den Orgasmusansprüchen von Frauen kommen Erektionserwartungen hinzu. Das hat Konsequenzen, und die heißen nicht nur Viagra. Eines kann ich Ihnen versichern: An der Erektionsfähigkeit eines Mannes hängt viel Männlichkeit, ergo viel Selbstwert. Das hat die Gesellschaft verbockt. Männer sollen hart sein, insbesondere unterhalb der Gürtellinie. Der Irrglaube, eine Erektion könne generell durch Küssen und einen Griff ans Glied ausgelöst werden ist stark verbreitet. Aber auch Männer funktionieren nicht zwingend auf Knopfdruck. Wer das Hartbleiben in den entscheidenden Minuten nicht draufhat, fühlt sich buchstäblich als »Schlappschwanz«, und die Partner befürchten, nicht reizvoll genug zu sein. Da greift so mancher Mann zu chemischen Helferlein, auch wenn es gar nicht nottäte. Zu Risiken und Nebenwirkungen ... Sie wissen Bescheid.

VON PUPPEN UND TOYS

Im Kontext der Koitus-Verpflichtung finde ich bemerkenswert, zur Anschaffung von wie viel Hilfsmitteln für Sex uns die Wirtschaft anhält. Sie legt die Messlatte maximal hoch, Sextoys kommen heute schließlich mit Orgasmusgarantie daher. Welcher Finger und welche Zunge können da mithalten? Welche Vagina nach natürlichen Geburten und im fortgeschrittenen Lebensalter schafft noch den Druck aus jungen Jahren? Beckenbodengymnastik kann helfen. Aber wer macht sie schon regelmäßig? Wobei: Dafür gibt es ja bereits chirurgische Vaginalstraffungen. Frauen werden zudem mit Platzhaltern versorgt, die endlos können, während Penisse nach dem Erguss zu einem weichen kleinen Etwas herniedersinken. Eine Sammlung von Helferlein in den Nachttischschubladen der Damen ist zum Must-have geworden. Nur die Heteromänner sind diesbezüglich wenig auskunftsfreudig. Oder haben Sie im Freundeskreis von einem Mann gehört: »Logo benutze ich gern mal meine Sexpuppe.« Oder: »Der Unterdruck meiner Taschenmuschi ist sensationell.« – Nein, noch nie gehört? Ich auch nicht. Dabei kennt man seit Unzeiten Masturbatoren für Männer, also künstliche Vaginas mit verschiedenen Funktionen. Denken Sie, Männer besäßen keine Sextoys? Die Gerätschaften zur Steigerung der Lust werden kontinuierlich weiterentwickelt, das ist schließlich ein großer Markt. Sex Dolls, die als Partnerinnenersatz dienen, haben u. a. eine sagenhaft samtige »Haut« – und sie erleben gerade während der Corona-Krise einen wahrhaften Boom. Hinsichtlich Paarsex gehen die Nutzer freilich leer aus, d. h., nach meiner Definition leben sie abstinent.

BEFRIEDIGENDE ERSATZWELTEN

Einfach ist es nicht, in der Realität lustvoll und sinnlich zu genießen, dabei gibt es so viele Möglichkeiten. Und noch mehr können käuflich erworben werden, um endlich auch einen sogenannten Flow-Moment zu erleben. Eine Vielzahl an Menschen stürzt sich lustvoll in Hobbys. Ganz gleich ob beim Sport, beim Musizieren oder der Schriftstellerei: Was uns viel gibt, kann Sex durchaus auch ersetzen. Wer ohne Sex, aber dafür mit Opern oder Bildhauerei zufrieden ist, im Umgang mit dem Haustier oder …, der kann sich meines Erachtens glücklich schätzen. Leider werden solch nicht sexuelle Befriedigungsfelder seitens einiger Freudianer als schlechter Notbehelf weniger hoch geschätzt als genussvoller Sex. Ich muss feststellen: Ich hatte mitunter schon mehr Freude beim Modellieren als beim Sex, aber auch andersrum. Bilden

Sie sich am besten Ihre eigene Meinung dazu und entscheiden Sie für sich bestmöglich.

Es gibt dazu immer mehr Innovationen, die in Wettstreit mit der Realität treten. Kürzlich habe ich eine VR-Brille der neuen Generation getestet. Wow! Ich muss schon sagen, dass ich es toll fand. Es war dort so anders, bunt, schön, was ich sah. Ich wäre gern in dieser anderen Welt geblieben. Dabei habe ich nur einige kleine Gimmicks ausgetestet. Ich bin nicht einmal in eine Fantasiewelt eingetaucht, in der ich Kontakt mit virtuellen Wesen hatte. Das technische Equipment ist in der Anschaffung recht kostspielig, aber eine beeindruckende Alternative. Wie kann da die Realität mithalten?

FREMDVERLIEBEN UND CHAT-KONTAKT

Noch einmal ein völlig anderes Kaliber sind virtuelle Kontakte mit echten Menschen. Manchmal kommen Paare zu mir, in deren Beziehung sich einer der Partner zunehmend zurückgezogen hat, weil er sich fremdverliebt hat in einen Chat-Kontakt. Liebesgeschichten und auch Sexkontakte ohne reales Kennenlernen machen es leicht, sich den eigenen Wünschen und Projektionen hinzugeben. Man wird diesen so vertraut wirkenden und unbekannten Menschen nicht in ausgeleiertem Slip oder mit Schweißgeruch erleben. Fantastisch, das ist eben besser als die Realität! Leider birgt das die Gefahr, auf ein Fake-Profil hereinzufallen. Auf Qualitäten, die man nicht wirklich überprüfen kann, außer man probiert sich aus. Macht das, was alle tun.

WEIL ES ALLE TUN

Diese ominösen »alle« sind nur angeblich Helden der Matratze; insbesondere, was die Männer angeht. Aber wussten Sie, dass Sex-Reportagen und Pornos viel häufiger zu Fortbildungszwecken angesehen werden, als das jemand zugeben würde? Porno als Infotainment. Yes. Oder was denken Sie, woher die Intimfrisurmode kommt? Weil es so viel Spaß macht und sich wie Wellness anfühlt, in krampfigen Verrenkungen dazustehen, um den Intimbereich zu enthaaren? Wieso machen bei dieser Mode so viele mit, obwohl es nervt, schmerzt (Epilation, Waxing), sich rasch unangenehm anfühlt, durch all die Mittelchen und Gerätschaften auf die Dauer mehr kostet als manches Hobby? Weil es hygienischer und hübscher ist? Jajaja, je kürzer die Hecke, umso größer wirkt das Haus. So sagt der Volksmund. Will sagen: Je kürzer das Haar, umso größer wirkt der Penis. Leider gilt das auch für die Frauen, die ihre Labien (Venuslippen) nicht mögen. Also: Lohnt sich die Mühe der Enthaarung? Was im kommerziellen oder privaten Porno beobachtbar ist, wird schnell als allgemein gültig wahrgenommen. Glauben Sie mir, viele kommerzielle Sexclips zielen darauf ab, wie eine Laienproduktion zu wirken. Damit die Grenzen verschwimmen zwischen dem, was gesellschaftlich akzeptabel ist, dem, was Umsatz bringt – und dem ursprünglich gar nicht Gebrauchten. Das ist Absicht, und uns allen wird viel Geld aus der Tasche gelockt. Kein Wunder, dass so gern ein falscher Eindruck davon erweckt wird, wie es wirklich in unseren Betten aussieht.

(VOR-)BILDER FÜR DIE JUGEND

Gerade der unkontrollierte Konsum unter Minderjährigen beruht vielfach auf Sexclips aus dem Bereich der Paraphilie[14]. Manch ein Elternteil wäre mit dem Anblick überfordert. Doch diese ungefilterten Eindrücke beeinflussen junge Menschen, die ihre Erwartungen an Sex daran orientieren. Und bei passender Gelegenheit inszenieren sie den eigenen Sex nach Maßgabe des Gesehenen. Sie entwickeln früh schon Sorgen, weil sie sich unzureichend fühlen. Oder sie freuen sich auf Dinge, die möglicherweise nie geschehen werden. Das muss frustrieren. Eben weil es nicht alle so tun, wie man dachte. Manche schaffen es hinein in Partnerschaften. Andere tun sich mit ihrem Welt- und Sexbild zu schwer, um das zu bewerkstelligen. Denn es ist einfacher, sich unzensiert und ohne den sozialen Druck vor den Lieblingsclips »einen von der Palme zu wedeln«, statt sich beharrlich durch die Dating-Phasen vorzuarbeiten, ohne absehen zu können, ob man jemals an den Ziel-Sex der eigenen Träume gelangt ... jedenfalls soweit das eigene Träume sind und nicht Zerrbilder aus den Pornos. Wie man an dem als besorgniserregend eingestuften Rückgang des Paarsex bei amerikanischen Jugendlichen und jungen Erwachsenen sehen kann, machen schlechte Vorbilder das Sexleben unsicher.[15] Zudem wird beim Porno der Eindruck weiter geprägt, gelungener Sex müsse Sex mit Koitus sein ...

ROLLENVIELFALT

Unsere Gesellschaft bewältigt Vielfalt in den verschiedensten Bereichen: zuwanderungsbedingt, durch die Auffächerung von Geschlechtsidentitäten, infolge von politischen oder religiösen (Sub-)Kulturen, parallel existierenden Communitys innerhalb der Bevölkerung ... Wir alle passen uns an Gruppen an in Sachen Lifestyle, Image, aber auch da, wo es um Beziehungsformen geht. Dann stehen uns die entsprechenden Netzwerke zur Disposition, wir tauschen uns aus – und üben subtil Druck aufeinander aus. Die (zumeist unausgesprochene) Verpflichtung, sich an einen Beziehungspartner anzupassen, kann darüber bestimmen, für welche Gruppenzugehörigkeit wir uns entscheiden. Das ist nicht einfach – und die Bandbreite ist so groß wie die Menschen unterschiedlich sind, die in unserer Gesellschaft leben.

Betrachten wir die Fluidität von Geschlechtsidentitäten, hinkt die Bevölkerung größtenteils hinterher, sich den Menschen angemessen gegenüber zu verhalten und mit den gesamtgesellschaftlichen Veränderungen Schritt zu halten. Nun bestehen ja schon zwischen den Partnern in einer Beziehung gravierende Unterschiede in der Einschätzung von Erotik, die automatisch Auswirkungen auf den Sex haben. Beispielsweise langweilt sich der eine im Bett und strebt das Experimentieren mit neuen Partnern an, während das Gegenüber noch nicht einmal das gemeinsame Ausleben von Erotik im Kopf hat. Dann kann es passieren, dass sich einer der Partner mit ggf. auch moralisierenden Statements aus der gemeinsamen Sexualität herauswindet. Spannend ist auch die Gestaltung der Paarsexualität, wenn genderfluide Partner beteiligt sind.

Natürlich braucht man keine Leidenschaft für Dominanzsessions, um mit Rollen durcheinanderzugeraten. Auch für Fans von Plüschsex kann es eine echte Herausforderung darstellen, in dem liebevollen Papi mit der Babykotze am Shirt den sexy Kerl von früher zu sehen. Oder was passiert, wenn der bisher selbstbewusste Part nicht mehr dasselbe fühlt und darstellt, weil er im Job degradiert oder entlassen wurde bzw. als Unternehmer Insolvenz anmelden muss? Das macht einiges, nicht zuletzt impotent. Es verändert Rollen. Und oft auch die Attraktivität des gemeinsamen Sex.

MACHT MACHT WAS

Jedwedes Machtverhältnis steht zur Debatte, wenn es um Sex geht. Die Rolle der Domina als maximal sexuell ermächtigte Frau und ihr zu Füßen der männliche Sub – klare Verhältnisse, doch die sind selten. Was stellt man an, wenn man in der Liebesbeziehung erkennt: Wir sind beide Sadisten. Oder Masochisten. Wir wollen beide passiv sein. Fehlt die Rollenergänzung und die Bereitschaft, der eigenen Natur zuwiderhandelnd Sex zu praktizieren, dann schauen Paare dem Ende der gemeinsamen Erotik entgegen. Da gibt es keinen mehr, der sofort ausgleicht und kompensiert. Die Frau als das willfährige Sexkätzchen? Auch das ist das von ihr autonom gewählte Rollenbild. Sie wirkt dann wie ein fremdbestimmtes Objekt. Wir nennen das »Metakomplementarität«, wenn ich bestimme, dass du über mich bestimmst. Verwirrung macht sich breit.

Natürlich gab es auch schon vor der gesetzlichen Gleichstellung von Frauen welche, die sich nicht fügten und individuelle Machtungleichgewichte hinter verschlossenen Türen errichteten oder sich nach Kräften entzogen und verweigerten. Allerdings waren dies private, nahezu geheime Habitate der weiblichen sowie männlichen Souveränität. Wären Informationen über derlei Machtverkehrungen an die Öffentlichkeit gelangt, hätte dies fatale Folgen gehabt. Vergessen wir aber eines nicht: Schon der Wunsch, nur dann Sex zu haben, wenn man Lust dazu hat, wird heute schief angesehen. Wo bleibt da die Freiheit?

ALLES IM WANDEL

Die Biografien von uns Erwachsenen weisen zunehmend Brüche auf. Menschen reagieren auf Veränderungen in ihrem Lebensumfeld. Das muss nicht einmal ein gesundheitlicher Vor- oder Verfall sein. Da reicht es, wenn altersbedingt ein bedeutsam aufgeladenes Ereignis naht, wie z. B. der »runde« Geburtstag. Dann reagieren wir sensibel. Bewerten alles neu: das eigene Leben, Entscheidungen, aber auch sexuelle Befindlichkeiten. Wir dürfen uns umentscheiden. Unsere Lebensentwürfe neu denken und umsetzen. Allerdings in Grenzen.

Veränderungen bieten neue Chancen, neue Lebensfelder. Sie haben aber auch ihren Preis. Und damit meine ich die Menschen, die wir auf den neu eingeschlagenen Wegen hinter uns lassen. Die uns nicht weiter begleiten. Dann stehen Abschiede an, mal bittersüß, mal im Rosenkrieg ausgefochten. Wir alle verändern uns ständig, da bleibt schon einmal nicht nur ein geliebter Mensch auf der Strecke, sondern auch die geliebte Sexualität. Dann heißt es vielleicht auch einmal, auf gemeinsam gelebte Lust zu verzichten. Macht uns das zu schlechteren Menschen? Gehört das nicht zur Sexfreiheit dazu, auch einmal frei zu nehmen, gerade weil Unsicherheit der ständige Begleiter des Wandels ist?

GESCHLECHTERIDENTITÄTEN

Wie wir gerade gesehen haben, ändern wir uns ein ganzes Leben lang. Manche von uns benötigen länger als andere, um für sich die momentan genussvolle Sexualität zu entdecken. Haben Sie sich bereits mit den aktuellen Identitätsoptionen beschäftigt? Da gibt es neben Mann und Frau die Intersex-Person bzw. diverse Geschlechtsidentitäten (offizieller Eintrag lautet inter*Person), Genderfluid (wechselhaft mal männlich, mal weiblich), Transidentität (Eintrag trans*Person; fühlen sich im falschen Körper), Bigender/Epicene (also beide Geschlechter), Demigirl (halbes Mädchen), Demiboy (halber Junge), Agender (keinem Geschlecht zugehörig), Neutrois bzw. Aliagender (geschlechtsneutral), Pansexuelle. Mächtig viel Neuland, nicht wahr?

Sie sehen schon: Viele der Begriffe sind Ihnen nicht bekannt. Und die Allgemeinheit tut sich noch schwer, diese Termini zu ordnen – und zu verstehen, was sich dahinter verbirgt. Am wenigsten bekannt dürfte aber sein, wie viel emotionales Elend es mit sich bringen kann, sich schwerzutun mit der Antwort auf die Frage »Was bin ich«. Unsere Identität, also unser ureigenster Kern ist gemeint. Und Menschen, die bis vor geraumer Zeit nicht einmal einen Namen für ihre Identität hatten, haben es wahrhaftig nicht leicht gehabt. Die Gesellschaft hat ihre Schwierigkeiten im Umgang mit den Betroffenen aufzulösen versucht, indem sie diese als gestört zusammenfasste und diskriminierte. Mag das auch normal sein, so ist es deshalb noch lange nicht akzeptabel. In dem Dorf in NRW, in dem ich aufwuchs, gab es eine Transperson Mann zu Frau. Ich erinnere sehr gut das Gerede, die abfälligen Blicke und die soziale Ächtung. Ich habe die betreffende Person ausschließlich allein gesehen. Wie einsam muss das gewesen sein! Aus der Not heraus haben sich viele Betroffene schon in die sexuelle Abstinenz geflüchtet. Wenn ich als Mensch nicht weiß, was ich bin, wie soll ich wissen, mit wem Sex zu haben für mich passt?

Manchmal ist Abstinenz dann der erste Halt auf dem Weg zu einer stimmigen Sexualität, die dem Menschen wirklich entspricht. Warum sollten wir das nicht endlich normal finden: Abstinenz auch als einen Schutzmechanismus zu sehen, mit dem wir uns vor unpassenden sexuellen Aktivitäten schützen.

EINE WIN-WIN-SITUATION

Das Brimborium um die sexuelle Funktionsfähigkeit bei Männern und Frauen hängt übrigens eng damit zusammen, dass der Koitus zum wichtigen Bestandteil von Sex verklärt wird. Im Grunde ist es für zigtausend Männer und Frauen eine gesellschaftlich verankerte Lose-Lose-Situation, dass sie den Geschlechtsverkehr als so wesentlich für ihr Sexleben akzeptieren, obwohl diese Verpflichtung oftmals Kränkungen und andere negative Eindrücke mit sich bringt. Vielleicht sollten wir mal in Betracht ziehen, Geschlechtsverkehr zur Verhandlungssache zu machen. Und dann kann man sich auch mal zu (gegenseitiger) Sexfreiheit durchringen. Wie solche Gespräche aussehen könnten, dazu weiter unten mehr.

Wird der Spagat zwischen dem supertollen Sex, von dem alle Welt erzählt, und der erlebten, schweißtreibenden Frustnummer zu groß, muss man sich jedenfalls entscheiden. Entweder man schlägt sich auf die Seite der Sex-PR und stimmt ein in das Ewige: »Sex ist super. Immer. Offensichtlich bin ich unfähig, das so hinzukriegen, und ich dilettiere zu meinem Leidwesen und dem meines Partners schlecht gelaunt vor mich hin. Getragen vielleicht von der Hoffnung, dass mit einem neuen Partner, nach Lektüre des x-ten Ratgebers oder mit dem modernsten Sextoy plötzlich alles endlich so wird wie medial versprochen ...« Oder es bleibt beim: »Sex ist kacke. Sex ist immer kacke, und deshalb auch sinnlos.« Letztlich muss das jeder für sich entscheiden. Bemerkenswert ist allerdings, dass beide Extreme Abstinenz produzieren können. Ups! In dem einen Fall geschieht das eher, denn Sex macht dann nach landläufiger Definition keinen Sinn. In dem anderen später, weil Sex sowieso nicht gut ist.

Der entscheidende Tipp und meine Forderung

Meine Empfehlung lautet deswegen: Schauen Sie sich an, was Ihnen wirklich in Zusammenhang mit Sex passiert (ist) und wie gut oder schlecht sich das anfühlte; körperlich wie emotional. Dabei und auch danach. Und lassen Sie nicht gelten, was darüber gesprochen oder gezeigt wird. Bilden Sie sich eine eigene Meinung. Nur Mut, denn nur wenn man sich darüber klar wird, was genau unangenehm ist, Stress und Unsicherheit schafft oder die Laune verdirbt, kann man sich auf den Weg machen, etwas zu verbessern. Das kann auch ein Aufhören sein. Weil Sex vielleicht schlecht ist für mich persönlich. Zumindest im Augenblick, oder in dem einen Moment oder wie und mit wem er stattfand. Und wenn es schön war, schön. Dann lautet das Motto: Wieder oder weitermachen, wenn und wie Sie mögen. Da ist es doch egal, was die anderen tun.

Und was ist, wenn uns zu viel wird, wozu wir uns verpflichtet fühlen? Wenn wir abstinent leben wollen und uns dadurch vom geliebten Menschen entfremden? Dann sage ich: Stopp! Kriegen wir das vielleicht besser hin? Vielleicht bürden wir uns beim Sex zu viel auf.

Lassen Sie uns zur Abwechslung doch mal öffentlich darüber sprechen! Dass die sexualisierten Darstellungen in den Medien zu Entertainment- und Nachahmungszwecken realitätsfern sind. Den Marlboro-Mann gibt es schon lange nicht mehr, und dass Rauchen schädliche Auswirkungen haben kann, finden wir auf jeder Zigarettenschachtel. So drastische Hinweise würde ich für Sex nicht wollen. Nur finde ich, wir müssen mal über Abstinenz als gesunde Reaktion auf zum Teil kranke (gesellschaftlich geprägte) Maßstäbe ins Gespräch miteinander kommen. Wir sollten aufhören, einander unter Druck zu setzen, insbesondere medial. Gerade durch audiovisuelle Medien, in denen Fake News über die sexuellen Gewohnheiten der Allgemeinheit verbreitet werden, wird viel Druck aufgebaut. Medien aber bilden nicht per se die Realität ab. Lassen Sie uns darüber diskutieren, ob Sex in den Social Media etwas ist, bei dem die perfiden Belohnungsmechanismen wie Likes, Follower- und Abonnentenzahlen uns unnötig anfixen. Was für ein falsches Abbild der gesellschaftlichen Wirklichkeiten dadurch erzeugt wird! Dabei waren diese Ranking-Instrumente ursprünglich dazu gedacht, mehr Wertschätzung in die Welt zu tragen. Inzwischen begünstigen sie die Entwicklung von Depressionen, Trennungen – und Abstinenz. Davon abgesehen: Wahrheit ist langweilig. Desinformation, besonders wenn sie mit Skandalen arbeitet, ist viel spannender und dadurch profitabler. Merken Sie sich also: Nur weil etwas als Bestandsaufnahme ausgegeben wird, kann es durchaus eine Randgruppenerscheinung oder auch gänzlich erfunden sein.

Ich fasse zusammen: Unsere Gesellschaft fördert Sex. Allerdings handelt es sich dabei um Hochleistungssex mit Orgasmus für Schöne und Findige. Sie legt die Messlatte für guten Sex so hoch, dass die Allgemeinheit oft nicht über die hohe Hürde kommt. Manchmal einfach nur aus Zeitmangel. Aus Partnermangel. Oder weil wir gar nicht genau wissen, welche Art von Partner wir suchen. Und wir sehen auch nicht unbedingt gut aus beim Sex. Ich sage nur »Orgasmusgesicht«. Allerdings wird genau DAS verschwiegen. Dass es normal ist, wenn der Sex nicht großartig ist und wir dabei nicht schön sind. Und der Druck, Schönheit und Wahnsinnssex anzustreben, stresst uns, er führt zu Komplexen, Egoproblemen, Funktionsstörungen – und ganz häufig auch zu Abstinenz.

Welche Schlüsse können wir daraus ziehen? Wir alle entwickeln uns nun einmal individuell. Das heißt aber auch: Wer gerade keine Lust hat, der hat eben keine Lust und lebt auch schon einmal abstinent. Ihnen geht das auch (gerade/manchmal/aktuell/wiederholt) so? Dann wundern Sie sich nicht, wenn Sie sich deshalb unter Druck gesetzt fühlen. Das ist verständlich. Unsere Gesellschaft hat es bisher noch nicht geschafft, sich dieser Problematik behutsam zuzuwenden. Wir gehen mit dem Thema um wie ein kleines Kind: Wir halten uns die Augen zu in der Hoffnung, dass nicht mehr da ist, was man nicht sieht oder nicht sehen will. Lassen Sie sich versichern: Nicht Sie sind schräg, sondern die Allgemeinheit hat es bislang versäumt, einen adäquaten Umgang mit Sex und mit den Abstinenten zu entwickeln. Bleiben wir am Ball.

LÖSUNGSANSÄTZE FÜR ABSTINENZKONFLIKTE

Jede einzelne Partnerschaft ist ein hochkomplexes soziales Gefüge, zu dem die beiden Partner unzählige einzigartige Erfahrungen, Prägungen und Konzepte mitbringen. Kein Wunder also, dass der Verlauf einer Beziehung nicht vorhersagbar ist. Daher ist es mir – so verlockend die Kapitelüberschrift auch klingt – nicht möglich, Ihnen oder auch Paaren einen konkreten Masterplan mitzugeben. Das ist die schlechte Nachricht.

Die gute Nachricht lautet: In diesem Kapitel werde ich Ihnen vier praxisnahe und auch praktikable Empfehlungen an die Hand geben, die Ihnen bei Problemen rund um das Thema Abstinenz helfen können. Sie basieren auf den Erfahrungen, die ich mit abstinenten Einzelpersonen und Paaren gemacht habe. Die vorgeschlagenen Vorgehensweisen waren bei vielen meiner Patienten erfolgreich. Es handelt sich dabei um ganz verschiedene Strategien, etwa eine veränderte innere Haltung, die hilfreich sein kann.

Meine Tipps ersetzen nicht die Zusammenarbeit mit einem erfahrenen Therapeuten, der mehr tut, als Sie für Ihre Lösungsversuche zu loben. Ein neutraler Dritter ist nicht nur zur Erfolgskontrolle wichtig, sondern auch für das Wahren einer professionellen Distanz – und zuweilen auch für so etwas wie zwischenmenschliche Zuwendung. Manchmal ist das hilfreicher als jede Erklärung.

Natürlich kommen auch Betroffene zu mir, die bereits Erfahrungen mit Gesprächen über ihr Problem gemacht haben. Warum Unterhaltungen mit Nicht-Therapeuten anders verlaufen, möchte ich kurz schildern. Denn sie sind nicht ohne Tücken. Vielleicht helfe ich Ihnen dadurch, Untiefen zu vermeiden.

Manch Abstinente ziehen die eigene Mutter, eine gute Freundin, den väterlichen Berater oder den Pastor ins Vertrauen. Das finde ich gut und mutig, weil es die Chance bietet, sich Luft zu machen. Wie bei einem Dampfkochtopf, bei dem man den Deckel hebt. Sie ernten Verständnis und treffen eventuell sogar auf jemanden mit eigenen Erfahrungen oder im Falle eines Pastors auch auf professionelle Distanz. Wie beim Dampfkochtopf reicht das Heben des Deckels aber nicht aus, um die verbruzzelnden Möhren zu retten: Solange der Herd angeschaltet bleibt, brennt das Essen an. So ist es auch mit dem Abstinenzkonflikt. Indem Sie mit Personen Ihres Vertrauens sprechen, bleibt das eigentliche Problem weiter bestehen und verursacht Ärger und neuen Dampf.

Wie mir Schilderungen meiner Patienten gezeigt haben, fühlen sich die meisten um Rat Gefragten eher hilflos angesichts der Aufgabe. Manche privaten Ratgeber übertragen eigene Beziehungserfahrungen auf das Rat suchende Paar. Die besonderen Eigenheiten genau Ihres Problems werden übersehen. Oft hört man dann Geschlechtsstereotypen: »Mein letzter Lebensgefährte war auch so ... Männer sind halt so.« Oder der Ratgeber selbst ist emotional betroffen. Da fällt es schwer zu sagen: »Ich glaube, DAS ist nicht unser Problem.« Dann fühlt sich ein Befragter gern einmal gekränkt. Zusätzlich erwarten Ratgeber oft, dass ihre Empfehlungen beherzigt werden. So wie bei den B.s, deren engste Freundin mit dem Paar Gespräche führte. Grundtenor war, dass Frau B. sich »bloß überwinden müsse. Dann macht Sex schon Spaß«. Die Erwiderung von Frau B., so habe sie es bereits in den vergangenen drei Jahren vergeblich versucht, stieß auf taube Ohren.

Leider grenzt mancher Rat an Bevormundung. Und parteiisch ist der beste Freund oder die beste Freundin für gewöhnlich auch noch. Das liegt in der Natur der Sache. Deshalb können Therapeuten die eigenen Angehörigen oder Freunde nicht therapieren. Da würden sie es nämlich vermutlich genauso machen.

Worauf man bei der Wahl eines Therapeuten achten soll? Zuallererst auf Sympathie. Er oder sie sollte eine angemessene therapeutische Distanz wahren können und sich mit eigenen Idealen und Vorstellungen zurücknehmen. Darüber hinaus sollten Therapeuten in der Lage sein, sich verständlich und denkbar kränkungsarm auszudrücken. Vergessen Sie auch nicht, dass das Insiderwissen über Ihr Liebesleben nicht im Anschluss an ein vertrauensvolles Gespräch aus der Welt ist. Wo eine vielleicht noch so freundschaftlich geschätzte Plaudertasche aus Ihrem privaten Umfeld Sie ungestraft zum Tagesgespräch der Kleinstadt machen könnte, unterliegen Therapeuten der zudem Schweigepflicht. Im Übrigen sind wir so schnell nicht zu schocken. Während Ihr Kumpel mit »Boa, waaas?!« auf Äußerungen über Ihr Intimleben reagiert, sitzt der Therapeut entspannt vor Ihnen. Damit will ich sagen: Bei Therapeuten können viele Menschen erstmals in ihrem gesamten Leben frei von der Leber weg erzählen – ohne die Angst, verurteilt oder abgelehnt zu werden. Wir können das, weil wir es gelernt haben. Und wir hören viel darüber, was wirklich hinter verschlossenen Türen geschieht. Folglich unterscheidet sich unser Normalitätsbegriff deutlich von dem Rest der Bevölkerung. Und normal – das hatten wir ja im vorangegangenen Kapitel – ist relativ. Was heißt das schon?

Hier stelle ich Ihnen im Folgenden vier Optionen vor, mit denen ich im Praxisalltag bereits Paaren mit Konflikten rund um sexuelle Abstinenz erfolgreich habe helfen können. Alle vier sind umso Erfolg versprechender als sie mit dem Tabu rund um Sexlosigkeit brechen und das Verständnis aufbringen, dass beide Partner das Problem mit der Abstinenz teilen. Und dass ergo beide gemeinsam eine Lösung erarbeiten können:

Wünschen beide Sex, muss sich etwas ändern

Das ist erfahrungsgemäß die Hoffnung von Patienten, die mit dem Problem der Abstinenz zu mir kommen; zumindest ist es das, was in meinem Beisein geäußert wird. Der abstinente Part lässt sich wieder auf gemeinsame erotische Aktivitäten ein. So wie beispielsweise bei einem Mann, der lernt, seine Frau zu stimulieren. Das macht Sex für seine Liebste interessant und erstrebenswert.

Das mag jetzt unrealistisch einfach klingen. So einfach ist es aber gar nicht, denn: Sie müssen damit rechnen, dass im Vorfeld viel Klärungsarbeit erforderlich ist. Der eine oder die andere muss vielleicht mit kränkenden Informationen fertigwerden. So wie bei Frauen, die meinen, ihr Oralsex sei für ihren Partner ein Gottesgeschenk. Und dann bekommen sie vielleicht mitgeteilt, dass sie ihn anders ausführen oder besser ganz weglassen müssten. Das ist nicht leicht.

Sorry, wenn der ein oder andere Begehrende hier gehofft hat, es wäre damit getan, ein Sexualtherapeut würde Ihrem abstinenten Gegenüber sagen: »Das ist nicht normal. So können Sie das nicht machen. Sehen Sie mal zu, dass Sie sich zusammenreißen und wieder Sex haben.« Und da Sexualtherapeuten ja Experten sind, wird es dann so gemacht. Nein, so funktioniert das nicht. Sie erinnern sich: Mir geht es auch darum, dass wir lernen, sexfreies Leben zu akzeptieren. Das beinhaltet in der Paartherapie konkret, für beide Patienten gleichermaßen da zu sein und auf sie einzugehen. Da kann eine Lösung sein, neuen Sex zu entdecken. Oder eben auch, ganz darauf zu verzichten.

Wenn sich ein Paar auf den Weg macht, sich sexuell neu zu entdecken, geht es bei Weitem nicht nur um drei neue Stellungen oder ungewöhnliche Orte. Denn erfahrungsgemäß treten beide mit sehr viel Frust und schlechten Gefühlen und Angst an den Start. Angst, dass es doch nicht klappt. Dass auch dieser x-te Versuch nicht hilft. Dass sie einander verlieren werden, selbst nach größtem Einsatz von Liebe, Vertrauen und Lebenskraft. Da schnippt niemand mit dem Finger, und alles ist ab morgen toll. Von der Vorstellung sollten Sie sich rein aus Selbstschutz verabschieden.

Für diesen Ansatz brauchen beide sehr viel Geduld, Vertrauen und genügend Spielraum, um sich Fehler und ungeschickte Anläufe leisten zu können. Ist das bei Ihnen der Fall? Paare, bei denen die Trennung bereits im Raum steht, haben deutlich schlechtere Erfolgschancen. Manchmal sind die Beteiligten emotional so ausgemergelt, dass ihnen eine intensive Therapie nicht zugemutet werden darf. Zumindest sehe ich es so. Wenn ein Partner sich aus anderen Gründen in einer Krise befindet – durch beispielsweise den Verlust des Arbeitsplatzes oder eine schwere Krankheit –, ist sein Durchhalten im Alltag wichtiger. Das kommt nicht sehr häufig vor. Gut so für die Paare.

Natürlich können Sie sich auch ohne Therapeuten auf den Weg machen. Paare mit zwei körperlich wie emotional fitten Liebespartnern, die an ihrem Liebesleben arbeiten wollen und auch können, dürfen sehr, sehr gerne im Alleingang ausprobieren, was ihnen hilfreich erscheint. Je weiter der Raubbau am Fundament Ihrer Partnerschaft fortgeschritten ist, umso sinnvoller ist das Hinzuziehen eines Therapeuten. Denn er hat z.B. im Blick: Verfügen beide Partner über die Kraft, sich dem Problem zu widmen? Macht es Sinn, dass beide erst einmal im gemeinsamen Zuhause auf Abstand gehen, um Streit zu reduzieren? Was ist mit vorhandenen Kindern des Paares? Droht ihr Wohlergehen vor lauter Erwachsenenleid übersehen zu werden? Brauchen die Erwachsenen eine Art Erste-Hilfe-Kasten, um beim Streiten ein Ende zu finden?

Nicht immer gelingt dieser Ansatz, konstruktiv einen neuen Weg zu finden. Bei Erstgesprächen geht es manchmal darum, beide Beteiligten dabei zu unterstützen, die eigene Haut zu retten. Etwa bei Aggressionen anderswo unterzukommen. Aber ich gehe gerne davon aus, dass Sie ja bereit sind, Hilfe zu suchen, eventuell Sex auszuprobieren, Ihr abstinentes Leben in Ihr Paarleben zu integrieren – denn Sie haben mein Buch in den Händen. Daher möchte ich Sie ermuntern, den Partner anzusprechen, wie das wäre, etwas Neues auszuprobieren, vielleicht begleitet von einem Therapeuten?

Wege, eine Partnerschaft mit Abstinenzwunsch zu gestalten

Das ist oft der heimliche Wunsch von Abstinenten. Bisher machen es das gesellschaftliche Tabu und die strikte Forderung des begehrenden Partners schwer bis unmöglich, solche Wünsche risikoarm zu äußern. Dabei könnte es zweifelsohne ihr Leben um vieles einfacher machen, wenn das stumme oder auch laute Leiden des Partners sich in Verständnis wandeln könnte. Wenn sexfreies Leben normal wäre. Ein ganz normaler Wunsch innerhalb einer Partnerschaft ...

Ist Abstinenz tatsächlich der bisher verschwiegene Wunsch eines Partners, hilft es beiden und der gemeinsamen Partnerschaft, wenn er ausgesprochen wird. Lügen wie »irgendwann ...« fordert auf Dauer einen hohen Preis. Es bleibt zu fragen: Gestehen Sie das Ihrem Partner wirklich zu, dass Sie seinetwegen eine Lüge leben? Das klingt so vorwurfsvoll, ich meine es aber ganz pragmatisch. Denn wenn das Lügen okay ist, haben Sie beide für sich ganz andere Möglichkeiten, mit Ihrer Abstinenz umzugehen.

Generell sollte sich jemand mit Abstinenzwunsch, der in Partnerschaft mit einem Begehrenden lebt, klar darüber sein, dass der Abstinente hier immer im Vorteil ist, solange laut Gesetz ein Nein zum Sex akzeptiert werden muss. Das ist – so unpopulär Sexlosigkeit auch ist – geltendes Recht. Die wenigsten von Ihnen werden das so sehen können, ich weiß. Aber die Zeiten, in denen sich jemand wegen Zerrüttung einer Ehe durch Sexmangel aus ehelichen Verbindlichkeiten herauswinden konnte, sind längst vorbei. Ein sexbedürftiger Partner kann noch so lange nörgeln, jammern, Ultimaten stellen, mit Beziehungsabbruch oder Fremdgehen drohen: Solange der Abstinente bei seiner fehlenden Bereitschaft bleibt, kann der andere nur zwischen Bleiben, Fremdgehen oder Gehen wählen. Und: Wer gehen will, kann das jederzeit. Also die Beziehung beenden. Das ist die andere Seite.

Wer sich fürs Gehen entscheidet, tut dies nicht, weil er den Partner nicht liebte, sondern weil er sich enttäuscht fühlt, gekränkt und den Mangel an Sex schlicht nicht mehr aushält. Ein solches Ungleichgewicht in der Partnerschaft ist ungut, denn jede Option fühlt sich falsch an.

Paare, die wegen so eines Abstinenzkonflikts in Therapie kommen, wissen das. Selbst wenn sie es nicht zugeben. Oft erscheinen diese Paaren beide gemeinsam, zumal wenn die Sexlosigkeit schon ein Weilchen besteht. Womit die Begehrenden unter Beweis gestellt haben, dass sie warten können. Das Argument vom Begehrenden, so nicht leben zu können, ist damit allerdings bereits widerlegt. Dass die gemeinsame Zeit ohne Sex nicht nur die reine Freude war, ist ein anderes Thema.

Generell kann mit offenen Karten besser verhandelt werden. Manchmal kommt man in einer Therapie nicht voran – und da wir Therapeuten nicht Gedanken lesen können, bleiben Paare unerwartet stecken. Das hat meistens damit zu tun, dass der Abstinenzwunsch ein stummer Wunsch bleibt.

Um Ihnen Mut zu machen, zu diesem Wunsch zu stehen: Begehrende sind oft erstaunlich belastbar, was das Aushalten sexloser Zeiten angeht. Das kann ausgerechnet bei Ihnen und in Ihrer Partnerschaft anders sein. Aber auch darüber sollten wir dann offen reden.

Tatsächlich gibt es Begehrende wie Abstinente, die ihre Beziehung für nichts in der Welt aufgeben würden. Sie würden sich eher ihren rechten Arm amputieren lassen, als sich zu trennen. Nur – jetzt kommt was ganz Wichtiges: Das macht sie nicht weniger hilflos, bedürftig und dringendst auf Hilfe angewiesen. »Ich mache alles, um die Beziehung zu retten« heißt nicht immer, dass die Schritte, zu denen sich jemand bereit erklärt, für den Betreffenden tatsächlich tragbar sind. Auch hier hilft der Blick eines Experten auf die Situation.

Ich möchte Ihnen hier jedoch versichern, dass es der Partnerschaft meiner Erfahrung nach guttut, wenn ein Abstinenzwunsch offen thematisiert wird. Vielleicht lernen wir alle, offen darüber zu sprechen, dann fühlen sich die Betroffenen nicht mehr so allein.

Was ist mit Outsourcing?

Kommt das Thema »offene Beziehung« auf den Tisch, äußern viele Paare zunächst größte moralische Bedenken. Immerhin wäre dies eine Möglichkeit, wenn ein Partner keine Lust auf Sex hat, der andere aber Sex begehrt. Die Bedenken sind getragen von Verlustängsten und Unsicherheiten. Zusätzlich –

und das wird gern von den Betroffenen verschleiert – fühlt sich manch Begehrender arg damit überfordert, weitere Sexpartner für seine Leidenschaften zu akquirieren, ob als ONS oder für regelmäßigere Sexdates. Es stehen nicht unbedingt bei jedem Betroffenen willige Fans Schlange. Und verweigert ein Partner den Sex, weil er meint, sein Gegenüber sei technisch unfähig oder habe ein Hygieneproblem o. Ä.: Der Betreffende ist sein Manko damit ja nicht auf einen Schlag los. Er mag zwar begehren, attraktiver ist er dadurch nicht plötzlich.

Abstinente sollten daher ehrlich hinschauen, wie ihre Partner wirklich ticken. Haben Sie es tatsächlich mit einem Menschen zu tun, der sich das Flirten und Schäkern mit Sexpartnern problemlos zutraut – oder wird gewaltig geblufft? Nicht jeder, der mit Fremdgehen oder Beziehungsende droht, würde das auch umsetzen ...

Dazu eine private Anekdote. Vor Unzeiten hatte ich Gelegenheit, einen Ex-Partner zu fragen: »Wie ist das mit den Dingen, die zwischen uns nicht funktioniert haben? Ist inzwischen alles anders? Andere Partnerin und plötzlich lief es?« – Solltest du gerade diese Zeilen lesen, dann danke für deine ehrliche Antwort. – Sie lautete: »Nee. Ich wurde ja nicht ausgetauscht.« Genau diese für mich damals ungeheuer entlastende Gewissheit möchte ich Ihnen mit auf den Weg geben. Mag Ihr Partner sich noch so als Casanova inszenieren: Wer zu Hause Aschenbrödel ist, wird nicht kurz darauf Prinzessin auf dem Ball. Das ist ein Märchen.

Zurück zum Outsourcing. Für manche Paare kann das die Lösung sein. Derartige Versuche sollten stets gut durchdacht und mit entsprechender Vorbereitung angegangen werden. Risikofrei ist sexuelles Outsourcing nie. Aber welche Beziehung ist das schon?

Lass uns Freunde bleiben

Ohne Frage ist eine Trennung für manchen so schmerzhaft wie eine Operation am offenen Herzen. Dennoch kann es eine Lösung sein, die sich im Nachhinein als gut und stimmig für beide Liebenden erweist. Ich möchte allerdings darauf hinweisen, dass ich bisher noch nicht erlebt habe, dass ein wegen Abstinenz erfolgtes Ende einer Partnerschaft nahtlos in ein Leben als beste Freunde übergegangen ist. Erwartungsgemäß brauchen beide Ex-Partner große Distanz und eine Phase, in der sie sich allein neu einrichten können. Es braucht Raum und Zeit, um Abschied zu nehmen und Trauerarbeit zu leisten. Übersehen Sie bitte auch nicht, wie sehr es an Ihnen nagen wird, wenn der oder die Ex mit neuem Partner auftritt. Das ist die Hürde, die genommen werden muss. Paare, die sich in Freundschaft trennen, mögen erst mit deutlicher zeitlicher Verzögerung an diesen Punkt kommen. Und das ist dann okay so. Doch oft bleibt einer der Partner zurück, der noch mehr mit dem Ende der Beziehung hadert. Dem es mehr weh tut.

Kompromisslösungen sind auch manchmal nötig

Genau, ich habe vier Lösungen angekündigt, diese fünfte Lösung ist denn auch das Kompromissmodell: quasi die Lösungskategorie für alles andere, insbesondere für episodisch wechselnde Anläufe für Verbesserungen. Oft wird zunächst abgewartet in der Hoffnung, das Blatt möge sich wenden und alles würde von allein gut. Dann folgen je nach Streitbereitschaft, Selbstbewusstsein oder Selbstwertmangel die unterschiedlichsten Varianten. Das hier ist die Lösung für die Aushandler unter Ihnen: Tun, was funktioniert – und hier ist der freiwillige Tauschhandel am Platz. Da wird einmal Mädelsabend gegen den Blowjob gehandelt oder die Gaming-Night gegen den Streichel-Abend. Erwachsene Partner können sich hier austauschen – solange kein Druck ausgeübt wird oder Praktiken »erpresst« werden, die einen der Partner in seinen Grenzen verletzen.

Um ganz offen zu sein: Bei solchen Tauschgeschäften wird oft und nach Kräften versucht, den anderen zu übervorteilen. Oder es wird moralische Überlegenheit als unartikulierter Nebenhandel ins Spiel gebracht. Frei nach dem Motto: »Siehst du. So bin ich zu dir. Ich gönne dir mehr. Bin großzügiger. Einfach ein besserer Mensch.« Deshalb kann ich nicht anders, als zu maximalem Egoismus aufzurufen, um eigene Pfründe zu schützen. Denn wenn der aktuelle Handel nicht ausgewogen ist, wird er ohnehin nicht von Dauer sein und Rachegedanken entfachen. Oder denken Sie wirklich, Ihr Partner ist blöd? Ganz genau.

Bei Tauschgeschäften kommt mir oft zu Ohren, dass ein Part seinen Teil der Abmachung nicht eingehalten hat. Wer nicht absprachefähig ist, darf sich dann selbst zu den Konsequenzen gratulieren. Und wenn beide ihren Teil des Handels nicht einhalten, gilt das erst recht. Wer schon Stellungskriege ausgefochten hat, sollte sich hier besser gar nicht erst auf Verhandlungen einlassen: Sie bewegen sich schon in vermintem Gelände.

Worum es wirklich geht, das ist das Merken und Nachspüren, was gut oder schlecht ist beim Sex und in der Partnerschaft. Wer ein Bewusstsein dafür entwickelt, was wertvoll ist, kann guten Herzens handeln. Wichtig ist hier, dass ich mit meinem Liebespartner sogar über Sexprobleme gut reden kann. Wer rechtzeitig Notausgänge einbaut, wann man aufhören darf, muss im Gespräch sein und bleiben. Dazu gehört auch das rechte Tempo.

So schnell aufgezählt sind diese Bedingungen und doch so

schwer zu erreichen. Wenn wir alle darin gut wären, brauchte kaum jemand einen Sextherapeuten. Ich würde es Ihnen allen so sehr gönnen, in einer Beziehung zu leben, in der Sex mit offenen Karten gespielt wird. Und ich würde dann halt was anderes Großartiges machen, also beruflich. Deshalb: Machen Sie mich nach Kräften arbeitslos!

Achtsamkeit und Bewertung

Von Achtsamkeit und Vorlieben

Jeder Mensch hat Vorlieben und Abneigungen, gute wie auch schlechte Erfahrungen gemacht und Eindrücke gewonnen. So ist es beim Essen wie auch beim Sex. Manch einer mochte noch nie, was ihm vorgesetzt wurde, und bringt es trotzdem widerstandslos herunter, und sei es weil – so erzählte meine Oma mir als Kind – der Teller nun einmal aufgegessen werden müsse, damit die Sonne scheint.

Beim Sex tut man es dann eben, damit der Partner nicht »traurig« ist.

Als Kind hatte ich denkbar wenig Einfluss auf die servierten Mahlzeiten. Beim Sex sieht das bei mir zum Glück anders aus, da habe ich eigene Vorstellungen und Möglichkeiten der Umsetzung.

Was ich aber zeigen möchte: Es sind arge Massen an Falschinformationen in Umlauf darüber, was sich wie gehört. Das beginnt bei der Entjungferung und dem Satz: »Ein bisschen Schmerz kann sein.« Übel finde ich das. Eher selten wird uns empfohlen, auf unser Hautgefühl, unseren Bauch, die Genitalien, unser Herz zu hören. Nachzuspüren, was sich schön anfühlt. Sonst hätten wir alle mehr Klarheit darüber, was wir schön und angenehm finden.

Wenn uns jemand ins Gesicht schlagen würde, dann würden wir wohl kaum überlegen: »Och ... wenn es dem Markus so gefällt ... Na gut. Dann mach weiter.« Werden Frauen unter Schmerzen entjungfert, dürfen Markus oder René oder Rolf hingegen weitermachen, so haben wir es durch solche tradierten Sätze gelernt. Und für die Männer gilt es natürlich genauso, denn sie kennen denselben Satz, dasselbe Handlungsmuster.

Es braucht viel mehr Menschen, die merken, ob ihnen etwas gefällt, die es bemerken und sich merken. Die genau wahrnehmen. Und dann zwischen schön und sch... unterscheiden können. Wenn wir alle uns darin üben würden, müsste niemand mehr sogar auf schönstes Streicheln verzichten, bloß um die schmerzhafte Penetration zu verhindern.

Erst auf der Grundlage von Merken und Verstehen können wir wirklich gute Entscheidungen treffen: Kann das verbessert werden? Und wie wäre es, wenn wir dann darüber sprechen könnten? Wäre dann unser Sexleben besser? Wären dann sexfreie Phasen genauso normal? Und warum können wir nicht Wünsche äußern, etwa das superobermegawundervolle Streicheln kultivieren und penetranten Rein-raus-Sex lassen?

Um uns darüber klar zu werden, fangen wir besser früher als später mit dem Merken an.

Dieses Kapitel widme ich daher der Achtsamkeit. Der Umgang mit der eigenen Abstinenz wie auch mit der des Partners verlangt es, dass wir selbst uns über unsere eigene Haltung klar werden, dass wir uns darüber klar äußern können. Achtsamkeit ist meiner Erfahrung nach der chancenreichste Weg, um mit sich selbst ins Reine zu kommen. Wer sich selbst kennt, kann urteilen, wie er oder sie mit sich und dem Partner weitermacht mit der Liebe, dem Leben und dem Sex. Denn sexlos zu leben kann eine Schutzreaktion sein, in die wir uns flüchten, wenn etwas nicht stimmt. Sexfrei zu leben kann aber auch eine bewusste Phase sein. Das sollten wir unterscheiden können.

Deswegen ist es auch nicht hilfreich, Abstinenz pauschal abzutun. Sie »weghaben« zu wollen, ohne die Schutzabsicht hinter der Abstinenz zu verstehen. Unrecht tut man ihr und dem Abstinenten dann im Übrigen auch noch. Oft genug ist Abstinenz nämlich ein ganz großartiges, beziehungserhaltendes Manöver, und die Gründe, die in Beziehungen dafürsprechen können, habe ich ja in den vorangegangenen Kapiteln ausführlich beleuchtet.

Abstinenz sollte gefeiert werden, wir sollten uns bei ihr mit Geschenken und wortreich bedanken. Stattdessen ist Abstinenz heute völlig zu Unrecht übel beleumundet. Dabei ist sie eine »ganz Liebe«.

Ja, ich bin ein Fan davon, dass wir uns möglichst frei miteinander bewegen. Dass wir uns zwischen gegebenen Optionen entscheiden können. Dass wir das Beste für uns und unsere Partnerschaft tun – und das kann auch schon mal Nichtstun sein. Das ist wahrlich nicht immer ein Vergnügen – und leicht ist es auch nicht. Es kann sogar schrecklich quälend sein. Ich weiß.

Wer aber achtsam auf sich und den eigenen Körper hört – und auch die achtsame Wahrnehmung des Partners (be-)achtet, der schützt sich vor Enttäuschungen. Ein Beispiel ist mir Ina, die nach mehreren Fehlgeburten keinen Sex mehr wollte, weil alles rund um das Thema Geburt so schmerzlich war, auch dann noch, als eine kleine Tochter auf der Welt war. Ina sagte: »Ich war so mit Funktionieren beschäftigt, dann noch der Schlafentzug. Ich hatte gar nicht den Kopf dafür, meine Übersättigung zu merken.« Inzwischen weiß sie aber, dass es so etwas gibt. Sie mochte einfach nicht mehr – und kann das heute als sexuelle Übersättigung wahrnehmen.

Ein Partner müsste in der Lage sein, dafür Verständnis aufzubringen, auch wenn das ja nichts ist, »worüber sich ein Mann freut, wenn man ihm sagt: Du, Sven, das war's jetzt. Da kommt auch nichts mehr«. Leider ließ sich Inas und Svens Ehe nicht retten, auch wenn er geduldig war. Wichtig aber ist, dass beide sich verstanden fühlten. Dass es für sie vorwärtsgeht, auch nach der Trennung. Ina sagt: »Er ist ein guter Mann. Ich kann ihm in jeder Hinsicht meine Empfehlung geben. Und er wird eine neue Partnerin finden. Da bin ich mir sicher. Es braucht halt alles auch seine Zeit.«

Eigene Abstinenz ist stets klärungsbedürftig. Verstehen Sie mich richtig: Das hat nichts mit Rechtfertigung, mit Entschuldigung zu tun. Es geht nur um Achtsamkeit und Klarheit. Um sich selbst zu verstehen und den Partner. Damit beide Beteiligten ihren Frieden mit der Situation schließen und verstehen, wie es so gekommen ist. Und dass es normal ist, sexfrei zu leben, wenn Unlust vorherrscht.

Wie an Inas Beispiel gezeigt, kann das auch anhalten. Dann bleibt es so. Oder es kann sich wieder verlaufen. Und auch das ist dann in Ordnung.

Wichtig für mich ist: Keiner der beiden Partner sollte sich zu etwas gezwungen fühlen. Nicht vom Partner, nicht vom Umfeld, nicht von der Gesellschaft. Ina fühlte sich gezwungen, vielleicht auch nur, weil sie selbst es so gesehen hat. Es gab in ihrem Inneren jedenfalls keinen Platz für die Überlegung, wie eine Alternative zur Abstinenz hätte aussehen können. Das ist okay, wir alle sollten das akzeptieren können.

Ein anderes Beispiel zeigt, dass es auch anders geht. Wenn alle Beteiligten mit Achtsamkeit agieren. Nehmen wir Bernd, er konnte sich klären und ebenso die Gründe seiner Abstinenz. Und er entschied sich für die Trennung von seiner Frau, weil es für ihn selbst das Beste war. »Weil ich um die Gründe meiner Abstinenz weiß. Jetzt habe ich die berechtigte

Hoffnung, es beim nächsten Mal vielleicht besser hinzukriegen. Dafür braucht es Klarheit. Zunächst im Innen, bevor ich es nach außen vertrete. Aber ich habe mich bewusst für die Trennung entschieden, weil ich glaube, dass ich mein Sexleben vielleicht besser mit einem anderen Partner erleben kann.« Auch das sollten wir akzeptieren.

Patienten, die sich bewusst für Abstinenz entschieden und deswegen vom Partner getrennt haben, unterscheiden sich deutlich von jenen, denen die Ursache ihrer Abstinenz unklar ist. Wer die Gründe nicht kennt, wird häufig von Selbstvorwürfen geplagt. Dann heißt es: »Die Beziehung hätte eventuell weiter Bestand gehabt, es lag an mir.« Davon wurden auch nachfolgende Partnerschaften in Mitleidenschaft gezogen. So wie bei Hans-Georg (43), der lange um seine Jugendliebe Ylva getrauert hat nach der Trennung. »Da war ich schon seit Monaten mit Christa zusammen. Ich wundere mich noch heute darüber, dass es ihr nicht zu viel wurde. Da bist du frisch verliebt, und der Kerl weint noch einer anderen hinterher.« So kann es gehen, wenn gute Erfahrungen einer alten Partnerschaft die neue Beziehung wie ein Phantom überschatten. Was noch schwieriger ist: Vor einer Trennung kommt es oft zu langwierigen On-off-Phasen. Der Schmerz wird nicht weniger, nur vertrauter. Und dann ist es nicht leicht, sich von dieser intensiv erlebten Phase der Trennung zu lösen. Je bewusster man damit umgeht, umso einfacher wird es.

Anna (37) lebte jahrelang in so einer On-off-Beziehung. »Ich wusste nie, ob es jetzt die letzte Trennung war. Kamen wir wieder zusammen, war das berauschend. Das nächste Aus kam aber mit Sicherheit. Manchmal schon nach wenigen Tagen. Das hat ungeheuer Kraft abgezogen. Manchmal dachte ich, ich werde das nicht überleben.«

Wenn Paare es schaffen, das Abschiednehmen und die Traurigkeit miteinander zu teilen, kann es dabei helfen, die gemeinsame Vergangenheit zu würdigen. Dann kommt es seltener zu kräftezehrenden emotionalen Eskalationen. Geht man offen an kritische Punkte, kann man auch um eine Beziehung kämpfen – manchmal durchaus erfolgreich, wie mir Paar W. (Ende 50) vorlebte. Die Frau war nach aufgeflogenem Betrug ihres Mannes, der sich über die komplette Zeit ihrer Ehe erstreckte, von Ekel erfüllt. Sex mit ihrem Mann schien ihr unvorstellbar. Ich werde nie unser erstes Gespräch vergessen, bei dem Frau W. mich zutiefst verunsichert und beschämt fragte, ob man so was wieder hinbekommen könne, und sie meinte eine Ehe inklusive gemeinsamer Erotik. Ihr und ihrem Mann ist dies tatsächlich gelungen. Diese beiden haben mich gelehrt, dass so ziemlich alles möglich ist, wenn zwei um ihre Liebe kämpfen. Noch immer rührt mich das, und ich freue mich jedes Mal, wenn wieder ein Lebenszeichen von ihnen eintrudelt. Es war aber viel Geduld vonnöten. Und die Bereitschaft, die Gefühle des anderen zu achten.

Sicherlich fragen Sie sich jetzt, wie das mit der Achtsamkeit konkret funktioniert. Achtsamkeit bedeutet, sich auf Wahrnehmungen einzulassen, dazu gehören alle Sinneswahrnehmungen, Emotionen, Affekte, auch innere Regungen. Im Grunde genommen geht es um all das, was bei uns im Bewusstsein vor sich geht, wenn wir das Hier und Jetzt genau wahrnehmen. Vielleicht haben Sie bereits Erfahrungen mit Autogenem Training gemacht. Dort werden Sie durch Ihre Wahrnehmungen geführt. Bei jedem Schmecken, Spüren, Lauschen, das bewusst geschieht, gehen wir im Grunde bereits achtsam vor.

Falls Sie befürchten, ich wollte Ihnen erzählen, dass Achtsamkeit alle Probleme im zwischenmenschlichen Bereich lösen könnte, nein, das ist nicht mein Anliegen, denn das könnte gar nicht funktionieren. Aber ich schätze Achtsamkeit, da sie zur Klarheit beiträgt. Mit ihrer Hilfe können wir

Fragen beantworten wie: »Was tut mir gut?«, »Welche Kontakte und Eindrücke führen bei mir zu Ruhe und Frieden?« Oder: »Fühle ich mich körperlich wohl?«, »Löst unser Tun ein Gefühl von Verbundenheit in mir aus?«, »Macht mich das an?«, »Schaue ich meinen Liebsten gern an?«, »Wie klingt seine Stimme?«, »Was macht mir Gänsehaut und jagt mir Schauer über den Rücken?«, »Wie riecht es an seinem Hals?« Erst wenn ich mich und mein Leben bewusst wahrnehme, kann ich Wohltuendes als solches erkennen, an dem Erlebten festhalten, und dann kann ich versuchen, mehr von diesen Eindrücken zu bekommen.

Wir leben in einer Gesellschaft, die verschiedene Freiheiten ermöglicht. Doch Freiheiten fordern von uns Entscheidungen. Wollen wir möglichst gut für uns sorgen, kommen wir nicht umhin, uns und unseren Standpunkt zu klären. Sonst bleibt uns nur, uns willfährig den Vorstellungen anderer Menschen zu beugen. Überträgt man das auf einen ganz anderen Bereich, ist das eindeutig: »Kannst du bitte für mich heute meine Arbeit machen? Ich will ins Freibad. Den Rest des Monats übrigens auch.« –»Klar. Mach ich.« Wollen Sie so leben? Nein? Selbst solche Alltagsentscheidungen funktionieren nur, wenn wir zumindest eine Ahnung davon haben, was wir selbst brauchen und wünschen.

Eine Ahnung, besser noch Kenntnis, erfordern Entscheidungen, wenn sie unser Sexleben betreffen. Der Horizont an Möglichkeiten ist hier inzwischen weit geöffnet. Da sind persönliche Grenzen, Vorlieben und Sehnsüchte gefragt. Was ist angenehm oder schön? Was stelle ich mir vor? Und dann der Realitätscheck, wenn man es gewagt hat: War es tatsächlich angenehm und schön? Ich denke da z. B. an einen Mann, der sich die Fantasie vom Sex im Schaukelstuhl erfüllte und anschließend berichtete: »Das waren Schmerzen! Ich dachte, mir wird der Penis abgerissen.« Das Schaukeln des Stuhls war so gar nicht das Wahre für ihn. Und genau: Für achtsamen Sex sollten wir eben nicht betrunken sein oder high, bei lauter Musik, ablenkenden Gerüchen, irritierenden Lichteffekten Sex haben. Das wäre dann das Gegenteil von achtsam. Es geht eben nicht um das: wie oft. Oder womit wir sonst so prahlen. Hier geht es um Qualität, nicht Quantität.

Wir entdecken oder formen mithilfe von Eindrücken unsere Wünsche. Je präziser, umso passender für uns. Dafür braucht es Achtsamkeit. Richten wir uns nur nach Gedankenspielen, Spekulationen oder gar Wunschträumen, kommen immer mehr Störquellen dazu. Und am weitesten von unserer Welt entfernt ist oftmals, was wir einfach nur nachahmen. Nur weil etwas die Titelseite einer Zeitung ziert, viral im Internet Verbreitung findet oder vor laufenden Fernsehkameras berichtet wird, muss es nicht für uns gelten. Ja, es muss nicht einmal der Wahrheit entsprechen. Geht es um Achtsamkeit, werden wir zurückgeworfen auf eigenes Wahrnehmen.

Klarheit in den Erkenntnissen

Wenn wir wahrnehmen, sollten wir uns auch erlauben, zu bewerten, was wir erleben. Nur so gelingen uns neue Erkenntnisse über unser Wünschen und Wollen. Das ist für mich ein wichtiger Zusatz, denn er ermöglicht uns Vergleiche. Was finde ich schöner, erregender, anziehender? Was ist weniger entspannend? Mir ist bewusst, dass viele es befürworten, wenn es möglichst wertneutral zugeht. Ich halte dagegen: Alles zu seiner Zeit. Denn will ich mir eine Meinung bilden, eine eigene Haltung einnehmen, dann bin ich zwingend darauf angewiesen zu werten, gerade beim Thema Sex. Wir sollten es uns wert sein, uns das Wahre, Schöne und Geile zu wünschen – wenn es uns entspricht und nur dann.

Deshalb möchte ich Ihnen ans Herz legen, bewusst wahrzunehmen. Und selbst zu bewerten. Ein Beispiel möchte ich Ihnen geben: Derzeit sind Intimrasuren populär, obwohl sie Haarbalgentzündungen, angeritzte Venuslippen, von unten mit Urin benetzte Klobrillen und von der alltäglichen Scheidenfeuchtigkeit im Schritt des Slips unangenehme Kälte bewirken. Nach einer Rasur haben Sie grob geschätzt für einen Tag eine ganz glatte, haarlose Haut im Schritt. Danach ziept, juckt und kratzt es. Ab wenigen Millimetern Länge sieht Ihr Venushügel im Bikinihöschen aus wie ein Nadelkissen. Aber Sie können sich natürlich auch täglich rasieren. Oder – weniger oft – wachsen ... Ich bin kein Fan von Schmerzen. Aber machen Sie, wie Sie mögen.

Über vieles in unserem Leben denken wir nicht nach, weil es die Mehrheit genauso macht. In manchen Fällen macht die Allgemeinheit aber Blödsinn. Da kann Merken und Bewerten helfen. Deshalb mein Appell: Machen Sie Ihr eigenes Ding. Weil es erregt, beschwingt, Auftrieb gibt, attraktiv ausschaut oder ... glitzert. Meinetwegen. Es kommt drauf an, was IHNEN wichtig ist. Und wenn etwas gut für Sie ist: merken. Vielleicht gibt es noch mehr davon.

Wunsch und Umsetzung

Wie schafft man aber die Passgenauigkeit von Wunsch und realem Erleben? Wir alle plumpsen schließlich in diese Welt recht unfertig hinein. Es gilt, ein Leben lang so viel zu lernen und zu entdecken. Wir probieren aus, machen Fehler, sind erfolgreich oder scheitern, und auf diese Weise vergrößert sich unser Schatz an Erfahrungen und Werturteilen. Wenn wir wissen, was uns guttut, hilft es bei der Suche, mehr davon zu finden. Das ist Klarheit, festzustellen: Ich stehe auf Männer und Frauen. Oder: Mich macht Intelligenz an. Mich interessieren smarte Menschen in meinem Alter, plus/minus fünf Jahre. Dann kann ich die Augen offen halten und passende Kandidaten finden. Würde ich nicht werten, hätte ich keine klare Vorstellung von meinen eigenen Wünschen, könnte ich in der Hinsicht weniger gut für mich sorgen.

Wobei ... Stopp! Bevor hier ein falscher Eindruck entsteht: Klarheit durch achtsame Wahrnehmung kann auch beinhalten, dass ich momentan unentschieden bin oder ambivalent. Dass ich gerade keine eindeutige Entscheidung oder Bewertung treffen kann oder möchte. Auch das kann Klarheit sein. Damit einher geht eine große Offenheit und damit Verletzlichkeit. Beim Sex zu sagen: »Ich weiß nicht, ob ich will«, wird meist umgehend verstanden als: »Ich will es jetzt sofort ausprobieren.« Wir Menschen machen diese Erfahrung häufiger, dass Unentschiedenheit missverstanden wird. Wer gesagt bekommt: »Ich weiß nicht ... Vielleicht bin ich irgendwann doch wieder an Sex interessiert«, lüpft gedanklich bereits den Slip.

Klarheit auch in den Äußerungen

Etliche Abstinente, die sich eventuell Sex in der entfernteren Zukunft vorstellen können, äußern gegenüber ihrem Partner trotzdem ein absolutes Nein. Ich habe Verständnis dafür. Das Problem ist, dass im Falle einer noch so geringen Chance auf Sex miteinander der Begehrende unweigerlich seine Erwartungen und Hoffnungen danach ausrichtet. Manch einer kann die Vorfreude mit Fragen nach dem Wie, Wann, Wo, Was ... kaum unterdrücken. Das entspannt dann nicht die Situation, sondern übt Druck auf den Abstinenten aus.

Sex wird deshalb eher unwahrscheinlicher. Zusätzlich erntet der Abstinente in der Folge wiederholt die Enttäuschung des Begehrenden, dass es eben nicht jetzt schon Sex gibt. Malte (39) hat das jedenfalls für sich so interpretiert: »Wenn du denkst, dass wir vielleicht irgendwann wieder intim miteinander sind, dann scheinst du ja zu wissen, woran es liegt, dass du derzeit so ablehnend bist. Sag es doch einfach. Wozu auf einen Moment in der Zukunft warten, wenn wir schon jetzt alles für dich angenehmer gestalten könnten?«

Was mir besonders wichtig ist: Ein Nein zählt dennoch! Jedes einzelne Nein! Selbst wenn Sie tausendmal davon überzeugt sind, dass eigentlich ein Ja gemeint ist. Nehmen Sie Ihr Gegenüber in die Pflicht, sich klar zu äußern – und nehmen Sie auch Äußerungen bewusst wahr. Denn es könnte sein, dass Sie sonst eine gute Gelegenheit verpassen.

Die Sache mit der Serviceorientiertheit

Ich möchte Sie gerne noch auf eine interessante Haltung aufmerksam machen, die weitverbreitet ist und das Zustandekommen von Abstinenz begünstigt. In diesem Zusammenhang verstehe ich unter Serviceorientiertheit die Fokussierung auf die sexuellen Befindlichkeiten und Wünsche des Partners.

Sie mögen absolut berechtigt einwenden: Wieso soll das zu Abstinenz führen? Das Bemühen um meinen Partner kann doch nicht falsch sein. – Ich glaube, es ist komplexer. Schließlich ist es eine wichtige Errungenschaft unserer Gesellschaft, dass die Rechte der Frauen zunehmend Beachtung finden. Und dass die patriarchale Definition, welche Art Sex stattfinden solle, einer gemeinschaftlichen und gleichberechtigten gewichen ist. Beide Partner sorgen für sich und sorgen für den anderen. Das kann man nicht immer herunterbrechen auf die Verhandlungsebene: »Was will ich? Was willst du? Treffen wir uns in der Mitte?«, aber bei solchen Gesprächen hätte auch ein gesunder Egoismus seinen Platz zum Ausleben eigener Bedürfnisse.

Stattdessen höre ich von sehr vielen Menschen mit Abstinenzkonflikt, dass diese sich stark nach den Interessen des Partners ausrichten. Das Selbstverständnis, für den Partner möglichst gut zu sein, mag zwar sinnlich und befriedigend für den Partner sein. Nur – Sie ahnen es schon – Sie sind ja zu zweit. Was wird aus Ihnen? Ich möchte einem Missverständnis gleich vorbeugen: Es ist völlig okay, wenn nicht zeitgleich jeder jeden maximal stimuliert. Es geht nicht um die Verpflichtung zu Gleichzeitigkeit oder perfekter Ausgewogenheit. Sie sollten sich selbst nur nicht vergessen.

Mir ist bewusst, dass es zunächst den Anschein hat, ich wolle einen krassen Egoismus fördern oder dass sich immer einer der Partner durchsetzt, nämlich der mit den besseren Argumenten oder weil einer von beiden sein Begehren offensiver demonstriert. Ich meine aber etwas ganz anderes. Mir wird von folgender Szene oft berichtet: Beide Partner lernen sich jung kennen. Anfangs beschränken Sie sich auf Petting. Sie wollen ja nicht den Eindruck erwecken, übermäßig stürmisch und nur auf Sex aus zu sein. Sind Sie eine Frau, haben Sie vielleicht schon diverse Handjobs gemacht und so befriedigen Sie Ihren Partner manuell, weil es irgendwie dazugehört, denken Sie. Dieses kraftvolle Rauf-und-Runter macht Sie nicht an. Aber ihm gefällt es. Also machen Sie es. Sind Sie ein Mann, dann bemühen Sie sich um Stimulation der Klitoris mit dem Finger. Sie strengen sich an, haben aber keine Ahnung, ob das irgendwas auslöst. Es ist nicht erregend für Sie. Bloß anstrengend. Später sagt Ihnen Ihre Freundin, es sei schön gewesen. Wir springen in der Zeit. Inzwischen sind Sie seit drei Jahren zusammen. Sie holt ihm einen runter, bis ihr Arm schmerzt. Er stimuliert ihren Kitzler, bis seine Hand wehtut. Er scheint es zu mögen. Sie scheint es zu mögen. Leider steht keiner der beiden dazu, dass es nach einer gewissen Dauer unangenehm ist. Und solange Lippenbekenntnisse, Ergüsse und Orgasmen beweisen, dass es so wohl richtig ist, wird es weiterhin so ablaufen.

Da hilft es, miteinander ins Gespräch zu kommen. Aber leicht ist das nicht. Denn jetzt ist Diplomatie gefragt. Schließlich wollen Sie dem anderen zuliebe nicht damit rausrücken, dass es Ihnen eventuell noch nie gefallen hat. Meistens erntet man mit dem Wunsch nach Änderungen oder gar mit der Äußerung von Kritik Vorwürfe und Streit, da werden Leistungen gegeneinander aufgerechnet, Worte gewechselt, die nicht schön sind. Danach allerdings ist der Weg frei für etwas, das Ihnen beiden mehr zusagt. Es könnte also schlechter laufen, oder?

Dafür braucht es Achtsamkeit. Das Merken, ob etwas für mich gut oder schlecht ist. Und um sexuellen Gewohnheiten Vorschub zu leisten, hilft es, wenn man früh sagt, was man gerne möchte. Die Erfahrung zeigt aber auch, dass, solange beide Partner sich für ihr gemeinsames Sexleben einsetzen, Hoffnung auf Wiederbelebung besteht. Denn dann wird Kritik durchaus konstruktiv verstanden.

Von Glaubenssätzen und echter Partnerschaft

Solche Achtsamkeit entwickelt sich mit den Jahren. Bei ersten erotischen Abenteuern probieren sich junge Leute aus. Das Finale einer Liebesbeziehung hat gerade deshalb in jungen Jahren oft mit Sex zu tun. Das bestätigt die Mehrzahl meiner Patienten. Viele von uns lernen in dieser Zeit, dass ein funktionierendes Sexualleben notwendig ist, um eine Partnerschaft zu führen. Ohne Sex ist ein Zusammensein nicht komplett, glauben wir. Dann ist es keine »richtige« Beziehung, bekommen wir vermittelt. Und mit diesen Glaubenssätzen beginnen wir unsere nächsten Beziehungen.

Das Verständnis von Zusammensein als Paar ist in jungen Jahren eher funorientiert. Die Langzeitperspektive, für die es sich bei erotischen Unstimmigkeiten zu kämpfen lohnt, ist noch nicht bei jedem entwickelt. Darum sammeln einige junge Menschen zunehmend negative Erfahrungen beim Sex. Werden diese nicht ausgeglichen, so sind die Weichen rasch auf Abstinenz gestellt. Sonjas erster Freund verließ sie, weil Sonja noch etwas mit dem ersten Mal warten wollte. Von folgenden Partnern wurde sie stets betrogen. Sex war in ihrer Wahrnehmung eine Notwendigkeit, aber nichts Angenehmes. Mit 33 Jahren verabschiedete sie sich nach der Geburt des heiß ersehnten Sohnes aus dem gemeinsamen Liebesleben mit ihrem Mann mit den Worten: »Sex ist was für junge Leute. Für mich ist das nichts. Ich hab es probiert. Und jetzt so ganz ohne fehlt mir nichts.« Was ihr Mann dazu sagt? »Das ist zwischen uns kein Thema«, sagt Sonja.

Im späteren Leben haben Abstinente vielfach eine Vita vorzuweisen, die Unverständnis ihrer Bedürfnisse, Abwertung von anderen und Einsamkeit beinhaltet.

Betrachten Sie einmal die emotionalen Einschläge, die Sie überlebt haben. Sie sind stark und großartig. Hat Ihr Weg Sie in Richtung Abstinenz verschlagen? Mag sein. Doch auch wenn ich Sie nicht persönlich kenne, bin ich mir sicher, dass Sie bereits Immenses bewältigt haben. Dass Sie nicht einfach aufgeben. Dass Sie hoffnungsvoll sind und mutig. Und auch wenn das hier kein Arbeitsbuch ist, kriegen Sie jetzt von mir eine Hausaufgabe für heute. Nein, bitte nicht davor drücken. Das können Sie morgen woanders. Sie bekommen von mir den Auftrag, über all Ihre Lebensleistungen nachzudenken und sich heute etwas dafür zu gönnen. Ihre Liste mit den Lebensleistungen muss nicht vollständig sein. Sie dürfen Sie weiterführen. Aber heute beginnen Sie mit ihr. Schreiben Sie mindestens drei Herausforderungen auf, die Sie bewältigt haben. Und dann gibt's was Feines. Das haben Sie sich mehr als verdient. Sie wissen ja: Wenn wir uns achtsam begegnen wollen, müssen wir auch unsere eigene Geschichte wertschätzen.

Selbstwertarbeit

In der Psychotherapie ist das Thema Selbstwert zentral. An ihm kommen wir nicht vorbei, wenn es um psychische Gesundheit, emotionales Wohlbefinden oder guten Kontakt zu anderen Personen geht. Wenn der Selbstwert stimmt, geht niemand zum Therapeuten. Dann sind Konflikte, Misserfolge und schlechte Gefühle leicht zu bewältigen. Eine entsprechend wesentliche Rolle spielt der Selbstwert, wenn es um das Handling von Abstinenzkonflikten geht. Fühle ich, dass ich ein wertvoller Mensch bin, sind mir Abwertungen durch andere nicht so wichtig. Selbst wenn die ganze Menschheit Sex für unabdingbar hält, halte ich dagegen, wenn ich ohne Sex lebe. Meine Psyche bleibt dann weiterhin stabil, trotz dieses Andersseins. Ich bin im Reinen mit mir. Streben wir das nicht alle an?

Nun sind die wenigsten Individuen mit sich gänzlich zufrieden. Wir haben die Notwendigkeit der Selbstoptimierung verinnerlicht. Und wer sich optimiert, bei dem ist wohl etwas nicht optimal. Insofern sind wir alle ständig dabei, uns selbst zu optimieren, denn wir haben eine Verpflichtung zu lebenslangem Lernen mitbekommen. Für unsere Gesellschaft ist das ein wichtiges Thema, und das beinhaltet auch, dass wir Selbsterfahrung und -verwirklichung großschreiben, genau wie die Work-Life-Balance usw. Überall gilt es, etwas zu verbessern. Gut ist nie gut genug. Aber wann reicht es endlich?

Immerhin gibt es zu fast allen Trends gegenläufige Bewegungen. Schlankheitswahn gegen Body-Positivity-Bewegung, Permanent Make-up contra Purismus inklusive No-Poo-Trend (kein Shampoo), Veganismus gegenüber Barbecue-Massaker, Tiny-House-Wohnen statt Protz-Immobilien. Diese Zuspitzungen machen es uns leichter, uns einzusortieren. Haben wir für uns eine Gruppe gefunden, fühlen wir uns verstanden, erhalten Bestätigung, werden akzeptiert. Der Selbstwert wird gepusht, und wir leben gut nach dem Motto: »Ich fühle mich besser, denn es gibt viele andere wie mich.«

Die Frage bleibt offen: Wo sind die Abstinenten vertreten? Und leider muss ich antworten: bisher gar nicht. Offiziell gibt es sie nicht. Das hat enorme Konsequenzen für den Selbstwert. Denn es gibt keinen, der sagt: Du, ich kenne das auch. Und der Promi XYZ ist auch betroffen. Doch wir bleiben allein, im Schatten, denn noch gilt: Lieber wegen eines Nippel-Pics gelöscht werden, statt als sexfrei bekannt zu sein.

Daher möchte ich hier im Kapitel gleich etwas vorausschicken: Meine Worte an alle, die sexfrei leben wollen, die laut sagen wollen, wenn sie keine Lust haben, und die sich dadurch in ihrem Selbstwert nicht geschmälert fühlen wollen:

Liebe Abstinenten,

ihr seid okay so, wie ihr seid. Ihr beweist großen Mut, nicht wie der Mainstream zu leben, sondern auf euch selbst zu schauen. Es ist tapfer und ein Zeichen von Courage, euer eigenes Leben fernab von Vorbildern zu gestalten. Denn es ist nicht leicht anzuecken, gerade bei unseren Liebsten. Wir wissen, welche Probleme sich durch abstinentes Leben ergeben. Wie schwierig es ist, sie zu lösen, wie viel Kraft das kostet – und wie viele Partnerschaften dann doch scheitern. Das ist echt, das ist authentisch. Und ich hoffe so sehr, dass es bald eine Lobby für uns geben wird. Eine Gruppe, in der ihr aufgefangen werdet. Gleichgesinnte wie mich. Bleibt stark.

Und ja: Noch sind viele unsicher. Selbstzweifel plagen euch, weil ihr glaubt, etwas Gravierendes stimme nicht mit euch. Ich hoffe, dieses Buch hilft, einen Weg zu finden, auf dem ihr selbstbewusst gehen könnt. Damit ihr so leben und lieben könnt, wie es euch entspricht. Ob mit oder ohne Sex – wen schert es!?

Konflikt und Selbstwert

Wer in einen Abstinenzkonflikt mit dem Partner verstrickt ist, der kennt das: Auch der Selbstwert ist mitbetroffen, denn eigentlich darf es das Problem nicht geben, wenn ihr lieben wollt und ein guter Partner sein wollt sowieso.

Abstinenz ist in den Augen vieler Menschen das, was nicht sein oder bleiben darf. Aber wir wissen es besser. Denn wir wollen Sex nicht nur, weil andere meinen, er gehöre dazu und beweise unsere Liebe. Deshalb möchte ich konkret zeigen, was mit dem Gefühl für unseren eigenen Wert geschieht, wenn Abstinenz Einzug in unser Leben hält. Wie es dann in euch vielleicht aussieht, was das mit einem Menschen macht. Denn nur wer sich und seine Bedürfnisse kennt, kann sich für oder gegen ein sexfreies Leben entscheiden. Und damit ihr ein Gefühl dafür bekommt: Ihr seid nicht allein. Auch andere kennen das.

Um das zu veranschaulichen, möchte ich euch vier Personen vorstellen. Die abstinenten Frauen Astrid und Mona sowie die sexuell Interessierten Nika und Ute, die mit abstinenten Partnern verbandelt sind. Diese Beispiele sind nicht verallgemeinerbar, aber wenn ihr euch in der einen oder dem anderen wiedererkennt, fühlt ihr euch vielleicht nicht mehr allein. Dann gehört ihr zu einer Gruppe dazu.

Astrid lebt abstinent. Ihr fehlendes sexuelles Interesse gilt als psychische Störung. Weil sie keinen Sex will, stimmt ganz offiziell etwas nicht mit ihr. Für sie, die ohnehin wenig Selbstwertgefühl hat, ist das starker Tobak, das zu kompensieren. Auf einmal gilt sie als gestörtes Individuum. Als jemand, der Therapie braucht; der geheilt werden soll, um vollwertig zu werden. Sie ist gesellschaftlich stigmatisiert, und das hat Folgen: Jede neue Verabredung fühlt sich für Astrid wie eine Niederlage an. Sie bleibt vorerst Single. Dabei hätte sie so gerne eine Beziehung. Am liebsten eine, in der sie viel Aufmerksamkeit und Zuspruch erfährt. Das Stigma der Abstinenz schreibt sich in ihrem Innern fest. Sie fühlt sich noch weniger wertvoll und verabredet sich jetzt auch mit Personen, bei denen sie ebenfalls einen geringen Selbstwert vermutet. Sie denkt, diese seien zugänglicher und dankbarer. Denn sie hofft, unter Gleich(wenig)wertigen doch einen Partner zu finden. Aber so ist es nicht. Selbst diese »Mängelwesen« wollen sie nicht, weil sie sexuell abstinent ist, ein Mangel, der im Vergleich zu anderen Mängeln erheblich mehr zu zählen scheint. Das zieht Astrid noch weiter runter.

Mona mit hohem Selbstwert ist auch abstinent. Sie lächelt über die medizinische Störungsdefinition, zuckt mit den Schultern und denkt sich: »Was soll's.« Mona macht zwar ähnliche Erfahrungen wie Astrid, aber sie kommt zu dem Urteil: »Ist wohl besser so.« Nach etlichen Fehlschlägen beginnt es dann aber doch, auch an ihrem Selbstwert zu nagen. Nach außen merken andere nur, dass sie sich trotzig äußert, sie sei wohl keine Kandidatin für jedermann. Sie fragt sich inzwischen, was an ihr so problematisch oder unvermittelbar ist.

Plötzlich muss sie sich rechtfertigen, warum sie noch nicht verheiratet ist. Oder sie heiratet und lässt sich anfangs auf Sex ein, aber Sex ist ihr lästig. Bei jeder sich bietenden Gelegenheit vermeidet sie den Kontakt mit ihrem Mann. Alsbald mündet das in einen Abstinenzkonflikt. Und während sie bisher nur den reinen Akt nervig fand, sind es jetzt auch die Gespräche darüber. Sie gilt als Verantwortliche für das Beziehungsproblem rund um den fehlenden Sex und gerät unter Druck, da ihr Mann leidet. Anfangs war er noch verständnisvoll und zurückhaltend. Aber inzwischen ist er fordernd. Ihre Gespräche scheitern auf lange Sicht, weil Monas Einstellung zum Sex unverändert bleibt. Irgendwann leidet auch Monas Selbstwert.

Nika lebt im Einklang mit sich. Ihr Selbstwert ist hoch. So macht es ihr zu Beginn wenig aus, als ihre Lebensgefährtin die Lust an gemeinsamer Erotik verliert. Doch die Uhr tickt. Dann folgen Gespräche. Sie ist neugierig. Vertritt die Haltung, dass alles möglich und regelbar ist, wenn man sich liebt. Sie stellt Fragen, woran es liegen mag. Vielleicht sind es die Hormone? Ihre Vorschläge bieten keine Lösung, und ihre Partnerin bleibt unmotiviert. Sie ist immer seltener bereit, über die Problematik zu reden. Nika versucht vieles, denn sie will die Liebesbeziehung nicht aufgeben. Schließlich entscheidet sie sich für zeitweilige geheime Liebeleien. Dass sie nun dauerhaft lügen soll, passt ihr nicht. Sie hat ein schlechtes Gewissen. Das beeinträchtigt ihren Selbstwert. Sie ist nicht mehr »die Frau mit Rückgrat«, was ihr immer wichtig und wertvoll war. Eine wirklich gute Lösung scheint nicht möglich zu sein. Und so laviert sie sich durch, in der Angst aufzufliegen.

Ute findet sich nicht schön. Mit Männern hat sie eine Menge schlechter Erfahrungen gesammelt. Sie wurde mehrfach betrogen, finanziell ausgenutzt und hatte eine schlimme Trennung. Inzwischen ist sie mit Udo aus dem Sportverein zusammen. Seit drei Jahren verbringen sie die Wochenenden gemeinsam. Er ist ein lieber, sensibler Mann, der sich viel Mühe gibt, sie zu verstehen. Aber an Sex hat er kein Interesse. Weist er sie zurück, fühlt sie sich hundeelend. Ihr Selbstwert verringert sich mit jedem fehlgeschlagenen Versuch. Das Gefühl, nicht gewollt zu sein, bestätigt ihre kritische Einstellung sich selbst gegenüber, denn sie ist auch überzeugt, dass sie sich glücklich schätzen kann, einen so tollen Partner gefunden zu haben. Jetzt fühlt sie sich noch dazu inkompetent, unfähig und als Frau »eine Niete«, wie sie sagt. Trennen will sie sich nicht, denn sie fürchtet zu sehr, allein zu bleiben. Nie wieder jemanden zu finden. Dann lieber diese Beziehung mit Udo, die nicht perfekt ist.

In welcher Form auch immer die Abstinenz gelebt wird oder von wem sie ausgeht: Selbstwertarbeit ist immer ein Thema, wenn einer oder zwei wegen eines Abstinenzkonflikts in Therapie kommen.

In der therapeutischen Arbeit mit dem Fokus auf der Selbstwertsteigerung geht es dann erst einmal um eine Bestandsaufnahme. Die folgenden Anregungen können Sie gerne auch für sich durchgehen.

SELBSTWERTSTEIGERUNG DURCH SOZIALE KONTAKTE

Welche Menschen bevölkern mein Leben? Wie sind meine Beziehungen zu ihnen? Bin ich tatsächlich so allein, wie ich mich vielleicht fühle? Oder gibt es da Menschen um mich herum? Wer ist noch da, der mir vielleicht nicht sofort in den Sinn kommt? Welche Kontakte gibt es? Wie verhalte ich mich? Wer würde mir fehlen? Und wen gibt es, der an mir hängt? Wer sucht meine Nähe? Wer will meine Meinung wissen? Wie schätze ich ein, was sie von mir halten?

Und dann eine zweite Reihe von Fragen: Wie kann ich das positiv beeinflussen? Habe ich eine Vorstellung davon, was von meinen Aussagen ankommt? Kann ich einschätzen, wie ich im zwischenmenschlichen Bereich wirke? Oder ist es für mich eher ein Buch mit sieben Siegeln? Vielleicht habe ich auch die Sorge, ich sei zu liebenswürdig? Fühle ich mich zu unterwürfig? Gerate ich immer gleich in die Defensive? Kann ich Nein sagen? Denke ich, ich sei zu ruppig?

SELBSTWERTSTEIGERUNG DURCH IDEALE UND WERTE

Was halte ich von mir selbst? Wann grätsche ich dazwischen, weil ich meine, man müsse stets bescheiden sein? Bin ich überzeugt, dass das schon Egozentrik ist, wenn ich mal an mich selbst denke? Wie viel Gutes erlaube ich mir? Wie formuliere ich das, wenn ich selbst viel von mir halte? Was sind meine Ideale? Sind sie erreichbar? Oder greife ich nach den Sternen? Halte ich mich für einen guten Menschen? Welche Werte sind mir wichtig? Und wie gut bekomme ich es hin, demgemäß zu leben? Wie schätzen das andere Menschen wohl ein? Was sagen sie über mich? Wie halte ich es mit der goldenen Regel, andere zu behandeln, wie ich selbst behandelt werden möchte?

SELBSTWERTSTEIGERUNG DURCH WISSEN UND FÄHIGKEITEN

Was weiß oder was kann ich generell gut? Wie schaut es mit meiner Bildung aus? Habe ich Spezialwissen? Dabei spielt es keine Rolle, ob ich Kleider für Klopapierpüppchen häkle, Ableger von Sukkulenten gut hinbekomme oder ob mein Rat als alleinerziehende Mutter gefragt ist. Es geht um mehr als das, was wirtschaftlich honoriert wird. Es muss nicht alles einen konkreten Wert in Euro haben, um wertvoll zu sein. Vielleicht bin ich besonders geduldig, kann gut zuhören oder erkenne, wenn ein Mensch auf der Straße Hilfe braucht? Möglicherweise habe ich einen guten Blick, welche Kleidung jemandem gut steht, bin freundlich, verstehe mich darauf, mit wirklich jedem Menschen Small Talk machen zu können, und bin sehr hilfsbereit? Oder ich lerne schnell neue Sprachen, kann klempnern oder verstehe etwas von Horoskopen? In unserer Leistungsgesellschaft fallen oft Bereiche durchs Raster, mit denen kein Geld gemacht werden kann. Deswegen sind diese Qualitäten aber nicht ohne Wert!

SELBSTWERTSTEIGERUNG, WEIL ICH MIR MEINES KÖRPERS BEWUSST BIN

Wie ist es um meine Gesundheit bestellt? Geht noch alles so, wie es soll? Was ist mit meinen Sinnen: Sind sie ausgeprägt, kann ich ohne Brille und Kontaktlinsen sehen? Kann ich besonders gut hören? Habe ich noch alle Organe? Mag ich mich leiden, wenn ich mich im Spiegel betrachte? Was schaue ich mir dann gerne an? Und wenn ich nackt bin? Halte ich mich für attraktiv? Bin ich schön? Fühle ich mich wohl? Wenn Sex für mich eine Rolle spielt: Wo sind bzw. waren beim Sex meine Stärken? Was kann ich gut oder gefällt anderen? Weiß ich viel darüber?

SELBSTWERTSTEIGERUNG DURCH EINEN BLICK AUF MEIN EIGENES LEBEN

Wie stehe ich in meinem Leben? Bin ich vielleicht tapfer und mutig angesichts dessen, was mir schon begegnet ist? Oder bin ich vorsichtig und behutsam? Habe ich ein starkes Gottvertrauen oder habe ich ein esoterisches Fundament, das mich tragen kann? Bin ich sensibel? Nehme ich schnell Dinge wahr oder habe ich eine erstaunliche Intuition oder ein gutes Bauchgefühl? Wie ist meine Menschenkenntnis? Spüre ich rasch, wenn Gefahr droht? Treffe ich gute Entscheidungen? Bin ich flexibel und kann mich schnell auf Änderungen einstellen? Oder bin ich gut darin, Dinge zu bewahren und zu erhalten? Bin ich kämpferisch oder friedliebend? Interessiere ich mich für andere Menschen, Orte, Musik oder Kunst? Kann ich gut mit mir allein sein? Liebe ich Tiere?

Wenn Sie merken, dass Sie gar keinen guten Blick für sich selbst haben und es schwerfällt, zu den positiven Seiten einen Zugang zu finden: Lassen Sie sich von anderen Menschen, von der Familie oder von Freunden unterstützen. Wer jetzt meint, gerade Fremde könnten hilfreich sein, weil sie sich keinen Vorteil versprechen: Lob von Fremden zu erhalten ist Glücksache und eine seltene Kostbarkeit. Bitte beachten Sie: Wer sich für wertlos hält, kann jede gut gemeinte Bemerkung mit »das sagst du nur so« entwerten. Bleiben Sie offen auch für Lob, sonst nützt keine Wertschätzung der Welt.

Wer aufbauende Worte annehmen kann, verfügt über einen Grundstock an Selbstbewusstsein und Selbstwert. Sie können die Hilfe, die Sie gut gebrauchen können, viel mehr selbst steuern. Suchen Sie bewusst die Nähe von wohlwollenden Menschen. Und überlegen Sie, wo Sie Gelegenheiten haben, um Ihrer selbst willen Wertschätzung zu erfahren. Wer in Ihrem Bekannten- und Freundeskreis kann das? Wer ist liebevoll? Wer äußert auch Lob? Ein echtes, auch wirklich gemeintes Lob? In Zeiten wie diesen mit Corona, Massenarbeitslosigkeit, Wohnungsnot usw. fühlen sich viele bedroht und überfordert. Und dennoch gibt es Raum für Toleranz und Wertschätzung. Suchen Sie ruhig gezielt danach, meist kostet es Sie nicht mehr als ein Lächeln.

Jede Abwertung sollten Sie vermeiden, also auch Menschen, von denen Sie abgewertet werden. Selbst wenn Sie tausendmal denken: »Er/Sie hat doch recht damit«: Es tut Ihnen nicht gut. Zunächst geht es doch darum, Ihren Selbstwert aufzuladen. Viele Menschen trauen Gutem nicht recht über den

Weg. »Das ist zu schön, um wahr zu sein«, heißt es im Volksmund. Und so orakeln sie vor sich hin, bis sie sich das Gute madig gemacht haben. Wer etwas Negatives sucht, findet immer etwas.

Fragen Sie sich nach der Qualität Ihrer Kontakte: Was geben Sie, und was bekommen Sie? Scheint es Ihnen ausgewogen zu sein? Hat Ihnen diese Person vermittelt, Sie seien von ihr abhängig oder diffus weniger schön/gut/kompetent? Tun Sie für diese Person Dinge, die Sie eigentlich gar nicht wollen, weil Sie sich dazu verpflichtet fühlen? Können Sie das Erhaltene auch von jemand anders bekommen oder selbst bewerkstelligen? Könnten Sie heute vier Wochen lang ohne diesen Menschen auskommen? Sie merken, worauf ich hinauswill. Scheuen Sie sich auch nicht, sich Zeit mit der Bilanzierung zu lassen. Und notieren Sie sich ruhig, was Ihnen auffällt.

In der Praxis sehe ich immer wieder, dass Menschen, die ein schwieriges Elternhaus haben und von ihrer Herkunftsfamilie wenig Wertschätzung erfahren haben, eine große Toleranz für das entsprechende Verhalten auch bei Freunden und Partnern aufweisen. Dadurch erfahren sie wenig positive Impulse. Als Kind ist das, was in unserer Familie stattfindet, unsere Werkseinstellung. Wir tendieren dazu, das Gewohnte zu wiederholen, weil es uns vertraut ist. Das gilt nicht nur für den liebenswürdigen Umgang mit unserer Mama, wenn er denn so war, sondern leider auch für die permanente Missbilligung, so sie die familiäre Atmosphäre bestimmte. Mit professioneller Unterstützung kann man daran tatsächlich etwas ändern. Parole: Nur nicht aufgeben!

SELBSTWERTSTEIGERUNG DURCH THERAPIE

Das Fundament einer Therapie für Abstinenzgeplagte sollte meiner Erfahrung nach stets Selbstwertarbeit sein. Der

Mensch kommt mit der Sorge, minderwertig, hilflos, hässlich, unfähig und wenig liebenswert zu sein. Manch einer ist noch im Kampfmodus und schlägt um sich, getrieben von dem Gefühl, in der eigenen Existenz bedroht zu sein. Denn die Selbstwahrnehmung, nicht richtig zu sein – nicht liebenswert –, ist existenziell. Unfreiwillig sexfrei, das ist oft nicht schön. Wer über eine längere Zeit in seiner Partnerschaft Abwertungen ausgesetzt war, weiß das. Dann ist es wichtig, zur Ruhe kommen. Und sich zu besinnen, ganz im Sinne der Achtsamkeit. Erst im Anschluss ist eine Wendung zum Positiven vorstellbar – die natürlich auch heißen kann, die eigene Unlust anzunehmen.

Wer sich therapieren lässt, findet häufig festen Boden unter den Füßen. Nun ist Hoffnung auch ein Kraftlieferant. Und wenn Sie und Ihr Therapeut sich verbünden, werden Sie sehen, dass Sie es verdient haben, gut behandelt zu werden und über sich selbst zu bestimmen, ob mit oder ohne Sex.

Ein Therapeut kann dabei unterstützen, den Blick zu schärfen für die eigenen Werte, gnädig und mitfühlend auf sich selbst zu schauen und sich zu passender Zeit auf den Weg zu machen zu neuen Erfahrungen. Vielleicht einmal die Traurigkeit zu spüren, die so viel Kampf, so viel Distanz und Verhärtung hinterlassen haben. Die Wut, mit den eigenen Bedürfnissen allein zu bleiben oder nicht gesehen worden zu sein. Das Unvermögen, niemals ein harmonisches Ganzes mit dem geliebten Menschen zu sein.

Gerade mit oder nach der Wut erst finden wir die Einsicht, auch jemand zu sein. Wie angemessen die eigenen Bedürfnisse sind. Was überhaupt man braucht, um leben zu können. Und dass es in Ordnung ist, anders als der Partner zu sein. Nicht jeder gelangt zu einem »Ich bin gut so, wie ich bin«. Manchmal ist die Erkenntnis auch: »Ich beginne, mir langsam dafür zu verzeihen, so zu sein.« Wir alle wachsen ein

Leben lang an uns und brauchen diese Zeit, uns kennenzulernen. Ein erfahrener, kompetenter Therapeut begleitet für einige Zeit, aber er hilft auch, auf eigenen Beinen zu stehen. Mit einem guten Gefühl für den eigenen Wert.

Gesprächskultur

Jedes Paar entwickelt eine individuelle Art des Umgangs. Das gilt für mehr oder weniger reibungslose Abläufe im Alltagsgeschehen wie für Problemgespräche. Wie belastbar diese Art und Weise des Austausches ist, erweist sich, wenn es um heikle Themen geht. Probleme beim Sex erfordern erfahrungsgemäß ein Maximum an vorsichtigen Formulierungen und zugleich das Selbstbewusstsein, für die eigenen Bedürfnisse eintreten zu können. Sexproblemgespräche sind folglich aus mehreren Gründen eine Herausforderung.

Das hat nun einmal mit dem Thema Sex an sich zu tun, nicht nur mit der mangelnden Beliebtheit von Gesprächen über Konfliktthemen. Die meisten von uns haben Probleme damit, über Sex, ihre Genitalien und Vorlieben zu sprechen. Da ging es mir früher kein bisschen anders. Auch wenn junge Eltern heutzutage mehrheitlich den Eindruck erwecken, ihnen gingen Wörter wie Glied, Scheide usw. leicht über die Lippen, trügt der Schein. Einem Fremden mag es vielleicht souverän erscheinen, wenn Eltern antworten. Aber ein Rest Schamgefühl ist da, das größer wird, wenn wir mit einer Person sprechen, die unsere Scheide, unseren Penis usw. kennt. Gerade weil wir uns so nah gewesen sind, fällt es so schwer.

Wir lernen so schon beim Aufklärungsgespräch – wenn es ein solches denn gegeben hat –, dass Sexualität inklusive der betroffenen Organe mit Schamgefühlen zu tun hat. Kinder nehmen sehr deutlich wahr, wie sich derjenige fühlt, der uns die Sache mit der Scheide, dem Glied usw. erklärt. Ob er angespannt war, überfordert mit einem Aufklärungsbuch hantierte, unaufrichtige Fröhlichkeit zeigte, viel merkwürdig gelacht hat oder ob ihm vor eigenem sexuellen Appetit das Wasser im Munde zusammenlief. Kinder verinnerlichen das. Und sie reagieren darauf, auch mit Unbehagen. Sie lernen, die Begriffe und das Thema mit diesem Gefühl zu verbinden.

Das macht es uns noch als Erwachsene schwer, über Sex zu reden. Inzwischen wird vermehrt darauf hingewiesen, wie sehr die Begriffe selbst Schamgefühle ausdrücken: Schamlippen, Schamhügel, die weibliche Scham. Dies sind Bezeichnungen für weibliche Anatomie. Und wir lernen: Weibliche Sexualität führt rein sprachlich deutlich mehr Scham im Gepäck als männliche. Wenn wir von Schamfetischisten einmal absehen, denen Schamgefühle gleichsam sexuelle Lust bescheren, meiden wir solche Gefühle. Denn sie sind unangenehm, klebrig, schlüpfrig. Scham hat immer etwas mit Falschsein oder begangenen Fehlern zu tun. Bei aller Aufklärung gibt es viel Schein neben Sein in Zusammenhang mit Erotik und Sex. Das bringt die Masse in Not, weil sie spätestens bei der Aufklärung der eigenen Kinder um eine Lockerheit bemüht sind, die nicht empfunden ist. So pflanzt sich das Unbehagen fort.

Wir benötigen zuerst Selbstsicherheit auf sexuellem Terrain, bevor wir ein Gefühl für die richtige Sprache finden. Wer weiß, dass er sein darf, wie er ist, findet es leichter, das auch in Worte zu kleiden. Es ist unsere Einstellung, die zählt. Es darf sein, dass einige Worte schwerer auszusprechen sind als andere. Manchmal ist gerade eine Bemerkung wie »Oh, ich werde gerade richtig rot. Das ist mir echt unangenehm« ein viel sichereres Zeichen dafür, im wahrsten Sinne selbstbewusst zu sein, als ein inflationärer Gebrauch von bewusst harten Worten wie »Prügel« o. Ä. Auch beim Sprechen über Sex geht es darum, ein Gefühl für die eigenen Grenzen zu bewahren.

Geht es aber um einen Austausch mit dem eigenen Partner, hat unsere Hemmung noch einen weiteren Grund: Ein negativer Gesprächsausgang wirkt sich direkt auf unsere Bedürfnisse aus. Wenn wir nicht den richtigen Ton treffen; sich unser Gegenüber abgewertet, bevormundet oder unter Druck gesetzt fühlt. Oder gar wir selbst.

Nur wenn wir uns der Bandbreite bewusst sind, können wir die richtigen Worte bewusst wählen. Wer sich nie damit befasst, fremdelt wie mit einer Fremdsprache. Ja, das sind viele Vorwürfe, aber gäbe es keine Kritikpunkte, dann müssten wir auch nicht über Sex reden, oder? Und es gibt so viel, was man falsch sagen kann: von »Nun stell dich doch nicht so an!« über »Du musst doch nur sagen, wie du es willst« bis zu »Dann gehe ich eben fremd«.

So geht es gar nicht, oder? Aber wie sagt man es dann? Gespräche über Probleme beim Sex sind in der Oberliga zwischenmenschlicher Finesse angesiedelt. Wer da nicht mithalten kann, landet schnell unsanft auf dem Allerwertesten. Dann hängt der Haussegen schief. Man hat den anderen gekränkt oder erntet eine solch erschreckende Gegenwehr, dass man verwundert und überfordert die entgleiste Situation bestaunt. Oder man muss gleich mit dem Kissen unterm Arm aufs Sofa umziehen. Die Probleme nicht richtig formulieren zu können macht ein schlechtes Gewissen und trägt nicht dazu bei, dass das nächste Gespräch über sexuelle Schwierigkeiten leichter fällt. Aber ich kann Ihnen versichern: Je mehr man sich darüber unterhält, umso eher kann man die richtigen Worte finden. Ich weiß, viele Paare versuchen das vergeblich, daher im Weiteren noch ein paar wertvolle Tipps.

DIE HERANGEHENSWEISE

Typisch für scheiternde Gespräche sind zwei Herangehensweisen: Entweder schieben beide das Thema weg und tun, als gäbe es da nichts zu bereden. Oder einer bringt proaktiv das Thema wiederholt zur Sprache, während der Partner ausweicht. Mit beiden Herangehensweisen lassen sich Probleme allerdings nicht lösen. Soll es einen wirklichen Austausch über die Abstinenz geben, brauchen betroffene Paare eine Gesprächskultur, mit der sich solch heikle Problemgespräche meistern lassen. Diese lässt sich entwickeln, wenn beide es wünschen, dazu gibt es Seminare, Beratung, Therapie. Bei dem Vorschlag höre ich oft: »Da haben wir ein Problem mit dem Vögeln – und nun sollen wir erst mal reden lernen?« Aber wenn ein Begehrender und sein abstinenter Partner über Sex reden wollen, ist ein Konflikt vorprogrammiert. Und Konfliktmanagement ist nun einmal nicht einfach.

Denn es herrscht Uneinigkeit nicht zwischen zwei als gleichberechtigt empfundenen Parteien, etwa zwischen Arbeitskollegen (wie oft da Gespräche gemanagt werden müssen, damit Frieden in der Abteilung einkehrt, wissen Sie sicher aus eigener Erfahrung. Da ist es normal, dass man sich helfen lässt). Aber hier – egal, als wie gleichberechtigt eine Partnerschaft eingestuft wird – gibt es eine ganz perfide Tücke: Der Abstinente hat die unterlegene Position. Ist im Rechtfertigungszwang (jedenfalls bis jetzt noch. Vielleicht hilft das Buch ja, etwas dagegen zu tun). Betroffene Paare kommen jedenfalls fast immer mit dem Selbstverständnis des Begehrenden im Gepäck, seine Erwartungshaltung und seine Bedürfnisse seien legitim, und die Abwehrhaltung des Partners bestünde zu unrecht, weil er sich in der Defensive fühlt. Zu sexuellen Ansprüchen unter Ehepartnern ist selbst die Haltung der Gesetze verquer, da die gebildete Geschlechtsgemeinschaft schon irgendwie unterstellt wird. Aber immerhin ist sie nicht einklagbar ... Alles Weitere ist jedoch unklar. Und wir selbst müssen uns darüber austauschen.

Lassen Sie mich daher noch einmal wiederholen: Es gibt kein Recht auf Sex! Jetzt schnell die Streitaxt beiseitegelegt, Samthandschuhe übergestreift, und dann kann es losgehen.

DIE PACKUNGSBEILAGE

Wir kommen jetzt zu konkreten Tipps und Empfehlungen. Und da Kulturen – und die Gesprächskultur ist da nicht anders aufgestellt – aus unterschiedlichen Elementen bestehen, dürfen Sie sich auf eine Menge Tipps freuen. Vorab aber ein übergeordnetes Wort zur Verwendung dieser Hinweise: Nichts ist in Stein gemeißelt. Vielleicht passt es nicht für Sie oder Ihren Lieblingsmenschen. Dann vergessen Sie den betreffenden Punkt. Sollten Sie den Eindruck haben, es könnte sinnvoll sein, etwas auszuprobieren, dann tun Sie es. Machen Sie immer Ihr eigenes Ding. Es ist Ihr Leben, es ist Ihre Liebe. Und bedenken Sie: Ihr Partner kennt Sie. Er bemerkt es, wenn Sie plötzlich anders als sonst reden. Damit sollten Sie rechnen. Es schmeichelt dem Gegenüber, wenn Sie dann sagen: »Toll, dass du das bemerkst. Ich glaub, ich kann da noch was verbessern. Und das versuche ich gerade. Wie findest du es?« Probieren Sie sich aus. Wenn es passt, dann fein. Wenn nicht: Das Allerwichtigste in dem Gespräch sind Sie und Ihr Gegenüber. Vertrauen Sie auf Ihre Intuition.

Lassen Sie sich Zeit. Haben Sie Geduld, wenn Sie ungewohnte Strategien probieren. Ein Schritt nach dem anderen. Wenn Sie sich dabei wohlfühlen, ist das wichtiger, als möglichst viele Tipps auf einmal anzuwenden. Alles auf einmal wäre eh zu viel.

VERHANDELN SIE IN DER RICHTIGEN STIMMUNG/ MIT DER RICHTIGEN STIMME

Es geht ja um Sex, also können Sie auch freundlich sagen, was Ihnen auf der Seele liegt. Bitte keinen Nörgelton anschlagen. Auch das »Knatschen« wie ein Kleinkind fällt in diese Kategorie. Das Sprichwort »Der Ton macht die Musik« ist wirklich bedeutsam. Wissen Sie, auf welche Stimmlage Ihr Gegenüber abfährt? – Nein? Wie spannend. Dann finden Sie es heraus. Nach den Berichten von Patienten zu urteilen, sind die echten Stimmen der Partner immer in Ordnung.

BIETEN SIE ETWAS ZUM TAUSCH

Eine wichtige Strategie des Verhandelns besteht in dem Unterbreiten von Tauschangeboten. Ein Tausch ist darauf ausgerichtet, dass der andere darauf eingehen kann, d. h., es geht nicht um Manipulation, Übervorteilung oder darum, das Gegenüber vor vollendete Tatsachen zu stellen. Bei einer Diskussion um Lust oder Unlust ist es wichtig, die Karten offen auf den Tisch zu legen und deutlich zu sagen, woran einem gelegen ist. Vergessen Sie bitte die folgenden Formulierungen nicht: »Ich verstehe, dass das deine Belange sind ... und dass du möglichst ... erreichen möchtest.« Transparent und fair sind solche Sätze. Und Sie haben sich kompromissbereit gezeigt. Während Sie sich den Kopf zermartern, um eine Lösung für Ihren Konflikt zu finden, geht es Ihrem Partner vielleicht um etwas anderes. Das kann er/sie nach so einer Einleitung auch richtigstellen. Zusätzlich kommunizieren Sie unterschwellig: »Chérie, ich sehe und liebe dich. Mir ist es wichtig, dich zu verstehen und dass auch du bekommst, was du möchtest.« Mit solchen Sätzen können Sie punkten.

BIETEN SIE EINEN KOMPROMISS AN

Fragen Sie unbedingt auch nach Kompromissbereichen. »Was brauchtest du mindestens?« – Bitte ohne Ausflippen, wenn die Antwort unerhört abwegig ist. Stattdessen ruhig Blut, tief durchatmen, nicht stöhnen. Entgegnen Sie lieber: »Ich kann mir vorstellen, dir auf die folgende Weise entgegenzukommen. Was meinst du dazu?« Alternativ können Sie auch Ihren Lösungsvorschlag unterbreiten. Aber bitte als Vorschlag oder als Frage. »Ich habe darüber nachgedacht, wie wir ... (Ziel des anderen) und ... (mein Ziel) bestmöglich unter einen Hut bekommen. Wie klingt es für dich, es so ... (Kompromiss) zu versuchen?«

Dadurch vermitteln Sie eine positive Botschaft. Vermeiden Sie bitte Formulierungen wie: »Ich hab da 'ne Megaidee ...« Das sorgt beim Gegenüber nicht unbedingt für entspannte, wohlwollende Aufmerksamkeit, sondern für ein genervtes »Jetzt kommt DAS schon wieder«.

Wichtig ist, die Urheberschaft der Idee nicht jemandem zuzuschreiben, gegen den der andere sich nichts zu sagen traut. In dem Falle würde es sich um ein unfaires Totschlagargument handeln. Bringen Sie auf gar keinen Fall Ihre Mutter ins Spiel/die beste Freundin/die Ex ... Und bitte nicht ein imaginäres Publikum hinzuziehen: »Die anderen finden auch ...«

PERSÖNLICH GREIFBAR BLEIBEN

Und schon sind wir beim nächsten Aspekt: Sprechen Sie als »ich«. Vergessen Sie bitte die Warnung, dass Sie zu egoistisch wirken. Das ist beim Verhandeln über gemeinsame nächste Schritte nötig, um Ihre Urheberschaft von Vorschlägen und Ihre Haltung zu kennzeichnen. Denn gegen Ihr »ich« tritt das »ich« des Partners auf den Plan und kann ebenbürtig verhandeln. Das funktioniert viel besser, als wenn jemand gegen ein »Man tut so was nicht« oder »Alle machen es so« antreten muss. Letzteres hat Ähnlichkeit mit »Ich hole meinen großen Bruder!« bei Kindern.

BRINGEN SIE IHREN VORSCHLAG AUF DEN PUNKT

Bitte verlieren Sie sich nicht in Details. Ein Vorschlag ist der Kern der Verhandlung, der soll nicht faserig sein. Das ist Ihnen zu unkonkret? Hier ein Formulierungsbeispiel: »Ich würde gerne mehr Zeit mit dir allein verbringen.« Was zu vermeiden ist, sind Ergänzungen, die ausufern und am Ende wieder wegführen vom Thema: »Also an den Wochenenden, abends, an Feiertagen und ganz besonders an Weihnachten. Weihnachten ist mir ja immer sehr wichtig, und an den Adventsamstagen zusammen Geschenke zu shoppen, brauche ich, um in Weihnachtsstimmung zu kommen. Also mit genug Zeit, ohne Hetze. Ich verbringe gerade in den Spielzeuggeschäften und im Buchladen möglichst eine gute Stunde, weil dort so ein großes Angebot ist, dass man es nicht so schnell erfassen kann wie im Internet. Außerdem sollst du dabei sein.« Das geht nicht. Sie wollen schließlich überzeugen und möglichst erst mal die generelle Zustimmung, damit Ihr Vorschlag umgesetzt werden kann – zumindest zur Probe.

BLEIBEN SIE OBERHALB DER GÜRTELLINIE

Entschuldigen Sie, klar, es geht um Sex, aber deswegen müssen Sie ja nicht zum Tiefschlag ausholen: Reißen Sie sich zusammen und verkneifen Sie sich Abwertungen, egal, wie frustriert Sie sind. Wichtig ist es gerade, wenn es um Abstinenz geht, wertschätzend im Gespräch und im Kontakt zu bleiben. Geht es um Akzeptanz von Sexfreiheit, kann sich die Struktur der Beziehung gravierend wandeln, und es braucht ein anderes als das sexuelle Band, um sich nah und sicher zu fühlen. Da wiegt das Gefühl des Angenommenseins im guten Gespräch viel.

ÜBEN SIE DIE FORMULIERUNGEN, DANN STIMMT DIE WORTWAHL

Dirty Talk hat durchaus seine Fans, aber nicht bei Problemgesprächen. Mir scheint, dass vergröbertes Vokabular manchmal bewusst als Waffe verwendet wird, gerade wenn es um Sex geht, weil der eine den anderen schockieren will – und ihn dann gleich überrumpeln kann. Das ist sprachliche Gewalt. Seien Sie lieber wortgewandt als wortgewaltig. Wenn Sie also wissen, dass die Person, mit der Sie sich austauschen, bestimmte Sex-Termini nicht leiden kann, vermeiden Sie diese bewusst. Sie können das auch gerne im stillen Kämmerlein vorab üben: Wie sage ich das, was sage ich. Sie stehen schließlich vor einem wichtigen Gespräch, das erfordert ruhig etwas Sorgfalt, vielleicht sogar ein inneres Drehbuch.

HALTEN SIE SICH AN IHRE EIGENEN REGIEANWEISUNGEN

Wenn Sie ein Gespräch vorab überlegen, dann können Sie nicht so leicht überrascht werden. Gut ist es dann, sich an die eigenen Regeln zu halten. Ich mache daher hier ein paar konkretere Regieanweisungen, die Sie gerne übernehmen, aber natürlich auch für Ihre Bedürfnisse anpassen können. Nachdem Sie Ihren Vorschlag geäußert haben, machen Sie eine kurze Atempause. Geben Sie dem Partner Zeit, zählen Sie ruhig in Gedanken, bevor Sie fortfahren. Dann könnte es weitergehen mit einer positiven Wendung. Zeigen Sie Ihrem Gegenüber auf, was er von einer Einigung hat: »Dein Vorteil dabei wäre, dass ... Und für mich wäre es schön, wenn ...«

Optimal wäre, wenn Sie die Interessen gleich gewichten. Vorschläge wie: »Du wolltest doch schon seit Langem so gerne ...«, oder: »Was hältst du denn davon?«, signalisieren Gesprächsbereitschaft.

DER RICHTIGE RAHMEN

Bitte beginnen Sie Ihr Gespräch nur im geschützten Rahmen. Sie sollten dabei kein Publikum haben. Ziehen Sie keinen Dritten hinzu. Viele Erwachsene reden unter Anspannung besonders laut, lachen unsicher, benutzen viele Ähs, oder ihnen krabbelt diese Rotfärbung der Haut aus dem Kragen den Hals hinauf ... Das gehört zu Ihnen. Ihr Gegenüber kennt das an Ihnen. Also machen Sie sich darüber keinen Kopf.

DIE RICHTIGE ZEIT

Nehmen Sie sich möglichst Zeit, um in Ruhe über das Thema zu sprechen. Es muss ja auch die Möglichkeit zum Nachdenken oder für Nachfragen sein. Hüten Sie sich davor, Ihren Vorschlag gezielt in einem Moment zu äußern, wenn der Partner nicht darauf reagieren kann: Ein Gespräch über ein Sexproblem ist keine Kampfansage! Also sprechen Sie es nicht zwischen Tür und Angel an.

Es ist völlig in Ordnung, selbst nachzudenken und sich dafür Zeit zu nehmen. Wenn etwas Unvorhergesehenes geantwortet wird, das Sie überfordert, sagen Sie ruhig: »Das ist wichtig, und ich möchte gründlich darüber nachdenken. Ist das okay für dich, wenn wir zu einem späteren Termin weiter darüber sprechen?« Sollten Sie die Bitte um Bedenkzeit äußern, denken Sie bitte daran, auch einen nächsten Termin einzuplanen.

FREUNDLICHKEIT KOSTET NICHTS

Bleiben Sie freundlich und zugewandt. Sagen Sie ruhig: »Ja, ich glaube auch, dass das wichtig ist.« Oder auch: »Du hast recht.« Damit vergeben Sie sich nichts. Sie sind erwachsene Partner und wollen ja auch in Zukunft im Gespräch bleiben. Spüren Sie großen Ärger, bitten Sie um eine Vertagung, damit Sie sich auf den Fortgang vorbereiten können, ohne den Partner diesen Zorn spüren zu lassen.

ENTSCHULDIGUNGEN KOSTEN NICHTS

Haben Sie unabsichtlich Verletzungen zugefügt, dürfen Sie das gerne einräumen: »Das tut mir leid. Ich wollte nicht, dass es dir schlecht damit geht.« Eine Entschuldigung kann so vieles in Paargesprächen zum Positiven wenden, dass ich die Wirkung als nahezu magisch empfinde. Also zögern Sie nicht und rücken Sie ein »'tschuldigung« raus. Und je schwerer es Ihnen fällt, so was auszusprechen, umso früher sollten Sie mit dem Üben beginnen. Zustimmung und Entschuldigung sind keine Unterwerfungsgesten, auch wenn es sich besonders für viele Männer so anfühlen mag.

SCHAU MIR IN DIE AUGEN

Lockerer Blickkontakt ist hilfreich. Mit locker meine ich nicht, den Gesprächspartner anzustarren. Sondern sehen Sie einander häufig in die Augen und meiden Sie nicht den Blickkontakt. Den Blick abzuwenden kann auch eine Unterwerfungsgeste sein. Doch nach unseren Überlegungen zum Selbstwert wissen Sie, dass Sie Ihrem Partner auf Augenhöhe gegenübersitzen. Also lohnt sich der Blick, denn Sie beide wollen ja ihrer gemeinsamen Herausforderung »ins Auge sehen«.

DU BIST DIE HAUPTSACHE

Führen Sie keine Nebengespräche, lassen Sie sich nicht ablenken. Auch dadurch signalisieren Sie: Wir haben zwar ein Problem, aber wir können es gemeinsam schaffen. Seien Sie während des Gesprächs also großzügig und verschenken Sie die vollen hundert Prozent Ihrer Aufmerksamkeit. Damit meine ich: Führen Sie keine Nebengespräche mit Haustieren, lassen Sie das Smartphone unbeachtet (klingeln). Rufen Sie nicht »nur kurz« Anweisungen für die Kids. Aber bestimmt haben Sie einen ruhigen Moment gewählt. Seien Sie ein gutes Vorbild, und schert der Partner aus, reagieren Sie nicht trotzig, sondern bieten Sie einen neuen Termin an.

WIE SAGE ICH'S MEINEM LIEBSTEN

Schön ist es, wenn wir positive Dinge finden, die wir einander sagen. Ich möchte »tolle Stunden mit dir, in deinen Armen liegen und Zärtlichkeit«, statt »was für eine verschwendete Zeit ... eh immer zu grob ...« Sie wissen, wir alle möchten stolz sein können auf das, was wir tun. »Ich will einen Gentleman im Bett« hört sich allemal besser an als »Du bist immer so ein Rüpel ...«. Auch hier lohnt es sich, vorab Formulierungen zu überlegen. Ihre Änderungsvorschläge sollten keine Negativ-Wendungen beinhalten. Wie finden Sie: »Probier doch mal ...« Oder: »Ich hab gelesen, xy soll super sein.«

ZUFRIEDENHEIT STATT SCHULD UND SÜHNE

Eine Unterhaltung über Sexprobleme ist keine Gerichtsverhandlung. Es ist aussichtslos, darüber zu streiten, wer mehr Schuld oder Verantwortung an einer Misere trägt. Verlesen Sie keine Schuldscheine. Das macht bloß schlechte Laune und führt zu nichts Gutem. Ganz im Gegenteil. Stellen Sie sich vor, Sie fühlen sich in der Schuld. Dann drückt das schlechte Gewissen Sie nieder. Wer nicht hören will, dass der Partner sagt: »Ich kann dich nicht glücklich machen«, sollte Möglichkeiten anbieten, die eine gelingende Zukunft vorstellbar machen. Auch da leistet ein »Ich verstehe, was du meinst« sehr gute Dienste.

VERSTÄNDNIS IST NICHT ZUGESTÄNDNIS

Übrigens bedeutet der Satz »Ich verstehe, was du meinst« nicht gleich: »Ich sehe das genauso«, oder: »Ja, das ist gut. So machen wir es.« Also sprechen Sie ihn ruhig aus, wenn er stimmt. Denn Signale des Verstehens halten die Gesprächspartner emotional in der Gute-Laune-Area und aufgeschlossen für die Worte des Gegenübers. Viele Probleme mit Sex sind durch Unsicherheit motiviert. Wenn dann Kritik an der eigenen Art Sex geübt wird, schwindet der Mut zu Experimenten. In Unwissenheit besserer, bewährter Alternativen streicht man das Kritisierte einfach aus dem Repertoire und verlässt sich auf den Rest. Wiederholt sich das, bleiben am Ende nur wenige Möglichkeiten. Das ist so schade. Trauen Sie sich unbedingt als Begehrender zu fragen: »Was wäre vielleicht besser?« Und sagen Sie ruhig: »Wir können das besser. Ich möchte mit dir darüber reden.«

RESPEKT

Behandeln Sie einander mit Respekt. »Das ist doch wohl nicht dein Ernst!«, jede Theatralik oder Ausrufe wie »Bitte?!« oder »Was?!« sind mit Respekt unvereinbar. Ein Abwinken oder heftiges Kopfschütteln sind genauso unangebracht wie wortloses Aufstehen und Weggehen. »Bitte, ich brauche einen Moment. Bin gleich wieder da.« Das kann man sagen, rausgehen, durchatmen, die Zukunft vor Augen. Wir leben in einer Gesellschaft, in der bereits Schulkinder lernen, sich werbewirksam auszudrücken. Nur: Große Posen im Negativen bewirken starke negative Emotionen bei anderen. Angemessene Reaktionen sind auch ein Zeichen von Respekt.

KEINE FALSCHEN KOMPLIMENTE

Bei Komplimenten ist der Unterschied zwischen echt und aufgesetzt besonders auffällig. Sie kennen Ihren Partner, und Sie beide wissen, was zwischen Ihnen normal ist. Heißt es: »Nette Bluse«, oder: »Du strahlst wunderschön in dieser gelben Bluse.«? Aber Komplimente müssen nicht falsch sein, nur weil sie für Sie ungewohnt sind. Greifen Sie in die Kiste mit den Superlativen (am schönsten, am besten, die Hübscheste …). Die kosten nichts und zaubern ein Lächeln auf manches Gesicht. »Das sagst du nur so« überdeckt oft die innere Freude. Glauben Sie mir.

RUHE BEWAHREN

Bleiben Sie bei der Wahrheit. Fragen Sie freundlich nach der Meinung Ihres Partners: »Was sagst du zu …? Meinst du, das könnte funktionieren?« Mir ist bewusst, dass Sie eventuell früher schlechte Erfahrungen gemacht haben. Möglicherweise wurden Sie zurechtgewiesen, es sei doch alles klar und warum Sie denn überhaupt etwas infrage stellen. Vielleicht bekamen Sie auch ein »Das ist dir doch eh wurscht«, getoppt von »Ich bin dir doch egal« zu hören. Seien Sie geduldig, solange das vertretbar ist. Offenes Bezichtigen einer Lüge führt zur Eskalation. Wer das weiß, formuliert vielleicht: »Das stimmt SO nicht.« Das macht es jedoch auch nicht merklich besser. Also bleiben Sie gelassen. Gehen Sie später in den Wald oder ans Meer und brüllen Ihren Ärger heraus. Jetzt ist Selbstkontrolle gefragt. Geht etwas über Ihre Grenze: Sagen Sie das ehrlich und schlagen Sie vor, sich zu vertagen. Aber aufgeschoben ist nicht aufgehoben: Betonen Sie, wie wichtig Ihnen das Ganze ist.

SCHWEIGEN IST NICHT IMMER GOLDIG

Geduld hatte ich schon angemahnt. Ein »Nun sag doch auch mal was!« oder schlimmer »Nie sagst du was!« bringt Sie da nicht immer weiter. In Vorwürfe zu investieren lohnt sich nicht. Gewähren Sie Bedenkzeit. Gehen Sie nicht davon aus, dass bloß verzögert werden soll. Es lohnt sich schließlich, dass Sie gemeinsam darüber sprechen. Aber vielleicht haben

Sie sich gut vorbereitet? Dann gönnen Sie dem Gegenüber auch ein paar Minuten.

SCHEINGEFECHTE

Schwierig ist die Verwendung von Formulierungen wie: »Was hat denn das mit unserem Thema zu tun?« Oder: »Das ist doch jetzt unwichtig.« Sie geraten nur in ein Labyrinth gespickt mit Scheingefechten darüber, welche Regeln für Ihr Gespräch gelten. Finger weg, denn damit entfernen Sie sich zunehmend von einer Problemlösung. Lenken Sie das Thema wieder auf Ihren Vorschlag. Wenn Sie darauf zurückkommen, dann bleiben Sie beide im Fokus, statt sich in Vorwürfen zu verlieren.

EMOTIONEN

Bleiben Sie im Gleichgewicht. Sie wollen ja auch einen Ausgleich erzielen. Das ist leichter geschrieben als getan. Aber das ist wichtig: möglichst keine Tränen. Selbstverständlich haben Emotionen ihre Berechtigung. Und wenn sie rausmüssen, ist es halt so. Ich möchte nur darauf hinweisen, dass ein weinender Gesprächspartner bei vielen Menschen, insbesondere bei Männern, Schuldgefühle auslöst. Sie empfinden diese Hilflosigkeit als ein No-Go und geraten automatisch in die Defensive. Auch das kann Grenzen verletzen, zumal ich leider zugeben muss, dass mehr Frauen als Männer zu Tränen tendieren – manchmal sogar zu Krokodilstränen.

WIE SICH NICHT FESTLEGEN?

Nehmen Sie Ergänzungen wohlwollend auf. Aber täuschen Sie bei indiskutablen Anregungen nicht vor, sie zu akzeptieren. Kommentare wie »Wir können ja mal sehen« werden überraschend oft fehlinterpretiert als Zustimmung. Darüber müssen Sie sich im Klaren sein – und Ihr Gesprächspartner verdient Klarheit. Nachdenken und Nachfragen müssen erlaubt sein und zeigen Interesse. Aber seien Sie eindeutig. Auch darin, wenn Sie etwas noch nicht einschätzen oder entscheiden wollen.

SPASS BEISEITE

Ironie, Sarkasmus und Spott können vermeintlich helfen, wenn einem etwas unangenehm wird. Aber bei einer solchen Kontroverse bietet es sich nicht an, auf Humoriges auszuweichen, da sich der Gesprächspartner nicht ernst genommen oder veräppelt fühlen kann. In jedem Falle wird es ihn irritieren. Bleiben Sie mit Ernst bei der Sache.

JETZT WIRD ES KONKRET

Machen Sie Nägel mit Köpfen. Statt Nenas »Irgendwie, irgendwo, irgendwann ...« sollte es konkrete Termine geben, Orte, Zeiten und auch Wünsche, die Sie äußern oder auf die Sie eingehen. Und am Ende sagen Sie es ruhig, wenn Sie das Gespräch als hilfreich oder gut empfunden haben – oder was auch immer es Positives darüber zu sagen gibt.

BLEIBEN SIE IM GESPRÄCH

Treffen Sie sich öfter zum Gespräch über Sex. Dann lässt der Druck nach, dieses »Wenn ich nur daran gedacht hätte« kann aus dem Kopf. Schreiben Sie Ihre Gedanken auf, und vereinbaren Sie einen nächsten Termin. Bleiben Sie im Gespräch über Lust und Unlust, Stellungen und Streicheleinheiten, Zärtlichkeiten und Möglichkeiten.

DAS NO-GO: DROHUNGEN

Zu einem solchen angestrebten Austausch kann es nur kommen, wenn Sie positive Signale finden. Es ist wenig zielführend, mit Trennung zu drohen. Das machen in die Enge gedrängte Abstinente übrigens auch gerne. Doch so sollte es nicht sein. Deshalb müssen wir alle uns immer wieder bewusst machen: Es gibt kein Recht auf Sex! Und aus der anderen Perspektive gesprochen: Es gibt ebenso wenig einen Anspruch auf eine Partnerschaft ohne Sex. Erst wenn diese Information bei beiden Beteiligten zu Bewusstsein und Einsicht gelangt ist, macht ein Gespräch Sinn. Denn keiner von Ihnen beiden MUSS einlenken.

Outsourcing als mögliche Lösung

Outsourcing bietet Gefahren, das möchte ich gleich vorweg sagen. Und nicht umsonst folgt der Hinweis auf ONS, Swingerclub-Besuche oder Sex mit Freunden, Kollegen, Zufallsbekannten oder auch Prostituierten hier direkt im Anschluss an das Kapitel über Gesprächskultur. Erstens rate ich erst dazu, es damit zu probieren, nachdem ein Paar die Abstinenz als Problem benannt hat und Verbesserungsvorschläge gemacht wurden. Wenn beide sich einig sind, dass der eine sexuelle Bedürfnisse hat, die der andere nicht befriedigen muss und will – und dass es okay ist, wenn der eine oder die andere deshalb Sex mit Dritten hat. Dann muss die Gesprächskultur stimmen, wenn es als Paar mit dem Zusammenleben klappen soll. Dies hier ist keine Möglichkeit, die man sich in einer Paarbeziehung auf Augenhöhe ertrotzen sollte nach dem Motto »Ich hab ja sonst alles versucht«.

Wer die eigene sexuelle Erlebniswelt aus der vertrauten Zweisamkeit mit dem Liebesgefährten löst, findet manchmal eine für alle Beteiligten segensreiche Entlastung, aber das gelingt nicht immer. Ich möchte aber nicht den Eindruck erwecken, dass das Ausgliedern der Erotik immer ein zum Scheitern verdammtes, verschämtes Manöver im Verborgenen ist. Hier ist jedoch Vorsicht geboten. Denn trotz der sexuellen Freiheiten heutzutage wird das sexuell exklusive, also treue Beziehungsmodell verfochten. Unabhängig davon gibt es Paare, deren Beziehung mit ausgelagertem Sex funktioniert. Die Mehrzahl von ihnen hat schon im Vorfeld Erfahrungen mit Swingen oder polyamoren Bindungen erworben. Der heikle Schritt für diese Paare ist, dass der Abstinente ausdrücklich aus dem gemeinsamen Sex aussteigt, nicht mehr den Sex des Partners mit anderen begleitet, sondern den Partner freigibt und auch (weg-)gehen lässt zu anderen. Das kann sich als Kontrollverlust bemerkbar machen. Bisher habe ich nur von solchen Konstellationen erfahren, in denen der sexuell Aktive das gemeinsame Zuhause für Sexdates verlässt, statt diese in die eigenen vier Wände einzuladen. Letzteres ist eher ein Vorgehen von polyamoren Partnern, aber diese haben meist eine eigene Gesprächs- und Datingkultur gefunden.

Trennung als Lösung

Geht man von dem Leid aus, das entstehen kann, wenn eine Beziehung »aus dem Gleichgewicht« ist, weil einer von beiden sich zur Abstinenz auf Dauer bekennt, kann in einigen Fällen eine Trennung eine gute Lösung sein. Sie vermag, all die Auseinandersetzungen und die leidvolle Umklammerung von zwei Menschen zu beenden, denen meist keine andere konstruktive Möglichkeit bleibt. Wenn ein »Wir haben schon oft an Trennung gedacht« eine Lösung bietet, gilt es, alle Beteiligten zu schützen, auch Kinder und andere, die betroffen sind. Dann ist die Abstinenz aber oft nur ein Grund unter vielen, die zu der Trennung führen. Vorwürfe, das gegenseitige Bloßstellen, all dies sollte vermieden werden.

Bei relativ jungen Erwachsenen bis etwa Mitte dreißig, die weder gemeinsame Kinder haben noch durch gemeinschaftliche Investitionen wirtschaftlich aneinander gebunden sind, ist oft die Hoffnung dominierend, mit dem nächsten Partner werde alles besser und das Problem mit dem Sex verbliebe auf magische Weise in der zurückgelassenen Beziehung. Klar, das ist möglich. Möglich ist auch, dass der oder die Betroffene später mit einem anderen Partner in eine vergleichbare Misere steuert.

Lassen Sie uns hier bei der Option bleiben, dass die Trennung eine Problemlösung im positiven Sinne ist. Wenn beide erkennen, dass es gemeinsam nicht funktioniert. Dass man einander loslassen und freigeben muss, damit beide ihr Glück finden können. Auch solche Trennungen gibt es. Und manch Patient findet nach seiner Trennung, dem Abschiedsschmerz und der Euphorie des Aufbruchs in eine neue Lebensphase mehr zu sich selbst. Dann wird entdeckt, was er oder sie will. Was guttut. Und wer guttut.

Vielfach lernen Patienten als Single quasi im hellen Sonnenschein erst so richtig zu leben, sich durchzusetzen, Leben zu gestalten und in der Selbstbefriedigung Neues zu entdecken. Dann stehen sie nicht im Schatten des anderen, müssen nicht mehr Bedürfnisse auf ein Maß begrenzen, damit es dem Partner nicht zu viel wird. Oder können mehr auf sich schauen und müssen niemanden sonst versorgen. Beide Seiten haben nach dem Aus die Chance, neue Talente und Fähigkeiten zu entdecken. Sich allein gut und ganz sexuell ausleben zu können. Und – unglaublich, aber wahr: Sich wohler als damals zu guten Zeiten in der inzwischen beendeten Zweisamkeit zu fühlen.

Wenn ich einzelne Paare sehe, die verbissen und mit hohem emotionalen Einsatz um eine Lösung des Konflikts zwischen Begehren und Abstinenzwunsch ringen, stelle ich deshalb manchmal diese entscheidende Frage, vor der erwartungsgemäß mindestens einer große Angst hat: »Haben Sie schon mal darüber nachgedacht, ob eine Trennung Sinn machen könnte?« Das verändert das Raumklima. Denn schon die Frage trifft mitten ins Zentrum der Beziehung. Es schmerzt, daran zu denken. Und wenn ein Partner zuvor mit Trennung gedroht hat, um sein Gegenüber einzuschüchtern und gefügig zu machen, findet er sich gänzlich entwaffnet.

Verluste tun weh. Keine Frage. Und mancher denkt, er wird den Schmerz nicht aushalten können. Generell lässt sich mit Klarheit gut arbeiten. Daraus kann – wahrscheinlich nicht sofort, aber in der Zukunft – viel Wertvolles entstehen. Mit ein wenig Geduld vielleicht sogar etwas sehr viel Besseres.

Notausgang und Nein

Ich fordere, dass es immer einen Notausgang geben muss. Zu Recht werden Sie sich jetzt fragen, was ich mit dem Wort Notausgang im Zusammenhang mit Sex meine. Für mich sind das Wege, die sexuelle Begegnung zu beenden, bevor dies im klassischen Sinne der Fall ist. Gewöhnlich verstehen Männer und auch sehr viele Frauen den Sex als eine Abfolge von Vorspiel, Geschlechtsverkehr, Erguss. Das definieren überhaupt die meisten als eine komplette Session. Aus männlicher Sicht macht dies insoweit Sinn, als die Ejakulation überwiegend gleichzeitig mit dem Orgasmus stattfindet. Die männliche Erregungskurve hat ihren Höhepunkt erreicht, fällt anschließend ab und mündet in die Refraktärphase. Diese bedeutet eine naturgegebene Pause oder den Abschluss, da noch nicht wieder erneut eine Erektion aufgebaut wird. Generell gilt der Erguss des Mannes deshalb als Abschluss beim Sex.

Dies ist übrigens nicht mit einem weiblichen Erguss gleichzusetzen, da das sogenannte »Squirten« aus den Paraurethraldrüsen unabhängig vom Erregungsniveau der Frau stattfinden kann. Die Erregungskurve von Frauen verläuft grundsätzlich anders. Der Erregungsanstieg ist bei ihnen oft kurviger und umfasst manchmal Aufenthalte auf einem noch nicht orgasmusauslösenden Niveau. Viele Frauen sind sich auch darüber im Klaren, dass ihre Erregung von zahlreichen Empfindungen beeinflusst wird und dadurch störungsanfällig ist. Konkret heißt das, dass insbesondere beim Sex mit Partner der Orgasmus kein garantiertes Finale darstellt.

Und genau dieser Umstand und das Wissen darum, dass das Empfinden von Frauen und das von Männern unterschiedlich ist, dass es mehr Anstrengung und weniger Genuss mit sich bringen kann, macht ein flexibles Beenden sexueller Sessions erforderlich. Damit will ich sagen: Wenn einer der Partner beim Sex plötzlich keine Lust mehr hat – völlig egal, aus welchem Grund –, muss ein Ausstieg möglich sein.

Auch das gehört für mich zum Thema sexfreies Leben. Denn es ist ungemein wichtig, flexibel zu bleiben, keine falschen Bilder in den Köpfen zu verankern. Damit niemand einfach weitermacht und auf diese Weise negative Eindrücke mit Sex in Verbindung zu bringen lernt. Ja, das ist dann wirklich ein erlerntes Verhalten. Und das erlernte Aushalten sorgt dafür, dass die Beteiligten sich in Zukunft weniger auf Sex einlassen mögen bzw. nur dann mitmachen, wenn sie sich sicher sein können, dass man auch durchhält und dass es sich gewissermaßen »lohnt«.

Sex gilt zwar als Fun-Faktor. Aber er hält nicht immer, was man sich von ihm verspricht. Werden wir dieser Tatsache gerecht?

Im Jahr 2002 wurden junge Frauen im Alter von 14 bis 26 Jahren befragt, wie sie sich beim Sex verhalten, wenn sie sich etwas anderes wünschten oder wenn ihr Partner zu grob mit ihnen umging. Achtzehn Prozent von ihnen waren überzeugt, kein Recht dazu zu haben, den Sex zu unterbrechen, 19 Prozent sagten nichts, wenn der Partner zu grob beim Sex war, und 16 Prozent meldeten sich nicht, wenn sie sich etwas anderes wünschten.[16] Das Problem, beim Sex keinen Notausgang benutzen zu können, betraf dementsprechend fast jede fünfte der jungen Frauen. Insgesamt hielt es jede von ihnen für erforderlich, Sex so lange mitzumachen, bis der Partner feststellt, er sei fertig. Das ist Fremdbestimmung in Reinkultur.

Wobei gar nicht gesagt ist, dass der Mann immer derjenige beim Heterosex ist, der den Koitus länger will. Nicht selten befindet sich der Mann in der Refraktärphase, ist »fertig«, aber die Partnerin hätte gerne weitere Stimulation, um ihren ersten Orgasmus zu bekommen. Dass in einer solchen Lage der Mann bereit ist, weiter zu stimulieren, ist allerdings nicht so selbstverständlich wie eine Situation, in der ein Koitus fortgesetzt wird, weil der Mann noch keinen Höhepunkt hatte. Heterosexuelle Paare sind auf dem Weg zu mehr Gleichberechtigung im Bett. Angekommen sind dort aber bei Weitem noch nicht alle.

In diesem Zusammenhang möchte ich ein weiteres Dogma auf den Prüfstand stellen: Viele Männer sind überzeugt, dass sie umso bessere Liebhaber seien, je länger sie die Erektion halten, ihren Orgasmus hinauszögern und den Partner penetrieren. Damit liegen sie mit ihrer Vorstellung von optimalem Sex oft gewaltig daneben. Denn es geht um die Bedürfnisse dieses konkreten Partners. Wie wichtig ist diesem Menschen Geschlechtsverkehr? Soll es ihn überhaupt geben? Wenn ja: lieber kurz oder lieber lang? Blindlings draufloszupenetrieren ist nicht so gewünscht, wie man(n) das erwartet. Wenn jeder wüsste, was sein Partner bevorzugt – unser Sex würde sich massiv von dem jetzt praktizierten unterscheiden.

Aber es fällt vielen von uns nicht leicht, dieses Wissen zu gewinnen und mitzuteilen. Während wir von außen regelrecht von kurzsichtigen Tipps, destruktiven und unerreichbaren Idealen und Dogmen abgelenkt und beeinflusst werden, kommt das eigene Wahrnehmen zu kurz. Die Optik dominiert und unterwirft sich das Spüren. Weil man es nicht besser weiß. Oder weil man unsicher ist, ob es einem tatsächlich gefällt. Weil man sich nicht traut, sich mitzuteilen. Und weil es angeblich alle anderen anders machen und empfinden, dazu habe ich ja im Kapitel über die gesellschaftlichen Gründe für Abstinenz bereits einiges gesagt. Kurz zusammengefasst: Noch heute wird ein jähes Beenden der Session von Männern als Versagen bewertet, den Frauen stattdessen werden Egoismus und Unwilligkeit unterstellt.

Um auf die Umfragewerte zurückzukommen: Wie kann es sein, dass die Unterwerfung unter den Willen des Sexpartners bei so vielen jungen Frauen fest verankert in ihrer Verhaltensmatrix ist? Ist fremdbestimmter Sex gefühlt der Preis, den Frauen dafür bezahlen, um in einer Partnerschaft sein zu können? Sex im Tausch gegen Anerkennung oder um die Angst vor dem Verlassenwerden zu lindern?

Wir sollten uns vergegenwärtigen, dass partnerschaftlicher, gleichberechtigter Sex ein vergleichsweise junges Konzept ist, das sich längst nicht in allen Köpfen etabliert hat. In vielen Köpfen herrscht noch immer der Mythos, Männer seien biologisch auf Frauen angewiesen, um sexuell Befriedigung zu finden. Unzählige Männer rücken von der widerlegten Triebhypothese nicht ab, wonach Vaginalkontakte aus biologischer Notwendigkeit stattzufinden hätten. Die Überdrucksymbolik hält sich eisern in der männlichen Argumentation. Nur ist das Quatsch. Aber egal, wie oft dies alles thematisiert wird: Hinter geschlossenen Schlafzimmertüren ist jede heterosexuelle Frau auf sich allein gestellt, den Kampf gegen den männlichen Anspruch auf den Koitus erneut zu führen, als würden wir das Jahr 0 der Emanzipationsbewegung schreiben. Alles auf Anfang.

Wundert es Sie, dass ich so viele Gründe und Ursachen von Abstinenz aufzähle? Zu Recht werden Sie anmerken, dass viele einzelne Ursachen auf genau diesen Punkt zurückzuführen wären: Gerade das Bestehen auf Sex inklusive Koitus ist realitätsfern und sorgt eher dafür, Menschen ihr Verlangen auszutreiben. Dann erscheint häufig das sexfreie Leben besonders attraktiv. Vielleicht fühlen wir uns wohl, alles ist gut, die Erregungskurve geht nach oben. Und dann bleiben wir beispielsweise auf Erregungsstufe 9 von 10 hängen. Da sollte es möglich sein zu sagen: »Och, heut irgendwie nicht. Ist okay. Nächstes Mal anders.« Ohne diese unsägliche Verpflichtung im Kopf: »Wenn ich schon nicht für mich zum Höhepunkt kommen will, dann zumindest für mein Gegenüber im Bett. Hat er/sie doch verdient.« Das macht dann Stress. Und wenn der sich in den Vordergrund drängt, schiebt er Lust und Spaß zur Hintertür aus dem Zimmer. Deshalb erscheint es mir als überfällig, sowohl den Geschlechts- als auch sonstigen Verkehr zur Verhandlungssache zu machen und die Option von Notausgängen zu installieren. Dass Flucht- und Rettungspläne wichtig sind, weiß jeder. Es sei denn, es geht um den weiblichen Innenraum ...

Ich bin dafür, jedwede Art Nähe, Zärtlichkeit, Erotik und Sexualität offiziell zur Verhandlungssache zu erklären. Mittlerweile ist zwar einhellig bekannt, dass Sex nur stattfinden darf, wenn die Beteiligten ihn auch wollen. Ebenso sollten wir alle für Sex in Gegenwart und Zukunft noch etablieren, dass er aufzuhören hat, sobald einer der Beteiligten dies wünscht.

Ich fasse zusammen: Statt eines »Willst du mit mir Sex haben?« samt allumfassendem Einverständnis – und ungeachtet der Tatsache, dass dann nicht jeder in der Lage ist, das zu entscheiden, der eine oder andere ist bei Einwilligung vielleicht schon halb eingeschlafen oder zu betrunken – müssen wir uns darauf verständigen, dass jedes »Hör auf« oder »Stopp« und jedes vergleichbare Zeichen gilt. Ohne Diskussion oder Übersehen/-hören. Selbstredend muss dies eindeutig und auch vernehmbar geäußert werden. In diesem Punkt sind den Vanillasex Praktizierenden die professionell Safewords verwendenden BDSMler deutlich voraus ...

Dies bedeutet weiterhin, dass alle sexuell Aktiven sicherheitshalber keinen Sex mit Einwilligungsbeeinträchtigten wie Betrunkenen, Bewusstlosen, unter Medikamenten- oder Drogeneinfluss Stehenden sowie geistig behinderten Menschen haben. Lernen wir doch besser, Sex im nüchternen Zustand zu praktizieren, zu entwickeln und zu entdecken, was schön oder schlecht ist. Falls Sie gerade überlegen, wie schwer Ihnen das fallen würde: Probieren Sie es aus. Natürlich ist das Risiko gegeben, festzustellen, dass die Komfortzone dann gar keine ist und die sexuelle Routine mit dem eigenen Partner langweilig, unangenehm oder anders negativ ist. Wie gut wäre es, wenn Sie dann beide gemeinsam Ihr Sexleben angenehmer und lustvoller gestalteten?

Von Ausdauer, Geduld und Zeit

Hier geht es mir um einen wichtigen Schlüsselfaktor bei jeder Art Beziehung, erst recht aber, wenn ein offener Konflikt vorliegt. Ja, Konflikte gehören zu jeder Beziehung dazu. Ich sehe jedoch besonders häufig, dass sie eine Beziehung überschatten, wenn ein Paar einen Abstinenzkonflikt lebt – erklärt oder nicht. Und meiner Erfahrung nach kann der Zeitaspekt ein wichtiger Faktor sein, der zu einem guten Verlauf von Auseinandersetzungen beitragen kann.

Nehmen wir als Beispiel, dass einer der Partner unlustig ist. Muss das dann sofort artikuliert werden? Es ist immer eine Möglichkeit, Zeit verstreichen zu lassen, ohne etwas zu sagen und zu tun, aber dies ist ein zweischneidiges Schwert. Die Zurückhaltung kann ein Versuch sein, dem Konflikt aus dem Weg zu gehen. Und dann verschärft so ein Schweigen die Situation nur. Manchmal ist ein wortloses Gewährenlassen aber auch ein wichtiger Faktor im konstruktiven Umgang mit sexueller Abstinenz. Das Abwarten kann sich positiv auswirken, wenn es darum geht, dem Partner Raum zu schenken und den Druck von seinen Schultern zu nehmen.

Umgekehrt kann die Zeit für oder gegen uns arbeiten. Wer unaufgeregt warten kann, erlebt vielleicht, dass sich die Situation entspannt. Dann zahlt sich Geduld aus. Manchmal hilft eben kein Drängeln oder Hinterherjagen. Kein Fragen: »Wann tun wir's denn mal wieder?« Und wenn ich Geduld meine, dann ist wohl klar, dass 24 Stunden nicht reichen. Stressige Zeiten sollten wir erst mal vorüberziehen lassen. Wer gut im Kontakt mit dem Partner bleibt, der kann voller Vertrauen darauf warten, dass das Liebesleben wieder Fahrt aufnimmt, sobald Ruhe einkehrt. In diesem Fall ist Abwarten nicht mit der Vogel-Strauß-Politik zu verwechseln, sondern eine konstruktive Hilfestellung, die vielleicht begleitet wird von tätlicher Unterstützung und der Frage: »Was brauchst du? Wie kann ich helfen?« Ist der erste Stress vorbei, findet ein Paar vielleicht auch die Zeit, sich für ein Gespräch aus dem Allltag zu nehmen und gemeinsam – etwa bei einer Pizza im Restaurant – die Situation zu besprechen. Aber natürlich ist Vertrauen der entscheidende Faktor, die Zuversicht, die auch auf Erfahrungen beruht.

Aber nicht immer führt Abwarten allein auf den optimalen Weg in eine gemeinsame Erotik. Und dabei habe ich die Bedürfnisse beider Partner im Blick. Geduld haben wir eher, wenn der Wartende zuversichtlich sein kann, dass auch seine Bedürfnisse zählen. Aber häufig reicht es nicht, den Partner zu entlasten. Ihm Arbeit und Erledigungen abzunehmen. Zumal wenn im Hinterkopf der Gedanke mitschwingt: Ich sammle Sympathiepunkte, und Sex ist dann die Belohnung. Viel wichtiger ist dann gegenseitiges Verständnis. Und dazu benötigen wir alle auch eine Portion Humor. Dazu ein Beispiel: Herr L. (32) erzählte mir davon, wie er sich Mühe gegeben habe, im Corona-Lockdown seine Frau zu entlasten, trotzdem habe diese sich sehr unlustig gezeigt. Also habe er noch mehr geholfen und dann als Zeichen der Ermutigung seiner Frau ein Kondom aufs Kopfkissen gelegt. Er verbrachte den Rest des Tages zwischen freudiger Erwartung von Sex und der Sorge, er könne Streit provoziert haben. Doch dann geschah nichts, und zwar tagelang. Eine Woche danach war das Paar zum Gespräch bei mir. Herr L. erwähnte den Vorfall. Und es zeigte sich, dass die Erklärung denkbar einfach war: Seine Frau hatte gedacht, der dreijährige Sohn sei Urheber der Aktion gewesen, und so hatte sie das Kondom ohne Aufhebens zurück in die Nachttischschublade befördert, wo es hingehörte. Am Ende konnten beide herzlich darüber lachen – und irgendwann klappte es auch ganz ohne Hinweise und Gesten wieder mit dem Sex, weil Entspannung und innere Ruhe eingekehrt waren.

Nehmen Sie das bitte als Ermunterung, die gegenseitigen Interessen freundlich und geduldig zu äußern, denn wenn sich Begehrender und Abstinenter abstimmen, kann das gut funktionieren. Entweder haben sich dann beide auf eine weitere sexfreie Zeit geeinigt, oder sie finden zusammen. Wohlgemerkt: Es sollte so sein, dass auch der zeitgebende Partner nicht überfordert ist und Handlungsspielraum hat. In Zeiten der Überlastung melden gerade Männer an, dass sie dann besonders sexbedürftig sind, um ihre innere Balance zu finden. Wir sollten Verständnis für den anderen entwickeln und uns über unsere Bedürfnisse austauschen – die wir natürlich kennen, wenn wir achtsam leben.

Vergessen wir aber nicht, dass es auch Grenzen des Machbaren gibt. Wir sind alle nur Menschen. Bitte wetteifern Sie nicht darum, wem es schlechter geht. Sind beide überfordert, ist erst mal jeder für sich selbst zuständig. Also Abmarsch ins Bad oder den Hobbykeller, um selbst Abhilfe zu schaffen. Der Irrglaube, dauerndes Anmahnen führe wahrscheinlicher zu Sex, ist ... nun einmal ein Irrglaube.

Gut ist, wenn beide Partner fühlen, dass eine Balance erzielt ist, weil jeder sich mal zurücknimmt. Wenn immer nur einer gibt und sein Gegenüber nimmt, fühlt es sich irgendwann unfair an. Um es deutlich zu formulieren: Ich möchte nicht dazu aufrufen, dass einer der Partner stets viel mehr Einsatz bringt, damit der andere sexuell aufgeschlossen ist. Das ist nicht partnerschaftlich, so wie ich es verstehe. Ich empfehle aber, dass jeder die eigene Energie- und Belastungsbilanz im Auge behält und es auch mal auf der Langstrecke ohne Sex gut aushält. Ja, ich weiß, das gelingt nicht immer. Aber wenn wir alle daran arbeiten, dann ist Sexfreiheit wirklich das: eine Freiheit.

Gute Kompromisse auszutüfteln ist eine Mammutaufgabe. Und bedenken Sie: Es ist normal, dass es viele Anläufe und neue Versuche braucht, bis ein Paar zeitlich begrenzte, tragfähige Kompromisse findet. Da sind langer Atem und ein gutes Maß an Kreativität gefordert. Für mich gilt deshalb: Es gibt oft nicht die märchenhafte Auflösung in einem »Und sie lebten glücklich und befriedigt bis an ihr Lebensende«. Dennoch ist ein »Sie lebten glücklich und befriedigt für etliche Wochen oder sogar Monate« im Bereich des Möglichen.

Um als Paar wenigstens zeitweise auf einen Nenner zu kommen, braucht es eine gemeinsame Sprache und eine Gesprächskultur. Das war bereits Thema. Am wichtigsten aber ist: Tauschen Sie sich auch dann aus, wenn es nicht nur um das »Wie« beim Sex geht, sondern um ein »lieber eine Weile nicht«. Denn ob Sie es glauben oder nicht, es ist schwer, den Wunsch nach einem vorübergehenden Ende des gemeinsamen Sexlebens zu äußern. Üben wir uns darin.

Wer sich schon einmal geeinigt hat, wenn es um Wochen ging, der kann auch bei längeren Phasen großzügiger sein – denn er hat gelernt, dass es danach auch wieder klappt. Schließlich ist der Wiedereinstieg in den Sex eher eine Frage von verständlichen Signalen und dem Mut, diese Zeichen zu senden. Perfekt, wenn dann eine wohlwollende Reaktion kommt – und damit meine ich Wertschätzung und nicht unbedingt den sofortigen Beginn sexueller Handlungen.

Aber ein Neuanfang bereitet gerade dann Probleme, wenn man die eigene Unlust-Phase zuvor beim Partner nicht angemeldet hat. Neue Routinen sind eben auch Routinen, und wir Menschen sind »Gewohnheitstiere« ... Lassen Sie uns daher alle neu anfangen und gemeinsam die eigenen Wünsche dem Partner gegenüber laut äußern.

Haben sich Ihre Wünsche nach einer Phase der Abstinenz geändert, dann heißt es erst recht: Bleiben Sie im Austausch. Und lernen Sie, miteinander zu sprechen. Über Mangel und Not, Geduld und Sehnsucht, aber auch über den Wunsch nach einem Neuanfang unter neuen Vorzeichen. Es ist enorm hilfreich, so etwas benennen zu können. Ohne dass einer irrtümlich einen Fehlstart hinlegt und blank zieht, wofür ihn der Partner anschließend rüffelt.

Aber mir geht es hier ja um Zeiteinteilung allgemein. Denken Sie daran, wie sehr wir Routinen und Gewohnheiten lieben. Sie entlasten uns. Wozu etwas ändern, wo man's doch gut miteinander hat? Unterschätzen wir lieber nicht, dass oft erst Leidensdruck der Motor ist, entscheidende Änderungen einzuleiten. So weit sollten wir es nicht kommen lassen. Wer sich über Sex austauschen kann, der baut gar nicht erst Leidensdruck auf. Der spricht im Vorfeld über das Erleben. Und ist vielleicht auch eher bereit, Leben in die Routine zu bringen – im gegenseitigen Einvernehmen.

Mein Tipp: Bleiben Sie konkret bei zeitlichen Gegebenheiten. Und bewahren Sie den Partner davor, ohne Unterlass belästigt zu werden: Machen Sie einen festen Tag mit fester Zeit aus, die nur diesem Thema vorbehalten ist. Bitte nicht zu lang. Das entlastet den Alltag von Verfolgungsjagden und Fluchtbewegungen, schafft zugleich Gewissheit, dass es für das Thema eine Zeit gibt und dass Ihnen beiden der gemeinsame Sex diese Zeit wert ist.

Zeit zu zweit

Sie sehen, es ist wichtig, sich Zeit zu zweit zu nehmen. Nicht für Sex, sondern um explizit über die Beziehung zu reden. Da ist auch Raum für Worte wie: »Ich vermisse es, dich zu berühren. Wieder ganz nah bei dir zu sein.« Und der Abstinente könnte dann die Hand nehmen, sie küssen und sagen »Danke. Dass du mich so sein lässt, auch wenn es dir schwerfällt.« Das klingt vielleicht überzuckert, nur zeigt es, wie viel man tun kann, damit da keine Abneigung wächst. Damit anstelle von Nähe nicht irgendwann eine abweisende Distanz entsteht, man den anderen wegschiebt. Akzeptanz gegenüber den Grenzen des Abstinenten ist dabei immer geboten.

So ein Austausch ist wichtig, weil es sich als destruktiv erweisen kann, wenn man nichts tut. In dieser ungenutzten Zeit geschieht vielleicht ganz viel beim Partner. Vorbehalte und Bedenken, ob diese Partnerschaft fortgesetzt werden soll, spielen gegen den, der unlustig ist. Besonders dann, wenn wichtige Vertraute des Partners Stimmung machen. Und ich meine: gegen diesen reden. Abstinenz abwerten. Nicht jeder Mitwisser kann paarinterne Komplikationen tolerieren bzw. entlastend reagieren. Deshalb habe ich in den Hinweisen zur Gesprächsführung auch den Satz eingefügt, dass wir die anderen, die Dritten besser gar nicht erst erwähnen.

Ein Paar steht nicht vor Gericht. Da ist kein Anwalt und kein Richter. Es gibt keine sexuelle Bringschuld, und Sex ist nun einmal nicht einklagbar. Bleiben Sie deshalb im Gespräch miteinander, dann funken auch keine Dritten dazwischen.

Äußern Sie Probleme, so warten Sie möglichst nicht, bis Sie vor Frust und Wut explodieren. In Rage sind wir leider alle nicht gerade in Topform, was Diplomatie und Einigungsbereitschaft angeht. Sinnvoller ist eine möglichst frühe, sanfte Mitteilung. Mag sein, dass Sie sich zu dem Zeitpunkt noch unsicher fühlen, ob Ihr Wunsch nach Verbesserung berechtigt ist. Nur: Das ist er.

Es gibt nicht das perfekte Sexleben. Aber oft gibt es Raum zur Verbesserung. Und niemand sitzt rum und denkt: »Woran kann ich denn beim Sex mal so richtig ausgiebig rummäkeln?« Ihre ureigenen Bewertungen zählen in Ihrer persönlichen Beziehung.

Es spielt dabei keine Rolle, ob Sie der Abstinente oder der Begehrende sind. Sie beide sind gefragt und gefordert, den Kontakt miteinander aufzubauen, gegebenenfalls zu verbessern und auch in problematischen Zeiten aufrechtzuerhalten. Denn egal, ob Abstinenter oder Begehrender: Keiner von Ihnen hat sich ausgesucht, dass es dazu kommt. Auch wenn man die eigenen Beweggründe stets überzeugender als die des Gegenübers findet: Keiner von Ihnen hat es darauf angelegt, sich beim Thema Sex so konträr gegenüberzustehen mit der Sorge, es könne keine Einigung geben. Letztlich sitzen Sie im selben Boot. Und Sie dürfen angesichts dieser Herausforderung fühlen, was Sie fühlen. Auch diese Emotionen haben Sie sich nicht ausgesucht. Umso wichtiger ist es, auf sie zu hören. Emotionen haben ihre eigene Berechtigung. Sie lassen sich nicht ausschalten wie eine elektrische Lampe. Das bedeutet aber nicht, schlechte Gefühle zwingend am Partner auszutoben. Er ist kein Sandsack. Oder sind Sie mit einem Sandsack zusammen? Also. Ihr Liebesgefährte hat seine ganz eigenen Gefühle zu bewältigen.

Wichtig dabei ist eine Haltung des Respekts und des Interesses. Bleiben Sie neugierig auf die Emotionen Ihres Partners und versuchen Sie, wie ein Detektiv die wichtigen Details zu erfragen. Beide! Formulierungen, wie man das macht, habe ich Ihnen oben ja schon an die Hand gegeben.

Neben Geduld zählt Wahrhaftigkeit. Wohin auch immer Sie beide Ihre gemeinsame Liebesgeschichte geführt hat und wie groß Ihrer beider Leid auch ist, fassen Sie sich ein Herz und stellen Sie sich einander. Eine der schlimmsten Strategien im Umgang mit einseitiger Abstinenz scheint mir Sprachlosigkeit im Sinne von Gesprächsverweigerung zu sein. Stellen Sie sich der Situation. Und sollten Sie mit Ihren Gesprächen zu zweit feststecken, können Sie sich einen neutralen Dritten suchen, der Sie beide bei der Verständigung unterstützt – und hier meine ich den unparteiischen Therapeuten. Wie auch immer es in Ihrem Leben weitergehen mag: Sie sind es sich und dem Partner wert, die Situation und ihren Ausgang zu verstehen.

Wie übersteht man diese Phasen?

Tauschen Sie sich aus, so vergessen Sie bitte auch nicht das Thema Selbstbefriedigung. Denn während der Phase der Unlust des einen hat der Begehrende Bedürfnisse. Klären Sie, dass das in Ordnung ist. Ich habe ja weiter oben im Buch bereits geschrieben, dass wir alle dürfen, wenn wir wollen – und wann wir wollen, solange niemand belästigt wird. Und mit niemand meine ich hier auch den Abstinenten. Demonstrative Selbstbefriedigung in Anwesenheit des Unlustigen ist keine, das ist eine Übergriffigkeit, die wir nicht tolerieren sollten. Wenn in einer solchen Situation ein Eisbergsalat fliegt, kann ich das in der Tat verstehen. Wer hingegen gerne Voyeur ist, darf das auch äußern. Aber das ist dann eine völlig andere Sache.

In erotischen Trockenzeiten sollten wir also tolerant sein. Und wer auf Selbstversorgung zurückgreifen will, dem sei das gerne gestattet. Hier ist es wichtig, dass der Abstinente diese Wünsche respektiert. Bitte äußern Sie keine Abscheu, Genervtheit – und zeigen Sie sich schon gar nicht angewidert. Umgekehrt muss so etwas nicht ständig angekündigt werden: »Schatz, lass mich mal allein, anders geht es ja nicht.« Das ist unschön. Daher: Eine allgemeine Absprache ist wünschenswert.

Wie sage ich das? Nun, vielleicht so: »Selbstbefriedigung ist ja okay. Aber ich will es nicht mitbekommen.« Räumen Sie dem Partner bitte zeitlich, aber auch örtlich Nischen ein, um es allein zu tun.

Versuch's mal mit Humor

Ich plädiere hier für Verständnis, für Gesprächskultur und die Möglichkeit sexfreien Lebens – und jetzt soll es plötzlich um Humor gehen? Ein kleiner Ausflug ist mir sicher gestattet. Denn gerade wenn wir über Unlust sprechen, sollten wir ihn nicht verlieren, unseren Humor. Natürlich bin ich mir darüber im Klaren, dass in meiner Praxis Probleme besprochen werden. Über die lacht man nicht. Aber manchmal halt doch. Und das macht so schön leicht ums Herz ...

Ich frage schließlich nicht nur nach Schwierigkeiten, sondern auch nach dem, was gut läuft. Was ein Mensch gut kann. Was jemand zu seinen erotischen Stärken zählt. Und da höre ich viel zu selten: »Das war urkomisch. Wir haben uns vor Lachen ausgeschüttet.« Dabei bringt das ganz viel Leichtigkeit und Spaß ins Leben – und dass Sex Spaß machen könnte, sollten wir nicht aus den Augen verlieren.

Wir folgen scheinbar einer unausgesprochenen Vorschrift: Beim Sex muss es ernst zugehen. Bemüht, diszipliniert. Gründlich. Dabei drängt sich Gelächter in so vielen Momenten auf, wo wir es krampfhaft unterdrücken. Ich weiß gar nicht, wie oft ich die Formulierung »Ich besorg es dir gründlich« in Pornos gehört habe. Das wiederum bringt mich zum Lachen.

Das Verrückte an diesem Dogma, beim Sex müsse es ernst zugehen, ist: Wir kennen etliche Rituale des Neckens, die sexuelle Annäherung bewirken sollen und es oft schaffen. Schauen Sie sich Pärchen im Freibad oder am Strand an. Da spritzen zwei einander nass, einer wirbelt den anderen im Wasser herum, quietschend wird mit Algen geworfen, mit Grashalmen im Gesicht des anderen herumgekitzelt, Sand auf die Haut des anderen gerieselt, das nasse Haar über dem trockenen Partner ausgewrungen, mit der Sonnenbrille des anderen weggelaufen, um sich jagen und einfangen zu lassen ... Sexy, sexy, sexy. Soll das nur im Urlaub möglich sein? So viel Lust am Unfug gibt es im stillen Kämmerlein auch, wenn man sie sich erlaubt. Das Anknabbern, die Küsse in den Nacken, das Festhalten, dies alles und weitaus mehr geht auch erotisch, wenn man es zulässt.

Humor ist mir ein wichtiges Thema, denn Fröhlichkeit reduziert den Performance-Druck, und Druck ist schließlich einer der zahlreichen Gründe für den Wunsch nach Abstinenz. Gehen wir mit Humor aufeinander zu, gibt es vielleicht fröhliche Kabbeleien, statt mit Ernst etwas auszufechten. Spielerisch und ohne die Schwere eines »Ich verführe dich jetzt. Und deshalb muss alles professionell und ernst sein« kommen wir oft weiter. Amüsante Szenen erlebe ich auch stets, wenn ich der Frau eines Patientenpaares meine Gerte in die Hand gebe. Da kommt so viel Freude am Spielen, Antäuschen der Domina-Pose zum Vorschein – das zu beobachten, wenn die Lust am Spielen pur aufblitzt ... Danke für all diese Momente.

Denke ich an Pornos, wird mir klar, warum so oft der Humor fehlt: Viele Männer versuchen durch wildes Rammeln ihre Angst vor dem eigenen Versagen zu überholen.

Wird der Akt langsam vollzogen, dann häufig mit großem Ernst. Vorsichtig. Behutsam. Gründlich. Das hat so viel Schwere. Und preußische Sorgfalt, denke ich mit einem Zwinkern. Das zieht nach unten, auch manchen Penis. Ernst schränkt die Freiheit unserer Emotionalität ein. Wie oft hätten wir vielleicht gerne gekichert und gelacht und uns vom Ballast der Bedeutung, die wir uns beim Sex aufgeladen haben, befreit? Als er beim Ausziehen bereits ejakulierte. Als das Kondom hinters Bett flog, oder weil es beim Verkehr diese Pupsgeräusche gab? Als er beinahe und ohne böse Absicht die Hinterpforte erwischte. Als er mit ihren Brüsten »Hupe spielte«, weil er dachte, es turne sie mega an. Oder das Gemache, wenn der BH sich nicht öffnen lässt. Wenn wir uns bei einer komplizierten Sexstellung schier verknotet haben oder statt Erregung ein Kitzeln spüren? Vielleicht auch beim Wegglitschen, weil wir zu viel Gleitgel benutzt hatten, oder bei dem Versuch, uns extrem lasziv zu geben und es im Rücken dabei laut geknackt hat. Oder gar beim Rollenspiel, wo wir uns bis auf die Knochen lächerlich gemacht haben. Vielleicht ist auch das Bett zusammengekracht.

Ist ein Lachen nicht authentischer, als verbissen fortzufahren? Ich weiß: Slow Sex ist momentan schwer angesagt. Nur birgt er wiederum das Risiko, die Anstrengung in Zeitlupentempo eeeewig hinauszuzögern. Denn das geschieht, wenn Performance-Bedrückte »einfach« langsam machen. Der Druck geht nicht weg. Er bleibt bloß länger.

Ich bin immer wieder beeindruckt, mit wie viel Leichtigkeit Patienten zu Werke gehen, wenn ich ganz konkret den Auftrag mitgebe, zu Hause auszuprobieren, was der andere nervig oder blöd findet. Weil es kitzelt, ziept, überrascht usw. Da werden mit dem Mund Pupsgeräusche auf dem Bauch des Partners gemacht, Kinderreime mit Krabbelbewegungen aufgesagt, gekrault und gekillert, mit der Zunge rumgeschlabbert. Und es wird gekichert, gelacht. Da darf man albern sein, kindlich sich freuen, umhertollen und toben. Kissenschlachten machen. Grimassen schneiden. In Ohren bohren. Auf den Poppes hauen, bis es klatscht. Darum kämpfen, wer die Oberhand gewinnt. Das ist wie Musik zwischen zweien. Befreiend. Locker. Und das beschwingt.

Belastete Paare spüren rasch Leistungsdruck und Anspannung, sobald sie sich in die Bannmeile ihres Problems vorwagen. Für viele beginnt es sicher bereits, indem sie dieses Buch lesen.

1. Wenn Sie beim Lesen angespannt sind, ist das völlig verständlich.

2. Je näher Sie sich an Situationen, Orte und Aktivitäten herantrauen, die bisher in Zusammenhang mit Erotik und der Gefahr unerfüllter Erwartungen, Falschsein und Schuldgefühlen standen, umso weniger frei, unbefangen und locker werden Sie sein. Das ist völlig logisch. Da steht so ziemlich jeder auf dem Schlauch und ist denkbar unkreativ und nicht spontan.
3. Am Ende dieses Abschnitts finden Sie Anregungen von mir, die Orientierung bieten und Entlastung. Und wenn meine Übungen nichts für Sie sind, dürfen Sie ganz entspannt sagen: Das waren aber auch doofe Vorschläge. Die waren nichts für uns.
4. Ich übernehme die Verantwortung. Einzige Bedingung: Sie haben die Tipps tatsächlich ausprobiert.

Abgesehen davon, dass Lachen sehr gesund ist und dass es unsere Stimmung hebt, bietet Humor noch einen weiteren Vorzug: Er ermöglicht Abstand. Distanz auf eine gute Art, mit der wir uns wohlfühlen. Humorvolle Distanz ermöglicht, auch in schwierigen Episoden Luft zu schnappen und eine Prise Heiterkeit zu spüren. Kraft zu schöpfen. Das ist gerade für Paare von Bedeutung, die es mit ihrem Sexleben nicht so leicht haben. Sie brüten in ihren gewohnten Leidensfeldern vor sich hin wie in einer Sauna. Wenn dann solche Übungen gemacht werden, ist es, als springe man nach einem Saunagang ins eiskalte Wasser. Es gehört Überwindung dazu, aber dann tut es so gut. Quietschen und Kichern ist hiermit ganz offiziell erlaubt.

Warum wird Humor aus dem Sex verdrängt? Weil es den Eindruck von Schadenfreude erwecken könnte? Klar, wenn Kränkungen und Herabsetzungen in der Luft liegen, ist ein Lachen nicht immer das Richtige. Fühlt sich einer der Partner mies oder sind gar beide bereits vorab gekränkt, kann diese Übung sehr unangenehm ausfallen, da jedes Unterliegen als Bestätigung der Minderwertigkeit empfunden werden kann. Der Popoklatscher wird zur Unterwerfungsgeste, das Drücken am Zeh zur Bestätigung, dass der Körper da nicht richtig ist. Neues auszuprobieren ist halt immer ein Wagnis. Und es macht nur Sinn, sich über den üblichen Aktionsradius hinauszubewegen, wenn man stabil ist und sich hinreichend sicher fühlt. Fehlertoleranz ist natürlich gefragt bei Experimenten; auch bei demjenigen, der sie durchführt.

Ich möchte solche Paare deutlich vor dieser Übung in Sachen Humor und Leichtigkeit warnen, in denen ein Konkurrenzkampf stattfindet. Die Frage nach dem Besseren, dem Gewinner, dem Boss nimmt erfahrungsgemäß dem Spiel die Leichtigkeit. Anstelle von Gackern und niedlichem Stupsen treten Kampfhandlung und regelrechte (energieraubende) Wettkämpfe. Lassen Sie es erst gar nicht so weit kommen. Denn dann können solche Übungen die Gräben vertiefen und anheizen, was ohnehin problematisch ist und in Richtung Eskalation drängt. In dem Falle: Finger weg.

Bleiben Sie sensibel. Und schauen Sie genau hin. Denn wenn der eigene Partner Übles will – sei es aufgrund einer psychischen Erkrankung, eines Traumas, Medikamenten- oder Alkoholeinwirkung oder anderem –, ist es wichtig, dass Sie Ihre eigenen Grenzen wahrnehmen und Schutzmaßnahmen ergreifen.

Herzliches Lachen ist aber im Normalfall nicht nur gut für die Psyche, sondern eine gute Massage der Beckenbodenmuskulatur. Beim Sex halten wir Ausschau nach Erregendem, manchmal ist aber etwas Lustiges wunderbar, und es tut gut, Unterbrechungen zu üben. Wir wollen ja Sex mit der Möglichkeit zum Stopp. Da kann so etwas durch den Wechsel von Humor zu Erregung geübt werden – natürlich nur, wenn Sie mögen. Menschliche Sexualität ist störungsanfällig. Zugleich bietet sie Raum für ungeahnte Kreativität. Gönnen Sie sich ruhig mal eine kleine Pause vom Ernst des Lebens.

Es ist Ihr Ding

Und – wenn Sie mögen – noch was Abwegiges von mir für Sie. Und wenn Sie sich trauen, gerne nackt, wobei erst einmal gilt: Es geht NICHT um Sex, wenn Sie diese Spielchen machen. Meinetwegen später einmal. Aber bei einem ersten Ausprobieren lassen Sie den Sex vor der Zimmertür und testen aus, ob von den Übungen etwas für Sie dabei ist. Sie dürfen nichts Unangenehmes aushalten, das ist das einzige absolute Muss! Ich erkläre Ihnen auch den Grund: Es geht darum, das Konto mit Negativeindrücken in Zusammenhang mit körperlicher Nähe nicht weiter anzufüllen, sondern stattdessen positive Erfahrungen zu sammeln. Wie beim Überschreiben einer CD.

Unabhängig davon: Lustiges und Lachen entstehen spontan. Wirkt nicht bei jedem. Vielleicht kennen Sie das von Comedy-Sendungen, von denen Sie sich herzhaftes Lachen versprechen, und stattdessen sitzt man da und ... findet das Dargebotene nicht lustig.

Je mehr wir unser Lachen bestellen, umso weniger taucht es auf. Man kann es nicht so einfach planen. Und wenn Sie sich Lustiges UND Erregung vornehmen, kann das nur schiefgehen. Das wäre dann die doppelte Menge Leistungsdruck – da erstirbt jedes Lachen und jede Leichtigkeit.

Jetzt geht's los. Sorgen Sie unbedingt für eine entspannte und ungestörte Atmosphäre. Sind Sie ungestört? Dann suchen Sie sich ein Spiel aus, und schon kann es losgehen. Ich wünsche Ihnen viel Spaß!

1. Den Partner an einen Stuhl fesseln mit einem Tuch oder Schal. Ihn dann triezen, bis der Partner Stopp sagt. Jeder hat fünf Minuten, dann wird gewechselt. Alles, was wehtun könnte, bitte gaaanz langsam, damit der andere früh genug Stopp sagen kann.
2. Verarsch-Bodypainting: Bemalen Sie sich einer nach dem anderen mit Faschingsfarben so bescheuert, wie es nur irgend geht. (Achten Sie auf brauchbare Farben, denn zu harte Farbstummel, von denen sich nur unter viel Druck Pigmente lösen, wie auch zu schmierige Farbcremes verderben im Nu den Spaß an der Sache. Und unter Tuschfarben, die gut auftragbar sind, beginnt die Haut rasch zu jucken und die Farbe bröckelt ab. Vergessen Sie nicht: Ihre »Leinwand« ist Haut, die sich mitbewegt und atmet. Stellen Sie bitte auch sicher, dass Sie anschließend die Farbe wieder gut entfernt bekommen. Also keine Marker oder Henna. Schließlich ist ein Blümchen auf der Stirn morgen im Büro nicht so ganz das Wahre. Inzwischen gibt es richtig gute Farbstifte. Vielleicht haben Sie ja Lust, schon vorab ein wenig im WWW zu stöbern?) Und da wir nicht alle großartige Künstler sind: Abstrakte Bilder, Symbole (jaaaa, es sind auch Strichmännchen und Pimmelbildchen erlaubt) und einzelne Worte sind auch zugelassen. Malen Sie nacheinander. Jeder hat zehn Minuten Zeit.
3. Spaßkloppe mit Kissen oder alternativ mit je einer halbierten Schwimmnudel.
4. Einer bekommt die Augen verbunden und wird vom anderen mit Utensilien aus dem Badezimmer gekitzelt. Seien Sie erfinderisch bei der Auswahl Ihrer Kitzel-Instrumente.
5. Wasserpistolen-Gefecht.
6. Einer legt sich auf den Rücken. Der andere rollt einen Tischtennisball (eine Mandarine oder ein Apfel geht

auch) mit nur einer Hand über den gesamten Körper des Liegenden. Es muss immer mindestens ein Finger der rollenden Hand am Ball sein. Ja, das ist nicht so einfach.

7. Verstecken spielen. Für sehr weit Fortgeschrittene im Dunkeln.
8. Kuscheln ohne Hände. (Tipp: Katzen schaffen es ganz gut.)
9. Nussnugat-Sauerei, meinetwegen auch Schlagsahne- oder Joghurt-Sauerei – je nach Vereinbarung mit oder ohne anschließendem Ablecken (... denken Sie an eine Wachstuchdecke).
10. Spielen Sie »Anti-Verführung« gezielt übertreibend, z. B. als Prinzessin auf der Erbse, Domina, Tussi, Mutter Flodder, Tiffy und Rambo, Borat, Brisko Schneider, Li-La-Launebär, Mega Macho oder auffallende Paare aus dem TV. Es geht darum, die eigene Rolle so schlecht wie möglich in Szene zu setzen.
11. Spaghetti mit Soße vom Bauch des Partners essen ohne Hände. (Ja, die Spaghetti-Idee ist geklaut ... Bitte nur abgekühlte Nudeln verwenden! Und auch hier wieder an die Wachstuchdecke denken.)
12. Eiswürfel verstecken. (Unbedingt mindestens Unterwäsche tragen! Nur fünf Minuten ...)
13. Spaß-Striptease: So schlecht wie möglich strippen nach »Leave Your Hat On« von Joe Cocker oder einem ganz abwegigen Song, der Ihnen einfällt!
14. Achtung, Schleichwerbung: Twister spielen. Nackt natürlich.

Bitte probieren Sie nicht mehr als ein Spiel an einem Tag aus.

Und bitte dran denken: Sie dürfen das alles auch doof finden. Dann machen Sie halt was anderes. Hauptsache, Sie machen was. Und wie war das einzige Muss? Sie müssen nichts!

SEXFREI! WEIL WIR ES WOLLEN

Wir fühlen eine Verpflichtung zum Sex. Das ist offensichtlich – und doch falsch. Ich habe mir das Tabu vorgenommen, jetzt ist es demaskiert. Und ich hoffe, dass die bisher wirksame Dynamik endgültig durchbrochen ist. Sätze wie: »Mit dir brauche ich ja gar nicht erst zu reden. Du bist eh gestört«, sind jetzt hoffentlich aus der Welt. Das werden Sie sich ab heute nicht mehr sagen lassen, und das ist gut so.

Ich empfinde diesen Schritt, dass wir uns dazu bekennen, sexfrei leben zu dürfen, als logische Fortsetzung der sexuellen Befreiung. Wir vollziehen den nächsten Schritt. Ging es zunächst um gewollten Sex, setzte ich mich jetzt ein für gewollte Abstinenz. Sexuelle Freiheit geht nur mit Entscheidungsfreiheit.

Aus der Welt ist mit so einem Buch die gefühlte Verpflichtung zum Sex mit dem Partner noch nicht, das ist mir bewusst. Zu tief wurde sie in unsere Psyche eingeschrieben. Es wird Zeit und Hinwendung benötigen, davon wegzukommen; besser noch: Wir sollten Sex aus Pflichtgefühl durch etwas Schönes ersetzen. Das wir dann genießen können – sei es Kuscheln, Streicheln. Berührungen und Liebkosungen. Mehr Selbstliebe. Respekt. Statt Pflichtsex streicheln wir die Seele. Wer hätte das nicht gerne?

Vermutlich wird es noch lange Zeit Menschen geben, die sich dem überholten Dogma unterwerfen, die fügsam sind und tun oder lassen, was jemand anders möchte, wenn es um Sex geht. Damit meine ich nicht Spielarten, die beide genussvoll nutzen. Ich meine Personen, die Gnadensex haben, der keinem gerecht wird. Dem Gnädigen nicht, weil er ja gar nicht mag. Und dem Begehrenden nicht, weil Gnadensex meist wenig aufrichtig ist. Weil man dabei nicht wirklich gewollt ist. Weil Gnadensex dem eigentlich gewollten Sex in etwa so gegenübersteht wie eine Armenspeisung einer Einladung zu einem selbst gekochten Dinner bei Kerzenschein.

Es gibt noch viel zu tun. Doch es gilt, mit dem Missverständnis aufzuräumen, Sex sei ein Trieb, dem Mann und Frau nachkommen müssen. Damit jeder nach seiner Fasson glücklich werden kann. Wir haben verstanden, dass Gnadensex vielleicht für manchen kurzfristig eine Lösung sein mag; langfristig allerdings schädliche Auswirkungen haben kann. Es gilt, Verständnis und Respekt einzufordern für diejenigen, die Abstinenz bevorzugen – als eine Option unter vielen.

Wir kennen die Abwertungen, die mit Sexabstinenz einhergehen. Zuschreibungen wie frigide, prüde, gehemmt usw. werden aber unsinnig und verschwinden vielleicht zunehmend aus dem Vokabular, wenn wir uns bewusst werden, dass sexfrei zu leben genauso normal ist wie mit Sex zu leben. Irgendwann wird es so sein.

Wir alle müssen lernen, uns individuell auf die eigenen Wahrnehmungen einzulassen: Was gefällt mir und fördert mein Wohlbefinden? Wie komme ich in einen Austausch mit meinem Partner darüber, was ich will und mir guttut?

Wir werden dafür unsere Fähigkeiten, heikle Gespräche zu führen, mehr nutzen und trainieren müssen, um Verständigung mit Andersdenkenden zu erzielen (Verständnis, nicht nur Verständigung!).

Abstinenz im Rahmen einer Partnerschaft ist Vereinbarungssache. Uns darüber einig zu werden – das wird nicht über Nacht geschehen. Es gibt noch sehr viel zu tun. Dennoch ist es möglich.

Mag sein, dass wir Menschen das Tabu rund um Abstinenzverhältnisse irgendwann gebraucht haben. Dass es wichtig war für uns als Gesellschaft. Um den Fortbestand der Spezies zu sichern. Meinetwegen auch als Machtinstrument, damit Männer bekamen, was ansonsten fraglich gewesen wäre. Vielleicht stand da Angst im Raum, die Frauen hätten irgendwann gesagt: Du, ich brauch dich nicht? Vielleicht hat das Tabu uns Menschen geholfen, weil es uns zu dieser körperlichen Art Nähe verpflichtete und uns die Notwendigkeit wiederholter Entscheidungen abnahm. Wo mich die Pflicht drängt, ist kritisches Überlegen und Entscheiden entbehrlich. Alles ist dann einfacher. Das gilt dann als »normal«, gehört dazu. Eine Vereinfachung der Dinge ist für eine Gesellschaft immer ein Argument.

Aber ist das heute noch zeitgemäß? Ist es noch angemessen? Mir fällt es schwer, das Dogma, Sex gehört dazu, im Hier und Jetzt noch für angemessen zu erachten. Und vielleicht habe ich Sie auch davon überzeugt.

Wenn es optimal läuft, macht Sex Spaß, bringt sinnliche Genüsse und befriedigt. Aber was optimal ist, das ist nicht immer machbar. Wir haben uns in so vielen Bereichen emanzipiert. Ich meine, wir sind aus der Notwendigkeit dieser dogmatischen Verordnung herausgewachsen. Sind jetzt weiter. Reifer. Fähiger. Als Einzelne, aber auch als großes Ganzes. Wir haben viel Potenzial, auch im zwischenmenschlichen Bereich.

Das Abstinenz-Tabu schiebt bloß auf, was eigentlich in jeder Partnerschaft erforderlich ist und nicht nur, wenn Verlangen und Abstinenz aufeinandertreffen: Gespräche, ein Austausch, Verhandlungen. Lösungsversuche. Und bitte nicht vergessen: Beharrlichkeit, wenn die ersten Lösungsversuche noch nicht gut passen. Geduld ist wichtig. In Partnerschaften mit und ohne Sex.

Je mehr Menschen wissen, welche falschen Glaubenssätze über Sex in Umlauf sind und uns beeinflussen, inwiefern sie uns betreffen und treffen, wie sie uns kleinreden und entmündigen, umso besser. Denn wir Menschen werden uns selbst, wir werden einander besser verstehen. Partner werden fairer und harmonischer miteinander umgehen. Dann gehen wir alle ein gutes Stück aufrechter durch die Welt. Wenn wir im Austausch sind, im Gespräch über Sex geübt, trauen vielleicht auch mehr Singles sich, in Beziehungen zu leben. Dann, wenn ein Nein gilt. Wenn wir den Akt unterbrechen können. Überlegen, wie es schöner geht. Oder ob gut halt gut genug ist. Wenn wir mehr Klarheit darüber gewinnen können, ob wir Sex haben, weil wir wirklich wollen. Wie schön wäre das, wenn wir uns vielleicht sexuell verschenken, statt Gnade zu gewähren. Wie schön wäre das, wenn wir wegkommen vom Betteln und Drohen, dafür hin zum Probieren und Spielen. Es wird mehr aufrichtig gewollten Sex geben. Und mehr Menschen, die sich wirklich gesehen und gewollt fühlen. Mehr Selbstwert für alle! Mit Zuversicht, Informationen und Respekt ist das möglich.

Ich entlasse Sie mit neuem Wissen über Abstinenz und die Gründe, die Ursachen, den Umgang und Gesprächskultur in Ihr Leben und Lieben. Danke fürs Lesen, Mitdenken, Grübeln, Schmunzeln und auch dafür, dass Sie bereit sind, mit mir die Welt anders zu sehen. Hoffentlich habe ich Sie gut erkannt, in Ihrer Wirklichkeit abgeholt und erreicht.

Leben Sie Ihre sexuellen Möglichkeiten oder auch nicht. Heute so und morgen eventuell anders. Hauptsache es geschieht, weil Sie es so wollen. Dabei wünsche ich Ihnen gutes Gelingen und ganz viele sinnliche Momente.

Bitte hadern Sie nicht mit dem, was bisher war. Vermutlich haben Sie im Laufe der Lektüre Ihr bisheriges Liebesleben skeptisch beäugt, waren auch mehrfach niedergeschlagen, weil Sie mit dem konfrontiert wurden, was seit Langem gut weggepackt hinter anderen verdrängten Themen ruhte. Wenn

Sie mir in Gedankenspiele gefolgt sind, Übungen ausprobiert haben: Fantastisch, wie sehr Sie sich eingelassen haben! Danke für Ihr Vertrauen! Und Ihren Mut. Gehen Sie weiter Ihren Weg. Es ist okay, auch mal zu straucheln. Sich und Ihre ganz persönliche sexuelle Befreiung zu hinterfragen. Angst zu fühlen. Oder besorgt um Ihr Gegenüber zu sein. Zu denken: »Es war ja auch nicht alles schlecht«, was ja auch stimmt.

Es geht um etwas sehr Kostbares, nämlich um die Liebe zu sich selbst. Und damit auch um die Liebe zu anderen. Es geht darum, viel hinzuzugewinnen. Weiter so!

In der Therapie gilt es als großartiges Resultat, wenn der Behandelte ermächtigt ist, sein Leben gut selbst zu gestalten. Danach kann man sich überlegen, was man selbst möchte. Und dann macht man sein eigenes Ding. Vielleicht kann dieses Buch ein Stück weit dabei helfen, dass Sie zu sich kommen und Ihr eigenes Leben leben – auch Ihr Sexleben. Ich hoffe, ich habe Ihnen ermöglicht, dass sich Ihr Blick weitet. Habe erklären können, wie Sie sich und Ihren Partner besser verstehen. Natürlich auch, wie Sie nachsichtiger und verständnisvoller mit sich selbst umgehen. Das ist der Ursprung von allem.

Oft habe ich mich gefragt, was Sie gerade denken. Denn ich bin bemüht, mich in Sie einzufühlen. Sie sind gut, genau so, wie Sie sind. Ich muss Sie dafür nicht sehen oder Ihnen meine Hand geben können. Sie haben ein Recht darauf, glücklich zu sein. Sie dürfen Ja und ebenso Nein sagen. Sie werden das Beste daraus machen. Ganz sicher.

Da wir viele intensive Stunden miteinander verbracht haben, würde ich Sie am liebsten mit einer Umarmung verabschieden, wenn Ihnen das recht ist. Also dann, und nur dann: Fühlen Sie sich von mir liebevoll gedrückt.

Mit herzlichen Grüßen aus Kiel,
Anica Plaßmann

ANMERKUNGEN

1 In meinem Buch möchte ich Sie alle ansprechen, Leser und Leserinnen – und natürlich auch alle anderen Menschen, egal, welchen Geschlechts oder welcher Orientierung oder Identität. Das gilt für den gesamten Buchtext. Danke, dass Sie das Sternchen in Gedanken ergänzen, wo es nicht steht.

2 Beier, K. M., Bosinski, H., Loewit, K.: Sexualmedizin. Urban und Fischer (2005), S. 188 ff.

3 Code: ICD-10 F45.21 der Internationalen statistischen Klassifikation der Krankheiten und verwandter Gesundheitsprobleme, einer medizinischen Klassifikationsliste der Weltgesundheitsorganisation.

4 Vgl. Code: ICD-10 F52.0 der Internationalen statistischen Klassifikation der Krankheiten und verwandter Gesundheitsprobleme, einer medizinischen Klassifikationsliste der Weltgesundheitsorganisation.

5 Vgl. aven-forum.de (Asexual Visibility and Education Network).

6 Vgl. Ungeil. In: DIE ZEIT, 04.07.2019, S. 50.

7 Eine sehr wichtige Zuschreibung: Wer nicht will, gilt als gestört. Nicht der, welcher mit einem Abstinenten will. Schuld ist der Abstinente. Egal, welche Praktiken und wie oft der Begehrende Sex will. Obwohl der Terminus »Sexsucht« spätestens seit den 1980ern ein fester Begriff ist.

8 https://www.dw.com/de/depression-knapp-53-millionen-f%C3%A4lle-j%C3%A4hrlich-in-deutschland/a-46485725

9 Nagoski, E.: Komm, wie du willst. Knaur (2017), S. 284 ff.

10 Dyspareunie und Vaginismus sind behandelbare Schmerzzustände vor bzw. während der Penetration. Trotz vereinzelter Berichterstattung in den Printmedien sowie online sind beide Störungsbilder in der Bevölkerung kaum bekannt. Entsprechend schwer ist es für betroffene Frauen, adäquate Hilfe zu bekommen, da sich sogar

oft Gynäkologen überfordert sehen und unpassende Empfehlungen aussprechen.

11 Freud spricht in seinen Worten von dem – singulären – Trieb. Er fasst darunter allerdings verschiedene Ausformungen, also mehr als nur den Sexualtrieb.

12 Freuds Libido-Begriff ist nicht gleichzusetzen mit der Begriffsverwendung im Volksmund. Jenseits der freudschen Terminologie bedeutet Libido mehr so viel wie sexueller Appetit oder sexuelles Interesse.

13 »Vermeintlich« neu formuliere ich deshalb, weil in der Sexualität durchaus als progressiv deklariert wird, was bereits in früheren Epochen gang und gäbe war. So war beispielsweise Analverkehr bereits gang und gäbe in der Antike.

14 Paraphilie ist der moderne Ausdruck für Perversion.

15 https://www.theatlantic.com/magazine/archive/2018/12/the-sex-recession/573949/

16 Vgl. Rickert, V./Wiemann, C. M.: »Is lack of sexual assertiveness among adolescent and young adult women a cause for concern?«, in: *Perspect Sex Reprod Health* 2002; 4; S. 178–83.

Emily Nagoski

KOMM, WIE DU WILLST

Das neue Frauen-Sex-Buch

Bin ich normal? Kann ich guten Sex haben?

Jede Frau hat ihre eigene Sexualität, sie ist wie ein Fingerabdruck, der sich von jedem anderen unterscheidet. Deshalb sollten Frauen nie auf die Erlebnisse anderer Frauen schielen und sich untereinander vergleichen, sondern selbstbewusst ihre eigene Sexualität finden und ausleben.

Die junge Sexualwissenschaftlerin Emily Nagoski liefert neue und verblüffende Antworten auf die Frage, die uns alle umtreibt: Wie lerne ich meinen Körper endlich verstehen?

»Sexleben-Retterin« – *Glamour*

KNAUR